圖說 Classic 經典 15

水滸傳

三 替天行道

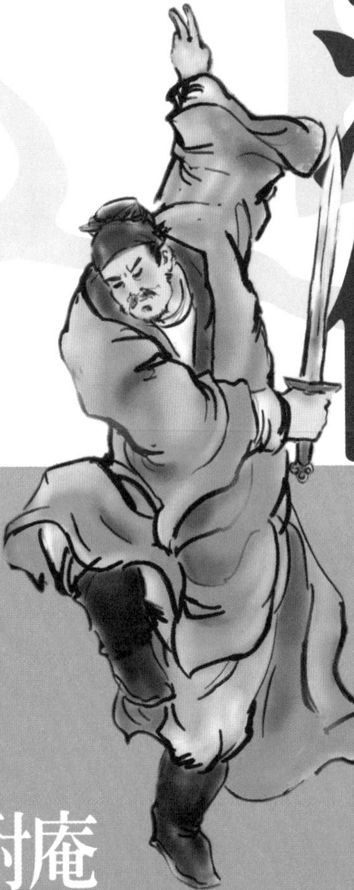

原著
施耐庵
編撰
張鵬高

好讀出版

水滸傳 三

替天行道

目錄

如何閱讀本書

閱讀性高的原典：

將一百二十回原典分為六大分冊，版面美觀流暢、閱讀性強

詳細注釋：

解釋艱難字詞，隨文直書於奇數頁最左側，並於文中以※記號標號，以供對照

列出各回回目
便於索引翻閱

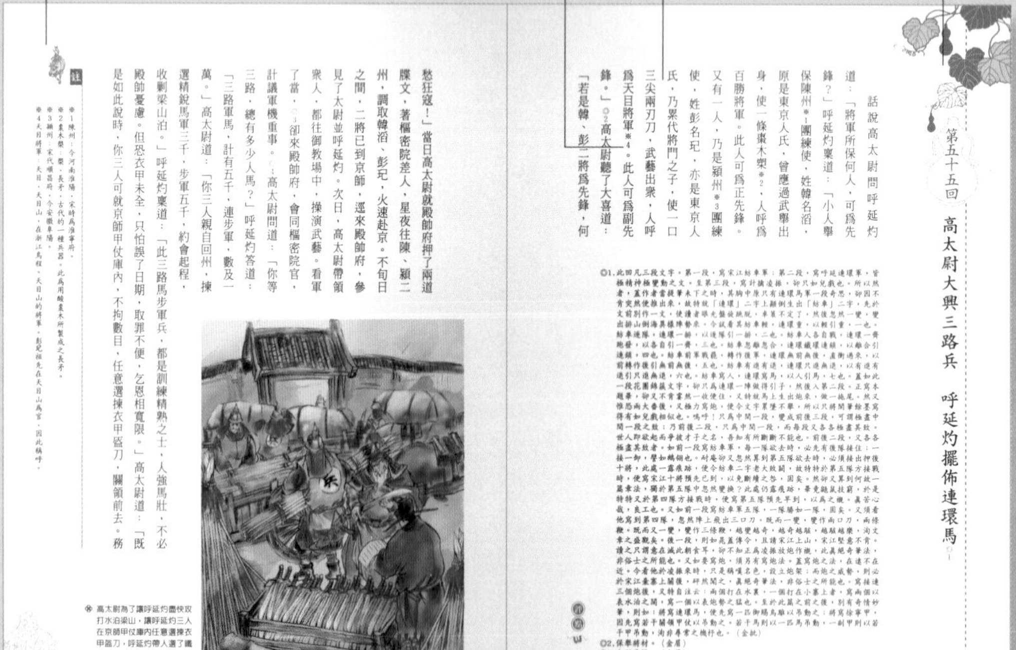
第五十五回 高太尉大興三路兵 呼延灼擺佈連環馬◎1

話說高太尉問呼延灼道：「將軍所保何人，可為先鋒？」呼延灼稟道：「小人舉保陳州※1團練使，姓韓名滔，原是東京人氏，曾應過武舉出身，使一條棗木槊※2，人呼為百勝將軍。此人可為正先鋒。又有一人，乃是潁州※3團練使，姓彭名玘，亦是東京人氏，乃累代將門之子，使一口三尖兩刃刀，武藝出眾，人呼為天目將軍※4。此人可為副先鋒。」◎2高太尉聽了大喜道：「若是韓、彭二將為先鋒，何愁狂寇！」當日高太尉就殿帥府押了兩道牒文，著樞密院差人，星夜往陳、潁二州，調取韓滔、彭玘，火速赴京。不旬日之間，二將已到京師，逕來殿帥府，參見了太尉並呼延灼。次日，高太尉帶領眾人，都往御教場中，操演武藝。看軍了當，◎3卻來殿帥府，會同樞密院官，計議軍機重事。◎4高太尉問道：「你等三路，總有多少人馬？」呼延灼答道：「三路軍馬，計有五千，連步軍，數及一萬。」高太尉道：「你三人親自回州，揀選精銳馬軍三千，步軍五千，約會起程，收剿梁山泊。」呼延灼稟道：「此三路馬步軍兵，都是訓練精熟之士，人強馬壯，不必殿帥憂慮。但恐衣甲未全，只怕誤了日期，取罪不便，乞恩相寬限。」高太尉道：「既是如此說時，你三人可就京師甲仗庫內，不拘數目，任意選揀衣甲盔刀，關領前去。務

◎2.保舉將材。（金眉）
◎3.太尉看操。（金眉）
◎4.樞院議兵。（金眉）

※高太尉為了讓呼延灼盡快攻打水泊梁山，讓呼延灼三人在京師甲仗庫內任意選揀衣甲盔刀，呼延灼帶人選了鐵甲、馬甲、銅鐵頭盔、長槍等武器。（朱寶榮繪）

252 233

精緻彩圖：

名家繪圖、相關照片等精緻彩圖，使讀者融入小說情境

名家評點：

選收不同名家之評點，隨文橫書於頁面的下方欄位，並於文中以◎記號標號，以供對照

詳細圖說：

說明性和評點性的圖說，提供讓讀者理解

導讀

俗至絢爛成大雅

主編　張鵬高

常話說少不讀《水滸》，怕草莽氣熏壞了少年郎。少時偶然得到金聖歎批評《水滸傳》一套，正逢書渴，便顧不得那麼多了。沒想到一看就剎不住車，不但文字純樸質感，金聖歎的評語更令人叫絕。記得第一回「張天師祈禳瘟疫洪太尉誤走妖魔」中，洪太尉爬龍虎山一段，太尉大人爬山辛苦，不免心內產生想法。原文如此寫道：

「這洪太尉獨自一個行了一回，盤坡轉徑，攬葛攀藤。約莫走過了數個山頭，三、二里多路，看看腳酸腿軟，正走不動，口裏不說，肚裏躊躇，心中想道：『我是朝廷貴官，』……

金聖歎在此突然評了一句「醜話」。如果沒有這句評語，這段文字可能就會輕輕放過，但這兩字評語卻會讓人從此開始思考判斷。更重要處，金聖歎的評語嬉笑怒罵生冷不忌，讓習慣了應試教育的少年一下感受到語言的活潑與可愛。其時正值暑假，暑熱中麻辣的文字似乎有種解暑的作用。時過多年，想起

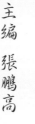

《水滸傳》，總有種暑熱中涼爽的感覺。

因受金聖歎影響過大，一度覺得金的批語比原文更出色。然而後來多看幾遍原文之後，慢慢體味到，金文過於淋漓的文字，終難免灑狗血的嫌疑。一回文字中，有兩三處「好貨」之類的唾罵，確實讓人盪氣迴腸，如果有十幾處「絕妙」、「奇絕」之類的誇獎，自然有些過火。

金聖歎過高評價《水滸》，有當時具體的考量。明代小說是沒有地位的俗文字，金聖歎將之評價爲天下才子必讀書之一，與《孟子》並列，矯枉過正自然無可厚非。隱去華麗的批評詞藻，《水滸》正文自有一種獨特的韻味：寫實處細緻周詳，絲毫不惜筆墨，作者對各種民俗掌故、九流三教乃至居家裝飾都了然於心，往往會不厭其詳地一一介紹。因此，《水滸傳》雖然距離眞實歷史很遙遠，卻經常予人一種極度寫實的印象。

第二回高俅進身一段，描畫了「一對兒羊脂玉碾成的鎮紙獅子」，作爲高俅進身的小道具，作者都在色彩、質感方面盡量填充。這裏要是換成「一對鎮紙獅子」，感染力便會下降不少。此外，第三十二回「武行者醉打孔亮」一節，描寫孔亮喝酒，爲了渲染酒肉對武松的吸引力，不惜四次點出「青花甕酒」來刺激武松和讀者。這種用重複來強調的技巧，到了二十世紀，米蘭・昆德拉（捷克作家《生命中不能承受之輕》作者）才提了出來，猶然以爲新創不久。《水滸傳》的技巧往往掩藏在自然的筆墨之下，不詳細品味，雖然能感覺到其甘甜，卻難以發覺其原因。

就《水滸》而言，這些還不是最重要的，《水滸》最出色的地方，在於其入俗脫俗之處：《水滸》入俗深，沒讀過的人都知道一百單八將；同時又能超脫世俗，在歷史的長河中刻下難以磨滅的烙印。優秀作品與經典作品的差別就在這裏。

《水滸傳》描寫一百單八將，是迎合世俗、方便傳播的寫法，這種技巧在當時歷史演義的大潮中十分普遍，《水滸》進步的地方在於用了天罡地煞的外衣來包裝。這些只能算作優秀，眞正讓《水滸》進身百年經典的地方，則在於維繫作品中對仁、義等傳統美德的思考、描寫以及宣揚。如果說一百單八將是作品的框架，那麼仁義則是經脈，此外，才有各種細節作爲骨肉而存在，以上均具備，才有作品的靈性和血脈的流轉。

小說不同於哲學，小說的偉大不需要說明，只能用情節、故事來感染。因此閱讀小說與學習哲學、科技知識完全不同。經典的小說未必適合每一個人，一本好的小說，也未必需要完全通讀。興趣永遠是第一位。《水滸傳》這樣的經典也同樣，只要內心某處被突然打動，必然會主動細細閱讀全文。現代的讀者全然可以漫不經心地翻看經典，無論原文、評論或者插圖，先從自己感興趣、吸引自己的地方入手。所以一部收集所有經典評論、適當注釋並且總攬所有插圖、繁衍作品的典藏版本，自然是最佳的選擇。

基於這樣的原因，本套《水滸傳》並沒有選擇影響力最大的金聖歎的七十回版本，儘管金聖歎的刪改十分高明，完全可以自圓其說，但畢竟是不完整

的。《水滸傳》在傳播的過程中，大家早已經認可了更完整的版本。而且選擇其他版本，依然可以完全容納金聖歎版的精華。

同樣的原因，儘管一百回版是公認的最早的完整版，後加的征田虎的二十回故事很明顯是添筆之作，小說內的時間也表明了這一點。但是考慮到征討田虎在流傳過程中的影響力，一套經典的版本自然應該是最完整的版本，因此底本選擇了一百二十回版。

當然，後二十回與前百回相比，確實有比較明顯的差距。前百回中的戰爭描寫，固然也有兒戲部分，比如收服關勝、凌振等人的時候，作爲朝廷命官的關勝，輕易投降山賊，無論從情理還是邏輯上都難以說通，而且大型戰爭場面猶如兒戲，確實暴露了《水滸傳》作者民間立場對軍事知識的不足。但小說的本質是虛構的，《水滸傳》中「仁義」大於朝廷命令、大於邏輯關係，因此這些都不算大的缺點，況且作者在寫戰爭的時候，往往側重於計策、心理等活動，因此顯得靈氣十足。

而後二十回對戰陣等的發揮，確實有點暴露短處。難怪李卓吾評價說：「水滸傳文字不好處只在說夢、說怪、說陣處；其妙處都在人情物理上，人亦知之否？」甚至進一步指出「文字至此，都是強弩之末了，妙處還在前半截」。

儘管如此，後二十回作爲整體的一部分，也有許多優點，只從田虎事蹟對比梁山泊的發展過程這一點來看，就很有意義，至於招安，則與小說「仁義」

的內在邏輯有關。

最後，姜玉女士幫助查找了不少資料，在此一併表示感謝。

本書彙輯的《水滸傳》評語，輯自以下評本：

（一）《第五才子施耐庵水滸傳》，七十回，金聖歎評，簡稱《金本》。有回前總評、雙行夾批和眉批。

（二）《李卓吾先生批評忠義水滸傳》，一百回，明萬曆容與堂刻本，簡稱《容本》。有眉批、行間夾批和回末總評。

（三）《出像評點忠義水滸全傳》，一百二十回，題李卓吾評，明萬曆袁無涯刻本，簡稱《袁本》。有眉批、行間夾批和回末總評，內容與容本不盡相同。

（四）《忠義水滸傳》，一百回，亦題李卓吾評，清芥子園刻本，簡稱《芥本》。有眉批、行間夾批，基本與袁本相同，本書僅輯錄較袁本多出之評語。

（五）《京本增補校正全像水滸志傳評林》，余象斗評，明萬曆雙峰堂刻本，簡稱《余本》。

本書收錄以上各本眉批、行間夾批和評點，而以「金批」、「容眉」、「容夾」、「袁眉」、「袁夾」、「芥眉」、「芥夾」和「余評」表示。

第四十一回

宋江智取無為軍　張順活捉黃文炳◎1

話說江州城外白龍廟中，◎2梁山泊好漢劫了法場，救得宋江、戴宗。正是晁蓋、花榮、黃信、呂方、郭盛、劉唐、燕順、杜遷、宋萬、朱貴、王矮虎、鄭天壽、石勇、阮小二、阮小五、阮小七、白勝，共是一十七人，領帶著八、九十個悍勇壯健小嘍囉。潯陽江上來接應的好漢張順、張橫、李俊、李立、穆弘、穆春、童威、童猛、薛永九籌好漢，也帶四十餘人，都是江面上做私商的火家，撐駕三隻大船，前來接應。城裏黑旋風李逵引衆人殺至潯陽江邊。兩路救應，通共有一百四、五十人，都在白龍廟裏聚義。◎3只聽得小嘍囉報道：「江州城裏軍兵擂鼓，搖旗鳴鑼，發喊追趕到來。」那黑旋風李逵聽得，大吼了一聲，提兩把板斧，先出廟門，衆好漢吶聲喊，都挺手中軍器，齊出廟來迎敵。劉唐、朱貴先把宋江、戴宗護送上船；李俊同張順、三阮整頓船隻。就江邊看時，見城裏出來的官軍，約有五、七千軍馬，◎4當先都是頂盔衣甲，全副弓箭，手裏都使長槍，背後步軍簇擁，搖旗吶喊，殺奔前來。這裏李逵當先，掄著板斧，赤條條地飛奔砍將入去。背後便是花榮、黃信、呂方、郭盛四將擁護。花榮見前面的軍馬都扎住了槍，只怕李逵著傷，偷手取弓箭出來，搭上箭，拽滿弓，望著爲頭領的一個馬軍，颼地一箭，只見翻筋斗射下馬去。那一夥馬軍，吃了一驚，各自奔命，撥轉馬頭便走，倒把步軍先衝倒了一半。◎5

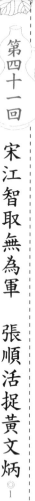

這裏眾多好漢們一齊衝突將去，殺得那官軍屍橫野爛，血染江紅，直殺到江州城下，城上策應官軍早把擂木炮石打將下來。官軍慌忙入城，關上城門，好幾日不敢出來。眾多好漢拖轉黑旋風，回到白龍廟前下船。晁蓋整點眾人完備，都叫分頭下船，開江※1便走。

卻值順風，拽起風帆，三隻大船載了許多人馬頭領，卻投穆太公莊上來。一帆順風，早到岸邊埠頭，一行眾人都上岸來。穆弘邀請眾好漢到莊內堂上，穆太公出來迎接，宋江等眾人都相見了。太公道：「眾頭領連夜勞神，且請客房中安歇，將息貴體。」各人且去房裏暫歇將養，整理衣服器械。當日穆弘叫莊客宰了一頭黃牛，殺了十數個豬、羊、雞、鵝、魚、鴨，珍饈異饌，排下筵席，管待眾頭領。飲酒中間，說起許多情節。晁蓋道：「若非是二哥眾位把船相救，我等皆被陷於縲紲。」穆太公道：「你等如何卻打從那條路上來？」李逵道：「我自只揀人多處殺將去，他們自要跟我來，我又不曾叫他！」◎6眾人聽了，都大笑。宋江起身與眾人道：「小人宋

註

※1開江：船隻起碇離岸。

評點

◎1.前回寫吳用劫江州，皆呼眾人默然授計，直至法場上，方突然走出四色人來。此回寫宋江打無為軍，卻將祕計一一說出，更不隱伏一句半句，凡以特特與之相異也。然文章家又有省則加倍省，增即加倍增之法。既已寫宋江明明定計，便又寫眾人個個起行；不寫則只須一句，寫則必須兩番。此又特特與俗筆相異，不可不知也。打無為軍一一事宜，已都在定計時明白開列，入後正敘處，只將許多「只見」字點逗人數而已。譬諸善弈者，滿盤大勢都已打就，入後只將一子兩子處處劫殺，便令全局隨手變動。文章至此，眞妙手也。寫宋江口口恪遵父訓，寧死不肯落草，卻前乎此，則收拾花榮、秦明、黃信、呂方、郭盛、燕順、王矮虎、鄭天壽、石勇等九個人，拉而歸之山泊；後乎此，則又收拾戴宗、李逵、張橫、張順、李俊、李立、穆弘、穆春、童威、童猛、薛永、侯健、歐鵬、蔣敬、馬麟、陶宗旺等十六個人，拉而歸之山泊。兩邊皆用大書，便顯出中間奸詐，此史家案而不斷之式也。一路寫宋江使權詐處，必緊接李逵粗言直叫，此又是畫家所謂反襯法。讀者但見李逵粗直，便知宋江權詐則庶幾得之矣。寫宋江上梁山後，毅然更張舊法，別出自己新裁，暗壓眾人，明欺晁蓋，甚是咄咄逼人。不意筆墨之事，其力可以至此。（金批）
◎2.常論一篇大文，全要尾上結束得好，固也。獨今此文，忽然反在頭上結束一遍。看他將白龍廟中四字，兜頭提出，下卻分出梁山泊好漢某人某人等，潯陽江好漢某人某人等，城裏好漢某人一人，通共計有若干好漢，讀之正不知其為是結前文，為是起後文，但見其有切玉如泥之力。可見文無定格，隨手可造也。（金批）
◎3.前亂殺之後，此回初說起，又提整一番，心眼始清。（芥眉）
◎4.須知五七千，不是從眾人眼中約出，是從戴宗口中約出。（金批）
◎5.射倒一個便一齊奔走，馬軍衝倒步軍，說話近人情。（袁眉）
◎6.李大哥開口，盡是天機。（容眉）

江，若無衆好漢相救時，和戴院長皆死於非命。今日之恩，深於滄海，如何報答得衆位？只恨黃文炳那廝搜根剔齒※2，幾番唆毒，要害我們。這冤仇如何不報？怎地啓請衆位好漢，再做個天大人情，去打了無爲軍，殺得黃文炳那廝，也與宋江消了這口無窮之恨。那時回去如何？」晁蓋道：「我們衆人偷營劫寨，只可使一遍，如何再行得？似此奸賊已有提備，不若且回山寨去，聚起大隊人馬，一發和學究、公孫二先生，並林沖、秦明，都來報仇，也未爲晚。」宋江道：「若是回山去了，再不能夠得來。一者山遙路遠，二乃江州必然申開明文，各處謹守。不要痴想，只是趁這個機會，便好下手，不要等他做了準備。」花榮道：「哥哥見得是。◎7雖然如此，只是無人識得路徑，不知他地理如何。先得個人去那裏城中探聽虛實，也要看無爲軍出沒的路徑去處，就要認黃文炳那賊的住處了，然後方好下手。」薛永便起身說道：◎8「小弟多在江湖上行，此處無爲軍最熟，我去探聽一遭如何？」宋江道：「若得賢弟去走一遭最好。」薛永當日別了衆人自去了。

只說宋江自和衆頭領在穆弘莊上商議要打無爲軍一事，整頓軍器槍刀，安排弓弩箭

宋江等一百四、五十人，在白龍廟裏聚義，江州城軍兵追趕來，黑旋風李逵提兩把板斧，當先衝出廟門，衆好漢跟隨著來迎敵。（朱寶榮繪）

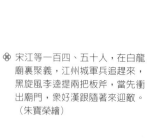

矢，打點大小船隻等項。提備已了，只見薛永去了兩日，帶將一個人回到莊上來，拜見宋江。宋江便問道：「兄弟，這位壯士是誰？」薛永答道：「這人姓侯名健，祖居洪都※3人氏。做得第一手裁縫，端的是飛針走線。更兼慣習槍棒，曾拜薛永為師。人見他黑瘦輕捷，因此喚他做通臂猿。現在這無為軍城裏黃文炳家做生活。小弟因見了，就請在此。」宋江大喜，便教同坐商議。那人也是一座地煞星之數，自然義氣相投。宋江便問江州消息，無為軍路徑如何，薛永說道：「如今蔡九知府計點官軍、百姓被殺死有五百餘人，帶傷中箭者不計其數。現今差人星夜申奏朝廷去了。城門日中後便關，出入的好生盤問得緊。原來哥哥被害一事，倒不干蔡九知府事，都是黃文炳那廝三回五次，點撥知府，教害二位。如今見劫了法場，城中甚慌，曉夜提備。小弟又去無為軍打聽，正撞見侯健這個兄弟出來吃飯，因是得知備細。」◎9宋江道：「侯兄何以知之？」侯健道：「小人自幼只愛習學槍棒，多得薛師父指教，因此不敢忘恩。近日黃通判特取小人來他家做衣服，因出來遇見師父，提起仁兄大名，說起此一節事來。小人要結識仁兄，特來報知備細。這黃文炳有個嫡親哥哥，喚做黃文燁，◎10與這文炳是一母所生二子。這黃文燁平生只是行善事，修橋補路，塑佛齋僧，扶危濟困，救拔貧苦，那無為軍城中，都叫他黃佛子。這黃文炳雖是罷閑通判，心裏只要害人，慣行歹事，無為軍都叫他做黃蜂刺。他弟兄兩個分開做兩處住，只在一條巷內出入，靠北門裏便是他家。黃文炳貼著城

註

※2 搜根剔齒：指尋根究底，連細微處也不放過。有百般挑剔別人毛病、錯處的意思。

※3 洪都：洪州，今江西南昌，因為唐代在此設置都督府，故而名。

評點

◎7.每寫花榮靈警。（金批）

◎8.宋江結識薛永，便用得著。（袁眉）
薛永上山無功，故特用之。（金批）

◎9.薛永只說江州，無為州便交卸下去。（金批）

◎10.又添兄相伴相形，妙甚。（袁夾）

住，黃文燁近著大街。小人在他那裏做生活，卻聽得黃通判回家來說這件事：『蔡九知府已被瞞過了，卻是我點撥他，教知府先斬了，然後奏去。』黃文燁聽得說時，只在背後罵說道：『又做這等短命促掐※4的事。於你無干，何故定要害他？倘或有天理之時，報應只在目前，卻不是反招其禍。』這兩日聽得劫了法場，好生吃驚，昨夜去江州探望蔡九知府，與他計較，尚兀自未回來。」宋江道：「黃文炳隔著他哥哥家多少路？」侯健道：「原是一家分開的，如今只隔著中間一個菜園。」宋江道：「黃文炳家多少人口？有幾房頭？」侯健道：「男子婦人通有四、五十口。」◎11宋江道：「天教我報仇，特地送這個人來。雖是如此，全靠衆弟兄維持。」衆人齊聲應道：「當以死向前，正要驅除這等贓濫奸惡之人，與哥哥報仇雪恨！」宋江又道：「只恨黃文炳那賊一個，卻與無爲軍百姓無干。他兄既然仁德，亦不可害他，休教天下人罵我等不仁。衆弟兄去時，不可分毫侵害百姓。今去那裏，我有一計，◎12只望衆人扶助、扶助。」衆頭領齊聲道：「專聽哥哥指教。」

宋江道：「有煩穆太公對付八、九十個叉袋※5，又要百十束蘆柴，用著五隻大船，兩隻小船。央及張順、李俊駕兩隻小船，在江面上與他如此行；五隻大船上，用著張橫、三阮、童威和識水的人護船，此計方可。」穆弘道：「此間蘆葦、油柴、布袋都有，我莊上的人都會使水駕船，便請哥哥行事。」宋江道：「卻用侯家兄弟引著薛永並白勝，先去無爲軍城中藏了。來日三更二點爲期，且聽門外放起帶鈴鵓鴿，便教白勝上城策應，先插一條白絹號帶，近黃文炳家，便是上城去處。再又教石勇、杜遷扮做丐者，去城門邊左近埋伏，只看火爲號，便要下手殺把門軍士。李俊、張順只在江面上往來巡綽，等候策應。」宋江分撥已定。薛永、白勝、侯健先自走了。隨後再是石勇、杜遷扮做丐者，身邊各藏了短刀暗器，也去了。這裏自一面扛擡沙土布袋和蘆葦、油柴，上船裝載。衆好漢至期各各拴束了，身上都準備了器械，船艙裏埋伏軍漢，衆頭領分撥下船。晁蓋、宋江、花榮在童威船上；燕順、王矮虎、鄭天壽在張橫船上；戴宗、劉唐、黃信在阮小二船上；呂方、郭盛、李立在阮小五船上；穆弘、穆春、李逵在阮小七船上。只留下朱貴、宋萬在穆太公莊，看理江州城裏消息。先使童猛棹一隻打漁快船，前去探路。小嘍囉並軍健都伏在艙裏，火家、莊客、水手撐駕船隻，當夜密地望無爲軍來。此時正是七月盡天氣，夜涼風靜，月白江清，水影山光，上下一碧。◎13昔日參寥子※6有首詩，題這江景，道是：

洪濤滾滾煙波杳，月淡風清九江曉。
欲從舟子問如何，但覺盧山眼中小。

是夜初更前後，大小船隻都到無爲江岸邊，揀那有蘆葦深處，一字兒纜定了船隻，只見童猛回船來報道：「城裏並無些動靜。」宋江便叫手下衆人，把這沙土布袋和蘆葦

註

※4促掐：就是促狹。猶如現北方話說的「缺德」。
※5叉袋：袋口成叉角可打結的麻袋或布袋。
※6參寥子：宋僧道潛的別號。道潛，於潛（今浙江省臨安縣人），善詩，與蘇軾、秦觀爲詩友。宋蘇軾〈次韻參寥師寄秦太虛三絕〉之三：「何妨卻伴參寥子，無數新詩咳唾成。」

評點

◎11.報仇至殺其四、五十口，可稱大快，然殺之而後數之，不若數之而後殺之之尤快也。筆法之妙如此。（金批）
◎12.觀公明用此計擒文炳，有鬼神不折之機，人莫能知。（余評）
◎13.一團殺氣，忽然說到時景上，點綴清夷，文情妙絕。（袁眉）

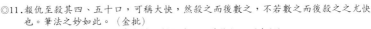

乾柴都搬上岸，望城邊來。聽那更鼓時，正打二更。宋江叫小嘍囉各各拕了沙土布袋並蘆柴，就城邊堆垜了。眾好漢各挺手中軍器，只留張橫、三阮、兩童守船接應，◎14其餘頭領都奔城邊來。望城上時，約離北門有半里之路，宋江便叫放起帶鈴鵓鴿。只見城上一條竹竿，縛著白號帶，風飄起來。宋江見了，便叫軍士就這城邊堆起沙土布袋，分付軍漢，一面挑擔蘆葦、油柴上城。只見白勝已在那裏接應等候，把手指與眾軍漢道：「只那條巷便是黃文炳住處。」宋江問白勝道：「薛永、侯健在那裏？」白勝道：「他兩個潛入黃文炳家裏去了，只等哥哥到來。」宋江又問道：「你曾見石勇、杜遷麼？」白勝道：「他兩個在城門邊左近伺候。」◎15宋江聽罷，引了眾好漢下城來，逕到黃文炳門前。只見侯健閃在房檐下，宋江喚來，附耳低言道：「你去將菜園門開了，放他軍士把蘆葦、油柴堆放裏面，可教薛永尋把火來點著，卻去敲黃文炳門道：『間壁大官人家失火，有箱籠什物搬來寄頓。』◎16敲得門開，我自有擺佈。」宋江教眾好漢分幾個把住兩頭。侯健先去開了菜園門，軍漢把蘆柴搬來，堆在裏面。侯健就討了火種，遞與薛永，將來點著。侯健便閃出來，卻去敲門叫道：「間壁大官人家失火，有箱籠搬來寄頓，快開門則個。」裏面

宋江攻打無為軍，叫手下衆人用沙土布袋在城邊堆疊起來，圍困城池，另外的好漢則去捉拿黃文炳。只留張橫、三阮、兩童守船接應。（選自《水滸傳版刻圖錄》，江蘇廣陵古籍刻印社）

⊗ 張順、李俊駕駛的小船橫行長江。上圖新安江邊的漁舟，正似文中小船。（photobase／fotoe提供）

聽得，便起來看時，望見隔壁火起，連忙開門出來。晁蓋、宋江等吶聲喊，殺將入去。眾好漢亦各動手，見一個，殺一個，見兩個，殺一雙，把黃文炳一門內外大小四、五十口，盡皆殺了，不留一人，只不見了文炳一個。眾好漢把他從前酷害良民積攢下許多家私金銀，收拾俱盡。◎17大哨一聲，眾多好漢都扛了箱籠家財，卻奔城上來。且說石勇、杜遷見火起，各掣出尖刀，便殺把門軍人，又見前街鄰舍拿了水桶梯子，都來救火。石勇、杜遷大喝道：「你那百姓，休得向前。我們是梁山泊好漢數千在此，來殺黃文炳一門良賊，與宋江、戴宗報仇，不干你百姓事。你們快回家躲避了，休得出來閑管事。」眾鄰舍還有不信的，立住了腳看，只見黑旋風李逵掄起兩把板斧，著地捲將來，眾鄰舍方纔吶聲喊，撞了梯子、水桶，一哄都走了。這邊後巷也有幾個守門軍漢，帶了些人，拕了麻搭火鈎※7，都奔來救火。早被花榮張起弓，當頭一箭，射翻了一個，大喝道：「要死的，便來救火！」那

註

※7麻搭火鈎：鐵鈎、抓鈎等工具。

評點

◎14.不惟精於行文，亦復精於行兵，若在俗筆，竟一哄都上岸矣。（金批）
◎15.一一應計，又在問答中見，不是死述。（袁眉）
◎16.害人者必貪利，故以利動之。（袁眉）
◎17.收拾得有名。（袁眉）

夥軍漢一齊都退去了。只見薛永拿著火把，便就黃文炳家裏前後點著，亂亂雜雜火起。

看那火時，但見：

黑雲匝地，紅焰飛天。猝律律走萬道金蛇，焰騰騰散千團火塊。狂風相助，雕梁畫棟片時休。炎焰漲空，大廈高堂彈指沒。這不是火，卻是：文炳心頭惡，觸惱丙丁神※8。害人施毒焰，惹火自燒身。

當時石勇、杜遷已殺倒把門軍士，李逵砍斷鐵鎖，大開了城門。一半人從城上出去，一半人從城門下出去。張橫、三阮、兩童都來接應，合做一處，扛擡財物上船。無爲軍已知江州被梁山泊好漢劫了法場，殺死無數的人，如何敢出來追趕，只得迴避了。這宋江一行眾好漢只恨拿不著黃文炳，都上了船去，搖開了，自投穆弘莊上來，不在話下。

卻說江州城裏望見無爲軍火起，蒸天價紅，滿城中講動，只得報知本府。這黃文炳正在府裏議事，聽得報說了，慌忙來稟知府道：「敝鄉失火，◎18急欲回家看覷。」蔡九知府聽得，忙叫開城門，差一隻官船相送。黃文炳謝了知府，隨即出來，帶了從人，慌速下船，搖開江面，望無爲軍來。看見火勢猛烈，映得江面上都紅，艄公說道：「這火只是北門裏火。」◎19黃文炳見說了，心裏越慌。看看搖到江心裏，只見一隻小船從江面上搖過去了，不多時，又是一隻小船搖將過來，卻不逕過，望著官船直撞將來。從人喝道：「甚麼船，敢如此直撞來！」只見那小船上一個大漢跳起來，手裏拿著撓鉤，口裏應道：「去江州報失火的船。」黃文炳便鑽出來問道：「那裏失火？」那大漢道：

評點

◎18.敝鄉二字妙，寫得從寬漸緊。（金批）
◎19.比敝鄉漸緊。（金批）
◎20.第一句是敝鄉，第二句是北門，第三句便直逼出黃通判家四字，妙妙。（金批）
◎21.黃通判卻不喜。（容夾）

「北門裏黃通判家，◎20被梁山泊好漢殺了一家人口，劫了家私，如今正燒著哩！」黃文炳失口叫聲苦，不知高低。那漢聽了，一撓鈎搭住了船，便跳過來。黃文炳是個乖覺的人，早瞧了八分，便奔船梢後走，望江裏踴身便跳。忽見江面上一隻船，水底下早鑽過一個人，把黃文炳劈腰抱住，劈頭揪起，扯上船來。船上那個大漢早來接應，便把麻索綁了。水底下活捉了黃文炳的，便是浪裏白跳張順，船上把撓鈎的，便是混江龍李俊，兩個好漢立在船上。那搖官船的艄公只顧下拜。李俊說道：「我不殺你們，只要捉黃文炳這廝。你們自回去說與蔡九知府那賊驢知道，俺梁山泊好漢們權寄下他那顆驢頭，早晚便要來取。」艄公戰抖抖的道：「小人去說。」李俊、張順拿了黃文炳過自己的小船上，放那官船去了。兩個好漢棹了兩隻快船，逕奔穆弘莊上。早搖到岸邊，望見一行頭領，都在岸上等候，搬運箱籠上岸。見說拿得黃文炳，宋江不勝之喜，眾好漢一齊心中大喜，◎21說：「正要此人見面。」李俊、張順早把黃文炳帶上岸來，眾人看了，監押著，離了江岸，到穆太公莊上來。朱貴、宋萬接著眾人，入到莊裏草廳上坐下。宋江把黃文炳剝了濕衣服，綁在柳樹

黃文炳跳到江裏想逃跑，張順從水底下鑽過來，把黃文炳劈腰抱住。混江龍李俊在船上控制了搖官船的艄公。（選自《水許傳版刻圖錄》，江蘇廣陵古籍刻印社）

註

※8丙丁神：火神的別稱，因五行中丙丁屬火。

上，請衆頭領團團坐定。宋江叫取一壺酒來，與衆人把盞。上自晁蓋，下至白勝，共是三十位好漢，都把遍了。宋江大罵黃文炳：「你這廝！我與你往日無冤，近日無仇，你如何只要害我？三回五次，教唆蔡九知府殺我兩個。你既讀聖賢之書，如何要做這等毒害的事？我又不與你有殺父之仇，你如何定要謀我？◎22你哥哥黃文燁與你這廝一母所生，他怎恁般修善，久聞你那城中都稱他做黃佛子，我昨夜分毫不曾侵犯他。◎23你這廝在鄉中只是害人，交結權勢，浸潤官長，欺壓良善，我知道無爲軍人民都叫你做黃蜂刺，我今日且替你拔了這個刺！」黃文炳告道：「小人已知過失，只求早死。」◎24晁蓋喝道：「你那賊驢，怕你不死！你這廝早知今日，悔不當初。」宋江便問道：「那個兄弟替我下手？」只見黑旋風李逵跳起身來說道：「我與哥哥動手割這廝。我看他肥胖了，倒好燒吃。」晁蓋道：「說得是。教取把尖刀來，就討盆炭火來，細細地割這廝燒來下酒，與我賢弟消這怨氣。」李逵拿起尖刀，看著黃文炳笑道：「你這廝在蔡九知府後堂且會說黃道黑，撥置害人，無中生有攛掇他。今日你要快死，老爺卻要你慢死。」便把尖刀先從腿上割起，揀好的，就當面炭火上炙來下酒。割一塊，炙一塊，無片時，割了黃文炳。李逵方纔把刀割開胸膛，取出心肝，把來與衆頭領做醒酒湯。衆多好漢看割了黃文炳，都來草堂上與宋江賀

李逵是宋江最忠心的兄弟，為宋江報仇自然衝在最前。圖為京劇李逵的臉譜，天津古文化街民間剪紙藝術。拍攝時間2004年1月1日。（李鷹／fotoe提供）

喜。有詩爲證：

文炳趨炎巧計乖，卻將忠義苦擠排。
奸謀未遂身先死，難免剮心炙肉災。

只見宋江先跪在地下，◎25眾頭領慌忙都跪下，齊道：「哥哥有甚事，但說不妨，兄弟們敢不聽？」宋江便道：「小可不才，自小學吏。初世爲人，便要結識天下好漢。奈緣力薄才疏，不能接待，以遂平生之願。自從刺配江州，多感晁頭領並眾豪傑苦苦相留，宋江因見父親嚴訓，不曾肯住。正是天賜機會，於路直至潯陽江上，又遭際許多豪傑。不想小可不才，一時間酒後狂言，險累了戴院長性命。感謝眾位豪傑不避凶險，來虎穴龍潭，力救殘生。又蒙協助，報了冤仇。如此犯下大罪，鬧了兩座州城，必然申奏去了。今日不由宋江不上梁山泊投托哥哥去，未知眾位意下若何？如是相從者，只今收拾便行。◎26如不願去的，一聽尊命。只恐事發，反遭負累，煩可尋思。」◎27說言未絕，李逵跳將起來，便叫道：「都去，都去！但有不去的，吃我一鳥斧，砍做兩截便罷！」宋江道：「你這般粗鹵說話！全在各人弟兄們心肯意肯，方可同去。」眾人議論道：「如今殺死了許多官軍人馬，鬧了兩處州郡，他如何不申奏朝廷，必然起軍馬來擒獲。今若不隨哥哥去，同死同生，◎28卻投那裏去？」宋江大喜，謝了眾人。當日先叫朱貴和宋萬前回山寨裏去報知，次後分作五起進程：頭一起，便是晁蓋、宋江、花榮、戴宗、李逵；第二起，便是劉唐、杜遷、石勇、薛永、侯健；第三起，便是李俊、李立、呂方、郭盛、

評點

◎22.怪他不得，宋江沒禮。（容眉）
◎23.此事又在口中見。（袁夾）
◎24.文炳求其快死，知罪不能脫，情知理短，正是天理昭然。（余評）
◎25.看他寫宋江肯得性命，便用權術，眞是筆情如鏡。（金批）
出得忽然，妙。（袁夾）
◎26.只此語，亦不必跪說，偏寫宋江跪，皆表其權術也。（金批）
◎27.宋江跪告眾人之說，此見宋江梟雄之處。（余評）
◎28.著此四字，便是就義，不止免害。（袁眉）

童威、童猛；第四起，便是黃信、張順、張橫、阮家三弟兄；第五起，便是燕順、王矮虎、穆弘、穆春、鄭天壽、白勝。五起二十八個頭領，帶了一干人等，將這所得黃文炳家財各各分開，裝載上車子。穆弘帶了太公並家小人等，將應有家財金寶裝載車上。莊客數內有不願去的，都齎發他些銀兩，自投別主去傭工；有願去的，一同便往。前四起陸續去了，已自行動。穆弘收拾莊內已了，放起十數個火把，燒了莊院，撇下了田地，自投梁山泊來。

且不說五起人馬登程，節次[※9]進發，只隔二十里而行。先說第一起晁蓋、宋江、花榮、戴宗、李逵五騎馬，帶著車仗人伴，在路行了三日，前面來到一個去處，地名喚做黃門山。宋江在馬上與晁蓋說道：「這座山生得形勢怪惡，莫不有大夥在內？可著人催攢後面人馬上來，一同過去。」說猶未了，只見前面山嘴上鑼鳴鼓響。宋江道：「我說麼！且不要走動，等後面人馬到來，好和他廝殺。」花榮便拈弓搭箭在手，晁蓋、戴宗各執朴刀，李逵拿著雙斧，擁護著宋江，[◎29]一齊躦馬向前。只見山坡邊閃出三、五百個小嘍囉，當先簇擁出四籌好漢，各挺軍器在手，高聲喝道：「你等大鬧了江州，劫掠了無為軍，殺害了許多官軍、百姓，待回梁山泊去？我四個等你多時。會事的只留下宋江，都饒了你們性命。」[◎30]宋江聽得，便挺身出去，跪在地下，說道：「小可宋江被人陷害，冤屈無伸，今得四方豪傑救了性命。小可不知在何處觸犯了四位英雄，萬望高擡貴手，饒恕殘生。」[◎31]那四籌好漢見了宋江跪在前面，都慌忙滾鞍下馬，撇了軍器，飛奔前來，拜倒在地下，說道：「俺弟兄四個只聞山東及時雨宋公明大名，想殺也不能夠見面。俺聽知哥哥在江州爲事吃官司，我弟兄商議定了，正要來劫牢，只是不得個實信。前日使小嘍囉直到江州來打聽，回來說道：『已有多少好漢鬧了江州，劫了法場，救出往揭陽鎭去了。後又燒了無爲軍，劫掠黃通判家。』料想哥哥必從這裏來。節次使人路中來探望，猶恐未眞，故反作此一番詰問。衝撞哥哥，萬勿見罪。今日幸見仁兄，小寨裏略備薄酒粗食，權當接風。請衆好漢同到敝寨盤桓片時。」◎32宋江大喜，扶起四位好漢，逐一請問大名。爲頭的那人姓歐名鵬，祖貫是黃州※10人氏。守把大江軍戶，因惡了本官，逃走在江湖上綠林中，熬出這個名字，喚做摩雲金翅。第二個好漢姓蔣名敬，祖貫是湖南潭州※11人氏。原是落科舉子出身，科舉不第，棄文就武，頗有謀略，精通書算，積萬累千，纖毫不差，亦能刺槍使棒、布陣排兵，因此人都喚他做神算子。第三個好漢姓馬名麟，祖貫是南京建康※12人氏。原是小番子※13閑漢出身，吹得雙鐵笛，使得好大滾刀，百十人近他不得，因此人都喚他做鐵笛仙。第四個好漢姓陶名宗旺，祖貫是光州※14人氏。莊家田戶出身，慣使一把鐵鍬，有的是氣力，亦能使槍掄刀，因此人都喚做九尾龜。怎見得四個好漢英雄，有西江月爲證：

註

※9節次：前前後後、挨著次序的意思。這裏指一隊接著一隊。
※10黃州：州名，在今湖北黃岡縣北。
※11潭州：州名，在今湖南長沙。隋改湘州爲潭州，治長沙；元爲天臨路；明改長沙府。
※12建康：六朝古都，吳、東晉和南朝宋、齊、梁、陳均都於此，今江蘇南京。
※13小番子：無業遊民。
※14光州：宋代州名，在今河南潢川縣。

評點

◎29.閑中又寫四人擁護，獨表宋江無能，只是一生權術，便得爲頭爲腦，妙筆人看不出。（金批）
◎30.何由知之，寫得可駭。（金批）
◎31.不剛不柔，又悲又響，辭令至此，無人不哭。（金批）
◎32.宋江於路又遇四人同上梁山，此星煞欲聚完矣。（余評）

力壯身強無賽，行時捷似飛騰，摩雲金翅是歐鵬，首位黃山排定。幼恨毛錐失利※15，長從韜略搜精，如神算法善行兵，文武全才蔣敬。　鐵笛一聲山裂，銅刀兩口神驚，馬麟形貌更猙獰，廝殺場中超乘。宗旺力如猛虎，鐵鍬到處無情，神龜九尾喻多能，都是英雄頭領。

這四籌好漢接住宋江，小嘍囉早捧過果盒、一大壺酒、兩大盤肉，托過來把盞。先遞晁蓋、宋江，次遞花榮、戴宗、李逵，與眾人都相見了。一面遞酒，沒兩個時辰，第二起頭領又到了，一個個盡都相見。把盞已遍，邀請眾位上山。兩起十位頭領先來到黃門山寨內，那四籌好漢便叫椎牛宰馬管待。卻教小嘍囉陸續下山，接請後面那三起十八位頭領上山來筵宴。未及半日，三起好漢已都來到了，盡在聚義廳上筵席相會。宋江飲酒中間，在席上開話道：「今次宋江投奔了哥哥晁天王上梁山

宋江等人馬來到黃門山寨，四籌好漢椎牛宰馬，還迎接後面的頭領上山筵宴。最後，五撥好漢在聚義廳上筵席相會。（日版畫，出自《新編水滸畫傳》，葛飾戴斗繪）

泊去，一同聚義，未知四位好漢肯棄了此處，同往梁山泊大寨相聚否？」◎33四個好漢齊答道：「若蒙二位義士不棄貧賤，情願執鞭墜鐙。」宋江、晁蓋大喜，便說道：「既是四位肯從大義，便請收拾起程。」眾多頭領俱各歡喜。在山寨住了一日，過了一夜。次日，宋江、晁蓋仍舊做頭一起，下山進發先去。次後依例而行，只隔著二十里遠近。四籌好漢收拾起財帛金銀等項，帶領了小嘍囉三、五百人，便燒毀了寨柵，隨作第六起登程。宋江又合得這四個好漢，心中甚喜，於路在馬上對晁蓋說道：「小弟來江湖上走了這幾遭，雖是受了些驚恐，卻也結識得這許多好漢。今日同哥哥上山去，這回只得死心塌地，與哥哥同死同生。」一路上說著閑話，不覺早來到朱貴酒店裏了。

且說四個守山寨的頭領吳用、公孫勝、林沖、秦明和兩個新來的蕭讓、金大堅，已得朱貴、宋萬先回報知，每日差小頭目棹船出來酒店裏迎接，一起起都到金沙灘上岸，擂鼓吹笛，眾好漢們都乘馬轎，迎上寨來。到得關下，軍師吳學究等六人，把了接風酒，都到聚義廳上，焚起一爐好香。晁蓋便請宋江為山寨之主，坐第一把交椅。◎34宋江那裏肯，便道：「哥哥差矣！感蒙眾位不避刀斧，救拔宋江性命，哥哥原是山寨之主，如何卻讓不才？若要堅執如此相讓，宋江情願就死。」晁蓋道：「賢弟如何這般說！當初若不是賢弟擔那血海般干係，救得我等七人性命上山，如何有今日之眾？你正是山寨之恩主。你不坐，誰坐？」宋江道：「仁兄，論年齒，兄長也大十歲，◎35宋江若坐

註

※15毛錐失利：毛錐，即毛筆。意指科考失利。

評點

◎33.處處寫他收羅人馬上山，可知前番大哭之詐。（金批）
◎34.晁蓋已入玄中，一路閑說之力如此。（金批）
◎35.看他句句權詐之極。讓晁蓋，還只是論齒，然則餘人可知矣。儼然以功自居，眞乃咄咄相逼。（金批）

了，豈不自羞。」再三推晁蓋坐了第一位，宋江坐了第二位，吳學究坐了第三位，公孫勝坐了第四位。宋江道：◎36「休分功勞高下，梁山泊一行舊頭領去左邊主位上坐，新到頭領去右邊客位上坐，待日後出力多寡，那時另行定奪。」◎37眾人齊道：「哥哥言之極當。」左邊一帶，是林沖、劉唐、阮小二、阮小五、阮小七、杜遷、宋萬、朱貴、白勝；右邊一帶，論年甲次序，互相推讓，花榮、秦明、黃信、戴宗、李逵、李俊、穆弘、張橫、張順、燕順、呂方、郭盛、蕭讓、王矮虎、薛永、金大堅、穆春、李立、歐鵬、蔣敬、童威、童猛、馬麟、石勇、侯健、鄭天壽、陶宗旺。共是四十位頭領坐下。大吹大擂，且吃慶喜筵席。

宋江說起江州蔡九知府捏造謠言一事，說與眾人：「叵耐黃文炳那廝，事又不干他己，卻在知府面前胡言亂道，解說道：『耗國因家木』，耗散國家錢糧的人，必是家頭著個『木』字，不是個『宋』字？『刀兵點水工』，興動刀兵之人，必是三點水著個『工』字，不是個『江』字？這個正應宋江身上。那後兩句道：『縱橫三十六，播亂在山東。』合主宋江造反在山東。以此拿了小可。不期戴院長又傳了假書，以此黃文炳那廝攛掇知府，只要先斬後奏。若非眾好漢救了，焉得到此！」李逵跳將起來道：「好哥哥，正應著天上的言語！雖然吃了他些苦，黃文炳那賊也吃我割得快活。放著我們有許多軍馬，便造反，怕怎地？晁蓋哥哥便做了大皇帝，宋江哥哥便做了小皇帝，吳先生做個丞相，公孫道士便做個國師，我們都做個將軍，殺去東京，奪了鳥位，在那裏快活，

評點

◎36.看他毅然開口，目無晁蓋，咄咄逼人。（金批）

◎37.盡入宋江手矣。大才調人做大事業，只是一著兩著，譬如高手弈棋，只在一著兩著也。但得之筆墨之間，更為奇事耳。（金批）

◎38.天上的言語，大皇帝、小皇帝，都是不經人道語，正使晉人捉麈尾，十年也道不出。李大哥當是不食煙火人。（容眉）

卻不好？不強似這個鳥水泊裏？」◎38戴宗連忙喝道：「鐵牛，你這廝胡說！你今日既到這裏，不可使你那在江州性兒，須要聽兩位頭領哥哥的言語號令，亦不許你胡言亂語，多嘴多舌。再如此多言插口，先割了你這顆頭來爲令，以警後人！」李逵道：「阿哎！若割了我這顆頭，幾時再長得一個出來。我只吃酒便了。」眾多好漢都笑。宋江又提起拒敵官軍一事，說道：「那時小可初聞這個消息，好不驚恐，不期今日輪到宋江身上。」吳用道：「兄長當初若依了弟兄之言，只住山上快活，不到江州，不省了多少事？這都是天數注定如此。」宋江道：「黃安那廝，如今在那裏？」晁蓋道：「那廝住不夠兩、三個月，便病死了。」◎39宋江嗟嘆不已。當日飲酒，各各盡歡。晁蓋先叫安頓穆太公一家老小。叫取過黃文炳的家財，賞勞了眾多出力的小嘍囉。取出原將來的信籠，交還戴院長收用。戴宗那裏肯要，定教收放庫內，公支使用。晁蓋叫眾多小嘍囉參拜了新頭領李俊等，都參見了。連日山寨裏殺牛宰馬，作慶賀筵席，不在話下。

再說晁蓋教向山前山後各撥定房屋居住，山寨裏再起造房舍，修理城垣。至第三日，酒席上宋江起身對眾頭領說道：「宋江還有一件大事，正要稟眾弟兄。小可今欲下山走一遭，乞假數日，未知眾位肯否？」晁蓋便問道：「賢弟今欲要往何處，幹甚麼大事？」宋江不慌不忙，說出這個去處。有分教：槍刀林裏，再逃一遍殘生；山嶺邊旁，傳授千年勳業。正是：只因玄女書三卷，留得清風史數篇。畢竟宋公明要往何處去走一遭？且聽下回分解。◎40

評點

◎39.還記得黃安，有歸結。（袁眉）

◎40.李卓吾曰：黃文炳也是個聰明漢子，國家有用之人，渠既見反詩，如何不要著緊？宋公明也怪他不得。江州劫法場，只爲要救二人性命，不得不如此。若是無爲軍，竟可省事，胡爲又做這一場？大不是，大不是。（容評）

第四十二回　還道村※1受三卷天書　宋公明遇九天玄女◎1

話說當下宋江在筵上對眾好漢道：「小可宋江自蒙救護上山，到此連日飲宴，甚是快樂，不知老父在家，正是何如？即目江州申奏京師，必然行移濟州，著落鄆城縣追捉家屬，比捕正犯，恐老父存亡不保。宋江想念，欲往家中搬取老父上山，以絕掛念，不知眾弟兄還肯容否？」晁蓋道：「賢弟，這件是人倫中大事，不成我和你受用快樂，倒教家中老父吃苦！如何不依賢弟？只是眾兄弟們連日辛苦，寨中人馬未定，再停兩日，點起山寨人馬，一逕去取了來。」宋江道：「仁兄，再過幾日不

宋江上山，梁山泊小聚義。圖為陶瓷「梁山泊好漢」，廣東省潮州市楓溪陶瓷展覽中心。拍攝時間2007年10月17日。（商林／fotoe提供）

註

※1還道村：還，音旋。村名的意思是盤旋的道路。

評點

◎1.嘗觀古學劍之家，其師必取弟子，先置之斷崖絕壁之上，迫之疾馳：經月而後，授以竹枝，追刺猿猱，無不中者；夫而後歸之室中，教以劍術，三月技成，稱天下妙也。聖歎嘆曰：嗟乎！行文亦猶是矣。夫天下險能生妙，非天下妙能生險也。險故妙，險絕故妙絕；不險不能妙，不險絕不能妙絕也。遊山亦猶是矣。不梯而上，不縋而下，未見其能窮山川之窈窕，洞壑之隱秘也。梯而上，縋而下，而吾之所至，乃在飛鳥徘徊，蛇虎躑躅之處，而吾之力絕，而吾之氣盡，而吾之神色索然猶如死人，而吾之耳目乃一變換，而吾之胸襟乃一蕩滌，而吾之識略乃得高者愈高，深者愈深，奮而爲文筆，亦得愈極高深之變也。行文亦猶是矣。不閣筆，不捲紙，不停墨，未見其有窮奇盡變出妙入神之文也。筆欲下而仍閣，紙欲舒而仍捲，墨欲磨而仍停，而吾之才盡，而吾之髯斷，而吾之目矐，而吾之腹痛，而鬼神來助，而風雲忽通，而後奇則眞奇，變則眞變，妙則眞妙，神則眞神也。吾以此法遍閱世間之文，未見其有合者。今讀還道村一篇，而獨賞其險妙絕倫。嗟乎！支公畜馬，愛其神駿，其言似謂自馬以外都更無有神駿也者；今吾亦雖謂自《水滸》以外都更無有文章，亦豈誣哉！前半篇兩趙來捉，宋江躲過，俗筆只一句可了。今看他寫得一起一落，又一起又一落，再一起再一落，遂令宋江自在廚中，讀者本在書外，卻不知何故一時便若打並一片心魂，共受若干驚嚇者。燈昏窗響，壁動鬼出，筆墨之事，能令依正一齊震動，眞奇絕也。上文神廚來捉一段，可謂風雨如磬，蟲鬼駭逼矣。忽然一轉，卻作花明草媚，團香削玉之文。如此筆墨，眞乃有妙必臻，無奇不出矣。第一段神廚搜捉，文妙於駭緊。第二段夢受天書，文妙於整麗。第三段群雄策應，便更變駭緊爲疏奇，化整麗爲錯落。三段文字，凡作三樣筆法，不似他人小兒舞鮑老，只有一副面具也。此書每寫宋江一片奸詐後，便緊接李逵一片眞誠以激射之，前已處處論之詳矣。最奇妙者，又莫奇妙於寫宋江取爺後，便寫李逵取娘也。夫爺與娘，所謂一本之親者也。譬之天矣，無日不戴之，無日不忘之，無日不忘之，無日不戴之。非有義可盡，亦並非有恩可感，非有理可講，亦並非有情可說也。執塗之人，而告之曰：「我孝。」孝，口說而已乎？執塗之人，而告之曰：「我念我父。」然則爾之念爾父也，殆亦暫矣。我聞諸我先師曰：「夫孝，推而放之四海而准。」推而放之四海而准者，以孝我父者孝我君，謂之忠；以孝我父者孝我兄，謂之悌；以孝我父者孝我友，謂之敬；以孝我父者孝我妻，謂之良；以孝我父者孝我子，謂之慈；以孝我父者孝我百姓，謂之有道仁人也。推而至於伐一樹，殺一獸，不以其順，謂之不孝。故知孝者，百順之德也，萬福之原也。故知孝之爲言順也，順之爲言時也。時春則生，時秋則殺，時喜則笑，時怒則罵，生殺笑罵，皆謂之孝。故知行孝，非可以口說爲也。我父我母，非供我口說之人也。自世之大逆極惡之人，多欲自言其孝，於是出其狡獪陰陽之才，先施之於其父其母，而後亦遂推而加之四海，馴至殃流天下，禍害相攻，大道既失，不可復治。嗚呼！此口說之孝所以爲強盜之孝，而作者特借宋江以活畫之。蓋言強盜之爲強盜，徒以惡心向於他人；若夫口口說孝之人，乃以惡心向其父母，是加於強盜一等者也。我觀遠行者，必爇香而祝曰：「好人相逢，惡人遠避。」蓋畏強盜之至也。今父母孕子，亦當爇香祝曰：「心孝相逢，口孝遠避。」蓋爲父母者之畏口口說孝之子，眞有過於強盜也者。彼說孝之人，聞吾之言，今定不信。迨於他日不免有子，夫然後知曩者其父其母之遭我之毒，乃至若斯之極也。嗚呼！作者之傳宋江，其識惡垂戒之心，豈不痛哉！故於篇終緊接李逵取娘之文，以見粗鹵凶惡如李鐵牛其人，亦復不忘源本。然則孝之爲德，下及禽蟲，無不具足，宋江可以不必屢自矜許。且見粗鹵凶惡如李鐵牛其人，乃其取娘陡然一念，實反過於宋江取爺百千萬倍。然則孝之爲德，惟不說者其內獨至。宋江不爲人罵死，不爲雷震死，亦當自己羞死也矣。李逵取娘文前，又先借公孫勝取娘作一引者，一是寫李逵見人取爺，不便想到娘，直至見人取娘，方解想到娘，是寫李逵天眞爛漫也。一是爲宋江作意取爺，不足以感動李逵，公孫勝偶然看娘，卻早已感動李逵，是寫宋江權詐無用也。《易・彖辭》曰：「中孚，信及豚魚。」言豚魚無知，最爲易信。中孚無爲，而天下化之。解者乃作豚魚難信。蓋久矣權術之行於天下，而大道之不復講也。自家取爺，偏要說死而無怨，偏一日亦不可待。他人取娘，便怕他有疏失，便要他再過幾時。傳曰：「夫子之道，忠恕而已矣。」觀其不恕，知其不忠，何意稗官有此論道之樂。（金批）

凡小說戲劇，一著神鬼夢幻，便躲閃可厭，此傳亦不免，終是扭捏。在江州便應念父，便應搬取，何至此始及？雖不應認眞，然太脫卯。（芥眉）

妨，只恐江州行文到濟州追捉家屬，以此事不宜遲。今也不須點多人去，只宋江潛地自去，和兄弟宋清搬取老父連夜上山來，那時鄉中神不識、鬼不覺。若還多帶了人伴去，必然驚嚇鄉里，反招不便。」晁蓋道：「賢弟，路中倘有疏失，無人可救。」宋江道：「若爲父親，死而無怨。」◎2當日苦留不住，宋江堅執要行，便取個毡笠戴了，提條短棒，腰帶利刃，便下山去。◎3衆頭領送過金沙灘自回。

且說宋江過了渡，到朱貴酒店裏上岸，出大路投鄆城縣來。路上少不得飢餐渴飲，夜住曉行。一日，奔宋家村，晚了，到不得，且投客店歇了。次日趲行到宋家村時，卻早，且在林子裏伏了，等待到晚，卻投莊上來敲後門。莊裏聽得，只見宋清出來開門，見了哥哥，吃那一驚，慌忙道：「哥哥，你回家來怎地？」宋江道：「我特來家取父親和你。」宋清道：「哥哥，你在江州做了的事，如今這裏都知道了。本縣差下這兩個趙都頭，每日來勾取，管定了我們，不得轉動。只等江州文書到來，◎4便要捉我們父子二人，下在牢裏監禁，聽候拿你。日裏、夜間，一、二百土兵巡綽。你不宜遲，快去梁山泊請下衆頭領來，救父親並兄弟。」宋江聽了，驚得一身冷汗，不敢進門，轉身便走，奔梁山泊路上來。是夜月色朦朧，路不分明，宋江只顧揀僻靜小路去處走。約莫也走了一個更次，只聽得背後有人發喊起來。宋江回頭聽時，只隔一、二里路，看見一簇火把照亮，只聽得叫道：「宋江休走！」宋江一頭走，一面肚裏尋思：「不聽晁蓋之言，果有今日之禍。皇天可憐，垂救宋江則個。」遠遠望見一個去處，只顧走。少間，風掃薄雲，現出那輪明月，宋江方纔認得仔細，叫聲苦，不知高低。看了那個去處，有名喚做還道村。◎5原來團團都是高山峻嶺，山下一遭澗水，中間單單只一條路。入來這村，左來右去走，只是這條路，更沒第二條路。宋江認得這個村口，欲待回身，卻被背後趕來的人已把住了路口，火把照耀如同白日。宋江只得奔入村裏來，尋路躲避。抹過一座林子，早看見一所古廟。但見：

牆垣※2頹損，殿宇傾斜。兩廊畫壁長蒼苔，滿地花磚生碧草。門前小鬼，折臂膊不顯猙獰；殿上判官，無幞頭※3不成禮數。供床上蜘蛛結網，香爐內螻蟻營窠。狐狸常睡紙爐中，蝙蝠不離神帳裏。

宋江只得推開廟門，乘著月光，入進廟裏來，尋個躲避處。前殿後殿，相了一回，安不得身，心裏越慌。只聽得外面有人道：「多管只走在這廟裏！」宋江聽得時，是趙能聲音，急沒躲處，見這殿上一所神廚，宋江揭起帳幔，望裏面探身便鑽入神廚裏，安了短棒，做一堆兒伏在廚內，◎6氣也不敢喘。只聽得外面拿著火把，照將入來。宋江在神廚裏偷眼看時，趙能、趙得引著四、五十人，拿著火把，各到處照，看看照上殿來。宋江道：「我今番走了死路，望陰靈庇護則個！神明庇佑！神明庇佑！」◎7一個個都走過了，沒人看著神廚裏。宋江道：「卻不是天幸！」只見趙得將火把來神廚內照一照，宋江道：「我這番端的受縛！」趙得一隻手將朴刀桿挑起神帳，上下把火只一照，火

註

※2垣：垣，音袁。矮牆，牆。

※3幞頭：古代男子用的一種包頭巾。

評點

◎2.模寫孝子，便是孝子。（容眉）

◎3.如何不遣一人作伴。（袁眉）

◎4.反逆大事，文書稽遲，不縣不即擒拿，恐無此理。（袁眉）

◎5.寫得妙。月暗月明，翻入奇境。（金批）

◎6.公明入於廟中，藏入神廚內，皆因不聽眾人之言，又受驚矣。（余評）

◎7.活寫出情急人口中念誦無倫無次來。（金批）

煙衝將起來，衝下一片黑塵來，正落在趙得眼裏，眯了眼，便將火把丟在地下，一腳踏滅了，走出殿門外來，對土兵們道：「這廝不在廟裏。別又無路，卻走向那裏去了？」衆土兵道：「多應※4這廝走入村中樹林裏去了，這裏不怕他走脫。這個村喚做還道村，只有這條路出入，裏面雖有高山林木，卻無路上得去。都頭只把住村口，他便會插翅飛上天去，也走不脫了。待天明，村裏去細細搜捉。」趙得道：「也是。」引了土兵下殿去了。宋江道：「卻不是神明護佑！若還得了性命，必當重修廟宇，再建祠堂，陰靈保佑則個！」說猶未了，只聽得有幾個土兵在廟門前叫道：「都頭，在這裏了！」趙能、趙得和衆人一夥搶入來。宋江道：「卻不又是晦氣！這遭必被擒捉！」趙能到廟前問道：「在那裏？」土兵道：「都頭，你來看廟門上兩個塵手跡，◎8一定是卻纔推開廟門，閃在裏面去了。」趙能道：「說得是，再仔細搜一搜看。」這夥人再入廟裏來搜看，宋江道：

宋江在神廚裏偷眼，見趙能、趙得引人拿著火把到處照看，嚇得宋江心驚膽戰，不斷地祈禱神明庇佑。（朱寶榮繪）

「我命運這般蹇拙※5，今番必是休了！」那夥人去殿前殿後搜遍，只不曾翻過磚來。衆人又搜了一回，火把看看照上殿來。趙能道：「多是只在神廚裏。卻纔兄弟看不仔細，我自照一照看。」一個土兵拿著火把，趙能一手揭起帳幔，五、七個人伸頭來看。不看萬事俱休，纔看一看，只見神廚裏捲起一陣惡風，將那火把都吹滅了，黑騰騰罩了廟宇，對面不見。趙能道：「卻又作怪！平地裏捲起這陣惡風來，想是神明在裏面，定嗔怪我們只管來照，因此起這陣惡風顯應。我們且去罷，只守住村口，待天明再來尋。」趙得道：「只是神廚裏不曾看得仔細，再把槍去搠一搠。」趙能道：「也是。」◎9兩個卻待向前，只聽得殿後又捲起一陣怪風，吹得飛沙走石，滾將下來，搖得那殿宇岌岌地動，罩下一陣黑雲，布合了上下，冷氣侵人，毛髮豎起。趙能情知不好，叫了趙得道：「兄弟快走，神明不樂！」衆人一哄都奔下殿來，望廟門外跑走，有幾個攧翻了的，也有閃朒※6腿的，爬得起來，奔命走出廟門。只聽得廟裏有人叫：「饒恕我們！」◎10趙能再入來看時，兩、三個土兵跌倒在龍墀裏，被樹根鈎住了衣服，死也掙不脫，手裏丟了朴刀，扯著衣裳叫饒。宋江在神廚裏聽了，忍不住笑。趙能把土兵衣服解脫了，領出廟門去。有幾個在前面的土兵說道：「我說這神道最靈，你們只管在裏面纏障，引得小鬼發作起來！」◎11我們只去守住了村口等他，須不吃他飛了去。」趙能、趙得道：「說得

註

※4多應：多半是、大概、應該的意思。
※5蹇拙：艱難困拙，不順利。
※6朒：扭傷，折傷。

評點

◎8.何等奇妙，眞乃天外飛來，卻是當面拾得。（金批）
◎9.從前歷歷說來，幾番寬，幾番緊，甚有做作。（袁眉）
◎10.餘波奇絕，出於意外。（金批）
◎11.小鬼發作，奇語。（金批）

宋江躲藏的時候，突然見到仙童邀請，並稱自己為星主，說是娘娘有請。宋江跟著青衣童子前行，轉過角門，看到星月滿天，四下裏茂林修竹。（選自《水滸傳版刻圖錄》，江蘇廣陵古籍刻印社）

是。只消村口四下裏守定。」衆人都望村口去了。

只說宋江在神廚裏口稱慚愧道：「雖不被這廝們拿了，卻怎能夠出村口去？」正在廚內尋思，百般無計，只聽得後面廊下有人出來。◎[12]宋江道：「卻又是苦也！早是不鑽出去。」只見兩個青衣童子，逕到廚邊舉口道：「小童奉娘娘法旨，請星主說話。」宋江那裏敢做聲答應。外面童子又道：「娘娘有請，星主可行。」宋江也不敢答應。外面童子又道：「宋星主休得遲疑，娘娘久等。」宋江聽得鶯聲燕語，不是男子之音，便從神櫃底下鑽將出來，看時，卻是兩個青衣女童侍立在床邊。宋江吃了一驚，卻是兩個泥神。◎[13]只聽得外面又說道：「宋星主，娘娘有請。」宋江分開帳幔，鑽將出來，只見是兩個青衣螺髻※[7]女童，齊齊躬身，各打個稽首。宋江看那女童時，但見：

朱顏綠髮，皓齒明眸。飄飄不染塵埃，耿耿天仙風韻。螺螄髻山峰堆擁，鳳頭鞋蓮瓣輕盈。領抹深青，一色織成銀縷；帶飛眞紫，雙環結就金霞。依稀閬苑董雙成※8，彷彿蓬萊花鳥使。

當下宋江問道：「二位仙童自何而來？」青衣道：「奉娘娘法旨，有請星主赴宮。」宋江道：「仙童差矣！我自姓宋名江，不是甚麼星主。」青衣道：「如何差了？請星主便行，娘娘久等。」宋江道：「甚麼娘娘？亦不曾拜識，如何敢去？」青衣道：「星主到彼便知，不必詢問。」宋江道：「娘娘在何處？」青衣道：「只在後面宮中。」青衣前引便行，宋江隨後跟下殿來，轉過後殿側首一座子墻角門，青衣道：「宋星主從此間進來。」宋江跟入角門來看時，星月滿天，香風拂拂，四下裏都是茂林修竹。宋江尋思道：「原來這廟後又有這個去處。早知如此，卻不來這裏躲避，不受那許多驚恐。」◎14宋江行時，覺道香塢兩行夾種著大松樹，都是合抱不交的，中間平坦一條龜背大街※9。宋江看了，暗暗尋思道：「我倒不想古廟後有這般好路徑！」跟著青衣，行不過一里來路，聽得潺潺的澗水響。看前面時，一座青石橋，兩邊都是朱欄杆，岸上栽種奇花、異草、蒼松、茂竹、翠柳、夭桃，橋下翻銀滾雪般的水，流從石洞裏去。過得橋基看時，兩行奇樹，中間一座大朱紅欞星門。宋江入得欞星門看時，擡頭見一所宮殿。但見：

註

※7螺髻：螺形的髮髻。
※8董雙成：傳說中西王母的蟠桃仙子。
※9龜背大街：石頭鋪的大街，因爲路面的形狀和龜甲形狀相似而稱之。

評點

◎12.上文無數奇峰一起盡跌，忽然此處又另轉出一峰，令人猜測不出。（金批）
◎13.眞眞假假，妙絕。（袁眉）
◎14.一路都作疑神疑鬼，似信不信之筆。（金批）

金釘朱户，碧瓦雕檐。飛龍盤柱戲明珠，雙鳳幃屏明曉日。紅泥墻壁，紛紛御柳間宮花；翠靄樓臺，淡淡祥光籠瑞影。窗橫龜背，香風冉冉透黃紗；簾捲蝦鬚，皓月團團懸紫綺。若非天上神仙府，定是人間帝主家。

宋江見了，尋思道：「我生居鄆城縣，不曾聽得說有這個去處。」心中驚恐，不敢動腳。◎15青衣催促請星主行。一引，引入門內，有個龍墀※10，兩廊下盡是朱紅亭柱，都掛著繡簾，正中一所大殿，殿上燈燭熒煌。青衣從龍墀內一步步引到月臺上，聽得殿上階前又有幾個青衣道：「娘娘有請星主進來。」宋江到大殿上，不覺肌膚戰慄，毛髮倒豎，下面都是龍鳳磚階。青衣入簾內奏道：「請至宋星主在階前。」宋江到簾前御階之下，躬身再拜，俯伏在地，口稱：「臣乃下濁庶民，不識聖上，伏望天慈，俯賜憐憫。」御簾內傳旨，教請星主坐。宋江那裏敢擡頭。教四個青衣扶上錦墩坐，宋江只得勉強坐下。殿上喝聲捲簾，數個青衣早把珠簾捲起，搭在金鈎上。娘娘問道：「星主別來無恙？」宋江起身再拜道：「臣乃庶民，不敢面覷聖容。」娘娘道：「星主既然至此，不必多禮。」宋江恰纔敢擡頭舒眼，看見殿上金碧交輝，點著龍燈鳳燭；兩邊都是青衣女童，持笏捧圭，執旌擎扇侍從，正中七寶九龍床上，坐著那個娘娘。宋江看時，但見：

頭綰九龍飛鳳髻，身穿金縷絳綃衣。藍田玉帶曳長裙，白玉圭璋擎彩袖。臉如蓮萼，天然眉目映雲環；唇似櫻桃，自在規模端雪體。正大仙容描不就，威嚴

評點

◎15.都不實寫。（金批）

◎16.公明夢入九天玄女親授天書，脱離厄難，何德之深，而試兹終身之兆。（余評）

形像畫難成。

那娘娘口中說道：「請星主到此。」命童子獻酒。兩下青衣女童，執著奇花寶瓶，捧酒過來，斟在玉杯內。一個為首的女童，執玉杯遞酒，來勸宋江。宋江起身，不敢推辭，接過玉杯，朝娘娘跪飲了一杯。宋江覺道這酒馨香馥郁，如醍醐灌頂，甘露洒心。又是一個青衣，捧過一盤仙棗，上勸宋江。宋江戰戰兢兢，怕失了體面，尖著指頭，拿了一枚，就而食之，懷核在手。青衣又斟過一杯酒來勸宋江，宋江又一飲而盡。娘娘法旨，教再勸一杯，青衣再斟一杯酒過來勸宋江，宋江又飲了。仙女托過仙棗，又食了兩枚。共飲過三杯仙酒，三枚仙棗。宋江便覺道春色微醺，又怕酒後醉失體面，再拜道：「臣不勝酒量，望乞娘娘免賜。」殿上法旨道：「既是星主不能飲酒，可止。教取那三卷天書賜與星主。」◎16青衣去屏風背後，玉盤中托出黃羅袱子，包著三卷天書，度與宋江。宋江看時，可長五寸，闊三寸，厚三寸，

宋江到大殿上，只看到簾內人影，宋江俯伏在地，拜見娘娘，後者賞賜給宋江天書三卷，勉勵他替天行道。（朱寶榮繪）

註

※10 龍墀：赤色臺階。

不敢開看，再拜祇受※[11]，藏於袖中。娘娘法旨道：「宋星主，傳汝三卷天書，汝可替天行道爲主，全忠仗義爲臣，輔國安民，去邪歸正。◎[17]吾有四句天言，汝當記取，終身佩受，勿忘勿泄。」宋江再拜，願受天言。娘娘法旨道：

遇宿重重喜，逢高不是凶。
外夷及內寇，幾處見奇功。

宋江聽畢，再拜謹受。娘娘法旨道：「玉帝因爲星主魔心未斷，道行未完，暫罰下方，不久重登紫府※[12]，切不可分毫懈怠！若是他日罪下酆都※[13]，吾亦不能救汝。此三卷之書，可以善觀熟視，只可與天機星同觀，其他皆不可見。功成之後，便可焚之，勿留在世。所囑之言，汝當記取。目今天凡相隔，難以久留，汝當速回。」便令童子急送星主回去，「他日瓊樓金闕，再當重會」。宋江便謝了娘娘，跟隨青衣女童下得殿庭來，出得欞星門，送至石橋邊。青衣道：「恰纔星主受驚，不是娘娘護

宋江在神廚內躲避追捕，在夢中夢到九天玄女邀請自己，並且送給了自己三卷天書。
（日版畫，出自《新編水滸畫傳》，葛飾戴斗繪）

佑，已被擒拿。◎18天明時，自然脫離了此難。星主，看石橋下水裏二龍相戲。」宋江凭欄看時，果見二龍戲水。二青衣望下一推，宋江大叫一聲，卻撞在神廚內，覺來乃是南柯一夢。

宋江爬將起來看時，月影正午，料是三更時分。宋江把袖子裏摸時，手內棗核三個，袖裏帕子包著天書。摸將出來看時，果是三卷天書，又只覺口裏酒香。宋江想道：「這一夢眞乃奇異，似夢非夢！◎19若把做夢來，如何有這天書在袖子裏？口中又酒香，棗核在手裏？說與我的言語都記得，不曾忘了一句？不把做夢來，我自分明在神廚裏，一交攧將入來，有甚難見處？想是此間神聖最靈，顯化如此。只是不知是何神明？」揭起帳幔看時，九龍椅上坐著一個妙面娘娘，正和夢中一般。宋江尋思道：「這娘娘呼我做星主，想我前生非等閑人也。這三卷天書必然有用。分付我的四句天言，◎20不曾忘了。青衣女童道：『天明時自然脫離此村之厄。』如今天色漸明，我卻出去。」便探手去廚裏摸了短棒，把衣服拂拭了，一步步走下殿來，便從左廊下轉出廟前，仰面看時，舊牌額上刻著四個金字道：「玄女之廟」。宋江以手加額稱謝道：「慚愧！原來是九天玄女娘娘傳受與我三卷天書，又救了我的性命。◎21如若能夠再見天日之面，必當來此重修廟宇，再建殿庭。伏望聖慈俯垂護佑。」稱謝已畢，只得望著村口悄悄出來。離廟

註

※11 祇受：恭敬地接受。
※12 紫府：傳說中神仙住的地方，叫做紫府。後文的「瓊樓金闕」，義同。
※13 酆都：地名，在四川省東南，今作豐都。傳爲冥府之所在。

評點

◎17.數語是一部作傳根本。（袁眉）
◎18.仙人也要邀功。（容夾）
◎19.你道是夢不是夢？（容眉）
◎20.天何言哉，況於書也！（金批）
◎21.公明此夜若非天星，命不能存矣。（余評）

未遠，只聽得前面遠遠地喊聲連天。宋江尋思道：「又不濟了！」立住了腳，「且未可出去，我若到他面前，定吃他拿了。不如且在這裏路旁樹背後躲一躲。」卻纔閃得入樹背後去，只見數個土兵急急走得喘做一堆，把刀槍拄著，一步步攧將入來，口裏聲聲都只叫道：「神聖救命則個！」◎22宋江在樹背後看了，尋思道：「卻又作怪！他們把著村口，等我出來拿我，卻又怎地搶入來？」再看時，趙能也搶入來，口裏叫道：「我們都是死也！」宋江道：「那廝如何恁地慌？」卻見背後一條大漢追將入來。那大漢上半截不著一絲，露出鬼怪般肉，手裏拿著兩把夾鋼板斧，口裏喝道：「含鳥休走！」遠觀不睹，近看分明，正是黑旋風李逵。宋江想道：「莫非是夢裏麼？」◎23不敢走出去。

玄女授兵書圖。

那趙能正走到廟前，被松樹根只一絆，一交攧在地下。李逵趕上，就勢一腳踏住脊背，手起大斧，卻待要砍，背後又是兩籌好漢趕上來，把毡笠兒掀在脊梁上，各挺一條朴刀，◎24上首的是歐鵬，下首的是陶宗旺。李逵見他兩個趕來，恐怕爭功，壞了義氣，就手把趙能一斧，砍做兩半，連胸脯都砍開了，跳將起來，把土兵趕殺，四散走了。宋江兀自不敢便走出來。背後只見又趕上三籌好漢，也殺將來。前面赤髮鬼劉唐，第二石將軍石勇，第三催命判官李立。這六籌好漢說道：「這廝們都殺散了，只尋不見哥哥，卻怎生是好？」石勇叫道：「兀那松樹背後一個人立在那裏！」宋江方纔敢挺身出來，說道：「感謝衆兄弟們又來救我性命，將何以報大恩？」六籌好漢見了宋江，大喜道：「哥哥有了！◎25快去報與晁頭領得知。」石勇、李立分頭去了。宋江問劉唐道：「你們如何得知，來這裏救我？」劉唐答道：「哥哥前腳下得山來，晁頭領與吳軍師放心不下，便叫戴院長隨即下來，探聽哥哥下落。晁頭領又自己放心不下，再著我等衆人前來接應，只恐哥哥有些疏失。半路裏撞見戴宗道：『兩個賊驢追趕捕捉哥哥。』晁頭領大怒，分付戴宗去山寨，只教留下吳軍師、公孫勝、阮家三兄弟、呂方、郭盛、朱貴、白勝看守寨柵，其餘兄弟都叫來此間尋覓哥哥，聽得人說道：『趕宋江入還道村去了。』村口守把的這廝們盡數殺了，不留一個，只有這幾個奔進村裏來。隨即李大哥追來，我等都趕入來，不想哥哥在這裏。」說猶未了，石勇引將◎26晁蓋、花榮、秦明、黃信、薛永、蔣敬、馬麟到來，李立引將李俊、穆弘、張橫、張順、穆春、侯健、蕭讓、金大堅，一行衆多好漢都相見了。宋江作謝衆位頭領。晁蓋道：「我叫賢弟不須親自下山，不聽愚兄之言，險些兒又做出來。」宋江道：「小可兄弟只爲父親這一事，懸腸掛肚，坐臥不安，不由宋江不來取。」晁蓋道：「好教賢弟歡喜，令尊並令

評點

◎22.意外光景，寫得妙。（袁眉）
◎23.此個夢裏說得好，與他出不同。（袁眉）
◎24.看他寫得如連珠炮相似，令人目光搖動。（金批）
◎25.四字妙，可見意不在殺人，又可見已尋了一早辰也。（金批）
◎26.淋漓錯落之至。（金批）

弟家眷，我先叫戴宗引杜遷、宋萬、王矮虎、鄭天壽、童威、童猛送去，已到山寨中了。」◎27宋江聽得，大喜，◎28拜謝晁蓋道：「得仁兄如此施恩，宋江死亦無怨！」晁蓋、宋江俱各歡喜，與衆頭領各各上馬，離了還道村口。宋江在馬上以手加額，望空頂禮，稱謝神明庇祐之力，容日專當拜還心願。有古風一篇，單道宋江忠義得天之助：

昏朝氣運將顛覆，四海英雄起微族※14。
流光垂象在山東※15，天罡上應三十六。
瑞氣盤旋繞鄆城，此鄉生降宋公明。
幼年涉獵諸經史，長來爲吏惜人情。
仁義禮智信皆備，兼受九天玄女經。
豪傑交遊滿天下，逢凶化吉天生成。
他年直上梁山泊，替天行道動天兵。

且說一行人馬離了還道村，逕回梁山泊來。吳學究領了守山頭領，直到金沙灘，都來迎接。前到得大寨聚義廳上，衆好漢都相見了。宋江急問道：「老父何在？」晁蓋便叫請宋太公出來，不多時，鐵扇子宋清策著※16一乘山轎，擡著宋太公到來，衆人扶策下轎，上廳來。宋江見了，喜從天降，笑顏逐開。宋江再拜道：「老父驚恐！宋江做了不孝之子，負累了父親吃驚受怕！」宋太公道：「叵耐趙能那廝弟兄兩個，每日撥人來守定了我們，只待江州公文到來，便要捉取我父子二人，解送官司。聽得你在莊後敲門，此時已有八、九個士兵在前面草廳上，續後不見了，不知怎地趕出去了。到三更時候，又有二百餘人把莊門開了，將我搭扶上轎擡了，教你兄弟四郎收拾了箱籠，放火燒了莊院。那時不由我問個緣由，逕來到這裏。」宋江道：「今日父子團圓相見，皆賴衆兄弟之力也。」叫兄弟宋清拜謝了衆頭領，晁蓋衆人都來參拜宋太公已畢。一面殺牛宰馬，且做慶喜筵席，作賀宋公明父子團圓。當日盡醉方散，次日又排筵席賀喜，大小頭領盡皆歡喜。

第三日，晁蓋又體己※17備個筵席，慶賀宋江父子完聚，忽然感動公孫勝一個念頭，◎29思憶老母在薊州，離家日久，未知如何。衆人飲酒之時，只見公孫勝起身對衆頭領說道：「感蒙衆位豪傑相待貧道許多時，恩同骨肉。只是小道自從跟著晁頭領到山，逐日宴樂，一向不曾還鄉看視老母，亦恐我眞人本師懸望。欲待回鄉省視一遭，暫別衆頭領三、五個月，再回來相見，以滿小道之願，免致老母掛念懸望。」晁蓋道：「向日已聞先生所言，令堂在北方無人侍奉，今既如此說時，難以阻當，只是不忍分別。雖然要行，再待來日相送。」公孫勝謝了。當日盡醉方散，各自歸房安歇。次日早，就關下排了筵席，與公孫勝餞行。且說公孫勝依舊做雲遊道士打扮了，腰裏腰包、肚包，背上雌雄寶劍，肩胛上掛著棕笠，手中拿把鱉殼扇，便下山來。衆頭領接住，就關下筵席，各

註

※14 微族：地位低下的家族。
※15 山東：這裏是指山東省。
※16 策著：指揮。
※17 體己：私下：表示親密或不公開的。

評點

◎27.先取上山，甚周匝。（袁眉）
◎28.宋江聞見戴宗送父母並弟上山，須一時之喜，亦天使相聚也，豈偶然哉。（余評）
◎29.感動有情，更生支節，大好關目。（袁眉）

各把盞送別。餞行已遍，晁蓋道：「一清先生，此去難留，卻不可失信。本是不容先生去，只是老尊堂在上，不敢阻當。百日之外，專望鶴駕降臨，切不可爽約。」公孫勝道：「重蒙列位頭領看待許久，小道豈敢失信！回家參過本師眞人，安頓了老母，便回山寨。」宋江道：「先生何不將帶幾個人去，一發就搬取老尊堂上山，早晚也得侍奉。」公孫勝道：「老母平生只愛清幽，吃不得驚謊，因此不敢取來。家中自有田產山莊，老母自能料理。小道只去省視一遭，便來再得聚義。」宋江道：「既然如此，專聽尊命。只望早早降臨爲幸！」晁蓋取出一盤黃白之資相送，公孫勝道：「不消許多，但只夠盤纏足矣。」晁蓋定教收了一半，打拴在腰包裏，打個稽首，別了衆人，過金沙灘便

江蘇無錫水滸城。位在無錫市郊的水滸城，是中國中央電視臺為拍攝《水滸傳》而興建，裡頭含括皇宮相府、山寨民宅、衙門監牢、寺院宗廟、街市店舖、酒樓客棧、湖泊葦蕩、水泊梁山等場景，還有官船、大戰船等十多艘仿宋船可遊太湖，亦可觀賞到許多《水滸傳》中著名的武打場面表演。（美工圖書社：中國圖片大系提供）

行，望薊州去了。

衆頭領席散，卻待上山，只見黑旋風李逵就關下放聲大哭起來。◎30宋江連忙問道：「兄弟，你如何煩惱？」李逵哭道：「干鳥氣麼！這個也去取爺，那個也去望娘，偏鐵牛是土掘坑裏鑽出來的！」晁蓋便問道：「你如今待要怎地？」李逵道：「我只有一個老娘在家裏。我的哥哥又在別人家做長工，如何養得我娘快樂？我要去取他來這裏快樂幾時也好。」晁蓋道：「兄弟說得是。◎31我差幾個人同你去，取了上山來，也是十分好事。」宋江便道：「使不得。李家兄弟生性不好，回鄉去必然有失。若是教人和他去，亦是不好。況且他性如烈火，到路上必有衝撞。他又在江州殺了許多人，那個不認得他是黑旋風？這幾時，官司如何不行移文書到那裏了，必然原籍追捕。你又形貌兇惡，倘有疏失，路程遙遠，如何得知？你且過幾時，打聽得平靜了去取未遲。」李逵焦躁，叫道：「哥哥，你也是個不平心的人。◎32你的爺，便要取上山來快活，我的娘，由他在村裏受苦。兀的不是氣破了鐵牛的肚子！」◎33宋江道：「兄弟，你不要焦躁。既是要去取娘，只依我三件事，便放你去。」李逵道：「你且說那三件事？」宋江點兩個指頭，說出這三件事來。有分教：李逵施爲撼地搖天手，來鬥巴山跳澗蟲。畢竟宋江對李逵說出那三件事來？且聽下回分解。◎34

評點

◎30.奇人奇事奇文，亦是妙人妙事妙文。（金批）
◎31.寫晁蓋以襯出宋江。（金批）
◎32.確，確。忠恕之道，強盜惡乎知之哉！（金批）
◎33.情真語直，不須多說，妙甚。（袁眉）
◎34.於患難中別開天地，正是水窮雲起，筆意如入桃源，且不知秦漢，何論魏晉。（袁評）

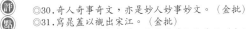

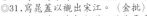

第四十三回　假李逵剪徑劫單人　黑旋風沂嶺殺四虎◎1

話說李逵道：「哥哥，你且說那三件事？」宋江道：「你要去沂州沂水縣搬取母親，第一件，逕回，不可吃酒；◎2第二件，因你性急，誰肯和你同去？你只自悄悄地取了娘便來；◎3第三件，你使的那兩把板斧，休要帶去。路上小心在意，早去早回。」李逵道：「這三件事，有甚麼依不得！哥哥放心，我只今日便行，我也不住了。」當下李逵拽扎※1得爽利，◎4只跨一口腰刀，提條朴刀，帶了一錠大銀，三、五個小銀子，吃了幾杯酒，唱個大喏，別了眾人，便下山來，過金沙灘去了。晁蓋、宋江與眾頭領送行已罷，回到大寨裏聚義廳上坐定。宋江放心不下，對眾人說道：「李逵這個兄弟，此去必然有失。不知眾兄弟們誰是他鄉中人？可與他那裏探聽個消息。」杜遷便道：「只有朱貴原是沂州沂水縣人，與他是鄉里。」宋江聽罷，說道：「我卻忘了。前日在白龍廟聚會時，李逵已自認得朱貴是同鄉人。」宋江便著人去請朱貴。小嘍囉飛報下山來，直至店裏，請得朱貴到來。宋江道：「今有李逵兄弟前往家鄉搬取老母。因他酒性不好，為此不肯差人與他同去，誠恐路上有失。今知賢弟是他鄉中人，你可去他那裏探聽，走一遭。」朱貴答道：「小弟是沂州沂水縣人，現在一個兄弟喚做朱富，在本縣西門外開著個酒店。這李逵他是本縣百丈村董店東住。有個哥哥喚做李達，專與人家做長工。這

註

※1拽扎：綑扎，結束，收拾。

評點

◎1.粤自仲尼歿而微言絕，而忠恕一貫之義，其不講於天下也既已久矣。夫中心之謂忠也，如心之謂恕也。見其父而知愛之謂孝，見其君而知愛之謂敬。夫孝敬由於中心，油油然不自知其達於外也，如惡惡臭，如好好色，不思而得，不勉而中，此之謂自慊。聖人自慊，愚人亦自慊；君子爲善自慊，小人爲不善亦自慊。爲不善亦自慊者，厭然掩之，而終亦肺肝如見，然則天下之意，未有不誠者也。善亦誠於中，形於外；不善亦誠於中，形於外；不思善，不思惡，若惡惡臭，好好色之微，亦無不誠於中，形於外。蓋天下無有一人，無有一事，無有一刻不誠於中，形於外也者。故曰：「自誠明，謂之性。」性之爲言故也，故之爲言自然也，自然之爲言天命也。天命聖人，則無一人而非聖人也；天命至誠，則無善無不善而非至誠也。性相近也，習相遠也。善不善，其習也；善不善，無不誠於中，於形外，其性也。唯上智與下愚不移者，雖聖人亦有下愚之德，雖愚人亦有上智之德。若惡惡臭，好好色，不惟愚人不及覺，雖聖人亦不及覺，是下愚之德也。若惡惡臭，好好色，乃至爲善爲不善，無不誠於中，形於外，聖人無所增，愚人無所減，是上智之德也。何必不喜？何必不怒？何必不哀？何必不樂？喜怒哀樂，不必聖人能有之也。匹婦能之，赤子能之，乃至禽蟲能之，是則所謂道也。「道也者，不可須臾離也。」道，即所謂獨也；不可須臾離，即所謂慎也。何謂獨？誠於中，形於外。喜即盈天地之間止一喜，怒即盈天地之間止一怒，哀樂即盈天地之間止一哀，止一樂，更無旁念得而副貳之也。何謂慎？修道之教是也。教之爲言自明而誠者也。有不善，未嘗不知；知之未嘗復行，則庶幾矣不敢掩其不善而著其善也。何也？惡其無益也。知不善未嘗復行，然則其「擇乎中庸，得一善而拳拳服膺，必弗失之矣」。是非君之惡於不善之如彼也，又非君子好善之如此也。夫好善惡不善，則是君子遵道而行，半途而必廢者耳，非所以學而至於聖人之法也。若夫君子欲誠其意之終必由於擇善而固執之者，亦以爲善之後也若失，爲不善之後也若得。若得，則不免於厭然之掩矣；若失，則庶幾其無只於悔矣。聖人知當其欲掩而制之使不掩也難，不若引而置之無悔之地，而使之馴至乎心寬體胖也易。故必津律以擇善教後世者，所謂慎獨之始事，而非《大學》「止至善」之善也。擇乎中庸，得一善，固執之而弗失；能如是矣，然後謂之慎獨。慎獨而知從本是獨，不惟有小人之掩即非獨，苟有君子之慎亦即非獨；於是始而擇，既而慎，終而並慎亦不復慎。當是時，喜怒哀樂不思而得，不勉而中，如惡惡臭，如好好色，從容中道，聖人也。如是謂之「止於至善」。不曰至於至善，而曰「止於至善」者，至善在近不在遠，若欲至於至善，則是人之爲道而遠人不可以爲道也。故曰：「賢智過之。」爲其欲至至善，故過之也。若愚不肖之不及，則爲其不知擇善慎獨，故不及耳。然其同歸不能明行大道，豈有異哉！若夫「止於至善」也者，維皇降衷於民，無不至善；無不至善，則應止矣。不惟小人爲不善之非止也，彼君子之爲善亦非止也；不惟爲善爲不善之非止也，彼君子之猶未免於慎獨之慎，猶未止也。人誠明乎此，則能知止矣。知止也者，不惟能知至善之當止也，又能知不止之從無不止也。夫誠知不止之從無不止，而明於明德，更無惑矣，而後有定。知致則意誠也，而後能靜；意誠則心正也，而後能安；心正則身修也，而後能慮；身修則家齊、國治、天下平也，而後能得；家齊、國治，天下平，則盡明德之量，所謂德之爲言得也。夫始乎明，終乎明德，而正心、修身、齊家、治國、平天下，無不全舉如此。故曰：「明則誠矣。」惟天下至誠，爲能「贊天地之化育」也。嗚呼！是則孔子昔者之所謂忠之義也。蓋忠之爲言中心之謂也。喜怒哀樂之未發，謂之中；發而爲喜怒哀樂之中節，謂之心；率我之喜怒哀樂自然誠於中，形於外，謂之忠。知家國、天下之人率其喜怒哀樂無不自然誠於中，形於外，謂之恕。知喜怒哀樂無我無人無不自然誠於中，形於外，謂之格物。能無我無人無不任其自然喜怒哀樂，而天地以位，萬物以育，謂之天下平。曾子得之，忠謂之一，恕謂之貫；子思得之，忠謂之中，恕謂之庸。故曰：「無黨無偏，王道平平。」「無偏無黨，王道蕩蕩。」嗚呼！此固昔者孔子志在《春秋》、行在《孝經》之精義。後之學者誠得聞此，內以之治其性情，即可以爲聖人；外以之治其民物，即可以輔王者。然惜乎三千年來，不復更講，愚又欲講之，而懼或乖於遁世不悔之教，故反因讀稗史之次而偶及之。當世不乏大賢、亞聖之材，想能垂許於斯言也。能忠未有不恕者，不恕未有能忠者。看宋江不許李逵取娘，便斷其必不孝順太公，此不恕未有能忠之驗。看李逵一心念母，便斷其不殺養娘之人，此能忠未有不恕之驗也。此書處處以宋江、李逵相形對寫，意在顯暴宋江之惡，固無論矣。獨奈何輕以「忠恕」二字下許李逵？殊不知忠恕天性，八十翁翁道不得，周歲哇哇卻行得，以「忠恕」二字下許李逵，正深表忠恕之易能，非嘆李逵之難能也。宋江取爺，村中遇神；李逵取娘，村中遇鬼。此一聯絕倒。宋江黑心人取爺，便遇玄女；李逵赤心人取娘，便遇白兔。此一聯又絕倒。宋江遇玄女，是奸雄搗鬼；李逵遇白兔，是純孝格天。此一聯又絕倒。宋江遇神，受三卷天書；李逵遇鬼，見兩把板斧。此一聯又絕倒。宋江天書，定是自家帶去；李逵板斧，不是自家帶來。此一聯又絕倒。宋江到底無眞，李逵忽然有假。此一聯又絕倒。宋江取爺吃仙棗，李逵取娘吃鬼肉。此一聯又絕倒。宋江爺不忍見活強盜，李逵娘不及見死大蟲。此一聯又絕倒。宋江爺不願見子爲盜，李逵娘不得見子爲官。此一聯又絕倒。宋江取爺，還時帶三卷假書；李逵取娘，還時帶兩個眞虎。此一聯又絕倒。宋江爺生不如死，李逵娘死賢於生。此一聯又絕倒。宋江兄弟也做強盜，李逵阿哥亦是孝子。此一聯又絕倒。二十二回寫武松打虎一篇，眞所謂極盛難繼之事也。忽然於李逵取娘文中，又寫出一夜連殺四虎一篇，句句出奇，字字換色。若要李逵學武松一毫，李逵不能；若要武松學李逵一毫，武松亦不敢。各自興奇作怪，出妙入神；筆墨之能，於斯竭矣。（金批）（此二十二回爲本書二十三回。——編者按）

◎2.爲曹太公家醉翻先作反襯。（金批）

◎3.宋江取爺，只要自去；李逵取娘，也只許自去。怕事卻生事，省事偏多事。（芥眉）

◎4.好個直性人。（容夾）

李逵自小凶頑，因打死了人，逃走在江湖上，一向不曾回歸。如今著小弟去那裏探聽也不妨，只怕店裏無人看管。小弟也多時不曾還鄉，亦就要回家探望兄弟一遭。」宋江道：「這個看店，不必你憂心，我自教侯健、石勇替你暫管幾時。」朱貴領了這言語，相辭了衆頭領下山來，便走到店裏，收拾包裹，交割鋪面與石勇、侯健，自奔沂州去了。這裏宋江與晁蓋在寨中，每日筵席，飲酒快樂，與吳學究看習天書，不在話下。

且說李逵獨自一個離了梁山泊，取路來到沂水縣界。於路，李逵端的不吃酒，◎5因此不惹事，無有話說。行至沂水縣西門外，見一簇人圍著榜看，李逵也立在人叢中，聽得讀道：「榜上第一名正賊宋江，係鄆城縣人；第二名從賊戴宗，係江州兩院押獄；第三名從賊李逵，係沂州沂水縣人。」李逵在背後聽了，正待指手畫腳，沒做奈何處，只見一個人搶向前來，攔腰抱住，叫道：「張大哥，你在這裏做甚麼？」李逵扭過身看時，認得是旱地忽律朱貴。李逵問道：「你如何也來這裏？」朱貴道：「你且跟我來說話。」兩個一同來西門外近村一個酒店內，直入到後面一間靜房中坐了。朱貴指著李逵道：「你好大膽！那榜上明明寫著賞一萬貫錢捉宋江，五千錢捉戴宗，三千錢捉李逵，你卻如何立在那裏看榜？倘或被眼疾手快的拿了送官，如之奈何？宋公明哥哥只怕你惹事，不肯教人和你同來，又怕你到這裏做出怪來，續後特使我趕來探聽你的消息。我遲下山來一日，又先到你一日，你如何今日纔到這裏？」李逵道：「便是哥哥分付，教我不要吃酒，以此路上走得慢了。◎6你如何認得這個酒店裏？你是這裏人，家在那裏住？」朱貴道：「這個酒店，便是我兄弟朱富家裏。我原是此間人，因在江湖上做客，消折了本錢，就於梁山泊落草，今次方回。」又叫兄弟朱富來與李逵相見了。朱富置酒管待李逵。李逵道：「哥哥分付，教我不要吃酒，今日我已到鄉里了，便吃兩碗兒，打甚麼鳥緊！」朱貴不敢阻當他，由他吃。當夜直吃到四更時分，安排些飯食，李逵吃了，趁五更曉星殘月，霞光明朗，便投村裏去。朱貴分付道：「休從小路去，只從大朴樹※2轉彎，投東大路，一直往百丈村去，便是董店東。◎7快取了母親來，和你早回山寨去。」李逵道：「我自從小路去，卻不從大路走，誰耐煩！」朱貴道：「小路走，多大蟲，又有乘勢奪包裹的剪徑賊人。」李逵應道：「我卻怕甚鳥！」戴上毡笠兒，提了朴刀，跨了腰刀，別了朱貴、朱富，便出門投百丈村來。

約行了數十里，天色漸漸微明，◎8去那露草之中，趕出一隻白兔兒來，望前路去了。李逵趕了一直，笑道：「那畜生倒引了我一程路。」有詩為證：

山徑崎嶇靜復深，西風黃葉滿疏林。
偶因逐兔過前界，不記倉忙行路心。

正走之間，只見前面有五十來株大樹叢雜，時值新秋，葉兒正紅。李逵來到樹林邊廂，只見轉過一條大漢，喝道：「是會的留下買路錢，免得奪了包裹！」李逵看那人時，戴一頂紅絹抓髻兒頭巾，穿一領粗布衲襖，手裏拿著兩把板斧，◎9把黑墨搽在臉上。李逵

註

※2朴樹：落葉喬木，葉橢圓形，上部邊緣有鋸齒，花細小、色淡黃，果實球形、黑色，味甜可食。木材可製器具。

評點

◎5.徒以有老母在。（金批）
◎6.甚有挑播，不吃酒就走不動，妙話。（袁眉）
◎7.寫得宛然是同鄉人聲音。（金批）
◎8.天色微明。第一段。（金眉）
◎9.令人忽思江州時打扮。（金批）

見了，大喝一聲：「你這廝是甚麼鳥人？敢在這裏剪徑！」那漢道：「若問我名字，嚇碎你心膽！老爺叫做黑旋風。你留下買路錢並包裹，便饒了你性命，容你過去。」李逵大笑道：「沒你娘鳥興！你這廝是甚麼人？那裏來的？也學老爺名目，在這裏胡行！」李逵挺起手中朴刀，來奔那漢，那漢那裏抵當得住，卻待要走，早被李逵腿股上一朴刀，搠翻在地，一腳踏住胸脯，喝道：「認得老爺麼？」那漢在地下叫道：「爺爺，饒恁孩兒性命！」李逵道：「我正是江湖上的好漢黑旋風李逵，便是你這廝辱沒老爺名字！」那漢道：「小人雖然姓李，不是眞的黑旋風。爲是爺爺江湖上有名目，提起好漢大名，神鬼也怕，◎10因此小人盜學爺爺名目，胡亂在此剪徑。但有孤單客人經過，聽得說了黑旋風三個字，便撇了行李，逃奔了去，以此得這些利息，實不敢害人。小人自己的賤名叫做李鬼，只在這前村住。」李逵道：「叵耐這廝無禮，卻在這裏奪人的包裹行李，壞我的名目，學我使兩把板斧，且教他先吃我一斧！」劈手奪過一把斧來便砍，李鬼慌忙叫道：「爺爺殺我一個，便是殺我兩個！」李逵聽得，住了手問道：「怎地殺你一個，便是殺你兩個？」李鬼道：「小人本不敢剪徑，家中因有個九十歲的老母，無人養贍，因此小人單題爺爺大名唬嚇人，奪些單身的包裹，養贍老母。其實並不曾敢害了一個人。如今爺爺殺了小人，家中老母必是餓殺。」李逵雖是個殺人不眨眼的魔君，聽得說了這話，自肚裏尋思道：「我特地歸家來取娘，卻倒殺了一個養娘的人，天地也不佑我。罷，罷！我饒了你這廝性命。」◎11放將起來，李鬼手提著斧，納頭便拜。李逵

評點

◎10.好漢也好奉承。（袁眉）
◎11.李大哥才是孝子，所稱錫類之孝，非乎？（容眉）
◎12.英雄未有不愛名者。（袁眉）
◎13.君子可欺也，不可罔也。（容眉）

道：「只我便是眞黑旋風，你從今已後，休要壞了俺的名目。」◎12李鬼道：「小人今番得了性命，自回家改業，再不敢倚著爺爺名目，在這裏剪徑。」李逵道：「你有孝順之心，我與你十兩銀子做本錢，便去改業。」李逵便取出一錠銀子，把與李鬼，拜謝去了。李逵自笑道：「這廝卻撞在我手裏。既然他是個孝順的人，必去改業，我若殺了他，也不合天理。◎13我也自去休。」拿了朴刀，一步步投山僻小路而來。詩曰：

李逵迎母卻逢傷，李鬼何曾爲養娘。
可見世間忠孝處，事情言語貴參詳。

走到巳牌時分，看看肚裏又飢又渴，四下裏都是山徑小路，不見有一個酒店、飯店。正走之間，只見遠遠在山凹裏露出兩間草屋。李逵見了，奔到那人家裏來，只見

李逵遇到打劫，便挺起朴刀來鬥，搶劫人抵當不住，被李逵一朴刀搠翻，踏住了胸脯。對方連忙求饒，謊言自己還有老母要奉養，李逵因此放了他。
（選自《水滸傳版刻圖錄》，江蘇廣陵古籍刻印社）

後面走出一個婦人來，鬏髻鬢邊插一簇野花，搽一臉胭脂鉛粉。李逵放下朴刀道：「嫂子，我是過路客人，肚中飢餓，尋不著酒食店，我與你一貫足錢，央你回些酒飯吃。」那婦人見了李逵這般模樣，不敢說沒，只得答道：「酒便沒買處，飯便做些與客人吃了去。」李逵道：「也罷。只多做些個，正肚中飢出鳥來。」那婦人道：「做一升米不少麼？」李逵道：「做三升米飯來吃。」那婦人向廚中燒起火來，便去溪邊淘了米，將來做飯。李逵卻轉過屋後山邊來淨手，只見一個漢子攧手攧腳從山後歸來。李逵轉過屋後聽時，那婦人正要上山討菜，開後門，見了，便問道：「大哥，那裏閃朒了腿？」那漢子應道：「大嫂，我險些兒和你不廝見了，你道我晦鳥氣麼？指望出去等個單身的過，整整等了半個月，不曾發市，甫能今日抹著一個，你道是誰？原來正是那眞黑旋風！卻恨撞著那驢鳥，我如何敵得他過？倒吃他一朴刀，◎14攧翻在地，定要殺我。吃我假意叫道：『你殺我一個，卻害了我兩個。』他便問我原故，我便告道：『家中有個九十歲的老娘，無人養贍，定是餓死。』那驢鳥眞個信我，饒了我性命，又與我一個銀子做本錢，教我改了業養娘。我恐怕他省悟了趕將來，且離了那林子裏僻靜處睡了一回，從山後走回家來。」那婦人道：「休要高聲！卻纔一個黑大漢來家中，教我做飯，莫不正是他？如今在門前坐地，你去張一張看。若是他時，你去尋些麻藥來，放在菜內，教那廝吃了，麻翻在地，我和你卻對付了他，謀得他些金銀，搬往縣裏住，去做些買賣，卻不強似在這裏剪徑！」李逵已聽得了，便道：「叵耐這廝，我倒與了他一個銀子，又饒了

評點

◎14.倒字妙絕，人之驕妻妾也，每用此言矣。（金批）
◎15.此殺李鬼，正謂不仁之報，亦天報之速也。（余評）
◎16.日已西，第三段。（金眉）

性命，他倒又要害我。這個正是情理難容！」一轉踅到後門邊。這李鬼恰待出門，被李逵劈鬅揪住，那婦人慌忙自望前門走了。李逵捉住李鬼，按翻在地，身邊掣出腰刀，早割下頭來。◎15拿著刀，卻奔前門尋那婦人時，正不知走那裏去了。再入屋內來，去房中搜看，只見有兩個竹籠，盛些舊衣裳，底下搜得些碎銀兩並幾件釵環，李逵都拿了。又去李鬼身邊搜了那錠小銀子，都打縛在包裹裏。卻去鍋裏看時，三升米飯早熟了，只沒菜蔬下飯。李逵盛飯來吃了一回，看看自笑道：「好痴漢！放著好肉在面前，卻不會吃！」拔出腰刀，便去李鬼腿上割下兩塊肉來，把些水洗淨了，竈裏抓些炭火來便燒。一面燒，一面吃。吃得飽了，把李鬼的屍首拖放屋下，放了把火，提了朴刀，自投山路裏去了。

比及趕到董店東時，日已平西。◎16逕奔到家中，推開門，入進裏面，只聽得娘在床

李逵到屋後淨手，沒想到見到剛才搶劫自己的漢子，和婦人合謀要用麻藥來害自己，更知道了對方根本沒有老母要奉養。（朱寶榮繪）

上問道：「是誰人來？」李逵看時，見娘雙眼都盲了，坐在床上念佛。李逵道：「娘，鐵牛來家了！」娘道：「我兒，你去了許多時，這幾年正在那裏安身？你的大哥只是在人家做長工，止博得些飯食吃，養娘全不濟事。我時常思量你，眼淚流乾，因此瞎了雙目。你一向正是如何？」李逵尋思道：「我若說在梁山泊落草，娘定不肯去，我只假說便了。」李逵應道：「鐵牛如今做了官，上路特來取娘。」◎17娘道：「恁地卻好也！只是你怎生和我去得？」李逵道：「鐵牛背娘到前路，卻覓一輛車兒載去。」娘道：「你等大哥來，卻商議。」李逵道：「等做甚麼？我自和你去便了。」恰待要行，只見李達提了一罐子飯來。入得門，李逵見了，便拜道：「哥哥，多年不見！」◎18李達罵道：「你這廝歸來做甚？又來負累人！」娘便道：「鐵牛如今做了官，特地家來取我。」李達道：「娘呀！休信他放屁！當初他打殺了人，教我披枷帶鎖，受了萬千的苦。如今又聽得他和梁山泊賊人通同，劫了法場，鬧了江州，現在梁山泊做了強盜。前日江州行移公文到來，著落原籍追捕正身，卻要捉我到官比捕，又得財主替我官司分理，說他兄弟已自十來年不知去向，亦不曾回家，莫不是同名同姓的人冒供鄉貫※3？又替我上下使錢，◎19因此不吃官司杖限追要。現今出榜賞三千錢捉他。你這廝不死，卻走家來胡說亂道！」李逵道：「哥哥不要焦躁，一發和你同上山去快活，多少是好！」李達大怒，本待要打李逵，卻又敵他不過，把飯罐撇在地下，一直去了。李逵道：「他這一去，必然報人來捉我，卻是脫不得身，不如及早走罷。我大哥從來不曾見這大銀，我且留下一錠五十兩的大銀子放在床上。大哥歸來見了，必然不趕來。」李逵便解下腰包，取一錠大銀，放在床上，叫道：「娘，我自背你去休。」娘道：「你背我那裏去？」李逵道：「你休問我，只顧去快活便了。我自背你去不妨！」李逵當下背了娘，提了朴刀，出門望小路裏便走。卻說李達奔來財主家報了，領著十來個莊客，飛也似趕到家裏看時，不見了老娘，只見床上留下一錠大銀子。李達見了這錠大銀，心中忖道：「鐵牛留下銀子，背娘去那裏藏了？必是梁山泊有人和他來，我若趕去，倒吃他壞了性命。想他背娘，必去山寨裏快活。」◎20眾人不見了李逵，都沒做理會處。李達卻對眾莊客說道：「這鐵牛背娘去，不知往那條路去了。這裏小路甚雜，怎地去趕他？」眾莊客見李達沒理會處，俄延了半晌，也各自回去了，不在話下。

這裏只說李逵怕李達領人趕來，背著娘只望亂山深處僻靜小路而走。看看天色晚了，但見：

> 暮煙橫遠岫，宿霧鎖奇峰。慈鴉※4撩亂投林，百鳥喧呼傍樹。行行雁陣，墜長空飛入蘆花；點點螢光，明野徑偏依腐草※5。捲起金風飄敗葉，吹來霜氣布深山。

當下李逵背娘到嶺下，天色已晚了。娘雙眼不明，不知早晚。李逵卻自認得這條嶺，喚

註

※3鄉貫：籍貫。
※4慈鴉：烏鴉的別名，此外還有麥鴉、慈烏、燕烏、孝烏、小山老鴰等。
※5點點螢光，明野徑偏依腐草：古人認爲螢火蟲是腐草變的，因此有這樣的話。

評點

◎17.亦是妙人，亦是孝子。（容夾）
◎18.眞正孝子，定是悌弟，寫得藹然一片。（金批）
◎19.世間亦有此等財主，亦見做工養娘的感動處，所以人心不滅。（芥眉）
◎20.見了銀子，便是兄弟了。（容眉）

做沂嶺。過那邊去，方纔有人家。娘兒兩個，趁著星明月朗，一步步捱上嶺來。娘在背上說道：「我兒，那裏討口水來我吃也好。」李逵道：「老娘，且待過嶺去，借了人家安歇了，做些飯吃。」娘道：「我日中吃了些乾飯，口渴得當不得。」李逵道：「我喉嚨裏也煙發火出。◎21你且等我背你到嶺上，尋水與你吃。」娘道：「我兒，端的渴殺我也！救我一救！」李逵道：「我也困倦得要不得。」李逵看看捱得到嶺上，松樹邊一塊大青石上，把娘放下，插了朴刀在側邊，分付娘道：「耐心坐一坐，我去尋水來你吃。」李逵聽得溪澗裏水響，聞聲尋將去，盤過了兩三處山腳，到得那澗邊看時，一溪好水。怎見得，有詩為證：

穿崖透壑※6不辭勞，遠望方知出處高。
溪澗豈能留得住，終歸大海作波濤。

李逵來到溪邊，捧起水來，自吃了幾口，尋思道：「怎生能夠得這水去，把與娘吃？」立起身來，東觀西望，遠遠地山頂上見個庵兒，李逵道：「好了。」攀藤攬葛，上到庵前，推開門看時，卻是個泗州大聖※7祠堂。面前有個石香爐。李逵用手去掇，原來卻是和座子鑿成的。李逵扳了一回，那裏扳得動？一時性起來，連那座子掇出前面石階上一磕，把那香爐磕將下來，拿了再到溪邊，將這香爐水裏浸了，拔起亂草，洗得乾淨，挽了半香爐水，雙手擎來，再尋舊路，夾七夾八走上嶺來。到得松樹裏邊，石頭上不見了娘，只見朴刀插在那裏。李逵叫娘吃水，杳無蹤跡，叫了幾聲不應。李逵心慌，丟了

評點

◎21.此句不是不肯尋水，正是肯尋水之根也。（金批）
◎22.鐵牛吃鬼腿，小虎吃娘腿，亦復映射成趣。（金批）

香爐，定住眼四下裏看時，並不見娘。走不到三十餘步，只見草地上一團血跡。李逵見了，心裏越疑惑，趁著那血跡尋將去。尋到一處大洞口，只見兩個小虎兒在那裏舐一條人腿。◎22正是：

假黑旋風眞搗鬼，生時欺心死燒腿。
誰知娘腿亦遭傷，餓虎餓人皆爲嘴。

李逵心裏忖道：「我從梁山泊歸來，特爲老娘來取他，千辛萬苦，背到這裏，卻把來與你吃了。那鳥大蟲拖著這條人腿，不是我娘的是誰的？」心頭火起，赤黃鬚竪立起來，將手中朴刀挺起，來搠那兩個小虎。這小大蟲被搠得慌，也張牙舞爪鑽向前來，被李逵手起，先搠死了一個，那一個望洞裏便鑽了入去。李逵趕到洞裏，也搠死了。李逵卻鑽入那大蟲洞內，伏在裏面張外面時，只見那母大蟲張牙舞爪望窩裏來。李逵道：「正是你這業畜吃了我娘！」放下朴刀，胯邊掣出腰刀。那母大蟲到洞口，先把尾去窩裏一剪，便把後半截身軀坐將入去。李逵在窩內看得仔

註

※6 穿崖透壑：穿山越嶺。

※7 泗州大聖：唐代高僧僧伽，圓寂後唐中宗爲其敬漆肉身，送回泗州臨淮起塔供養，遂奉爲「泗州大聖」。

母親口渴，李逵把母親放在石頭上休息，旁邊插著朴刀，自己去找水。因為沒有器具，便把遠處山庵的石香爐洗乾淨了盛水。（選自《水滸傳版刻圖錄》，江蘇廣陵古籍刻印社）

⊗ 李逵捧了水，回來發現母親被老虎吃了，一怒之下，將子母四虎一個不剩，全都殺光了。日本圖片為了美化，把朴刀換成了斧頭。
（日版畫，出自《新編水滸畫傳》，葛飾戴斗繪）

細，把刀朝母大蟲尾底下盡平生氣力捨命一戳，◎23正中那母大蟲糞門※8。李逵使得力重，和那刀靶也直送入肚裏去了。◎24那母大蟲吼了一聲，就洞口帶著刀，跳過澗邊去了。李逵卻拿了朴刀，就洞裏趕將出來。那老虎負疼，直搶下山石岩下去了。李逵恰待要趕，只見就樹邊捲起一陣狂風，吹得敗葉樹木如雨一般打將下來。自古道：「雲生從龍，風生從虎。」那一陣風起處，星月光輝之下，大吼了一聲，忽地跳出一隻吊睛白額虎來。那大蟲望李逵勢猛一撲，那李逵不慌不忙，趁著那大蟲的勢力，手起一刀，正中那大蟲頷下。那大蟲不曾再展、再撲，一者護那疼痛，二者傷著他那氣管。那大蟲退不夠五、七步，只聽得響一聲，如倒半壁山，登時間死在岩下。那李逵一時間殺了子母四虎，還又到虎窩邊，將著刀復看了一遍，只恐還有大蟲，已無有蹤跡。◎25李逵也困乏了，走向泗州大聖廟裏，睡到天明。次日早晨，李逵卻來收拾親娘的兩腿及剩的骨殖，把布衫包裹了，直到泗州大聖廟後掘土坑葬了。李逵大哭了一場，有詩為證：

沂嶺西風九月秋，雌雄虎子聚林丘。
因將老母殘軀啖，致使英雄血淚流。
猛拚一身探虎穴，立誅四虎報冤仇。
泗州廟後親埋葬，千古傳名李鐵牛。

這李逵肚裏又飢又渴，不免收拾包裹，拿了朴刀，尋路慢慢的走過嶺來。只見五、七個獵戶都在那裏收窩弓弩箭，見了李逵一身血污，行將下嶺來，眾獵戶吃了一驚，問道：「你這客人莫非是山神土地？如何敢獨自過嶺來？」李逵見問，自肚裏尋思道：「如今沂水縣出榜，賞三千貫錢捉我，我如何敢說實話？只謊說罷。」◎26答道：

註

※8糞門：肛門。

評點

◎23.武松有許多方法，李逵只是蠻戳，絕倒。（金批）
◎24.這所謂父母之仇，不共戴天。（容眉）
◎25.已無有蹤跡句緊接解，如人口述，不多語求全，是史筆。（芥眉）
◎26.偏寫李逵謊說，偏愈見其眞誠；偏寫宋江信義，偏愈見其權詐。（金批）

「我是客人。昨夜和娘過嶺來，因我娘要水吃，我去嶺下取水，被那大蟲把我娘拖去吃了。我直尋到虎窩裏，先殺了兩個小虎，後殺了兩個大虎，泗州大聖廟裏睡到天明，方纔下來。」眾獵戶齊叫道：「不信你一個人如何殺得四個虎？便是李存孝※9和子路※10也只打得一個。◎27這兩個小虎且不打緊，那兩個大虎非同小可。我們為這兩個畜生，不知都吃了幾頓棍棒。這條沂嶺自從有了這窩虎在上面，整三、五個月，沒人敢行。我們不信，敢是你哄我？」李逵道：「我又不是此間人，沒來由哄你做甚麼？你們不信，我和你上嶺去，尋討與你。就帶些人去扛了下來。」眾獵戶道：「若端的有時，我們自重重的謝你。卻是好也！」眾獵戶打起胡哨來，一霎時聚起三、五十人，都拿了撓鉤槍棒，跟著李逵，再上嶺來。此時天大明朗，都到那山頂上。遠遠望見窩邊果然殺死兩個小虎，一個在窩內，一個在外面；一隻母大蟲死在山岩邊，一隻雄虎死在泗

李逵殺虎的山嶺不可考，圖為清代畫家奚岡所繪的《巖居秋爽圖軸》，山勢頗有崢嶸。

州大聖廟前。衆獵戶見了殺死四個大蟲，盡皆歡喜，便把索子抓縛起來，衆人扛擡下嶺，就邀李逵同去請賞，一面先使人報知里正、上戶，都來迎接著。擡到一個大戶人家，喚做曹太公莊上。那人原是閑吏，專一在鄉放刁把濫※11。近來暴有幾貫浮財，只是爲人行短※12。當時曹太公親自接來相見了，邀請李逵到草堂上坐定，動問那殺虎的緣由。李逵卻把夜來同娘到嶺上要水吃，因此殺死大蟲的話，說了一遍。衆人都呆了。曹太公動問壯士高姓名諱，李逵答道：「我姓張，無名，只喚做張大膽。」詩曰：

人言只有假李逵，從來再無李逵假。
如何李四冒張三，誰假誰眞皆作耍。

曹太公道：「眞乃是大膽壯士，不恁地膽大，如何殺得四個大蟲！」一壁廂叫安排酒食管待，不在話下。

且說當村裏得知沂嶺上殺了四個大蟲，擡在曹太公家，講動了村坊道店，哄得前村後村，山僻人家，大男幼女，成群拽隊，都來看虎，入見曹太公相待著打虎的壯士在廳上吃酒。數中卻有李鬼的老婆，◎28逃在前村爹娘家裏，隨著衆人也來看虎，卻認得李逵的模樣，慌忙來家對爹娘說道：「這個殺虎的黑大漢，便是殺我老公、燒了我屋的。

註

※9李存孝：唐末至五代著名的猛將。十幾歲時爲救父親，把一隻惡虎打死。
※10子路：孔子的學生，以勇武出名。
※11放刁把濫：指刁難敲詐，胡作非爲。
※12行短：行爲卑鄙。

評點

◎27.博學君子，亦知子路打虎的故事麼？（容眉）（子路打虎，典籍無記載，應是小說家言，評者因此幽默。——編者按）
◎28.絕妙關目，前看李鬼老婆走去了，竟沒下落，誰想到此。（袁眉）

他正是梁山泊黑旋風李逵。」爹娘聽得，連忙來報知里正。里正聽了道：「他既是黑旋風時，正是嶺後百丈村打死了人的李逵，逃走在江州，又做出事來，行移到本縣原籍追捉。如今官司出三千貫賞錢拿他，他卻走在這裏！」暗地使人去請得曹太公到來商議。曹太公推道更衣※13，急急的到里正家裏。正說這個殺虎的壯士，便是嶺後百丈村裏的黑旋風李逵，現今官司著落拿他。曹太公道：「你們要打聽得仔細。倘不是時，倒惹得不好；若眞個是時，卻不妨。要拿他時也容易，只怕不是他時卻難。」◎29里正道：「現有李鬼的老婆認得他。曾來李鬼家做飯吃，殺了李鬼。」曹太公道：「既是如此，我們且只顧置酒請他，卻問他：『今番殺了大蟲，還是要去縣裏請功，只是要村裏討賞？』若還他不肯去縣裏請功時，便是黑旋風了。著人輪換把盞，灌得醉了，縛在這裏，卻去報知本縣，差都頭來取去，萬無一失。」有詩爲證：

常言芥投針孔，窄路每遇冤家。
李鬼鬼魂不散，旋風風色非佳。
打虎功思縣賞，殺人身被官拿。
試看螳螂黃雀，勸君得意休誇。

衆人道：「說得是。」里正與衆人商量定了。曹太公回家來款住李逵，一面且置酒來相待，便道：「適間拋撇，請勿見怪。且請壯士解下腰間包裹，放下朴刀，寬鬆坐一坐。」李逵道：「好，好！我的腰刀已搠在雌虎肚裏了，只有刀鞘在這裏。若是開剝時，可討來還我。」曹太公道：「壯士放心，我這裏有的是好刀，相送一把與壯士懸帶。」李逵解了腰刀、尖刀，並纏袋、包裹，都遞與莊客收貯，便把朴刀倚在壁邊。曹太公叫取大盤肉、大壺酒來。衆多大戶並里正、獵戶人等，輪番把盞，大碗大鍾，只顧勸李逵。曹太公又請問道：「不知壯士要將這虎解官請功？只是在這裏討些齎發？」李逵道：「我是過往客人，忙些個，偶然殺了這窩猛虎，不須去縣裏請功。只此有些齎發，便罷；若無，我也去了。」◎30曹太公道：「如何敢輕慢了壯士？少刻村中斂取盤纏相送。我這裏自解虎到縣裏去。」李逵道：「布衫先借一領與我換了上蓋。」曹太公道：「有，有。」當時便取一領細青布衲襖，就與李逵換了身上的血污衣裳。只見門前鼓響笛鳴，都將酒來，與李逵把盞作慶，一杯冷，一杯熱。李逵不知是計，只顧開懷暢飲，全不記宋江分付的言語。◎31不兩個時辰，把李逵灌得酩酊大醉，立腳不住。衆人扶到後堂空屋下，放翻在一條板凳上，就取兩條繩子，連板凳綁住了。便叫里正帶人，飛也似去縣裏報知。就引李鬼老婆去做原告，補了一紙狀子。此時哄動了沂水縣裏。知縣聽得大驚，連忙升廳問道：「黑旋風拿住在那裏？這是謀叛的人，不可走了。」原告人並獵戶答應道：「現縛在本鄉曹大戶家，爲是無人禁得他，誠恐有失，路上走了，不敢解來。」知縣隨即叫喚本縣都頭去取來。就廳前轉過一個都頭來聲喏，那人是誰，有詩爲證：

註

※13推道更衣：藉口上廁所。

評點

◎29.曹老兒卻仔細，凡做惡人再無不仔細的。（容眉）
◎30.是眞心，卻露出馬腳。（袁夾）
◎31.李大哥好處正在一毫不計利害。（容眉）

面闊眉濃鬚鬢赤，雙睛碧綠似番人※14。
沂水縣中青眼虎，豪傑都頭是李雲。

當下知縣喚李雲上廳來，分付道：「沂嶺下曹大戶莊上拿住黑旋風李逵，你可多帶人去，密地解來，休要哄動村坊，被他走了。」李都頭領了臺旨，下廳來，點起三十個老郎土兵，各帶了器械，便奔沂嶺村中來。

這沂水縣是個小去處，如何掩飾得過？此時街市上講動了，說道：「拿著了鬧江州的黑旋風。如今差李都頭去拿來。」朱貴在東莊門外朱富家聽了這個消息，慌忙來後面對兄弟朱富說道：「這黑廝又做出來了！如何解救？宋公明特為他，誠恐有失，差我來打聽消息。如今他吃拿了，我若不救得他時，怎地回寨去見哥哥？似此怎生是好？」朱富道：「大哥且不要慌。這李都頭一身好本事，有三、五十人近他不得，我和你只兩個同心合意，如何敢近傍他？只可智取，不可力敵。李雲日常時最是愛我，常常教我使些器械，我卻有個道理對他，只是在這裏安不得身了。今晚煮三、二十斤肉，將十

李逵是《水滸》中的殺星，打虎則是對其能力的肯定。圖為老虎畫作。（富爾特影像提供）

數瓶酒，把肉大塊切了，卻將些蒙汗藥拌在裏面，我兩個五更帶數個火家挑著，去半路裏僻靜處等候他解來時，只做與他把酒賀喜，將衆人都麻翻了，◎32卻放李逵，如何？」朱貴道：「此計大妙。事不宜遲，可以整頓，及早便去。」朱富道：「只是李雲不會吃酒，便麻翻了，終久醒得快。還有件事，倘或日後得知，須在此安身不得。」朱貴道：「兄弟，你在這裏賣酒，也不濟事。不如帶領老小，跟我上山，一發入了夥，論秤分金銀，換套穿衣服，卻不快活？今夜便叫兩個火家覓了一輛車兒，先送妻子和細軟行李起身，約在十里牌等候，都去上山。我如今包裹內帶得一包蒙汗藥在這裏，李雲不會吃酒時，肉裏多糝些，逼著他多吃些，也麻倒了，救得李逵，同上山去，有何不可？」朱富道：「哥哥說得是。」便叫人去覓下了一輛車兒，打拴了三、五個包箱，捎在車兒上，家中粗物都棄了，叫渾家和兒女上了車子，分付兩個火家，跟著車子，只顧先去。

且說朱貴、朱富當夜煮熟了肉，切做大塊，將藥來拌了，連酒裝做兩擔，帶了二、三十個空碗。又有若干菜蔬，也把藥來拌了。恐有不吃肉的，也教他著手。兩擔酒肉，兩個火家各挑一擔。弟兄兩個，自提了些果盒之類，四更前後，直接將來僻靜山路口坐。等到天明，遠遠地只聽得敲著鑼響，朱貴接到路口。且說那三十來個土兵自村裏吃了半夜酒，四更前後，把李逵背剪綁了，解將來。後面李都頭坐在馬上，看看來到面前。朱富便向前攔住，叫道：「師父且喜！小弟特來接力。」桶內舀一壺酒來，斟一大

註

※14番人：對外族人的通稱。

評點

◎32.灌醉李逵，今即麻翻李雲，是回敬法。（芥眉）

鍾，上勸李雲。朱貴托著肉來，火家捧過果盒。李雲見了，慌忙下馬，跳向前來，說道：「賢弟，何勞如此遠接！」朱富道：「聊表徒弟孝順之心。」李雲接過酒來，到口不吃，朱富跪下道：「小弟已知師父不飲酒。今日這個喜酒，也飲半盞兒。」李雲推卻不過，略呷了兩口。朱富便道：「師父不飲酒，須請些肉。」李雲道：「夜間已飽，吃不得了。」朱富道：「師父行了許多路，肚裏也飢了。雖不中吃，胡亂請些，也免小弟之羞。」揀兩塊好的，遞將過來。李雲見他如此殷勤，只得勉意吃了兩塊。朱富把酒來勸上戶、里正，並獵戶人等，都勸了三鍾，朱貴便叫土兵、莊客衆人都來吃酒。這夥男女那裏顧個冷熱、好吃不好吃，酒肉到口，只顧吃，正如這風捲殘雲，落花流水，一齊上來，搶著吃了。李逵光著眼，看了朱貴兄弟兩個，已知用計，故意道：「你們也請我吃些。」朱貴喝道：「你是歹人，有何酒肉與你吃！這般殺才，快閉了口！」李雲看著土兵，喝道叫走，只見一個個都面面廝覷，走動不得，口顫腳麻，都跌倒了。李雲急叫：「中了計了！」恰待向前，不覺自家也頭重腳輕，暈倒了，軟做一堆，睡在地下。當時朱貴、朱富各奪了一條朴刀，喝聲：「孩兒們休走！」兩個挺起朴刀，來趕這夥不曾吃酒肉的莊客，並那看的人。走得快的，走了；走得遲的，就搠死在地。李逵大叫一聲，把那綁縛的麻繩都掙斷了，便奪過一條朴刀來殺李雲。朱富慌忙攔住叫道：「不要害他。他是我的師父，爲人最好，你只顧先走。」◎33李逵應道：「不殺得曹太公老驢，如何出得這口氣！」李逵趕上，手起一朴刀，先搠死曹太公，並李鬼的老婆，◎34續後

※15里正也殺了。性起來，把獵戶排頭兒一味價搠將去，那三十來個土兵都被搠死了。這看的人和衆莊客只恨爹娘少生兩隻腳，都望深村野路逃命去了。李逵還只顧尋人要殺，朱貴喝道：「不干看的人事，休只管傷人。」慌忙攔住，李逵方纔住了手，就土兵身上剝了兩件衣服穿上。三個人提著朴刀，便要從小路裏走。朱富道：「不好！卻是我送了師父性命！他醒時，如何見得知縣？必然趕來。你兩個先行，我等他一等。我想他日前教我的恩義，且是爲人忠直，等他趕來，就請他一發上山入夥，也是我的恩義，免得教回縣去吃苦。」朱貴道：「兄弟，你也見得是，我便先去跟了車子行，留李逵在路旁幫你等他。只有李雲那廝吃的藥少，沒一個時辰便醒。若是他不趕來時，你們兩個休執迷等他。」朱富道：「這是自然了。」當下朱貴前行去了。只說朱富和李逵坐在路旁邊等候，果然不到一個時辰，只見李雲挺著一條朴刀，飛也似趕來，大叫道：「強賊休走！」李逵見他來得凶，跳起身，挺著朴刀，來鬥李雲，恐傷朱富。正是有分教：梁山泊內添雙虎，聚義廳前慶四人。畢竟黑旋風鬥青眼虎，二人勝敗如何？且聽下回分解。◎35

註

※15 續後：隨後。

評點

◎33.以下獨寫朱富。（金眉）

◎34.殺得好。（金批）

◎35.石爐汲水，黑旋風亦頗有識，誰知反送了老母性命，雖深入虎穴，而終天之恨何能已已。又評：朱富入夥以後，不顯所長，然救李逵並救李雲一段，兄弟朋友師生之義已盡，可傳可敬。（袁評）

第四十四回 錦豹子小徑逢戴宗 病關索※1長街遇石秀◎1

話說當時李逵挺著朴刀來鬥李雲，兩個就官路旁邊鬥了五、七合，不分勝敗。朱富便把朴刀去中間隔開，叫道：「且不要鬥，都聽我說。」二人都住了手。朱富道：「師父聽說，小弟多蒙錯愛，指教槍棒，非不感恩，只是我哥哥朱貴現在梁山泊做了頭領，今奉及時雨宋公明將令，著他來照管李大哥。不爭被你拿了解官，教我哥哥如何回去見得宋公明？因此做下這場手段。卻纔李大哥乘勢要壞師父，卻是小弟不肯容他下手，◎2只殺了這些士兵。我們本待去得遠了，猜道師父回去不得，必來趕我。小弟又想師父日常恩念，特地在此相等。師父，你是個精細的人，有甚不省得？如今殺害了許多人性命，又走了黑旋風，你怎生回去見得知縣？你若回去時，定吃官司，又無人來相救。不如今日和我們一同上山，投奔宋公明，入了夥。未知尊意若何？」◎3李雲尋思了半晌，便道：「賢弟，只怕他那裏不肯收留我。」朱富笑道：「師父，你如何不知山東及時雨大名，專一招賢納士，結識天下好漢？」李雲聽了，嘆口氣道：「閃得我有家難奔，有國難投！只喜得我又無妻小，

古代客棧酒店是資訊交流之所，因此梁山泊新建酒店三所。圖為北京門頭溝區爨底下村百順客棧。拍攝時間2007年9月12日。（何亮提供）

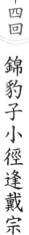

不怕吃官司拿了，◎4只得隨你們去休。」李逵便笑道：「我哥哥！你何不早說？」便和李雲剪拂了。這李雲不曾娶老小，亦無家當，當下三人合作一處，來趕車子，半路上朱貴接見了大喜。四籌好漢跟了車仗便行，於路無話。看看相近梁山泊路上，又迎著馬麟、鄭天壽，都相見了。說道：「晁、宋二頭領又差我兩個下山來探聽你消息。今既見了，我兩個先去回報。」當下二人先上山來報知。次日，四籌好漢帶了朱富家眷，都至梁山泊大寨聚義廳來。朱貴向前，先引李雲拜見晁、宋二頭領，相見眾好漢，說道：「此人是沂水縣都頭，姓李名雲，綽號青眼虎。」次後朱貴引朱富參拜眾位說道：「這是舍弟朱富，綽號笑面虎。」◎5都相見了。李逵拜了宋江，給還了兩把板斧，訴說取娘至沂嶺，被虎吃了，因此殺了四虎。又說假李逵剪徑被殺一事，眾人大笑。◎6晁、宋二人笑道：「被你殺了四個猛虎，今日山寨裏又添得兩個活虎，正宜作慶。」眾多好漢大喜，便教殺羊宰馬，做筵席慶賀兩個新到頭領。晁蓋便叫去左邊白勝上首坐定。

吳用道：「近來山寨十分興旺，感得四方豪傑望風而來，皆是晁、宋二兄之德，亦眾弟兄之福也。然是如此，還請朱貴仍復掌管山東酒店，替回石勇、侯健。朱富老小，另撥一所房舍住居。目今山寨事業大了，非同舊日，可再設

註

※1 病關索：生病的關索。關索是關羽的第三子，民間多用關索來比喻一個人長得威武。病關索指膚色黃，好像得病的樣子。

評點

◎1.以上宋江既入山寨，一切線頭都結矣，不得已，生出戴宗尋取公孫，別開機扣，便轉出楊雄、石秀一篇錦繡文章，乃至直帶出三打祝家無數奇觀。而此一回，則正其過接長養之際也。貪遊名山者，須耐仄路：貪食熊蹯者，須耐慢火；貪看月華者，須耐深夜；貪見美人者，須耐梳頭。如此一回，固願讀者之耐之也。看他一路無數小文字，都復有一丘一壑之妙，不似他書，一望平原而已。一部收尾，此篇獨居第一。（金批）

◎2.朱富不與李逵殺師，此義也。（余評）

◎3.淋淋漓漓，眞眞切切，仁義信行，令人涕淚。（芥眉）
要與他說知。（容眉）

◎4.看來妻小眞是累人。（容眉）

◎5.朱富綽號此處才出，以前面一出，便隔斷文氣耳。（芥眉）

◎6.他的娘被老虎吃了，倒都大笑起來，絕無一些道學氣，妙，妙。（容眉）（金聖歎本這裏改作宋江大笑，並嘲笑宋江沒有心肝，金本爲金聖歎個人篡改。——編者按）

三處酒館，專一探聽吉凶事情，往來義士上山。如若朝廷調遣官兵捕盜，可以報知如何進兵，好做準備。西山地面廣闊，可令童威、童猛弟兄帶領十數個夥伴那裏開店，令李立帶十數個火家去山南邊那裏開店，令石勇也帶十來個伴當去北山那裏開店。仍復都要設立水亭號箭，接應船隻，但有緩急軍情，飛捷報來。山前設置三座大關，專令杜遷總行守把，但有一應委差，不許調遣，◎7早晚不得擅離。又令陶宗旺把總監工，掘港汊，修水路，開河道，整理宛子城垣，修築山前大路。他原是莊戶出身，修理久慣。令蔣敬掌管庫藏倉廒，支出納入，積萬累千，書算帳目。令蕭讓設置寨中寨外、山上山下、三關把隘許多行移關防文約，大小頭領號數。煩令金大堅刊造雕刻一應兵符、印信、牌面等項。令侯健管造衣袍鎧甲、五方旗號等件。令李雲監造梁山泊一應房舍、廳堂。令馬麟監管修造大小戰船。令宋萬、白勝去金沙灘下寨。令王矮虎、鄭天壽去鴨嘴灘下寨。令穆春、朱富管收山寨錢糧。呂方、郭盛於聚義廳兩邊耳房安歇。令宋清專管筵宴。」都分撥已定，◎8筵席了三日，不在話下。梁山泊自此無事，每日只是操練人馬，教演武藝。水寨裏頭領都教習駕船、赴水、船上廝殺，亦不在話下。◎9

忽一日，宋江與晁蓋、吳學究並眾人閑話道：「我等弟兄眾位今日都共聚大義，只有公孫一清不見回還。我想他回薊州探母、參師※2，期約百日便回，今經日久，不知信息，莫非昧信不來。可煩戴宗兄弟與我去走一遭，探聽他虛實下落，如何不來。」戴宗願往。宋江大喜，說道：「只有賢弟去得快，旬日便知信息。」當日戴宗別了眾人，次

評點

◎7.十字妙絕，讀之一嘆。（金批）
◎8.觀宋江調撥諸將，足有將佐之才。（余評）
◎9.須整頓一番，小結前句，又因共聚，念及公孫勝，別起話端。（袁眉）
◎10.不甚分明正妙，宛然是閑人說閑話。（金批）

早打扮做承局，下山去了。正是：

雖爲走卒，不佔軍班。一生常作異鄉人，兩腿欠他行路債。監司出入，皂花藤杖掛宣牌；帥府行軍，黃色絹旗書令字。家居千里，日不移時；緊急軍情，時不過刻。早向山東餐黍米，晚來魏府※3吃鵝梨。

且說戴宗自離了梁山泊，取路望薊州來。把四個甲馬拴在腿上，作起神行法來，於路只吃些素茶、素食。在路行了三日，來到沂水縣界，只聞人說道：「前日走了黑旋風，傷了好多人，連累了都頭李雲不知去向，◎10至今無獲處。」戴宗聽了冷笑。當日正行之次，只見遠遠地轉過一個人來，手裏提著一根渾鐵筆管槍。那人看見戴宗走得快，便立住了腳，叫一聲：「神行太保！」戴宗聽得，回過臉來，定睛看時，見山坡下小徑邊，立著一個大漢，生得頭圓耳大，鼻直口方，眉秀目疏，腰細膀闊。戴宗連忙回轉身來問道：「壯士素不曾拜識，如何呼喚賤名？」那漢慌忙答道：「足下果是神行太保！」撇了槍，便拜倒在地。戴宗連忙扶住答禮，問道：「足下高姓大名？」那漢道：「小弟姓楊名林，祖貫彰德府※4

戴宗正在行走，聽到有人叫：「神行太保！」剛一回頭，山坡下一個大漢知道他就是戴宗，便即刻撇了槍，拜倒在地，自稱楊林。（選自《水滸傳版刻圖錄》，江蘇廣陵古籍刻印社）

註

※2參師：參見師傅。

※3魏府：大名府，今河北大名縣，唐代名爲魏州，故名。

※4彰德府：府名，今河南安陽。

人氏。多在綠林叢中安身，江湖上都叫小弟做錦豹子楊林。數月之前，路上酒肆裏遇見公孫勝先生，同在店中吃酒相會，備說梁山泊晁、宋二公招賢納士，如此義氣，寫下一封書，教小弟自來投大寨入夥，只是不敢輕易擅進。公孫先生又說：『李家道口舊有朱貴開酒店在彼，招引上山入夥的人。山寨中亦有一個招賢飛報頭領，喚做神行太保戴院長，日行八百里路。』今見兄長行步非常，因此喚一聲看，不想果是仁兄，正是天幸，無心得遇。」◎11戴宗道：「小可特爲公孫勝先生回薊州去，杳無音信，今奉晁、宋二公將令，差遣來薊州探聽消息，尋取公孫勝還寨，不期卻遇足下。」楊林道：「小弟雖是彰德府人，這薊州管下地方州郡都走遍了。倘若不棄，就隨侍兄長同去走一遭。」戴宗道：「若得足下作伴，實是萬幸。尋得公孫先生見了，一同回梁山泊去未遲。」楊林見說了，大喜，就邀住戴宗，結拜爲兄。戴宗收了甲馬，兩個緩緩而行，到晚就投村店歇了。楊林置酒請戴宗，戴宗道：「我使神行法，不敢食葷。」兩個只買些素饌相待。過了一夜，次日早起，打火吃了早飯，收拾動身。楊林便問道：「兄長使神行法走路，小弟如何走得上？只怕同行不得！」戴宗笑道：「我的神行法也帶得人同走。我把兩個甲馬拴在你腿上，作起法來，也和我一般走得快，要行便行，要住便住。不然，你如何趕得我走？」楊林道：「只恐小弟是凡胎濁骨，比不得兄長神體。」戴宗道：「不妨，我這法，諸人都帶得。◎12作用了時，和我一般行。只是我自吃素，並不妨礙。」當時取兩個甲馬，替楊林縛在腿上，戴宗也只縛了兩個，作用了神行法，吹口氣在上面，兩個輕輕地走了去，要緊、要慢，都隨著戴宗行。兩個於路閑說些江湖上的事，雖只見緩緩而行，正不知走了多少路。

兩個行到巳牌時分，前面來到一個去處，四圍都是高山，中間一條驛路。楊林卻自認得，便對戴宗說道：「哥哥，此間地名喚做飲馬川，前面兀那高山裏常常有大夥在內，近日不知如何。因為山勢秀麗，水繞峰環，以此喚做飲馬川。」兩個正來到山邊過，只聽得忽地一聲鑼響，戰鼓亂鳴，走出一、二百小嘍囉，攔住去路，當先擁著兩籌好漢，各挺一條朴刀，大喝道：「行人須住腳！◎13你兩個是甚麼鳥人？那裏去的？會事的快把買路錢來，饒你兩個性命！」楊林笑道：「哥哥，你看我結果那呆鳥！」拈著筆管槍搶將入去。那兩個好漢見他來得凶，走近前來看了。上首的那個便叫道：「且不要動手，兀的不是楊林哥哥麼！」楊林見了，卻纔認得。上首那個大漢提著軍器向前剪拂了，便喚下首這個長漢都來施禮罷。楊林請過戴宗說道：「兄長且來和這兩個弟兄相見。」戴宗問道：「這兩個壯士是誰？如何認得賢弟？」楊林便道：「這個認得小弟的好漢，他原是蓋天軍襄陽府※5人氏，姓鄧名飛。◎14為他雙睛紅赤，江湖上人都喚他做火眼狻猊。能使一條鐵鏈，人皆近他不得。多曾合夥，一別五年，不曾見面，誰想今日卻在這裏相遇著！」鄧飛便問道：「楊林哥哥，這位兄長是誰，必不是等閑人也。」楊林道：「我這仁兄，是梁山泊好漢中神行太保戴宗的便是。」鄧飛聽了道：「莫不是江

註

※5襄陽府：府名，今湖北襄樊。

評點

◎11.楊林認得戴宗，此公孫勝之言，而戴宗行走不如凡人。（余評）
◎12.耐庵寫至此句，早已想到李逵矣。（金批）
◎13.五字恰好喝神行人，故妙。（金批）
◎14.楊林、戴宗到，又遇鄧飛等，此星宿欲會圖矣。（余評）

州的戴院長，能行八百里路程的？」戴宗答道：「小可便是。」那兩個頭領慌忙剪拂道：「平日只聽得說大名，不想今日在此拜識尊顏！」戴宗看那鄧飛時，生得如何，有詩爲證：

原是襄陽閑撲漢※6，江湖飄蕩不思歸。
多飡人肉雙睛赤，火眼狻猊是鄧飛。

當下二位壯士施禮罷，戴宗又問道：「這位好漢高姓大名？」鄧飛道：「我這兄弟，姓孟名康，祖貫是眞定州※7人氏，善造大小船隻。原因押送花石綱，要造大船，嗔怪這提調官催併責罰他，把本官一時殺了，棄家逃走在江湖上綠林中安身，已得年久。因他長大白淨，人都見他一身好肉體，起他一個綽號，叫他做玉幡竿孟康。」戴宗見說，大喜。看那孟康怎生模樣？有詩爲證：

能攀強弩衝頭陣，善造艨艟※8越大江。
眞州妙手樓舡匠，白玉幡竿是孟康。

當時戴宗見了二人，心中甚喜，四籌好漢說話間，楊林問道：「二位兄弟在此聚義幾時了？」鄧飛道：「不瞞兄長說，也有一年多了。只半載前在這直西地面上遇著一個哥哥，姓裴名宣，祖貫是京兆府人氏，原是本府六案孔目出身，極好刀筆。爲人忠直聰明，分毫不肯苟且，◎15本處人都稱他鐵面孔目。亦會拈槍使棒，舞劍掄刀，智勇足備。爲因朝廷除將一員貪濫知府到來，把他尋事刺配沙門島，從我這裏經過，被我們殺了防

送公人，救了他在此安身，聚集得三、二百人。這裴宣極使得好雙劍，讓他年長，現在山寨中爲主。◎16煩請二位義士同往小寨，相會片時。」便叫小嘍囉牽過馬來，請戴宗、楊林都上了馬，四騎馬望山寨來。行不多時，早到寨前，下了馬。裴宣已有人報知，連忙出寨，降階而接。戴宗、楊林看裴宣時，果然好表人物，生得面白肥胖，四平八穩，心中暗喜。有詩爲證：

問事時巧智心靈，落筆處神號鬼哭。
心平恕毫髮無私，稱裴宣鐵面孔目。

當下裴宣邀請二位義士到聚義廳上，俱各講禮罷，謙讓戴宗正面坐了。次是裴宣、楊林、鄧飛、孟康，五籌好漢，賓主相待，坐定筵宴。當日大吹大擂飲酒。看官聽說，這也都是地煞星之數，時節到來，天幸自然義聚相逢，有詩爲證：

豪傑遭逢信有因，連環鉤鎖共相尋。
漢廷將相由屠釣※9，莫怪梁山錯用心。

當下衆人飲酒中間，戴宗在筵上說起晁、宋二頭領招賢納士，結識天下四方豪傑，待人接物一團和氣，仗義疏財，許多好處。衆頭領同心協力，八百里梁山泊如此雄壯，中間宛子城、蓼兒窪，四下裏都是茫茫煙水，更有許多兵馬，何愁官兵來到。只管把言

註

※6閑撲漢：頑相撲的人。宋代流行相撲。
※7眞定州：州名，在今河北正定縣。
※8艨艟：古代戰船。亦作蒙衝。
※9屠釣：宰牲和釣魚。舊指操賤業者。

評點

◎15.二者不可得兼。（袁眉）
◎16.觀鄧飛言讓位與裴宣，此見鄧飛仁義處人。（余評）

語說他三個。裴宣回道：「小弟寨中也有三百來人馬，財賦亦有十餘輛車子，糧食草料不算，倘若仁兄不棄微賤時，引薦於大寨入夥，願聽號令效力。未知尊意若何？」戴宗大喜道：「晁、宋二公待人接物並無異心，更得諸公相助，如錦上添花。若果有此心，可便收拾下行李，待小可和楊林去薊州見了公孫勝先生回來，那時一同扮做官軍，星夜前往。」眾人大喜。酒至半酣，移去後山斷金亭上，看那飲馬川景致吃酒，端的好個飲馬川。但見：

一望茫茫野水，周迴隱隱青山。幾多老樹映殘霞，數片彩雲飄遠岫。荒田寂寞，應無稚子※10看牛；古渡淒涼，那得奚人※11飲馬。只好強人安寨柵，偏宜好漢展旌旗。

戴宗看了這飲馬川一派山景，喝采道：「好山好水，眞乃秀麗！你等二位如何來得到此？」鄧飛道：「原是幾個不成材小廝們在這裏屯扎，◎17後被我兩個來奪了這個去處。」眾皆大笑。五籌好漢吃得大醉。裴宣起身舞劍助酒，戴宗稱讚不已。至晚，各自回寨內安歇。次日，戴宗定要和楊林下山，三位好漢苦留不住，相送到山下作別，自回寨裏收拾行裝，整理動身，不在話下。

戴宗在飲馬川與好漢們喝酒，勸說他們加入梁山泊，衆人大喜。酒至半酣，都去後山斷金亭上看景致吃酒。（朱寶榮繪）

且說戴宗和楊林離了飲馬川山寨，在路曉行夜住，早來到薊州城外，投個客店安歇了。楊林便道：「哥哥，我想公孫勝先生是個出家人，必是山間林下村落中住，不在城裏。」戴宗道：「說得是。」當時二人先去城外，到處詢問公孫勝先生下落消息，並無一個人曉得他。住了一日，次早起來，又去遠近村坊街市訪問人時，亦無一個認得。兩個又回店中歇了。第三日，戴宗道：「敢怕城中有人認得他。」當日和楊林卻入薊州城裏來尋他。兩個尋問老成人時，都道：「不認得，敢不是城中人。只怕是外縣名山大剎居住。」◎18楊林正行到一個大街，只見遠遠地一派鼓樂，迎將一個人來。戴宗、楊林立在街上看時，前面兩個小牢子，一個馱著許多禮物花紅，一個捧著若干緞子彩繒之物。後面青羅傘下，罩著一個押獄劊子。那人生得好表人物，露出藍靛般一身花繡，兩眉入鬢，鳳眼朝天，淡黃面皮，細細有幾根髭髯。那人祖貫是河南人氏，姓楊名雄，因跟一個叔伯哥哥來薊州做知府，一向流落在此。續後一個新任知府卻認得他，因此就參他做兩院押獄，兼充市曹行刑劊子。因爲他一身好武藝，面貌微黃，以此人都稱他做病關索楊雄。有一首臨江仙詞，單道著楊雄好處：

兩臂雕青鐫嫩玉，頭巾環眼嵌玲瓏。鬢邊愛插翠芙蓉。背心書劊字，衫串染猩紅。問事廳前逞手段，行刑刀利如風。微黃面色細眉濃。人稱病關索，好漢是楊雄。

註

※10稚子：小孩子。

※11奚人：古代指被役使的人。

評點

◎17.賊盜也須成材的，況其他乎？（芥眉）

◎18.各處找尋，疑想口氣極像。（袁夾）

當時楊雄在中間走著，背後一個小牢子擎著鬼頭靶法刀。原來纔去市心裏決刑了回來。衆相識與他掛紅賀喜，◎19送回家去，正從戴宗、楊林面前迎將過來。一簇人在路口攔住了把盞，只見側首小路裏又撞出七、八個軍漢來，爲頭的一個叫做踢殺羊張保。這漢是薊州守禦城池的軍，帶著這幾個，都是城裏城外時常討閑錢使的破落戶漢子，官司累次奈何他不改。爲見楊雄原是外鄉人來薊州，卻有人懼怕他，因此不怯氣。當日正見他賞賜得許多緞匹，帶了這幾個沒頭神，吃得半醉，卻好趕來要惹他。又見衆人攔住他在路口把盞，那張保撥開衆人，鑽過面前叫道：「節級拜揖。」楊雄道：「大哥來吃酒。」張保道：「我不要吃酒，我特來問你借百十貫錢使用。」楊雄道：「雖是我認得大哥，不曾錢財相交，如何問我借錢？」張保道：「你今日詐得百姓許多財物，如何不借我些？」楊雄應道：「這都是別人與我做好看的，怎麼是詐得百姓的？你來放刁，我與你軍衛有司，各無統屬。」張保不應，便叫衆人向前一哄，先把花紅緞子都搶了去。楊雄叫道：「這廝們無禮！」卻待向前打那搶物事的人，被張保劈胸帶住，背後又是兩個來拖住了手，那幾個都動起手來，小牢子們各自迴避了。楊雄被張保並兩個軍漢逼住了，施展不得，只得忍氣，解拆不開。正鬧中間，只見一條大漢挑著一擔柴來，◎20看見衆人逼住楊雄，動彈不得。那大漢看了，路見不平，便放下柴擔，分開衆人，前來勸道：「你們因甚打這節級？」那張保睜起眼來喝道：「你這打脊餓不死凍不殺的乞丐，敢來多管！」那大漢大怒，焦躁起來，將張保劈頭只一提，一交攧翻在地。那幾個幫閑

評點

◎19.不云壓驚，而云賀喜，殺人有何喜可賀，奇慘。（芥眉）
◎20.一路行文，如龍初成，鱗甲隱隱而起。（金批）

的見了，卻待要來動手，早被那大漢一拳一個，都打得東倒西歪。楊雄方纔脫得身，把出本事來施展動，一對拳頭穿梭相似，那幾個破落戶都打翻在地。張保見不是頭，爬將起來，一直走了。楊雄忿怒，大踏步趕將去。張保跟著搶包袱的走，楊雄在後面追著，趕轉小巷去了。那大漢兀自不歇手，在路口尋人廝打。戴宗、楊林看了，暗暗地喝采道：「端的是好漢，此乃『路見不平，拔刀相助』，眞壯士也！」正是：

匣裏龍泉爭欲出，只因世有不平人。
旁觀能辨非和是，相助安知疏與親。

當時戴宗、楊林便向前邀住勸道：「好漢看我二人薄面，且罷休了。」兩個把他扶勸到一個巷內。楊林替他挑了柴擔，戴宗挽住那漢手，邀入酒店裏來。楊林放下柴擔，同到閣兒裏面。那大漢叉手道：「感蒙二位大哥解救了小人之禍。」戴宗道：「我弟兄兩個也是外鄉人，因見壯士仗義之事，只恐一時拳手太重，誤傷人命，特地做這個出場，請壯士酌三杯，到此相會結義則個。」那大漢道：「多得二位仁兄解拆小人這場，卻又蒙賜酒相待，實是不當。」楊林便道：

石秀挑著一擔柴，恰好見到楊雄被欺負，路見不平，上去揮拳便打，將破落戶們打得抱頭鼠竄。
（日版畫，出自《新編水滸畫傳》，葛飾戴斗繪）

「『四海之內，皆兄弟也』，有何傷乎？且請坐。」戴宗相讓，那漢那裏肯僭上。戴宗、楊林一帶坐了，那漢坐於對席。叫過酒保，楊林身邊取出一兩銀子來，把與酒保道：「不必來問，但有下飯，只顧買來與我們吃了，一發總算。」酒保接了銀子去，一面鋪下菜蔬、果品、案酒之類。三人飲過數杯，戴宗問道：「壯士高姓大名？貴鄉何處？」那漢答道：「小人姓石名秀，祖貫是金陵建康府人氏。自小學得些槍棒在身，一生執意，路見不平，但要去相助，人都呼小弟作『拚命三郎』。◎21因隨叔父來外鄉販羊馬賣，不想叔父半途亡故，消折了本錢，還鄉不得，流落在此薊州賣柴度日。既蒙拜識，當以實告。」戴宗道：「小可兩個因來此間幹事，得遇壯士。如此豪傑流落在此賣柴，怎能夠發跡？不若挺身江湖上去，做個下半世快樂也好。」◎22石秀道：「小人只會使些槍棒，別無甚本事，如何能夠發達快樂？」戴宗道：「這般時節認不得眞！一者朝廷不明，二乃奸臣閉塞。小可一個薄識，因一口氣，去投奔了梁山泊宋公明入夥，如今論秤分金銀，換套穿衣服，只等朝廷招安了，◎23早晚都

楊雄回家的路上，被一群軍漢和破落戶漢子圍困，哄搶他的花紅緞子，最後毆打了起來。小牢子各自迴避。（朱寶榮繪）

做個官人。」石秀嘆口氣道：「小人便要去，也無門路可進。」戴宗道：「壯士若肯去時，小可當以相薦。」石秀道：「小人不敢拜問二位官人貴姓？」戴宗道：「小可姓戴名宗，兄弟姓楊名林。」石秀道：「江湖上聽得說個江州神行太保，莫非正是足下？」戴宗道：「小可便是。」叫楊林身邊包袱內取一錠十兩銀子，送與石秀做本錢。石秀不敢受，再三謙讓，方纔收了，纔知道他是梁山泊神行太保。正欲訴說些心腹之話，投托入夥，只聽得外面有人尋問入來。◎24三個看時，卻是楊雄帶領著二十餘人，都是做公的，趕入酒店裏來。戴宗、楊林見人多，吃了一驚，乘鬧哄裏，兩個慌忙走了。

石秀起身迎住道：「節級那裏去來？」楊雄便道：「大哥，何處不尋你，卻在這裏飲酒？◎25我一時被那廝封住了手，施展不得，多蒙足下氣力，救了我這場便宜。一時間只顧趕了那廝去，奪他包袱，卻撇了足下。這夥兄弟聽得我廝打，都來相助，依還奪得搶去的花紅、緞匹回來，只尋足下不見。卻纔有人說道：『兩個客人，勸他去酒店裏吃酒。』因此纔知得，特地尋將來。」石秀道：「卻纔是兩個外鄉客人，邀在這裏酌三杯，說些閑話，不知節級呼喚。」楊雄大喜，便問道：「足下高姓大名？貴鄉何處？因何在此？」石秀答道：「小人姓石名秀，祖貫是金陵建康府人氏。平生性直，路見不平，便要去捨命相護，以此都喚小人做『拚命三郎』。因隨叔父來此地販賣羊馬，不期叔父半途亡故，消折了本錢，流落在此薊州賣柴度日。」◎26楊雄看石秀時，好個壯士，生得上下相等。有首西江月詞，單道著石秀好處。但見：

評點

◎21.觀石秀路見不平，眞可爲拚命三郎矣。（余評）
◎22.宋江結識好漢，眾兄弟俱肯招納豪傑，氣類之感如此。（袁眉）
◎23.皆以宋江之心爲心，妙甚。（袁眉）
◎24.此處有關目。（容眉）
◎25.便放出戴宗一會那延，好筆。（金批）
◎26.再述一遍，不換一字。（金批）

身似山中猛虎，性如火上澆油。心雄膽大有機謀，到處逢人搭救。全仗一條桿棒，只憑兩個拳頭。掀天聲價滿皇州※12，拚命三郎石秀。

當下楊雄又問石秀道：「卻纔和足下一處飲酒的客人何處去了？」石秀道：「他兩個見節級帶人進來，只道相鬧，以此去了。」楊雄道：「恁地時，先喚酒保取兩甕酒來，大碗叫衆人一家三碗吃了去，明日卻得來相會。」衆人都吃了酒，自去散了。楊雄便道：「石秀三郎，你休見外。想你此間必無親眷，◎27我今日就結義你做個弟兄如何？」石秀見說大喜，便說道：「不敢動問節級貴庚？」楊雄道：「我今年二十九歲。」石秀道：「小弟今年二十八歲，就請節級坐，受小弟拜爲哥哥。」石秀拜了四拜。楊雄大喜，便叫酒保安排飲饌酒果來，「我和兄弟今日吃個盡醉方休。」正飲酒之間，只見楊雄的丈人潘公，帶領了五、七個人，直尋到酒店裏來。楊雄見了，起身道：「泰山來做甚麼？」潘公道：「我聽得你和人廝打，特地尋將來。」楊雄道：「多謝這個兄弟救護了我，打得張保那廝見影也害怕。我如今就認義了石家兄弟做我兄弟。」潘公叫：「好，好！且叫這幾個弟兄吃碗酒了去。」楊雄便叫酒保討酒來，每人三碗吃了去。便叫潘公中間坐了，楊雄對席上首，石秀下首。三人坐下，酒保自來斟酒。潘公見了石秀這等英雄長大，心中甚喜，便說道：「我女婿得你做個兄弟相幫，也不枉了公門中出入，誰敢欺負他！」又問道：「叔叔原曾做甚買賣道路？」石秀道：「先父原是操刀屠戶。」◎28潘公道：「叔叔曾省得殺牲口的勾當麼？」石秀笑道：「自小吃屠家飯，如何不省得宰

殺牲口？」潘公道：「老漢原是屠戶出身，只因年老做不得了，只有這個女婿，他又自一身入官府差遣，因此撇下這行衣飯。」三人酒至半酣，計算酒錢，石秀將這擔柴也都准折了。三人取路回來，楊雄入得門，便叫：「大嫂，快來與這叔叔相見。」只見布簾裏面應道：「大哥，你有甚叔叔？」楊雄道：「你且休問，先出來相見。」布簾起處，走出那個婦人來。生得如何？但見：

黑鬒鬒鬢兒，細彎彎眉兒，光溜溜眼兒，香噴噴口兒，直隆隆鼻兒，紅乳乳腮兒，粉瑩瑩臉兒，輕嬝嬝身兒，玉纖纖手兒，一捻捻腰兒，軟膿膿肚兒，翹尖尖腳兒，花簇簇鞋兒，肉奶奶胸兒，白生生腿兒。更有一件窄湫湫、緊搊搊、紅鮮鮮、紫稠稠，正不知是什麼東西。

有詩爲證：

二八佳人體似酥，腰懸月鍾殺愚夫。雖然不見人頭落，暗裏教君骨髓枯。

原來那婦人是七月七日生的，因此小字喚做巧雲，先嫁了一個吏員，是薊州人，喚做王押司，兩年前身故了，方纔晚嫁得楊雄，未及一年夫妻。石秀見那婦人出來，慌忙向前施禮道：「嫂嫂請坐。」石秀便拜，那婦人道：「奴家年輕，如何敢受禮？」楊雄道：「這個是我今日新認義的兄弟，你是嫂嫂，可受半禮。」◎29當下石秀推金山，倒玉柱，拜了四拜。那婦人還了兩禮，請入來裏面坐地，收拾一間空房，教叔叔安歇。◎30話休絮

註

※12皇州：帝都、首都。

評點

◎27.恩深義重，反在此句。（金批）
◎28.先説叔與父，出屠户，妙。（芥眉）
◎29.宋元時想有此禮。（袁夾）
◎30.活是潘金蓮，讀之失笑。（金批）

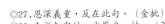

煩。次日，楊雄自出去應當官府，分付家中道：「安排石秀衣服、巾幘。」客店內有些行李包裹，都教去取來楊雄家裏安放了。

卻說戴宗、楊林自酒店裏看見那夥做公的入來尋訪石秀，鬧哄裏兩個自走了，回到城外客店中歇了。次日，又去尋問公孫勝兩日，絕無人認得，又不知他下落住處，兩個商量了且回去。當日收拾了行李，便起身離了薊州，自投飲馬川來，和裴宣、鄧飛、孟康一行人馬，扮作官軍，星夜望梁山泊來。戴宗要見他功勞，又糾合得許多人馬上山，山上自做慶賀筵席，不在話下。

再說有楊雄的丈人潘公，自和石秀商量，要開屠宰作坊。潘公道：「我家後門頭是一條斷路小巷，又有一間空房在後面，那裏井水又便，可做作坊，就教叔叔做房在裏面，又好照管。」石秀見了也喜，「端的便益※13。」潘公再尋了個舊時識熟副手，「只央叔叔掌管帳目。」◎31 石秀應承了，教了副手，便把大青大綠妝點起肉案子、水盆、砧頭，打磨了許多刀杖，整頓了肉案，打併了作坊、

❀（右半圖）楊雄和石秀結拜為弟兄之後，引自己的妻子給石秀認識，並說：「這個是我今日新認義的兄弟，你是嫂嫂，可受半禮。」（日版畫，出自《新編水滸畫傳》，葛飾戴斗繪）

豬圈，趕上十數個肥豬，選個吉日，開張肉鋪。衆鄰舍親戚都來掛紅賀喜，吃了一、兩日酒。楊雄一家，得石秀開了店，都歡喜，自此無話。一向潘公、石秀，自做買賣。不覺光陰迅速，又早過了兩個月有餘。時值秋殘冬到，石秀裹裹外外，身上都換了新衣穿著。石秀一日早起五更，出外縣買豬，三日了方回家來，只見鋪店不開；卻到家裏看時，肉店砧頭也都收過了，刀杖家火亦藏過了。石秀是個精細的人，看在肚裏便省得了，自心中忖道：「常言：『人無千日好，花無百日紅。』哥哥自出外去當官，不管家事，必然嫂嫂見我做了這些衣裳，一定背後有說話。又見我兩日不回，必有人搬口弄舌，想是疑心，不做買賣。我休等他言語出來，我自先辭了回鄉去休。◎32自古道：『那得長遠心的人？』」石秀已把豬趕在圈裏，卻去房中換了腳手，收拾了包裹行李，細細寫了一本清帳，從後面入來。潘公已安排下些素酒食，請石秀坐定吃酒。潘公道：「叔叔遠出勞心，自趕豬來辛苦。」石秀道：「丈丈※14，禮當。且收過了這本明白帳目，若上面有半點私心，天地誅滅。」潘公道：「叔叔何故出此言？並不曾有個甚事。」石秀道：「小人離鄉五、七年了，今欲要回家去走一遭，特地交還帳目。今晚辭了哥哥，明早便行。」潘公聽了，大笑起來道：「叔叔差矣！你且住，聽老漢說。」◎33那老子言無數句，話不一席。有分教：報恩壯士提三尺，破戒沙門喪九泉。畢竟潘公說出甚言語來？且聽下回分解。◎34

註

※13便益：方便。
※14丈丈：宋時對老者的尊稱。

評點

◎31.說得備細。（芥眉）
◎32.想話分明，眞是精細。（袁眉）
◎33.七十回住法各妙，而以此卷爲第一。（金批）
◎34.此一段即規模洵有經緯，器使眾好漢，何減銓衡。又評：路見不平，拔刀相助，石秀俠氣，楊雄知人，爲兩得之。（袁評）

第四十五回

楊雄醉罵潘巧雲　石秀智殺裴如海◎1

話說石秀回來，見收過店面，便要辭別出門，潘公說道：「叔叔且住，老漢已知叔叔的意了。叔叔兩夜不曾回家，今日回來，見收拾過了家火什物，叔叔一定心裏只道是不開店了，因此要去。休說恁地好買賣，便不開店時，也養叔叔在家。不瞞叔叔說，我這小女先嫁得本府一個王押司，不幸沒了，今得二週年，做些功果與他，因此歇了這兩日買賣。明日請下報恩寺僧人來做功德，就要央叔叔管待則個。老漢年紀高大，熬不得夜，因此一發和叔叔說知。」石秀道：「既然丈丈恁地說時，小人再納定性過幾時。」潘公道：「叔叔今後並不要疑心，只顧隨分且過。」當時吃了幾杯酒，並些素食，收過了杯盤。只見道人挑將經擔到來，鋪設壇場，擺放佛像、供器、鼓、鈸、鐘、磬、香花、燈燭，廚下一面安排齋食。楊雄到申牌時分，回家走一遭，分付石秀道：「賢弟，我今夜卻限當牢，不得前來，凡事◎2央你支持則個。」石秀道：「哥哥放心自去，晚間兄弟替你料理。」楊雄去了，石秀自在門前照管。沒多時，只見一個年紀小的和尚，揭起簾子入來。石秀看那和尚時，端的整齊。但見：

一個青旋旋光頭新剃，把麝香松子勻搽；一領黃烘烘直裰初縫，使沉速栴檀※1香染。山根鞋履，是福州染到深青；九縷絲縧，係西地買來眞紫。光溜溜一雙

註

※1栴檀：音占談，即檀香。

◎1.佛滅度後，諸惡比丘於佛事中廣行非法，破壞象教，起大疑謗；殄滅佛法，不盡不止。我欲說之，久不得便，今因讀此而寄辯之。惡世比丘行非法時，每欲假托如來象教：或云講經，或云造像，或云懺摩，或云受戒。外作種種無量莊嚴，其中包藏無量淫惡。是初不知如是佛事，如來在時，悉有儀則；如講經者，如來大師於人天中作師子吼，三轉法輪，得道爲證，非第二人力之所及。如來既滅，有諸大士承佛遺囑，流通尊經，則必審擇稀世法器，住於深山，閉門講說。講已思惟，思已坐禪，坐已行道，行已覆說。於二六時，不暇剪爪。初不聽許在於闤闠椎鍾布告，招集男女，拍肩聯臂，作諸戲笑，令菩提場雜穢充滿。造像法者，如來非欲以己形像流布人間。是皆廣用異妙方便，表宣法相，令眾歡喜。四王天者，表示四諦：右伽藍神，左應眞者，表於俗諦，及以眞諦；十六尊者，表十六句，迦葉阿難，表行與說；三世佛者，表世間尊。如是等像，莫不有表。初不聽許廣造一切淫祀鬼神，羅列堂殿，引諸女人燒香求福，惑亂僧徒，污染梵行。懺摩法者，超出世間有力大人，了知本性，純白無垢，非以後心，懺於前心；從本寂靜，不造罪故。譬如以水而洗於水，當知畢竟無有是處。然爲微細，餘習未除，是用翹勤，質對尊像，求哀自責，誓願清淨，克期一報，永盡無遺。初不聽許廣開壇場，巧音歌唱，族姓子女，履舄交錯，僧尼無分，笑語不擇，於慚愧法，無慚無愧。受戒法者，如來制戒，分性與遮，性戒廣淵，是爲一切法身大士所遊戲處，遮戒謹嚴，則爲七眾同所受持。若或有人，持於遮戒，通達性戒，是名合道芬陀利華。若不通於性戒妙義，但著袈裟，細視徐行，直不得名持遮戒也。授戒之法，釋迦世尊爲大和尚，彌勒菩薩作教授師，文殊屍利作羯磨師。初不聽許盲師瞎眾，自相嘆譽，網羅士女，作己眷屬，交通閨房，僧俗相接，密坐低語，招世譏謗。至如近世佛教濫觴，更有一切慶佛誕生，開佛光明，燒船化庫，求乞法名，如是種種怪異之事，競共興作，惑亂世間。妖比丘尼，穿門入室，邀諸淫女、寡女、處女，連袂接履，招搖梵刹，廣起無量不淨諸行，尤爲非法，惱亂如來。夫釋迦者，二月八日沸星出時，降生皇宮；二月八日沸星出時，成菩提道；二月八日沸星出時，轉大法輪；二月八日沸星出時，入於涅槃。其餘一切諸大菩薩，無不各各先一日生，後一日滅。何嘗某甲於某日生，某甲某日如世俗事。若爲如來開光明者，如來已於無量劫來開大光明，五眼四智，種種具足。何曾有人反以光明，施與如來？若謂如來教人營福，燒化船庫，寄來生者，如來法中訶責三業，貪爲第一。是故現世國城妻子，猶教之言汝應棄舍，何得反興妖妄之論，謂來世福，今世可求？若謂如來聽諸女人求法名者，如來在時，尚禁女人不得來於僧伽藍中，何嘗廣求在家女人圍繞於己？至如經中末利夫人、韋提夫人、舍脂夫人、德鬘夫人，秉大誓願，來從佛學，亦皆仍其舊時名字，何曾爲其別立異名？世間當知如是種種怪異之事，皆是惡僧爲錢財故，巧立名色。既得錢財，必營房屋；營房室已，次營衣服，廣於一身，作諸莊嚴；作莊嚴已，恣求淫欲，求淫欲時，何所不至？破壞佛法，破壞世法，破壞常住，破壞檀越。如是惡僧，出現世時，如來象教，應時必滅。是以世尊於垂涅槃，敕諸國王、大臣、長者、一切世間菩薩大人，欲護我法，必先驅逐如是惡僧，可以刀劍而砍刺之。彼若避走，疾以弓箭而射殺之。在在處處，搜捕掃除，毋令惡種尚有遺留。是則名爲眞正護法，是則名爲愛戀如來，是則名爲最勝供養，是則名爲眾生眼目。若復有人顧瞻禍福，猶豫不忍，是人即爲世間大愚可憐憫者，一切如來爲之悲哭。譬如壯士，展臂之間，已墮地獄，不可救拔。嗚呼傷哉！安得先佛重出於世，一爲廓清，令我眾生，知是福田，爲非福田，不以此言爲河漢也！西門慶一篇，已極盡淫穢之致矣，不謂忽然又有裴如海一篇，其淫其穢又復極盡其致。讀之眞似初春食河魨，不復信有深秋蟹螯之樂。及至持螯引白，然後又疑梅聖俞「不數魚蝦」之語，徒虛語也。王婆十分研光，以整見奇；石秀十分瞧科，以散入妙，悉是絕世文字。（金批）

評點

◎2.楊節級家裏，卻與王押司做周年，眞是老大不堪之事，只用兩字隱括過去，讀之一笑。（金批）

賊眼，只睃趁施主嬌娘；美甘甘滿口甜言，專說誘喪家少婦。淫情發處，草庵中去覓尼姑；色膽動時，方丈內來尋行者。

那和尚入到裏面，深深地與石秀打個問訊。石秀答禮道：「師父少坐。」隨背後一個道人，挑兩個盒子入來，石秀便叫：「丈丈，有個師父在這裏。」潘公聽得，從裏面出來，那和尚便道：「乾爺如何一向不到敝寺。」老子道：「便是開了這些店面，卻沒工夫出來。」那和尚便道：「押司週年，無甚罕物相送，些少掛麵，幾包京棗。」老子道：「阿也，甚麼道理，教師父壞鈔！」教叔叔收過了。石秀自搬入去，叫點茶出來，門前請和尚吃。

只見那婦人從樓上下來，不敢十分穿重孝，只是淡妝輕抹，◎3便問：「叔叔，誰送物事來？」石秀道：「一個和尚，叫丈丈做乾爺的送來。」那婦人便笑道：「是師兄海闍黎※2裴如海，一個老實的和尚。他便是裴家絨線舖裏小官人，出家在報恩寺中。因他師父是家裏門徒，結拜我父做乾爺，長奴兩歲，因此上叫他做師兄。他法名叫做海公。叔叔，晚間你只聽他請佛念經，有這般好聲音。」◎4石秀道：「原來恁地。」自肚裏已有些瞧科。那婦人便下樓來見和尚，石秀卻背叉著手，隨後跟出來，布簾裏張看。只見那婦人出到外面，那和尚便起身向前來，合掌深深的打個問訊。那婦人便道：「甚麼道理，教師兄壞鈔！」和尚道：「賢妹，些少薄禮微物，不足掛齒。」那婦人道：「師兄何故這般說？出家人的物事，怎地消受得？」和尚道：「敝寺新造水陸堂※3，也要來

評點

◎3.寫出回頭人，一笑。（金批）
◎4.你愛他聲，他卻愛你色。（容眉）
◎5.口腔情景，無不恍然。（袁眉）
◎6.難道不計較？（容夾）

請賢妹隨喜※4，只恐節級見怪。」◎5那婦人道：「家下拙夫卻不恁地計較。◎6老母死時，也曾許下血盆願心，早晚也要到上剎相煩還了。」和尚道：「這是自家的事，如何恁地說？但是分付如海的事，小僧便去辦來。」那婦人道：「師兄，多與我娘念幾卷經便好。」只見裏面婭嬛捧茶出來，那婦人拿起一盞茶來，把帕子去茶鍾口邊抹一抹，雙手遞與和尚。那和尚一頭接茶，兩隻眼涎瞪瞪的只顧看那婦人身上，這婦人也嘻嘻的笑著看這和尚。人道色膽如天，卻不防石秀在布簾裏張見。石秀自肚裏暗忖道：「『莫信直中直，須防仁不仁。』我幾番見那婆娘常常的只顧對我

海闍黎與潘巧雲眉來眼去，前者又到楊雄家裏來走動，恰好被石秀在布簾後看了個正著。聰明的石秀猜測出其中的意思。（朱寶榮繪）

註

※2 闍黎：闍，音蛇。梵語阿闍黎的省稱，意謂高僧，亦泛指僧。

※3 水陸堂：佛教設齋超度水中、陸地上的死者，名水陸齋（也就是前文第三回提到的「水陸道場」）。水陸堂是舉行水陸齋、水陸道場時用的屋子。

※4 隨喜：因瞻拜佛像而欣喜，引申為參謁寺院。

說些風話，◎7我只以親嫂嫂一般相待，原來這婆娘倒不是個良人。莫教撞在石秀手裏，敢替楊雄做個出場，也不見得。」石秀此時已有三分在意了，便揭起布簾，走將出來。那賊禿放下茶盞，便道：「大郎請坐。」這婦人便插口道：「這個叔叔，便是拙夫新認義的兄弟。」◎8那和尚虛心冷氣，動問道：「大郎貴鄉何處？高姓大名？」石秀道：「我姓石名秀，金陵人氏。因爲只好閑管，替人出力，以此叫做『拚命三郎』。我是個粗鹵漢子，禮數不到，和尚休怪！」裴如海道：「不敢，不敢！小僧去接衆僧來赴道場。」相別出門去了。那婦人道：「師兄早來些個。」那和尚應道：「便來了。」婦人送了和尚出門，自入裏面來了。石秀卻在門前低了頭，只顧尋思。

看官聽說，原來但凡世上的人，惟有和尚色情最緊。爲何說這句話？且如俗人出家人，

海闍黎與潘巧雲互相有意，前者找種種藉口尋找潘巧雲。畫中海闍黎以手托腮，確實像一個發情的和尚。（日版畫，出自《新編水滸畫傳》，葛飾戴斗繪）

都是一般父精母血所生，緣何見得和尚家色情最緊？這上三卷書中所說潘、驢、鄧、小、閑，惟有和尚家第一閑。一日三餐，吃了檀越施主的好齋好供，住了那高堂大殿僧房，又無俗事所煩，房裏好床好鋪睡著，沒得尋思，只是想著此一件事。假如譬喻說一個財主家，雖然十相俱足，一日有多少閑事惱心，夜間又被錢物掛念，到三更、二更纔睡，總有嬌妻美妾，同床共枕，那得情趣。又有那一等小百姓們，一日價辛辛苦苦掙扎，早晨巴不到晚，起的是五更，睡的是半夜。到晚來，未上床，先去摸一摸米甕看，到底沒顆米，明日又無錢，總然妻子有些顏色，也無些甚麼意興。因此上輸與這和尚們一心閑靜，專一理會這等勾當。那時古人評論到此去處，說這和尚們眞個利害，因此蘇東坡學士道：「不禿不毒，不毒不禿，轉禿轉毒，轉毒轉禿。」和尚們還有四句言語，道是：

一個字便是僧，兩個字是和尚，三個字鬼樂官，四字色中餓鬼。

且說這石秀自在門前尋思了半晌，又且去支持※5管待。不多時，只見行者先來點燭燒香。少刻，海闍黎引領眾僧卻來赴道場，潘公、石秀接著，相待茶湯已罷，打動鼓鈸，歌咏讚揚。◎9只見海闍黎同一個一般年紀小的和尚做闍黎，播動鈴杵，發牒請佛，獻齋讚供，諸大護法監壇主盟，「追薦亡夫王押司早生天界」。只見那婦人喬素梳妝，來到法壇上，執著手爐，拈香禮佛。那海闍黎越逞精神，搖著鈴杵，念動眞言。這一堂

註

※5支持：接待、照應。

評點

◎7.又於極忙中，補文中之所無。（金批）
◎8.潘氏言石秀不是親叔，明與闍黎不懼石秀，此引奸之由。（余評）
◎9.一篇淫蕩之文，中間偏夾寫許多佛事，正復妙絕。（金批）

和尚見了楊雄老婆這等模樣，都七顛八倒起來。但見：

班首輕狂念佛號，不知顛倒。闍黎沒亂誦眞言，豈顧高低。燒香行者，推倒花瓶；秉燭頭陀，錯拿香盒。宣名表白，大宋國稱做大唐；懺罪通陳，王押司念爲押禁。動鐃的望空便撇，打鈸的落地不知。敲銛子的，軟做一團；擊響磬的，酥做一塊。滿堂喧哄，繞席縱橫。藏主心忙，擊鼓錯敲徒弟手；維那眼亂，磬槌打破老僧頭。十年苦行一時休，萬個金剛降不住。

那衆僧都在法壇上看見了這婦人，自不覺都手之舞之，足之蹈之，一時間愚迷了佛性禪心，拴不定心猿意馬，以此上德行高僧世間難得。石秀卻在側邊看了，也自冷笑道：「似此有甚功德！正謂之作福不如避罪。」少間，證盟※6已了，請衆和尚就裏面吃齋，海闍黎卻在衆僧背後，轉過頭來，看著那婦

潘公給女兒的前夫做道場，從而引出海闍黎。圖為河南靈寶古函谷關大道院前祭奠老子的道場。拍攝時間2002年。（聶鳴提供）

人嘻嘻的笑，那婆娘也掩著口笑。兩個都眉來眼去，以目送情。石秀都看在眼裏，自有五分來不快意。衆僧都坐了吃齋，先飲了幾杯素酒，搬出齋來，都下了襯錢※7。潘公道：「衆師父飽齋則個。」少刻，衆僧齋罷，都起身行食※8去了。轉過一遭，再入道場。石秀心中好生不快意，只推肚疼，自去睡在板壁後了。那婦人一點情動，那裏顧得防備人看見，便自去支持衆僧，又打了一回鼓鈸動事，把些茶食、果品、煎點。海闍黎著衆僧用心看經，請天王拜懺，設浴召亡，參禮三寶。追薦到三更時分，衆僧困倦，◎10這海闍黎越逞精神，高聲看誦。那婦人在布簾下看了，慾火熾盛，不覺情動，便教婭嬛請海和尚說話。那賊禿慌忙來到婦人面前。這婆娘扯住和尚袖子說道：「師兄明日來取功德錢時，就對爹爹說血盆願心一事，◎11不要忘了。」和尚道：「小僧記得。只說要還願，也還了好。」和尚又道：「你家這個叔叔好生利害。」婦人應道：「這個睬他則甚！又不是親骨肉。」◎12海闍黎道：「恁地小僧卻纔放心。我只道是節級的至親

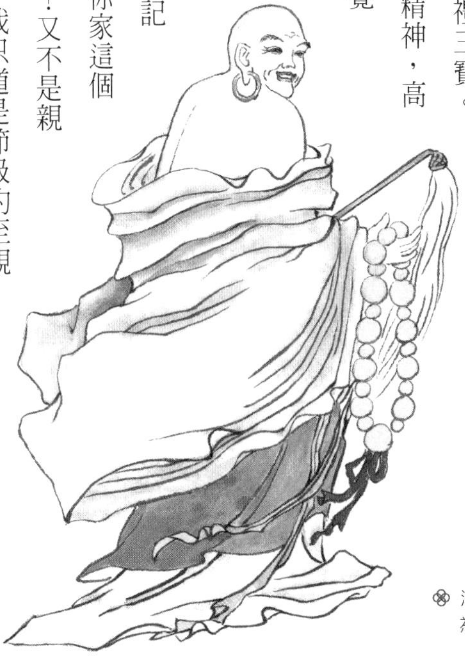

海闍黎以作法事勾搭潘巧雲。圖為和尚裝扮。（意念圖庫提供）

註

※6 證盟：將死者姓名寫在紙上並焚燒以告上天的一種儀式。
※7 襯錢：做佛事時散給和尚的錢。
※8 行食：飯後散步以消化食物。

評點

◎10.許多礙眼人都倦了。（金批）
◎11.是精盆願心，卻說血盆，畢竟見血，亦是讖。（袁眉）
◎12.把淫情淫態一一畫出。（容眉）

兄弟。」兩個又戲笑了一回，那和尚自出去判斛※9送亡。不想石秀卻在板壁後假睡，正張得著，都看在肚裏了。當夜五更道場滿散※10，送佛化紙已了，衆僧作謝回去，那婦人自上樓去睡了。石秀卻自尋思了，氣道：「哥哥恁地豪傑，卻恨撞了這個淫婦。」忍了一肚皮鳥氣，自去作坊裏睡了。

次日，楊雄回家，俱各不提。飯後楊雄又出去了。只見海闍黎又換了一套整整齊齊的僧衣，逕到潘公家來。那婦人聽得是和尚來了，慌忙下樓，出來接著，邀入裏面坐地，便叫點茶來。那婦人謝道：「夜來多教師兄勞神，功德錢未曾拜納。」海闍黎道：「不足掛齒。小僧夜來所說血盆懺願心這一事，特稟知賢妹。要還時，小僧寺裏現在念經，只要都疏一道就是。」那婦人道：「好，好！」便叫婭嬛請父親出來商量。潘公便出來謝道：「老漢打熬不得，夜來甚是有失陪侍。不想石叔叔又肚疼倒了，無人管待，卻是休怪，休怪！」那和尚道：「乾爺正當自在。」那婦人便道：「我要替娘還了血盆懺舊願，師兄說道，明日寺中做好事，就附答還了。◎13先教師兄去寺裏念經，我和你明日飯罷去寺裏，只要證明懺疏，也是了當一頭事。」潘公道：「也好，明日只怕買賣緊，櫃上無人。」那婦人道：「放著石叔叔在家照管，卻怕怎地？」潘公道：「我兒出口爲願，明日只得要去。」那婦人就取些銀子做功果錢，與和尚去，「有勞師兄，莫責輕微，明日准來上刹討素麵吃。」海闍黎道：「謹候拈香。」收了銀子，便起身謝道：「多承布施，小僧將去分俵衆僧，來日專等賢妹來證盟。」◎14那婦人直送和尚到門外去了。石秀自在作坊裏安歇，起來宰豬趕趁。詩曰：

古來佛殿有奇逢，偷約歡期情倍濃。

也學裴航勤玉杵，巧雲移處鵲橋通。

卻說楊雄當晚回來安歇，婦人待他吃了晚飯，洗了腳手，卻教潘公對楊雄說道：「我的阿婆臨死時，孩兒許下血盆經懺願心在這報恩寺中，我明日和孩兒去那裏證盟酬了便回，說與你知道。」楊雄道：「大嫂，你便自說與我，何妨。」那婦人道：「我對你說，又怕你嗔怪，因此不敢與你說。」當晚無話，各自歇了。次日五更，楊雄起來，自去畫卯，承應官府。石秀起來，自理會做買賣。只見那婦人起來，濃妝艷飾，打扮得十分濟楚，包了香盒，買了紙燭，討了一乘轎子。石秀自一早晨顧買賣，也不來管他。飯罷，把婭嬛迎兒也打扮了。巳牌時候，潘公換了一身衣裳，來對石秀道：「相煩叔叔照管門前，老漢和拙女同去還些願心便回。」石秀笑道：「小人自當照管。丈丈但照管嫂嫂，多燒些好香，早早來。」石秀自肚裏已知了。

且說潘公和迎兒跟著轎子，一逕望報恩寺裏來。古人有篇偈子說得好，道是：

朝看釋伽經，暮念華嚴咒。種瓜還得瓜，種豆還得豆。經咒本慈悲，冤結如何救？照見本來心，方便多竟究。心地若無私，何用求天祐？地獄與天堂，作者還自受。

註

※9 判斛：給鬼吃的一種麵食，叫做斛食。判斛，是說把斛食散給鬼。
※10 滿散：做佛事或道場期滿時，謝神的一種儀式。

評點

◎13.還是要還自己願心。（容眉）
◎14.「准來」、「專等」兩句，緊緊照應。（袁眉）

這篇言語，古人留下，單說善惡報應，如影隨形，既修六度萬緣※11，當守三歸五戒※12。叵耐緇流※13之輩，專為狗彘之行，辱沒前修，遺謗後世。卻說海闍黎這賊禿，單為這婦人結拜潘公做乾爺，只吃楊雄阻滯礙眼，因此不能夠上手。自從和這婦人結識起，只是眉來眼去送情，未見真實的事。因這一夜道場裏，纔見他十分有意。期日約定了。那賊禿磨槍備劍，整頓精神，先在山門下伺候。看見轎子到來，喜不自勝，向前迎接。潘公道：「甚是有勞和尚。」那婦人下轎來謝道：「多多有勞師兄。」海闍黎道：「不敢，不敢！小僧已和眾僧都在水陸堂上，從五更起來誦經，到如今未曾住歇，只等賢妹來證盟，卻是多有功德。」把這婦人和老子引到水陸堂上，已自先安排下花果香燭之類，有十數個僧人在彼看經，那婦人都道了萬福，參禮了三寶，海闍黎引到地藏菩薩面前證盟懺悔。通罷疏頭※14，便化了紙，請眾僧自去吃齋，著徒弟陪侍。海和尚卻請：「乾爺和賢妹去小僧房裏拜茶。」一邀把這婦人引到僧房裏深處，預先都準備下了，叫聲：「師哥拿茶來。」只見兩個侍者捧出茶來，白雪錠器盞內，朱紅托子，絕細好茶。吃罷，放下盞子，「請賢妹裏面坐一坐。」又引到一個小小閣兒裏，琴光黑漆春臺，排幾幅名人書畫，小桌几上焚一爐妙香。◎15潘公和女兒一臺坐了，和尚對席，迎兒立在側邊。那婦人道：「師兄，端的是好個出家人去處！清幽靜樂。」海闍黎道：「妹子休笑話，怎生比得貴宅上。」潘公道：「生受了師兄一日，我們回去。」那和尚那裏肯，便道：「難得乾爺在此，又不是外人，今日齋食已是賢妹做施主，◎16如何不吃箸麵了去？師哥快搬

來！」說言未了，卻早托兩盤進來，都是日常裏藏下的稀奇果子、異樣菜蔬，並諸般素饌之物，擺滿春臺。那婦人便道：「師兄何必治酒？反來打攪。」和尚笑道：「不成禮數，微表薄情而已。」師哥將酒來斟在杯中。和尚道：「乾爺多時不來，試嘗這酒。」老兒飲罷道：「好酒！端的味重。」和尚道：「前日一個施主家傳得此法，做了三、五石米，明日送幾瓶來與令婿吃。」◎17老兒道：「甚麼道理！」和尚又勸道：「無物相酬賢妹娘子，胡亂告飲一杯。」兩個小師哥兒輪番篩酒，迎兒也吃勸了幾杯。那婦人道：「酒住，吃不去了。」和尚道：「難得賢妹到此，再告飲幾杯。」潘公叫轎夫入來，各人與他一杯酒吃。和尚道：「乾爺不必記掛，小僧都分付了。已著道人邀在外面，自有坐處吃酒。乾爺放心，且請開懷自飲幾杯。」原來這賊禿爲這個婦人，特地對付下這等有力氣的好酒，潘公吃央不過，多吃了兩杯，當不住醉了。和尚道：「且扶乾爺去床上睡一睡。」和尚叫兩個師哥只一扶，把這老兒攙在一個冷淨房裏去睡了。

這裏和尚自勸道：「娘子開懷再飲幾杯。」那婦人一者有心，二乃酒入情懷，自古道：「酒亂性，色迷人。」那婦人三杯酒落肚，便覺有些朦朦朧朧上來，口裏嘈道：「師兄，你只顧央我吃酒做甚麼？」和尚扯著口嘻嘻的笑道：「只是敬重娘子。」那婦

註

※11六度萬緣：六度，佛教教義，簡譯爲度，是菩薩生活的六條原則、規範。一施度；二戒度；三忍度；四精進度；五禪度；六慧度。萬緣，佛教修行方法，宗旨是萬緣放下，一念單提。

※12三歸五戒：三歸，即三皈，皈依到佛、法、僧之下。五戒，一不殺生、二不偷盜、三不邪淫、四不妄語、五不飲酒。

※13緇流：僧徒。緇爲黑色，僧尼多穿黑衣，故稱。

※14疏頭：舊時向鬼神祈福的祝文。

評點

◎15.器用都說得如意動情，不肯草草。（袁眉）
◎16.好施主，正施前所謂更有一件不知是甚麼東西。（芥眉）
◎17.自吃便是令婿吃了。（容夾）

人道：「我吃不得了。」和尚道：「請娘子去小僧房裏看佛牙※15。」那婦人便道：「我正要看佛牙則個。」這和尚把那婦人一引，引到一處樓上，卻是海闍黎的臥房，鋪設得十分整齊。那婦人看了，先自五分歡喜，便道：「你端的好個臥房，乾乾淨淨。」和尚笑道：「只是少一個娘子。」那婦人也笑道：「你便討一個不得？」和尚道：「那裏得這般施主。」婦人道：「你且教我看佛牙則個。」和尚道：「你叫迎兒下去了，我便取出來。」那婦人道：「迎兒，你且下去看老爺醒也未？」迎兒自下得樓來去看潘公，和尚把樓門關上。那婦人道：「師兄，你關我在這裏怎地？」◎18這賊禿淫心蕩漾，向前摟住那婦人說道：「我把娘子十分愛慕，我爲你下了兩年心路，今日難得娘子到此這個機會，作成小僧則個！」那婦人又道：「我的老公不是好惹的，你卻要騙我。倘若他得知，卻不饒你！」和尚跪下道：「只是娘子可憐見小僧則個！」那婦人張著手，說道：「和尚家倒會纏人！我老大耳刮子打你！」和尚嘻嘻的笑著，說道：「任從娘子打，只怕娘子閃了手。」那淫婦淫心也動，便摟起

❀ 海闍黎灌醉了潘公，支開了迎兒，然後帶著潘巧雲到自己樓上的臥房，突然抱住潘巧雲求歡；後者也有意，兩個人乾柴烈火，雲雨起來。（選自《水滸傳版刻圖錄》，江蘇廣陵古籍刻印社）

和尚，道：「我終不成當眞打你？」◎19和尚便抱住這婦人，向床前卸衣解帶，◎20共枕歡娛。正是：

不顧如來法教，難遵佛祖遺言。一個色膽歪斜，管甚丈夫利害。一個淫心蕩漾，從他長老埋冤。這個氣喘聲嘶，卻似牛齁柳影。那個言嬌語澀，渾如鶯囀花間。一個耳邊訴雲意雨情，一個枕上說山盟海誓。闍黎房裏，翻爲快活道場。報恩寺中，眞是極樂世界。可惜菩提甘露水，一朝傾在巧雲中。

從古及今，先人留下兩句言語，單道這和尚家是鐵裏蛀蟲。鐵最實沒縫的，也要鑽進去，凡俗人家，豈可惹他。自古說這禿子道：

色中餓鬼獸中狨※16，弄假成眞說祖風。
此物只可林下看，豈堪引入畫堂中。

當時那賊禿說道：「你既有心於我，我身死而無怨。只是今日雖然虧你作成了我，只得一霎時的恩愛快活，久後必然害殺小僧。」那婦人便道：「你且不要慌，我已尋思一條計了。我的老公，一個月倒有二十來日當牢※17上宿，我自買了迎兒，教他每日在後門裏伺候。若是夜晚，老公不在家時，便掇一個香桌兒出來，燒夜香爲號，你便放心入來。若怕五更睡著了，不知省覺，卻那裏尋得一個報曉的頭陀，買他來後門頭大敲木魚，高

註

※15佛牙：佛教徒指釋迦牟尼遺體火化後留下的牙齒。
※16狨：狨，哺乳動物，猿猴類，體矮小，形似松鼠，黃色絲狀軟毛，尾長，棲樹上。亦稱「金線狨」。
※17當牢：當班、值班，在牢房值班。

評點

◎18.便是不知怎地，卿試猜之。（金批）
◎19.把淫婦情狀刻畫逼眞。（容眉）
◎20.佛牙遂入血盆，一時心願都畢。（金批）（此處金本尚有「了其心願」句。——編者按）

聲叫佛，便好出去。若買得這等一個時，一者得他外面策望※18，二乃不叫你失了曉。」和尚聽了這話，大喜道：「妙哉！你只顧如此行，我這裏自有個頭陀胡道人，我自分付他來策望便了。」那婦人道：「我不敢留戀長久，恐這廝們疑忌，我快回去是得，你只不要誤約。」那婦人連忙再整雲鬢，重勻粉面，開了樓門，便下樓來，教迎兒叫起潘公，慌忙便出僧房來。轎夫吃了酒、麵，已在寺門前伺候。海闍黎直送那婦人出山門外，那婦人作別了上轎，自和潘公、迎兒歸家，不在話下。

卻說這海闍黎自來尋報曉頭陀。本房原有個胡道人，在寺後退居裏小庵中過活，諸人都叫他做胡頭陀，每日只是起五更，來敲木魚報曉，勸人念佛，天明時，收掠齋飯。海和尚喚他來房中，安排三杯好酒相待了他，又取些銀子送與胡道。胡道起身說道：「弟子無功，怎敢受祿？屢承師父的恩惠。」海闍黎道：「我自看你是個志誠的人。我早晚出些錢，貼買道度牒剃你爲僧。這些銀子權且將去，買些衣服穿著。」原來這海闍黎日常時只是教師哥不時送些午齋與胡道吃，已下又帶挈他去念經，得些齋襯錢。◎21胡道感恩不淺，尚未報他，「今日又與我銀兩，必有用我處，何必等他開口？」胡道便道：「師父有事，若用小道處，即當向前。」海闍黎道：「胡道，你既如此好心，有件事不瞞你，所有潘公的女兒要和我來往，約

❀ 海闍黎收買一個打更的道士為自己偷情把風，道士在古代常常從事各種職業。圖為清代廣州外銷畫，描繪清代廣州唱道情的道士。「道情」是漁鼓的前身，是道教活動中演唱的曲子，用來演唱故事，故有「唱道情」之稱謂。（fotoe提供）

定後門口擺設香桌兒在外時，便是教我來。我也難去那裏踅，若得你先去看探有無，我才好去。又要煩你五更起來叫人念佛時，可就來那裏後門頭，看沒人，便把木魚大敲報曉，高聲叫佛，我便好出來。」胡道便道：「這個有何難哉！」當時應允了。其日先來潘公後門首討齋飯，只見迎兒出來說道：「你這道人，如何不來前門討齋飯，卻在後門裏來？」◎22那胡道便念起佛來。裏面這婦人聽得了，已自瞧科，便出來後門問道：「你這道人，莫不是五更報曉的頭陀？」胡道應道：「小道便是五更報曉的頭陀，教人省睡，晚間宜燒些香，教人積福。」那婦人聽了大喜，便叫迎兒去樓上取一串銅錢來布施他。這頭陀張得迎兒轉身，便對那婦人說道：「小道便是海闍黎心腹之人，特地使我前來探路。」那婦人道：「我已知道了。今夜晚間，你可來看，如有香桌兒在外，你可便報與他則個。」胡道把頭來點著。迎兒就將銅錢來，與胡道去了。那婦人來到樓上，卻把心腹之事對迎兒說了。自古道：「人家女使，謂之奴才。」但得須小便宜，如何不隨順了，天大之事，也都做了。因此人家婦人女使，可用而不可信，卻又少他不得。有詩爲證：

送暖偷寒起禍胎，壞家端的是奴才。
請看當日紅娘事，卻把鶯鶯哄出來。

卻說楊雄此日正該當牢，未到晚，先來取了鋪蓋去，自監裏上宿。這迎兒得了些

註

※18 策望：觀望、望風。

評點

◎21.補一層，便襯起心感。（金批）
◎22.原從前門而來。（容夾）

小意兒，巴不到晚，自去安排了香桌兒，黃昏時掇在後門外，那婦人卻閃在傍邊伺候。初更左側，一個人戴頂頭巾，閃將入來，迎兒問道：「是誰？」那人也不答應，便除下頭巾，露出光頂來。這婦人在側邊見是海和尚，輕輕地罵一聲：「賊禿，倒好見識！」兩個上樓去了。迎兒自來掇過了香桌兒，關上了後門，也自去睡了。他兩個當夜如膠似漆，如糖似蜜，如酥似髓，如魚似水，◎23快活淫戲了一夜。自古道：「莫說歡娛嫌夜短，只要金雞報曉遲。」兩個正好睡哩，只聽得咯咯地木魚響，高聲念佛，和尚和婦人夢中驚覺。海闍黎披衣起來道：「我去也，今晚再相會。」那婦人道：「今後但有香桌兒在後門外，你便不可負約。如無香桌兒在後門，你便切不可來。」和尚下床，依前戴上頭巾，迎兒開了後門，放他去了。自此爲始，但是楊雄出去當牢上宿，那和尚便來家中。只有這個老兒，未晚先自要睡，迎兒這個丫頭，已自做一路了，只要瞞著石秀一個。這和尚又知了婦人的滋味，那婦人淫心起來，哪裏管顧。兩個一似被攝了魂魄的一般。這和尚只待頭陀報了，便離寺來。那婦人專得迎兒做腳※19，放他出入，因此快活偷養和尚戲耍。自此往來，將近一月有餘。這和尚也來了十數遍。

且說這石秀每日收拾了店時，自在坊裏歇宿，常有這件事掛心，每日委決不下，卻又不曾見這和尚往來。每日五更睡覺，不時跳將起來，料度這件事。只聽得報曉頭陀直來巷裏敲木魚，高聲叫佛。石秀是個乖覺的人，早瞧了八分，冷地裏思量道：「這條巷是條死巷，如何有這頭陀連日來這裏敲木魚叫佛？事有可疑。」當是十一月中旬之日，五更時分，石秀正睡不著，只聽得木魚敲響，頭陀直敲入巷裏來，到後門口高聲叫道：「普度衆生，救苦救難，諸佛菩薩！」石秀聽得叫的蹺蹊，便跳將起來，去門縫裏張時，只見一個人戴頂頭巾從黑影裏閃將出來，和頭陀去了，隨後便是迎兒來關門。石秀見了，自說道：「哥哥如此豪傑，卻恨討了這個淫婦，倒被這婆娘瞞過了，做成這等勾當。」巴得天明，把豬出去門前掛了，賣個早市。飯罷，討了一遭賒錢，日中前後，◎24逕到州衙前來尋楊雄。卻好行至州橋邊，正迎見楊雄。楊雄便問道：「兄弟，那裏去來？」石秀道：「因討賒錢，就來尋哥哥。」楊雄道：「我常爲官事忙，並不曾和兄弟快活吃三杯，且來這裏坐一坐。」楊雄把這石秀引到州橋下一個酒樓上，揀一處僻靜閣兒裏，兩個坐下，叫酒保取瓶好酒來，安排盤饌、海鮮、案酒。二人飲過三杯，楊雄見石秀只低了頭尋思，◎25楊雄是個性急的人，便問道：「兄弟心中有些不樂，莫不家裏有甚言語傷觸你處？」石秀道：「家中也無有甚話。兄弟感承哥哥把做親骨肉一般看待，有句話敢說麼？」楊雄道：「兄弟何故今日見外？有的話，但說不妨。」石秀道：「哥哥每日出來，只顧承當官府，卻不知背後之事。這個嫂嫂不是良人，兄弟已看在眼裏多遍了，且未敢說。今日見得仔細，忍不住來尋哥哥，直言休怪。」楊雄道：「我自無背後眼，你且說是誰？」石秀道：「前者家裏做道場，請那個賊禿海闍黎來，嫂嫂便和他眉來眼去，兄弟都看見。第三日又去寺裏還血盆懺願心，兩個都帶酒歸來。我近日只聽

註

※19做腳：做引線、內應，傳遞訊息。

評點

◎23.只比擬四句，刮盡了萬千情興，妙於立言。（芥眉）
◎24.看他寫出天明、飯罷、日中，前後次序，閑婉之甚。（金批）
◎25.石家三郎卻不是莽漢。（容眉）

得一個頭陀直來巷內敲木魚叫佛，那廝敲得作怪。今日五更被我起來張時，看見果然是這賊禿，戴頂頭巾，從家裏出去。似這等淫婦，要他何用！◎26」楊雄聽了大怒道：「這賤人怎敢如此！」石秀道：「哥哥且息怒。今晚都不要提，只和每日一般。明日只推做上宿，三更後卻再來敲門，那廝必然從後門先走，兄弟一把拿來，從哥哥發落。」楊雄道：「兄弟見得是。」石秀又分付道：「哥哥今晚且不可胡發說話。」楊雄道：「我明日約你便是。」兩個再飲了幾杯，算還了酒錢，一同下樓來，出得酒肆，各散了。只見四、五個虞候叫楊雄道：◎27「那裏不尋節級？知府相公在花園裏坐地，教尋節級來和我們使棒。快走，快走！」楊雄便分付石秀道：「本官喚我，只得去應答。兄弟，你先回家去。」石秀當下自歸家裏來，收拾了店面，自去作坊裏歇息。

且說楊雄被知府喚去到後花園中，使了幾回

石秀告訴楊雄潘巧雲的姦情，約定捉姦。圖為清代捉姦割耳圖。（fotoe提供）

棒，知府看了大喜，叫取酒來，一連賞了十大賞鍾。楊雄吃了，都各散了，衆人又請楊雄去吃酒。至晚，吃得大醉，扶將歸來。詩曰：

曾聞酒色氣相連，浪子酣尋花柳眠。
只有英雄心裏事，醉中觸憤不能蠲※20。

那婦人見丈夫醉了，謝了衆人，卻自和迎兒攙上樓梯去，明晃晃地點著燈燭。楊雄坐在床上，迎兒去脫翰鞋※21，婦人與他除頭巾，解巾幘。楊雄看了那婦人，一時驀上心來，自古道：「醉是醒時言。」指著那婦人罵道：◎28「你這賤人！賊妮子！好歹是我結果了你！」那婦人吃了一驚，不敢回話，且伏侍楊雄睡了。楊雄一頭上床睡，一頭口裏恨恨的罵道：「你這賤人！腌臢潑婦！那廝敢大蟲口裏倒涎！我手裏不到得輕輕地放了你！」那婦人那裏敢喘氣，直待楊雄

楊雄聽石秀說了潘巧雲出軌的事情以後，恰逢上司賜酒，喝得大醉，回家後坐在床上，無意識間當著潘巧雲的面罵了出來。（選自《水滸傳版刻圖錄》，江蘇廣陵古籍刻印社）

註

※20蠲：音捐。除去、免除的意思。
※21翰鞋：長筒棉鞋。「溫鞋」的變音。

評點

◎26.四字問得妙。（金批）
◎27.偏生出別樣事頭，故妙。（金批）
◎28.這也是人情之所必至。（容眉）

睡著。看看到五更，楊雄酒醒了，討水吃，那婦人便起舀碗水，遞與楊雄吃了，桌上殘燈尚明。楊雄吃了水，便問道：「大嫂，你夜來不曾脫衣裳睡？」那婦人道：「你吃得爛醉了，只怕你要吐，那裏敢脫衣裳，只在腳後倒了一夜。」楊雄道：「我不曾說甚言語？」那婦人道：「你往常酒性好，但吃醉了便睡，我夜來只有些兒放不下。」楊雄又問道：「石秀兄弟這幾日不曾和他快活吃得三杯，你家裏也自安排些請他。」那婦人也不應，自坐在踏床上，眼淚汪汪，口裏嘆氣。◎29楊雄又說道：「大嫂，我夜來醉了，又不曾惱你，做甚麼了煩惱？」那婦人掩著淚眼只不應。楊雄連問了幾聲，那婦人掩著臉假哭。◎30楊雄就踏床上扯起那婦人在床上，務要問他爲何煩惱。那婦人一頭哭，一面口裏說道：「我爹娘當初把我嫁王押司，只指望一竹竿打到底，◎31誰想半路相拋！今日嫁得你十分豪傑，卻又是好漢，誰想你不與我做主！」楊雄道：「又作怪，誰敢欺負你，我不做主？」那婦人道：「我本待不說，卻又怕你著他道兒，欲待說來，又怕你忍氣。」楊雄聽了，便道：「你且說怎麼地來？」那婦人道：「我說與你，你不要氣苦。◎32自從你認義了這個石秀家來，初時也好，向後看看放出刺來。見你不歸時，時常看了我說道：『哥哥今日又不來，嫂嫂自睡也好冷落。』我只不睬他，不是一日了。這個且休說。昨日早晨，我在廚房洗脖項，這廝從後走出來，看見沒人，從背後伸隻手來摸我胸前道：『嫂嫂，你有孕也無？』被我打脫了手。本待要聲張起來，又怕鄰舍得知笑話，裝你的望子。巴得你歸來，卻又濫泥也似醉了，又不敢說。我恨不得吃了他，你兀自來問石秀兄弟怎地！」正是：

淫婦從來多巧言，丈夫耳軟易為昏。
自今石秀前門出，好放闍黎進後門。

楊雄聽了，心中火起，便罵道：「『畫龍畫虎難畫骨，知人知面不知心。』這廝倒來我面前又說海闍黎許多事，說得個沒巴鼻※22。眼見得那廝慌了，便先來說破，使個見識。」口裏恨恨地道：「他又不是我親兄弟，趕了出去便罷。」楊雄到天明，下樓來對潘公說道：「宰了的牲口醃了罷，從今日便休要做買賣。」一霎時，把櫃子和肉案都拆了。石秀天明正將了肉出來門前開店，只見肉案並櫃子都拆翻了。石秀是個乖覺的人，如何不省得，笑道：「是了。因楊雄醉後出言，走透了消息，倒吃這婆娘使個見識，攛定是反說我無禮。他教丈夫收了肉店，我若便和他分辯，教楊雄出醜。我且退一步了，卻別作計較。」◎33石秀便去作坊裏收拾了包裹。楊雄怕他羞恥，也自去了。石秀提了包裹，跨了解腕尖刀，來辭潘公道：「小人在宅上打攪了許多時，今日哥哥既是收了鋪面，小人告回，帳目已自明明白白，並無分文來去。如有毫釐昧心，天誅地滅。」潘公被女婿分付了，也不敢留他。有詩為證：

枕邊言易聽，背後眼難開。
直道驅將去，奸邪漏進來。

註

※22沒巴鼻：沒來由、無緣無故的意思。

評點

◎29.寫淫婦機變可畏。（金批）
◎30.淫婦奸狀，千古如見。（容眉）
◎31.說起貞節話來，見得念前夫必不負後夫，巧雲淫巧之極。（袁眉）
◎32.看他恩愛之至，安得不入玄中。（金批）
◎33.石秀可畏，我惡其人。（金批）

石秀相辭了，卻只在近巷內尋個客店安歇，賃了一間房住下。石秀卻自尋思道：「楊雄與我結義，我若不明白得此事，枉送了他的性命。◎34他雖一時聽信了這婦人說，心中怪我，我也分辯不得，務要與他明白了此一事。我如今且去探聽他幾時當牢上宿，起個四更，便見分曉。」在店裏住了兩日，卻去楊雄門前探聽。當晚只見小牢子取了鋪蓋出去，石秀道：「今晚必然當牢，我且做些工夫看便了。」當晚回店裏，睡到四更起來，跨了這口防身解腕尖刀，悄悄地開了店門，逕踅到楊雄後門頭巷內，伏在黑影裏張時，卻好交五更時候，只見那個頭陀挾著木魚，來巷口探頭探腦。石秀一閃，閃在頭陀背後，一隻手扯住頭陀，一隻手把刀去脖子上擱著，低聲喝道：「你不要掙扎！若高做聲，便殺了你。你只好好實說，海和尚叫你來怎地？」◎35那頭陀道：「好漢，你饒我便說。」石秀道：「你快說，我不殺你。」頭陀道：「海闍黎和潘公女兒有染，每夜來往，教我只看後門頭有香桌兒爲號，喚他入鈸※23，五更裏卻教我來敲木魚叫佛，喚他出鈸※24。」石秀道：「他如今在那裏？」頭陀道：「他還在他家裏睡著。我如今敲得木魚響，他便出來。」石秀道：「你且借你衣服木魚與我。」

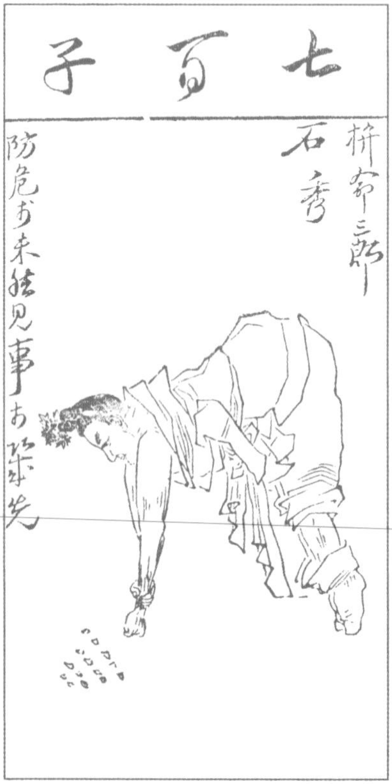

水滸人物古版畫，拚命三郎石秀，清陳洪綬「水滸葉子」。葉子是娛樂用的紙牌，用於酒令或賭博。陳洪綬（西元1598～1652年），字章侯，號老蓮，晚號悔遲，浙江諸暨人，明末畫家，以畫人物著名，也畫山水、花鳥。（fotoe提供）

頭陀身上剝了衣服，奪了木魚。頭陀把衣服正脫下來，被石秀將刀就頸上一勒，殺倒在地。頭陀已死了，石秀卻穿上直裰、護膝，一邊插了尖刀，把木魚直敲入巷裏來。海闍黎在床上，卻好聽得木魚咯咯地響，連忙起來，披衣下樓。迎兒先來開門，和尚隨後從後門裏閃將出來。石秀兀自把木魚敲響，那和尚悄悄喝道：「只顧敲甚麼！」石秀也不應他，讓他走到巷口，一交放翻，按住喝道：「不要高做聲！高聲，便殺了你。只等我剝了衣服便罷。」海闍黎知道是石秀，那裏敢掙扎做聲。被石秀都剝了衣裳，赤條條不著一絲，悄悄去屈膝邊拔出刀來，三、四刀搠死了。卻把刀來放在頭陀身邊，◎36將了兩個衣服，捲做一綑包了，再回客店裏，輕輕地開了門進去，悄悄地關上了，自去睡，不在話下。

卻說本處城中一個賣糕粥的王公，其日早挑著擔糕粥，點著個燈籠，一個小猴子跟著出來趕早市。正來到死屍邊過，卻被絆一交，把那老子一擔糕粥傾潑在地下，只見小猴子叫道：「苦也！一個和尚醉倒在這裏。」老子摸得起來，摸了兩手血跡，叫聲苦，不知高低。幾家鄰舍聽得，都開了門出來，把火照時，只見遍地都是血粥，兩個屍首擋在地上。衆鄰舍一把拖住老子，要去官司陳告。正是：禍從天降，災向地生。畢竟王公怎地脫身？且聽下回分解。◎37

註

※23入鈸：進門。本來是娼家隱語，這裏改爲「鈸」，因爲與和尚有關。
※24出鈸：出門。原因同上條解釋。

評點

◎34.全因此著吃緊，要明。（袁夾）
◎35.從容中禮如此，聖人聖人。（容眉）
◎36.殺人是極忙遽事，看他何等閑逸脱套。（金批）
◎37.和尚色中之餓鬼，妖艷登山入廟，是舍身爲餓鬼判斛施食。又評：回中字字教人防閑，推醒昏漢，不特爲石秀寫生也。（袁評）

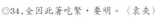

第四十六回 病關索大鬧翠屏山　拚命三火燒祝家店 ◎1

話說當下衆鄰舍結住王公，直到薊州府裏首告。知府卻纔升廳，一行人跪下告道：「這老子挑著一擔糕粥，潑翻在地下，看時，卻有兩個死屍在地下。◎2一個是和尚，一個是頭陀，俱各身上無一絲，頭陀身邊有刀一把。」老子告道：「老漢每日常賣糕糜營生，只是五更出來趕趁。今朝起得早了些個，和這鐵頭猴子只顧走，不看下面，一交絆翻，碗碟都打碎了。只見兩個死屍血淥淥的在地上，一時失驚，叫起來，倒被鄰舍扯住到官。望相公明鏡，可憐見辨察。」知府隨即取了供詞，行下公文，委當方里甲，帶了仵作公人，押了鄰舍、王公一干人等，下來檢驗屍首，明白回報。衆人登場看檢已了，回州稟覆知府：「被殺死僧人係是報恩寺闍黎裴如海，旁邊頭陀係是寺後胡道。和尚不穿一絲，身上三、四道搠傷致命方死。胡道身邊見有凶刀一把，只見項上有勒死痕傷一道，想是胡道掣刀搠死和尚，懼罪自行勒死。」◎3知府叫拘本寺僧鞫問※1原故，俱各不知情由，知府也沒個決斷。當案孔目稟道：「眼見得這和尚裸形赤體，必是和那頭陀幹甚不公不法的事，互相殺死，不

評點

◎1.前有武松殺姦夫淫婦一篇，此又有石秀殺姦夫淫婦一篇，若是者班乎？曰：不同也。夫金蓮之淫，乃敢至於殺武大，此其惡貫盈矣，不破胸取心，實不足以蔽厥辜也。若巧雲，淫誠有之，未必至於殺楊雄也。坐巧雲以他日必殺楊雄之罪，此自石秀之言，而未必遂服巧雲之心也。且武松之於金蓮也，武大已死，則武松不得不問，此實武松萬不得已而出於此。若武大固在，武松不得而殺金蓮者，法也。今石秀之於巧雲，既去則亦已矣，以姓石之人，而殺姓楊之人之妻，此何法也？總之，武松之殺二人，全是爲兄報仇，而己曾不與焉；若石秀之殺四人，不過爲己明冤而已，並與楊雄無與也。觀巧雲所以污石秀者，亦即前日金蓮所以污武松者。乃武松以親嫂之嫌疑，而落落然受之，曾不置辯，而天下後世，亦無不共明其如冰如玉也者。若石秀，則務必辯之；背後辨之，又必當面辯之，迎兒辯之，又必巧雲辯之，務令楊雄深有以信其如冰如玉而後已。嗚呼！豈眞天下之大，另又有此一種巉刻狠毒之惡物歟？吾獨怪耐庵以一手搦一筆，而既寫一武松，又寫一石秀。嗚呼，又何奇也！（金批）
◎2.先說潑粥，次說死屍。妙絕。在粥裏，妙。（金批）
◎3.益嘆石秀胸中精細，做事出人。（金批）

干王公之事。鄰舍都教召保聽候，屍首著仰本寺住持即備棺木盛殮，放在別處，立個互相殺死的文書便了。」知府道：「也說得是。」隨即發落了一干人等，不在話下。

薊州城裏有些好事的子弟，做成一調兒，道是：

叵耐禿囚無狀，做事直恁狂蕩。暗約嬌娥，要爲夫婦，永同鴛帳。怎禁貫惡滿盈，玷辱諸多和尚，血泊內橫屍里巷。今日赤條條甚麼模樣，立雪齊腰※2，投岩喂虎※3，全不想祖師經上。目蓮救母※4生天，這賊禿爲婆娘身喪。

後來書會們※5備知了這件事，拿起筆來，又做了這支臨江仙詞，教唱道：

淫行沙門招殺報，暗中不爽分毫。頭陀屍首亦蹊蹺，一絲眞不掛，立地吃屠刀。大和尚此時精血喪，小和尚昨夜風騷。空門裏刎頸見相交，拚死爭同穴，殘生送兩條。

這件事，滿城都講動了。那婦人也驚得呆了，自不敢說，只是肚裏暗暗地叫苦。楊雄在

註

※1鞫問：鞫，音局。審問犯人之意。

※2立雪齊腰：二祖慧可向達摩大師求法，爲了表示誠心，站在冰天雪地裏，雪一直埋到齊腰深，這叫「立雪」。

※3投岩喂虎：《佛說菩薩投身飴餓虎起塔因緣經》講，大車國王有三個兒子：摩訶波羅、摩訶提婆、摩訶薩埵。有一天，大車王到山中遊頑，三個兒子陪伴在他身邊。他們一行人到竹林中休息時，見一雌虎產下七隻小虎，精疲力盡，奄奄一息。三王子脫去衣服，躺到母老虎身邊，用竹尖把自己的頸項刺了一個洞，用鮮血來喂食老虎。

※4目蓮救母：釋迦牟尼十大弟子之一。傳說他神通廣大，能飛抵兜率天。其母死後墮餓鬼道中，他爲救母脫離餓鬼道之苦，以神通之力親往救之。見《初學記》卷四引《盂蘭盆經》。

※5書會們：書會，是宋元時戲曲、曲藝作者的社團組織，多設於杭州、溫州、大都（今北京）等大城市。書會的成員稱爲才人。

薊州府裏，有人告道殺死和尙、頭陀，心裏早瞧了七、八分，尋思：「此一事，准是石秀做出來的。我前日一時間錯怪了他，我今日閑些，且去尋他，問他個眞實。」正走過州橋前來，只聽得背後有人叫道：「哥哥，那裏去？」楊雄回過頭來，見是石秀，便道：「兄弟，我正沒尋你處。」石秀道：「哥哥且來我下處，和你說話。」把楊雄引到客店裏小房內，說道：「哥哥，兄弟不說謊麼？」◎4楊雄道：「兄弟，你休怪我。是我一時愚蠢，不是了，酒後失言，反被那婆娘瞞過了，怪兄弟相鬧不得。我今特來尋賢弟，負荊請罪。」石秀道：「哥哥，兄弟雖是個不才小人，卻是頂天立地的好漢，如何肯做這等之事？怕哥哥日後中了奸計，因此來尋哥哥，有表記教哥哥看。」將過和尙、頭陀的衣裳，「盡剝在此。」楊雄看了，心頭火起，便道：「兄弟休怪。我今夜碎割了這賤人，出這口惡氣！」石秀笑道：「你又來了！◎5你既是公門中勾當的人，如何不知法度？你又不曾拿得他眞姦，如何殺得人？倘或是小弟胡說時，卻不錯殺了人？」◎6楊雄道：「似此怎生罷休得？」石秀道：「哥哥只依著兄弟的言語，教你做個好男子。」楊雄道：「賢弟，你怎地教我做個好男子？」石秀道：「此間東門外有一座翠屏山，好生僻靜。哥哥到明日，只說道我多時不曾燒香，我今來和大嫂同去。把那婦人賺將出來，就帶了迎兒同到山上。小弟先在那裏等候著，當頭對面，把這是非都對得明白了，哥哥那時寫與一紙休書，棄了這婦人，卻不是上著？」楊雄道：「兄弟，何必說得！你身上清潔，我已知了，都是那婦人謊說。」石秀道：「不然，我也要哥哥知道他往來眞

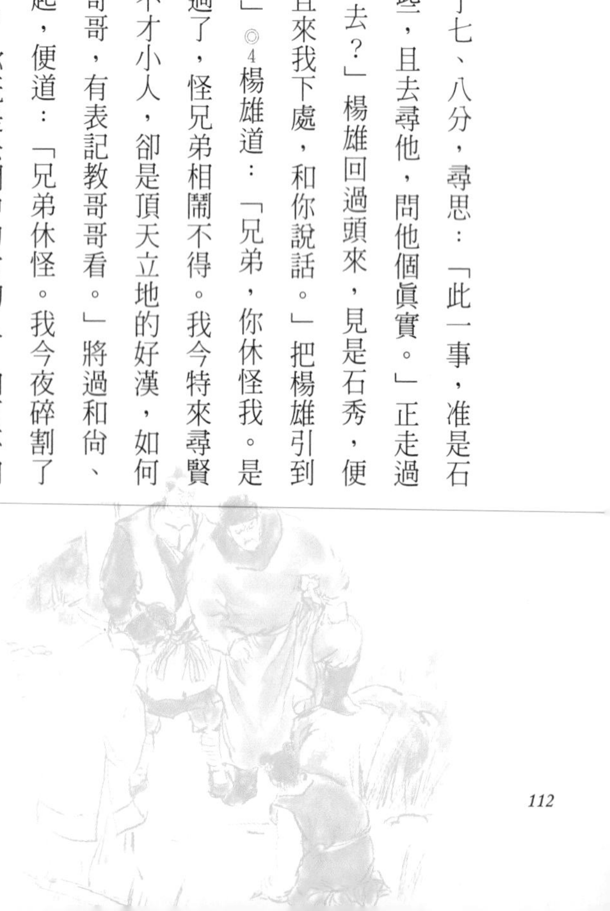

實的事。」楊雄道：「既然兄弟如此高見，必然不差。我明日准定和那賤人來，你卻休要誤了。」石秀道：「小弟不來時，所言俱是虛謬。」楊雄當下別了石秀，離了客店，且去府裏辦事。至晚回來，並不提起，亦不說甚，只和每日一般。次日天明起來，對那婦人說道：「我昨夜夢見神人叫我，說有舊願不曾還得。向日許下東門外嶽廟裏那炷香願，未曾還得。今日我閑些，要去還了，須和你同去。」那婦人道：「你便自去還了罷，要我去何用？」◎7楊雄道：「這願心卻是當初說親時許下的，必須要和你同去。」那婦人道：「既是恁地，我們早吃些素飯，燒湯沐浴了去。」楊雄道：「我去買香紙，雇轎子，你便洗浴了，梳頭插帶了等我。就叫迎兒也去走一遭。」楊雄又來客店裏，相約石秀：「飯罷便來，兄弟休誤。」石秀道：「哥哥，你若擡得來時，只教在半山裏下了轎，你三個步行上來，我自在上面一個僻處等你，不要帶閑人上來。」楊雄約了石秀，買了紙燭，歸來吃了早飯。那婦人不知此事，只顧打扮得齊齊整整，迎兒也插帶了，轎夫扛轎子，早在門前伺候。楊雄道：「泰山看家，我和大嫂燒香了便回。」潘公道：「多燒香，早去早回。」◎8

那婦人上了轎子，迎兒跟著，楊雄也隨在後面。出得東門來，楊雄低低分付轎夫道：「與我擡上翠屏山去，我自多還你些轎錢。」不到兩個時辰，早來到翠屏山上。原來這座翠屏山，卻在薊州東門外二十里，都是人家的亂墳。上面一望，盡是青草白楊，並無庵舍、寺院。當下楊雄把那婦人擡到半山，叫轎夫歇下轎子，拔去葱管※6，搭起

註

※6 葱管：古代轎簾旁邊控制調整簾子的木頭。

評點

◎4.石秀可畏，筆筆寫出咄咄相逼之勢。（金批）
◎5.石秀又狠毒，又精細，筆筆寫出。（金批）
◎6.石三郎精細，眞有意思，楊雄一莽漢耳。（容眉）
◎7.同是還願，一肯去，一不肯去，寫來絕倒。（金批）
◎8.宛然前日石秀告潘公語。回合成趣。（金批）

轎簾，叫那婦人出轎來。婦人問道：「卻怎地來這山裏？」楊雄道：「你只顧且上去。轎夫只在這裏等候，不要來，少刻一發打發你酒錢。」轎夫道：「這個不妨，小人自只在此間伺候便了。」楊雄引著那婦人並迎兒，三個人上了四、五層山坡，只見石秀坐在上面。那婦人道：「香紙如何不將來？」楊雄道：「我自先使人將上去了。」把婦人一引，引到一處古墓裏，石秀便把包裹、腰刀、桿棒，都放在樹根前，來道：「嫂嫂拜揖。」◎9那婦人連忙應道：「叔叔怎地也在這裏？」一頭說，一面肚裏吃了一驚。石秀道：「在此專等多時。」楊雄道：「你前日對我說道：叔叔多遍把言語調戲你，又將手摸著你胸前，問你有孕也無。今日這裏無人，你兩個對得明白。」那婦人道：「哎呀！過了的事，只顧說甚麼？」石秀睜著眼來道：「嫂嫂，你怎麼說？這須不是閑話，正要哥哥面前對個明白。」那婦人道：「叔叔，你沒事自把髫兒提做甚麼？」石秀道：「嫂嫂，你休要硬諍，教你看個證見。」便去包裹裏，取出海闍黎並頭陀的衣服來，撒放地下道：「你認得麼？」◎10那婦人看了，飛紅了臉，無言可對。石秀颼地掣出腰刀，便與楊雄說道：「此事只問迎兒，便知端的。」楊雄便揪過那丫頭跪在面前，喝道：「你這小賤人，快好好實說，怎地在和尚房裏入姦？怎生約會把香桌兒爲號？如何教頭陀來敲木魚？實對我說，饒你這條性命，但瞞了一句，先把你剁做肉泥！」迎兒叫道：「官人，不干我事，不要殺我！我說與你。」卻把僧房中吃酒，上樓看佛牙，趕他下樓來看潘公酒醒說起，「兩個背地裏約下，第三日教頭陀來化齋飯，叫我取銅錢布施與他，娘

評點

◎9.只四字，亦復咄咄可畏。（金批）
◎10.石秀將前言對明，使楊雄見石秀之心，可羨石秀色欲不染，古之罕矣。（余評）
◎11.石秀狠毒之極，我惡其人。寫得石秀攔接之間，駭疾不可當。（金批）

子和他約定，但是官人當牢上宿，要我掇香桌兒放在後門外，便是暗號。頭陀來看了，卻去報知和尚。當晚海闍黎扮做俗人，帶頂頭巾入來，五更裏只聽那頭陀來敲木魚響，高聲念佛爲號，叫我開後門放他出去。但是和尚來時，瞞我不得，只得對我說了。娘子許我一副釧鐲、一套衣裳，我只得隨順了。似此往來，通有數十遭，後來便吃殺了。又與我幾件首飾，教我對官人說石叔叔把言語調戲一節。這個我眼裏不曾見，因此不敢說。只此是實，並無虛謬。」

迎兒說罷，石秀便道：「哥哥得知麼？這般言語，須不是兄弟教他如此說。請哥哥卻問嫂嫂備細緣由。」楊雄揪過那婦人來，喝道：「賊賤人，丫頭已都招了，便你一些兒休賴，再把實情對我說了，饒了這賤人一條性命！」那婦人說道：「我的不是了。你看我舊日夫妻之面，饒恕了我這一遍。」石秀道：「哥哥含糊不得，◎11須要問嫂嫂一個明白備細緣由。」楊雄喝道：「賤人！你快說！」那婦人只得把偷和尚的事，從做

❀ 楊雄和石秀在翠屏山懲治出軌的淫婦潘巧雲。此幅畫具有很強的日本特色，時遷也出現得比原著中早。（日版畫，出自《新編水滸畫傳》，葛飾戴斗繪）

道場夜裏說起，直至往來，一一都說了。石秀道：「你卻怎地對哥哥倒說我來調戲你？」那婦人道：「前日他醉了罵我，我見他罵得蹺蹊，我只猜是叔叔看見破綻，說與他。到五更裏，又提起來問叔叔如何，我卻把這段話來支吾，實是叔叔並不曾惹地。」石秀道：「今日三面說得明白了，任從哥哥心下如何措置。」楊雄道：「兄弟，你與我拔了這賤人的頭面※7，剝了衣裳，我親自伏侍他。」石秀便把那婦人頭面首飾衣服都剝了，楊雄割兩條裙帶來，親自用手把婦人綁在樹上。石秀也把迎兒的首飾都去了，遞過刀來說道：「哥哥，這個小賤人留他做甚麼？一發斬草除根！」楊雄應道：「果然。兄弟把刀來，我自動手。」迎兒見頭勢不好，卻待要叫，楊雄手起一刀，揮作兩段。那婦人在樹上叫道：「叔叔勸一勸！」石秀道：「嫂嫂，哥哥自來伏侍你。」◎12楊雄向前，把刀先挖出舌頭，一刀便割了，且教那婦人叫不得。楊雄卻指著罵道：「你這賊賤人，我一時間誤聽

楊雄帶著婦人來到翠屏山，與石秀當面對質。潘巧雲看到頭陀和和尚的衣服，便知道被發現了，迎兒也嚇得跪下求饒。（朱寶榮繪）

楊雄問完口供，十分惱怒，讓石秀脫了潘巧雲的衣服，扒得赤條條，然後一刀從心窩裏直割到小肚子下，取出心肝五臟，掛在松樹上。（選自《水滸傳版刻圖錄》，江蘇廣陵古籍刻印社）

不明，險些被你瞞過了！一者壞了我兄弟情分，二乃久後必然被你害了性命。不如我今日先下手爲強。我想你這婆娘心肝五臟怎地生著？我且看一看。」一刀從心窩裏直割到小肚子下，取出心肝五臟，掛在松樹上。楊雄又將這婦人七事件分開了，卻將頭面衣服都拴在包裹裏了。楊雄道：「兄弟，你且來，和你商量一個長便。如今一個姦夫，一個淫婦，都已殺了，只是我和你投那裏去安身？」石秀道：「兄弟已尋思下了，自有個所在，請哥哥便行，不可耽遲。」楊雄道：「卻是那裏去？」石秀道：「哥哥殺了人，兄弟又殺人，不去投梁山泊入夥，卻投那裏去？」楊雄道：「且住！我和你又不曾認得他那裏一個人，如何便肯收錄我們？」石秀道：「哥哥差矣。如今天下江湖上皆聞山東及時雨宋公明招賢納士，結識天下好

註

※7 頭面：女人的首飾等裝飾品。

評點

◎12.石秀狠毒，句句都畫出來。不是你勸的事，又是你幫的事耶？（金批）（金本此處爲「嫂嫂，不是我。」——編者按）

漢，誰不知道？放著我和你一身好武藝，愁甚不收留！」楊雄道：「凡事先難後易，免得後患。我卻不合是公人，只恐他疑心，不肯安著我們。」石秀笑道：「他不是押司出身？◎[13]我教哥哥一發放心。前者哥哥認義兄弟那一日，先在酒店裏和我吃酒的那兩個人，一個是梁山泊神行太保戴宗，一個是錦豹子楊林。他與兄弟十兩一錠銀子，尚兀自在包裹，因此可去投托他。」楊雄道：「既有這條門路，我去收拾了些盤纏便走。」石秀道：「哥哥，你也這般搭纏※[8]。◎[14]倘或入城事發拿住，如何脫身？放著包裹裏現有若干釵釧首飾，兄弟又有些銀兩，再有三、五個人，也夠用了，何須又去取討。惹起是非來，如何解救？這事少時便發，不可遲滯，我們只好望山後走。」石秀便背上包裹，拿了桿棒。楊雄插了腰刀在身邊，提了朴刀，卻待要離古墓，只見松樹後走出一個人來叫道：「清平世界，蕩蕩乾坤，把人割了，卻去投奔梁山泊入夥，我聽得多時了。」楊雄、石秀看時，那人納頭便拜。楊雄卻認得這人，姓時名遷，祖貫是高唐州人氏，流落在此，只一地裏做些飛簷走壁、跳籬騙馬的勾當。曾在薊州府裏吃官司，卻是楊雄救了他。人都叫做鼓上蚤。有詩為證：

骨軟身軀健，眉濃眼目鮮。
形容如怪族，行走似飛仙。
夜靜穿墻過，更深繞屋懸。
偷營高手客，鼓上蚤時遷。

當時楊雄便問時遷：「你如何在這裏？」時遷道：「節級哥哥聽稟。小人近日沒甚道路，在這山裏掘些古墳，覓兩分東西。因見哥哥在此行事，不敢出來衝撞，卻聽說去投梁山泊入夥。小人如今在此，只做得些偷雞盜狗的勾當，幾時是了？跟隨得二位哥哥上山去，卻不好？未知尊意肯帶挈小人麼？」石秀道：「既是好漢中人物，他那裏如今招納壯士，那爭你一個？若如此說時，我們一同去。」時遷道：「小人卻認得小路去。」◎15當下引了楊雄、石秀，三個人自取小路下後山，投梁山泊去了。

卻說這兩個轎夫在半山裏等到紅日平西，不見三個下來，分付了，又不敢上去。挨不過了，不免信步尋上山來，只見一群老鴉成團打塊在古墓上。兩個轎夫上去看時，原來卻是老鴉奪那肚腸吃，以此聒噪。轎夫看了，吃那一驚，慌忙回家報與潘公，一同去薊州府裏首告。知府隨即差委一員縣尉，帶了仵作行人，來翠屏山檢驗屍首已了，回覆知府，稟道：「檢得一口婦人潘巧雲，割在松樹邊，使女迎兒，殺死在古墓下。墳邊遺下一堆婦人與和尚、頭陀衣服。」知府聽了，想起前日海和尚、頭陀的事，備細詢問潘公。那老子把這僧房酒醉一節，和這石秀出去的緣由，細說了一遍。知府道：「眼見得這婦人與和尚通姦，那女使、頭陀做腳。想石秀那廝，路見不平，殺死頭陀、和尚。楊雄這廝，今日殺了婦人、女使無疑，定是如此。◎16只拿得楊雄、石秀，便知端的。」當即行移文書，出給賞錢，捕獲楊雄、石秀，其餘轎夫人等，各放回聽候。潘公自去買棺

註

※8搭纏：糾纏不清的意思。

評點

◎13.石秀寫得色色出人。（金批）
◎14.楊雄到底有雌氣，全賴石秀才做得個丈夫。（芥眉）
◎15.有引進人，又少不得引路人。（袁眉）
◎16.知府忒明白。（容眉）

木，將屍首殯葬，不在話下。

再說楊雄、石秀、時遷離了薊州地面，在路夜宿曉行，不則一日，行到鄆州地面。過得香林窪，早望見一座高山，不覺天色漸漸晚了，看見前面一所靠溪客店，三個人行到門首看時，但見：

> 前臨官道，後傍大溪。數百株垂柳當門，一兩樹梅花傍屋。荊榛籬落，周回繞定茅茨※9；蘆葦簾櫳，前後遮藏土炕。右壁廂一行，書寫「庭幽暮接五湖賓※10」；左勢下七字，題道「户敞朝迎三島客※11」。雖居野店荒村外，亦有高車駟馬※12來。

當日黃昏時候，店小二卻待關門，只見這三個人撞將入來，小二問道：「客人來路遠，以此晚了？」時遷道：「我們今日走了一百里以上路程，因此到得晚了。」小二哥放他三個入來安歇，問道：「客人不曾打火麼？」時遷道：「我們自理會。」小二道：「今日沒客歇，竈上有兩隻鍋乾淨，客人自用不妨。」時遷問道：「店裏有酒肉賣麼？」小二道：「今日早起有些肉，都被近村人家買了去，只剩得一甕酒在這裏，並無下飯。」時遷道：「也罷，先借五升米來做飯，卻理會。」小二哥取出米來與時遷，就淘了，做起一鍋飯來。石秀自在房中安頓行李，楊雄取出一

「鼓上蚤」時遷，《水滸傳》人物畫。（fotoe提供）

隻釵兒，把與店小二，先回他這甕酒來吃，明日一發算帳。小二哥收了釵兒，便去裏面掇出那甕酒來開了，將一碟兒熟菜放在桌子上。時遷先提一桶湯來，叫楊雄、石秀洗了腳手，一面篩酒來，就來請小二哥一處坐地吃酒，◎17放下四隻大碗，斟下酒來吃。石秀看見店中檐下插著十數把好朴刀，問小二哥道：「你家店裏怎地有這軍器？」小二哥應道：「都是主人家留在這裏。」石秀道：「你家主人是甚麼樣人？」小二道：「客人，你是江湖上走的人，如何不知我這裏的名字？前面那座高山，便喚做獨龍山。山前有一座凜巍巍岡子，便喚做獨龍岡，上面便是主人家住宅。這裏方圓三十里，卻喚做祝家莊。莊主太公祝朝奉※13有三個兒子，稱爲祝氏三傑。莊前莊後，有五、七百人家，都是佃戶，各家分下兩把朴刀與他。這裏喚作祝家店，常有數十個家人來店裏上宿，以此分下朴刀在這裏。」石秀道：「他分軍器在店裏何用？」小二道：「此間離梁山泊不遠，只恐他那裏賊人來借糧，因此準備下。」石秀道：「與你些銀兩，回與我一把朴刀用如何？」小二哥道：「這個卻使不得，器械上都編著字號。我小人吃不得主人家的棍棒，我這主人法度不輕。」石秀笑道：「我自取笑你，你卻便慌。且只顧吃酒。」小二道：「小人吃不得了，先去歇了。客人自便寬飲幾杯。」小二哥去了。楊雄、石秀又

註

※9茅茨：茅屋，泛指平民居所。

※10五湖賓：五湖四海，比喻全國各地。五湖賓，全國各地的賓客。

※11三島客：自古傳說東海中，有蓬萊、方丈、瀛州三個神仙島嶼，這裏泛指過路神仙。

※12駟馬：古代同拉一輛車的四匹馬。

※13朝奉：唐朝時候的官名，宋代一般用於對豪紳的尊稱。

評點

◎17.非必要小二同飲，只爲要問起祝家備細也。（金批）

自吃了一回酒，只見時遷道：「哥哥要肉吃麼？」楊雄道：「店小二說沒了肉賣，你又那裏得來？」時遷嘻嘻的笑著，去竈上提出一隻老大公雞來。◎18楊雄問道：「那裏得這雞來？」時遷道：「兄弟卻纔去後面淨手，見這隻雞在籠裏，尋思沒甚與哥哥吃酒，被我悄悄把去溪邊殺了，提桶湯去後面，就那裏撏得乾淨，煮得熟了，把來與二位哥哥吃。」楊雄道：「你這廝還是這等賊手賊腳！」石秀笑道：「還不改本行。」三個笑了一回，把這雞來手撕開吃了，一面盛飯來吃。

只見那店小二略睡一睡，放心不下，爬將起來，前後去照管。只見廚桌上有些雞毛和雞骨頭，卻去竈上看時，半鍋肥汁。小二慌忙去後面籠裏看時，不見了雞，連忙出來問道：「客人，你們好不達道理，如何偷了我店裏報曉的雞吃！」時遷道：「見鬼了！耶耶！我自路上買得這隻雞來吃，何曾見你的雞！」小二道：「我店裏的雞，卻那裏去了？」時遷道：「敢被野貓拖了？黃猩子※14吃了？鷂鷹撲了去？我卻怎地得知！」小二道：「我的雞纔在籠裏，不是你偷了是誰？」石秀道：「不要爭，值幾錢，賠了你便罷。」店小二道：「我的是報曉雞，店內少他不得，你便賠我十兩銀子也不濟，只要還我雞。」石秀大怒道：「你詐哄誰？老爺不賠你，便怎地？」店小二笑道：「客人，你們休要在這裏討野火吃！只我店裏不比別處客店，拿你到莊上，便做梁山泊賊寇解了去。」◎19石秀聽了，大罵道：「便是梁山泊好漢，你怎麼拿了我去請賞！」楊雄也怒道：「好意還你些錢，不賠你，怎地拿我去！」小二叫一聲：「有賊！」只見店裏赤

條條地走出三、五個大漢來，逕奔楊雄、石秀來，被石秀手起，一拳一個，都打翻了。小二哥正待要叫，被時遷一掌，打腫了臉，做聲不得。這幾個大漢都從後門走了。楊雄道：「兄弟，這廝們一定去報人來，我們快吃了飯走了罷。」三個當下吃飽了，把包裹分開腰了，穿上麻鞋，跨了腰刀，各人去槍架上揀了一條好朴刀。石秀道：「左右只是左右，不可放過了他。」便去竈前尋了把草，竈裏點個火，望裏面四下焠著。◎20看那草房被風一煽，刮刮雜雜火起來。那火頃刻間天也似般大。三個拽開腳步，望大路便走。正是：

只爲偷兒攘※15一雞，從教傑士竟追麑。
梁山水泊興波浪，祝氏山莊化作泥。

三個人行了兩個更次，只見前面後面火把不計其數，約有一、二百人，發著喊，趕將來。石秀道：「且不要慌，我們且揀小路走。」楊雄道：「且住！一個來，殺一個，兩個來，殺一雙。待天色明朗卻走。」◎21說猶未了，四下裏合攏來。楊雄當先，石秀在後，時遷在中，◎22三個挺著朴刀，來戰莊客。那夥人初時不知，掄著槍棒趕來。楊雄手起朴刀，早戳翻了五、七個。前面的便走，後面的急待要退，石秀趕入去，又戳翻了六、七人。四下裏莊客見說殺傷了十數人，◎23都是要性命的，思量不是頭，都退了去。三個得一步，趕一步。正走之間，喊聲又起，枯草裏舒出兩把撓鉤，正把時遷一撓鉤

註

※14黃猩子：黃鼠狼。
※15攘：侵奪，偷竊。

評點

◎18.賊腔可掬。（袁夾）
◎19.看他要生出事頭，無可生處，如此曲折寫來。（金批）
◎20.時遷還是賊手賊腳，石秀卻是強盜手段。（芥眉）
◎21.此處卻寫出楊雄。（金批）
◎22.只三人便有隊伍大勢。（袁眉）
◎23.只說戳翻、搠翻，總言殺傷，不說殺死，有斟酌。（袁眉）

搭住，拖入草窩去了。石秀急轉身來救時遷，背後又舒出兩把撓鈎來，卻得楊雄眼快，便把朴刀一撥，兩把撓鈎撥開去了，將朴刀望草裏便戳，發聲喊，都走了。兩個見捉了時遷，怕深入重地，亦無心戀戰，顧不得時遷了，只四下裏尋路走罷。見遠遠的火把亂明，小路上又無叢林樹木，照得有路便走，一直望東邊去了。衆莊客四下裏趕不著，自救了帶傷的人去，將時遷背剪綁了，押送祝家莊來。

且說楊雄、石秀走到天明，望見一座村落酒店，石秀道：「哥哥，前頭酒肆裏買碗酒飯吃了去，就問路程。」兩個便入村店裏來，倚了朴刀，對面坐下，叫酒保取些酒來，就做些飯吃。酒保一面鋪下菜蔬、案酒，盪將酒來。方欲待吃，只見外面一個大漢奔走入來，生得闊臉方腮，眼鮮耳大，貌醜形粗，穿一領茶褐紬衫，戴一頂萬字頭巾，繫一條白絹搭膊，下面

店小二見到廚桌上的雞毛和雞骨頭，又看籠裏的雞沒了蹤影，便來質問石秀三人偷雞。石秀等人本來準備賠錢了事，沒想到小二因為背後勢力大，要把三人當賊抓起來。（朱寶榮繪）

穿一雙油膀靴，叫道：「大官人教你們挑擔來莊上納。」店主人連忙應道：「裝了擔，少刻便送到莊上。」那人分付了，便轉身，又說道：「快挑來。」卻待出門，正從楊雄、石秀面前過，楊雄卻認得他，便叫一聲：「小郎，你如何卻在這裏？◎24不看我一看？」那人回轉頭來，看了一看，卻也認得，便叫道：「恩人如何來到這裏？」望著楊雄便拜。不是楊雄撞見了這個人，有分教：三莊盟誓成虛謬，眾虎咆哮起禍殃。畢竟楊雄、石秀遇見的那人是誰？且聽下回分解。◎25

石秀三人沒奈何，與衆莊客奮戰，殺傷了十數人，一邊殺一邊撤退。正走之間，枯草裏舒出兩把撓鉤，把時遷一撓鉤搭住，拖入草窩裏去了。
（選自《水滸傳版刻圖錄》，江蘇廣陵古籍刻印社）

評點

◎24.楊雄到此遇見杜興，此一幸也。（余評）
◎25.卓翁曰：石家三郎做事精細，勇而且智；如楊雄者，特草草耳。雖然，當局迷，旁觀清，一雄已哉？（容評）

第四十七回 撲天鵰雙修生死書 宋公明一打祝家莊◎1

話說當時楊雄扶起那人來，叫與石秀相見。石秀便問道：「這位兄長是誰？」楊雄道：「這個兄弟姓杜名興，祖貫是中山府※1人氏，因爲他面顏生得粗莽，以此人都叫他做鬼臉兒。上年間做買賣，來到薊州，因一口氣上打死了同夥的客人，吃官司，監在薊州府裏。楊雄見他說起拳棒都省得，一力維持救了他。不想今日在此相會。」◎2杜興便問道：「恩人，爲何公事來到這裏？」楊雄附耳低言道：「我在薊州殺了人命，欲要投梁山泊去入夥。昨晚在祝家店投宿，因同一個來的火夥時遷，偷了他店裏報曉雞吃，一時與店小二鬧將起來，性起，把他店屋放火都燒了。我三個連夜逃走，不提防背後趕來。我弟兄兩個搠翻了他幾個，不想亂草中間舒出兩把撓鈎，把時遷搭了去。我兩個亂撞到此，正要問路，不想遇見賢弟。」杜興道：「恩人不要慌，我叫放時遷還你。」楊雄道：「賢弟少坐，同飲一杯。」三人坐下，當下飲酒。杜興便道：「小弟自從離了薊州，多得恩人的恩惠，來到這裏，感承此間一個大官人見愛，收錄小弟在家中做個主管，每日撥萬論千，盡托付與杜興身上，甚是信任，以此不想回鄉去。」楊雄道：「此間大官人是誰？」杜興道：「此間獨龍岡前面，有三座山岡，列著三個村坊。中間是祝家莊，西邊是扈家莊，東邊是李家莊。這三處莊上，三村裏算來，總有一、二萬軍馬人家。惟有祝家莊最豪傑，爲頭家長，喚做祝朝奉，有三個兒子，名爲祝氏三傑。長子祝龍，次子祝虎，三子祝彪。又有一個教師，喚做鐵棒欒廷玉，此人有萬夫不當之勇。莊上自有一、二千了得的莊客。西邊那個扈家莊，莊主扈太公，有個兒子喚做飛天虎扈成，也十分了得。惟有一個女兒最英雄，名喚一丈青※2扈三娘，使兩口日月雙刀，馬上如法了得。這裏東村莊上，卻是杜興的主人，姓李名應，◎3能使一條渾鐵點鋼槍，背藏飛刀五口，百步取人，神出鬼沒。這三村結下生死誓願，同心共意，但有吉凶，遞相救應。惟恐梁山泊好漢過來借糧，因此三村準備下抵敵他。如今小弟引二位到莊上，見了李大官人，求書去搭救時遷。」楊雄又問道：「你那李大官人，莫不是江湖上喚撲天鵰的李應？」◎4杜興道：「正是他。」石秀道：「江湖上只聽得說獨龍岡有個撲天鵰李應是好漢，卻原來在這裏。多聞他眞個了得，是好男子！我們去走一遭！」楊雄便喚酒保，計算酒錢。杜興那裏肯要他還，便自招了酒錢。三個離了村店，便引楊雄、石秀來到李家莊上。楊雄看時，眞個好大莊院，外面周迴一遭闊港，粉墻傍岸，有數百株合抱不交的大柳樹，門外一座吊橋，接著莊門。入得門來，到廳前，兩邊有二十餘座槍架，明晃晃的都插滿軍器。杜興道：「兩位哥哥在此少等，待小弟入去報知，請大官人出來相見。」杜興入去，不多時，只見李應從

註

※1中山府：府名，在今河北定縣。

※2一丈青：宋代流行的形容人身高、膚色的稱呼，此外還有一丈白等。

評點

◎1.人亦有言：不遇盤根錯節，不足以見利器。夫不遇難題，亦不足以見奇筆也。此回要寫宋江打祝家莊。夫打祝家莊，亦尋常戰鬥之事耳，烏足以展耐庵之經緯？故未制文，先制題，於祝家莊之東，先立一李家莊；於祝家莊之西，又立一扈家莊。三莊相連，勢如翼虎，打東則中帥西救，打西則中帥東救，打中則東西合救，夫如是而題之難禦，遂如六馬亂馳，非一轡所控；伏箭亂發，非一牌所隔；野火亂起，非一手所撲矣。耐庵而後回錦心，舒繡手，弄柔翰，點妙墨，早於楊雄、石秀未至山泊之日，先按下東李，此之謂縶其右臂。入下回，十六虎將浴血苦戰，生擒西扈，此之謂戕其左腋。東西定，而殲厥三祝，曾不如縛一雞之易者，是皆耐庵相題有眼，捽題有法，擣題有力，故得至是。人徒就篇尾論長數短，謂亦猶夫能事，殊未向篇首一籌量其落筆之萬難也。看他寫李、祝之戰，只是相當，非不欲作快筆，徒恐因而兩家不得住手，便礙宋江一打筆勢。故行文有時佔得一筆，是多一筆；亦有時留得一筆，是多一筆也。石秀探路一段，描出全副一個精細人。讀之，益想耐庵七竅中，眞乃無奇不備。（金批）

◎2.搭入杜興，與祝、李關目，將恩仇親疏攪做一塊，妙緒，開人滯想。（芥眉）

◎3.不說出綽號，留下與楊雄作問，甚好。（金批）

◎4.李應綽號在楊雄口中出，更活綻。（袁眉）

裏面出來。楊雄、石秀看時，果然好表人物。有臨江仙詞爲證：

鶻眼鷹睛頭似虎，燕頷猿臂狼腰，疏財仗義結英豪。愛騎雪白馬，喜著絳紅袍。背上飛刀藏五把，點鋼槍斜嵌銀條，性剛誰敢犯分毫。李應眞壯士，名號撲天鵰。

當時李應出到廳前，杜興引楊雄、石秀上廳拜見。李應連忙答禮，便教上廳請坐。楊雄、石秀再三謙讓，方纔坐了。李應便教取酒來且相待。楊雄、石秀兩個再拜道：「望乞大官人致書與祝家莊，來救時遷性命，生死不敢有忘。」李應教請門館先生來商議，修了一封書緘，塡寫名諱，使個圖書印記，◎5便差一個副主管齎了，備一匹快馬，星火※3去祝家莊取這個人來。那副主管領了東人書札，上馬去了。楊雄、石秀拜謝罷。李應道：「二位壯士放心，小人書去，便當放來。」◎6楊雄、石秀又謝了。李應道：「且請去後堂，少敘三杯等待。」◎7兩個隨進裏面，就具早膳相待。飯罷，吃了茶，李應問些槍法，見楊雄、石秀說得有理，心中甚喜。巳牌時分，那個副主管回來，李應喚到後堂問道：「去取的這人在那裏？」主管答道：「小人親見朝奉，下了書，倒有放還之心。後來走出祝氏三傑，反焦躁起來，書

❀「撲天鵰」李應，《水滸傳》人物畫。(fotoe提供)

也不回，人也不放，定要解上州去。」李應失驚道：「他和我三家村裏結生死之交，書到便當依允，如何恁地起來？必是你說得不好，以致如此。杜主管，你須自去走一遭，親見祝朝奉，說個仔細緣由。」杜興道：「小人願去，只求東人親筆書緘，到那裏方纔肯放。」李應道：「說得是。」急取一幅花箋紙來，李應親自寫了書札，封皮面上，使一個諱字圖書，把與杜興接了。後槽牽過一匹快馬，備上鞍轡，拿了鞭子，便出莊門，上馬加鞭，奔祝家莊去了。李應道：「二位放心，我這封親筆書去，少刻定當放還。」楊雄、石秀深謝了，◎8留在後堂飲酒等待。看看天色待晚，不見杜興回來，李應心中疑惑，再教人去接，只見莊客報道：「杜主管回來了。」李應問道：「幾個人回來？」莊客道：「只是主管獨自一個跑馬回來。」李應搖著頭道：「卻又作怪！往常這廝，不是這等兜搭※4，今日緣何恁地？」◎9楊雄、石秀都跟出前廳來看時，只見杜興下了馬，入得莊門，見他模樣，氣得紫漲了面皮，齜牙露嘴，半晌說不得話。有詩為證：

面貌天生本異常，怒時古怪更難當。
三分不像人模樣，一似酆都焦面王。

李應出到廳前，連忙問道：「你且言備細原故，怎麼地來。」杜興氣定了，方纔道：「小人齎了東人書札，到他那裏第三重門下，卻好遇見祝龍、祝虎、祝彪弟兄三個坐在那裏，小人聲了三個喏，祝彪喝道：『你又來做甚麼？』小人躬身稟道：『東人有

註

※3星火：火速、飛快的意思，同時也比喻急迫。
※4兜搭：本意是主動搭訕閑談，這裏有磨蹭的意思。

評點

◎5.匪夷所思。（容眉）
◎6.寫他兩番托意，亦令下文便於變羞成怒也。（金批）
◎7.看他說得便極。（金批）
◎8.兩番說放，兩番稱謝，皆是恥激之根。（袁眉）
◎9.摹寫李應熱心處亦妙。（容眉）

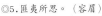

書在此拜上。』祝彪那廝變了臉，罵道：『你那主人恁地不曉人事！◎10早晌使個潑男女來這裏下書，要討那個梁山泊賊人時遷。如今我正要解上州裏去，又來怎地？』小人說道：『這個時遷不是梁山泊夥內人數，他自是薊州來的客人。今投見敝莊東人，不想誤燒了官人店屋，明日東人自當依舊蓋還，萬望俯看薄面，高擡貴手，寬恕！寬恕！』祝家三個都叫道：『不還，不還！』小人又道：『官人請看東人親筆書札在此。』祝彪那廝接過書去，也不拆開來看，就手扯得粉碎，喝叫把小人直叉出莊門。祝彪、祝虎發話道：『休要惹老爺性發，把你那李應捉來，也做梁山泊強寇解了去。』小人本不敢盡言，實被那三個畜生無禮，把東人百般穢罵。又喝叫莊客原拿了小人，◎11被小人飛馬走了。於路上氣死小人，叵耐那廝枉與他許多年結生死之交，今日全無些仁義。」詩曰：

徒聞似漆與如膠，利害場中忍便拋。
平日若無眞義氣，臨時休說死生交。

李應聽罷，心頭那把無明業火，高舉三千丈，按捺不下，大呼：「莊客，快備我那馬來！」楊雄、石秀諫道：「大官人息怒，休爲小人們壞了貴處義氣。」李應那裏肯聽？便去房中披上一副黃金鎖子甲，前後獸面掩心，穿一領大紅袍，背胯邊插著飛刀五把，拿了點鋼槍，戴上鳳翅盔，出到莊前，點起三百悍勇莊客。杜興也披一副甲，持把槍上馬，帶領二十餘騎馬軍。楊雄、石秀也抓扎起，挺著朴刀，跟著李應的馬，逕奔祝家莊來。

日漸銜山時分，早到獨龍岡前，便將人馬排開。原來祝家莊又蓋得好，佔著這座獨龍山岡，四下一遭闊港。那莊正造在岡上，有三層城墻，都是頑石壘砌的，約高二丈。前後兩座莊門，兩條吊橋。墻裏四邊，都蓋窩鋪※5，四下裏遍插著槍刀軍器，門樓上排著戰鼓銅鑼。◎12李應勒馬，在莊前大叫：「祝家三子，怎敢毀謗老爺！」只見莊門開處，擁出五、六十騎馬來，當先一騎似火炭赤的馬上，坐著祝朝奉第三子祝彪。怎生裝束：

頭戴縷金荷葉盔，身穿鎖子梅花甲，腰懸錦袋弓和箭，手執純鋼刀與槍。馬額下垂照地紅纓，人面上生撞天殺氣。

李應見了祝彪，指著大罵道：「你這廝口邊奶腥未退，頭上胎髮猶存。你爺與我結生死之交，誓願同心共意，保護村坊。你家但有事情，要取人時，早來早放，要取物件，無有不奉。我今一個平人，二次修書來討，你如何扯了我的書札，恥辱我名，是何道理？」祝彪道：「俺家雖和你結生死之交，誓願同心協意，共捉梁山泊反賊，掃清山寨，你如何卻結連反賊，意在謀叛？」李應喝道：「你說他是梁山泊甚人？你這廝卻冤平人做賊，當得何罪？」祝彪道：「賊人時遷已自招了，你休要在這裏胡說亂道，遮掩不過！你去便去，不去時，連你捉了，也做賊人解送！」◎13李應大怒，拍坐下馬，挺手中槍，便奔祝彪。祝彪縱馬去戰李應。兩個就獨龍岡前，一來一往，一上一下，鬥了

註

※5窩鋪：臨時搭起防護、警備用的草棚，現在叫做窩棚。

評點

◎10.看他彼此顛播的話頭，漸漸激惱，可謂能言，然管家奴輩，往往有此，亦可爲主人聽言之戒。（芥眉）
◎11.先說直叉出，又說原拿了，無禮之極，眞不可耐矣。（金批）
◎12.備述山莊形勢，後俱映出。（袁眉）
◎13.寫祝彪無禮之極。（金批）

十七、八合，祝彪戰李應不過，撥回馬便走。李應縱馬趕將去，祝彪把槍橫擔在馬上，左手拈弓，右手取箭，搭上箭，拽滿弓，覷得較親，背翻身一箭。李應急躲時，臂上早著。李應翻筋斗，墜下馬來，祝彪便勒轉馬來搶人。楊雄、石秀見了，大喝一聲，拈兩條朴刀，直奔祝彪馬前殺將來。祝彪抵當不住，急勒回馬便走，早被楊雄一朴刀戳在馬後股上。那馬負疼，壁直立起來，險些兒把祝彪掀在馬下，卻得隨從馬上的人，都搭上箭射將來。楊雄、石秀見了，自思又無衣甲遮身，只得退回不趕。杜興早自把李應救起上馬，先去了。楊雄、石秀跟了眾莊客也走了。◎14祝家莊人馬趕了二、三里路，見天色晚來，也自回去了。杜興扶著李應，回到莊前，下了馬，同入後堂坐。眾宅眷都出來看視，拔了箭矢，伏侍卸了衣甲，便把金瘡藥敷了瘡口，連夜在後堂商議。楊雄、石秀與杜興說道：「既是大官人被那廝無禮，又中了箭，時遷亦不能夠出來，都是我等連累大官人了。我弟兄兩個，只得上梁山泊去，懇告晁、宋二公並眾頭領，來與大官人報仇，

李應被射傷之後，只能告訴楊雄和石秀，說自己沒有辦法要回時遷。（朱寶榮繪）

就救時遷。」因辭謝了李應。李應道：「非是我不用心，實出無奈。◎15兩位壯士，只得休怪！」叫杜興取些金銀相贈，楊雄、石秀那裏肯受。李應道：「江湖之上，二位不必推卻！」兩個方纔收受，拜辭了李應，杜興送出村口，指與大路。◎16杜興作別了，自回李家莊，不在話下。

且說楊雄、石秀取路投梁山泊來，早望見遠遠一處新造的酒店，那酒旗兒直挑出來。兩個入到店裏，買些酒吃，就問路程。這酒店卻是梁山泊新添設做眼的酒店，正是石勇掌管。兩個一面吃酒，一頭動問酒保上梁山泊路程。石勇見他兩個非常，便來答應道：「你兩位客人從那裏來？要問上山去怎地？」楊雄道：「我們從薊州來。」石勇猛可想起道：「莫非足下是石秀麼？」楊雄道：「我乃是楊雄，這個兄弟是石秀。大哥如何得知石秀名？」石勇慌忙道：「小子不認得。前者戴宗哥哥到薊州回來，多曾稱說兄長。聞名久矣！今得上山，且喜，且喜！」三個敘禮罷，楊雄、石秀把上件事都對石勇說了。石勇隨即叫酒保置辦分例酒來相待。推開後面水亭上窗子，拽起弓，放了一枝響箭。只見對港蘆葦叢中，早有小嘍囉搖過船來。石勇便邀二位上船，直送到鴨嘴灘上岸。石勇已自先使人上山去報知。早見戴宗、楊林下山來迎接。俱各敘禮罷，一同上至大寨裏。衆頭領知道有好漢上山，都來聚會大寨坐下。戴宗、楊林引楊雄、石秀，上廳參見晁蓋、宋江，並衆頭領。相見已罷，晁蓋細問兩個蹤跡。楊雄、石秀把本身武藝，投托入夥先說了，衆人大喜，讓位而坐。楊雄漸漸說到有個來投托大寨同入夥的時遷，

評點

◎14.「也走了」上，加「跟了眾莊客」五字，便藏下後文無數奇情。（金批）
◎15.李應被箭回家，對楊雄言非我不用心，其情實也，豈其假乎？（余評）
◎16.極似閑筆，卻都爲後文藏下奇情。（金批）

不合偷了祝家店裏報曉雞，一時爭鬧起來，石秀放火燒了他店屋，時遷被捉，李應二次修書去討，怎當祝家三子堅執不放，誓願要捉山寨裏好漢，且又千般辱罵，叵耐那廝十分無禮。不說萬事皆休，纔然說罷，晁蓋大怒，喝叫：「孩兒們，將這兩個與我斬訖報來！」◎17正是：

楊雄石秀少商量，引帶時遷行不臧※6。
豪傑心腸雖似火，綠林法度卻如霜。

宋江慌忙勸道：「哥哥息怒。兩個壯士不遠千里而來，同心協助，如何卻要斬他？」晁蓋道：「俺梁山泊好漢，自從火併王倫之後，便以忠義爲主，全施仁德於民。一個個兄弟下山去，不曾折了銳氣。新舊上山的兄弟們，各各都有豪傑的光彩。這廝兩個，把梁山泊好漢的名目去偷雞吃，因此連累我等受辱。今日先斬了這兩個，將這廝首級去那裏號令，便起軍馬去，就洗蕩了那個村坊，不要輸了銳氣。孩兒們，快斬了報來！」◎18宋江勸住道：「不然。哥哥不聽這兩位賢弟卻纔所說，那個鼓上蚤時遷，他原是此等人，以致惹起祝家那廝來，豈是這二位賢弟要玷辱山寨？我也每每聽得有人說，祝家莊那廝要和俺山寨敵對。即目山寨人馬數多，錢糧缺少，非是我等要去尋他，那廝倒來吹毛求疵，因而正好乘勢去拿那廝。若打得此莊，倒有三、五年糧食。非是我們生事害他，其實那廝無禮。哥哥權且息怒，◎19小可不才，親領一支軍馬，啓請幾位賢弟們下山，去打祝家莊。若不洗蕩得那個村坊，誓不還山。一是與山寨報仇，不折了銳氣；二乃免此小輩被他耻辱；三則得許多糧食，以供山寨之用；四者就請李應上山入夥。」吳學究道：「公明哥哥之言最好，豈可山寨自斬手足之人？」戴宗便道：「寧乃斬了小弟，不可絕了賢路。」眾頭領力勸，晁蓋方纔免了二人。楊雄、石秀也自謝罪。宋江撫諭道：「賢弟休生異心！此是山寨號令，不得不如此。◎20便是宋江，倘有過失，也須斬首，不敢容情。◎21如今新近又立了鐵面孔目裴宣做軍政司，賞功罰罪，已有定例。賢弟只得恕罪，恕罪！」楊雄、石秀拜罷，謝罪已了，晁蓋叫去坐在楊林之下。山寨裏都喚小嘍囉來參賀新頭領已畢，一面殺牛宰馬，且做慶喜筵席，撥定兩所房屋，教楊雄、石秀安歇，每人撥十個小嘍囉伏侍。當晚席散，次日再備筵席，會眾商量議事。

宋江教喚鐵面孔目裴宣，計較下山人數，啓請諸位頭領，同宋江去打祝家莊，定要洗蕩了那個村坊。商量已定，除晁蓋頭領鎮守山寨不動外，留下吳學究、劉唐，並阮家三弟兄、呂方、郭盛，護持大寨。原撥定守灘、守關、守店有職事人員，俱各不動。又撥新到頭領孟康管造船隻，頂替馬麟監督戰船。寫下告示，將下山打祝家莊頭領分作兩起。頭一撥，宋江、花榮、李俊、穆弘、李逵、楊雄、石秀、黃信、歐鵬、楊林，帶領三千小嘍囉，三百馬軍，披掛已了，下山前進。第二撥便是林沖、秦明、戴宗、張橫、張順、馬麟、鄧飛、王矮虎、白勝，也帶三千小嘍囉，三百馬軍，隨後接應。再著金沙灘、鴨嘴灘二處小寨，只教宋萬、鄭天壽守把，就行接應糧草。晁蓋送路已了，自回山

註

※6臧：音髒。善、好之意。

評點

◎17.正氣，才不是小賊智量。（袁眉）
◎18.晁天王大是正經。（容眉）
◎19.自此以下，凡寫梁山興師建功，宋江悉不許晁蓋下山。（金批）
◎20.宋江對雄、秀言休怪之説，見公明服人之處。（余評）
◎21.恩威俱顯，使人感，使人畏。（袁眉）

寨。

且說宋江並衆頭領逕奔祝家莊來，於路無話。早來到獨龍山前，尚有一里多路，前軍下了寨柵。宋江在中軍帳裏坐下，便和花榮商議道：「我聽得說祝家莊裏路徑甚雜，未可進兵，且先使兩個入去探聽路途曲折，知得順逆路程，卻纔進去與他敵對。」李逵便道：「哥哥，兄弟閑了多時，不曾殺得一人，我便先去走一遭。」宋江道：「兄弟，你去不得。若是破陣衝敵，用著你先去。這是做細作※7的勾當，用你不著。」李逵笑道：「量這個鳥莊，何須哥哥費力，只兄弟自帶三、二百個孩兒殺將去，把這個鳥莊上人都砍了，何須要人先去打聽。」宋江喝道：「你這廝休胡說！且一壁廂去，叫你便來。」李逵走開去了，自說道：「打死幾個蒼蠅，也何須大驚小怪！」◎22宋江便喚石秀來說道：「兄弟曾到彼處，可和楊林走一遭。」石秀便道：「如今哥哥許多人馬到這裏，他莊上如何不提備？我們扮作甚麼人入去好？」楊林便道：「我自打扮了解魘的法師※8去，身邊藏了短刀，手裏擎著法環，於路搖將入去。你只聽我法環響，不要離了我前後。」石秀道：「我在薊州原曾賣柴，我只是挑一擔柴進去賣便了。身邊藏了暗器，有些緩急，匾擔也用得著。」楊林道：「好，好！我和你計較了，今夜打點，五更起來便行。」正是只爲一雞小忿，致令衆虎相爭，所以古人有篇西江月道得好：

軟弱安身之本，剛強惹禍之胎。無爭無競是賢才，虧我些兒何礙！鈍斧錘磚易碎，快刀劈水難開。但看髮白齒牙衰，惟有舌根不壞。

且說石秀挑著柴擔先入去，行不到二十來里，只見路徑曲折多雜，四下裏彎環相似，樹木叢密，難認路頭，石秀便歇下柴擔不走。聽得背後法環響得漸近，石秀看時，卻見楊林頭帶一個破笠子，身穿一領舊法衣，手裏擎著法環，於路搖將進來。石秀見沒人，叫住楊林說道：「看見路徑彎雜難認，不知那裏是我前日跟隨李應來時的路。天色已晚，他們衆人都是熟路，正看不仔細。」楊林道：「不要管他路徑曲直，只顧揀大路走便了。」石秀又挑了柴，只顧望大路先走，見前面一村人家，數處酒店、肉店。石秀挑著柴，便望酒店門前歇了。只見各店內都把刀槍插在門前，◎23每人身上穿一領黃背心，寫個大「祝」字，往來的人亦各如此。石秀見了，便看著一個年老的人，唱個喏，拜揖道：「丈人，請問此間是何風俗？爲甚都把刀槍插在當門？」◎24那老人道：「你是那裏來的客人？原來不知，只可快走。」石秀道：「小人是山東販棗子的客人，消折了本錢，回鄉不得，因此擔柴來這裏賣，不知此間鄉俗地理。」老人道：「只可快走別處躲避，這裏早晚要大廝殺也。」石秀道：「此間這等好村坊去處，怎地了大廝殺？」老人道：「客人，你敢眞個不知，我說與你。俺這裏喚做祝家村，岡上便是祝朝奉衙裏。如今惡了梁山泊好漢，現今引領軍馬在村口，要來廝殺。卻怕我這村裏路雜，未敢入來，現今駐扎在外面。如今祝家莊上行號令下來，每戶人家，要我們精壯後生準備著，

註

※7細作：間諜、暗探。

※8解魔的法師：當一個人神經錯亂時，迷信的說法是這人被鬼迷住了，叫做「魔」；要念咒趕鬼，才能恢復清醒，不再被迷住。解魔的法師就是以念咒趕鬼爲職業的人。

評點

◎22.李大哥畢竟是個趣人。（容眉）

◎23.是地方防盜光景。（袁夾）

◎24.石秀此人的是用得。（容眉）

但有令傳來，便去策應。」石秀道：「丈人村中，總有多少人家？」老人道：「只我這祝家村也有一、二萬人家，東、西還有兩村人接應。東村喚做撲天鵰李應李大官人，西村喚扈太公莊，有個女兒喚做扈三娘，綽號一丈青，十分了得。」石秀道：「似此，如何卻怕梁山泊做甚麼？」那老人道：「若是我們初來時，不知路的，也要吃捉了。」石秀道：「丈人，怎地初來時要吃捉了？」老人道：「我這村裏的路，有首詩說道：『好個祝家莊，盡是盤陀路。容易入得來，只是出不去。』」石秀聽罷，便哭起來，撲翻身便拜，向那老人道：「小人是個江湖上折了本錢，歸鄉不得的人，◎25倘或賣了柴出去，撞見廝殺，走不脫，卻不是苦？爺爺，怎地可憐見小人，情願把這擔柴相送爺爺，只指小人出去的路罷。」◎26那老人道：「我如何白要你的柴？我就買你的。你且入來，請你吃些酒飯。」石秀便謝了，挑著柴，跟那老人入到屋裏。那老人篩下兩碗白酒，盛一碗糕糜，叫石秀吃了。石秀再拜謝道：「爺爺指教出去的路徑。」那老人道：「你便從村裏走去，只看有白楊樹，便可轉彎，不問路道闊狹，但有白楊樹的轉彎，便是活路，沒那樹時，都是死路。如有別的樹木轉彎，也不是活路。若還走差了，左來右去，只走不出去。更兼死路裏地下埋藏著竹簽、鐵蒺藜※9，若是走差了，踏著飛簽，准定吃捉了，◎27待走那裏去？」石秀拜謝了，便問：「爺爺高姓？」那老人道：「這村裏姓祝的最多，惟有我複姓鍾離，土居在此。」石秀道：「酒飯小人都吃夠了，改日當厚報。」

正說之間，只聽得外面鬧吵！石秀聽得道拿了一個細作。石秀吃了一驚，跟那老人

評點

◎25.妙絕，是石秀方說得出，能令老人下淚也。（金批）
◎26.卻是要入來的路。（袁夾）
◎27.是老人家方肯如此細說。（袁眉）
◎28.此段石秀如此行事，楊林被捉，覷楊林智不及於石秀。（余評）
◎29.楊林不必被捉也。必寫楊林被捉者，一以顯石秀之獨能，一以激宋江之進兵也。（金批）

出來看時，只見七、八十個軍人背綁著一個人過來。石秀看時，卻是楊林，剝得赤條條的，索子綁著。◎28石秀看了，只暗暗地叫苦，悄悄假問老人道：「這個拿了的是甚麼人？為甚事綁了他？」那老人道：「你不見說他是宋江那裏來的細作？」石秀又問道：「怎地吃他拿了？」那老人道：「說這廝也好大膽，獨自一個來做細作，打扮做個解魘法師，閃入村裏來。卻又不認這路，只揀大路走了，左來右去，只走了死路，又不曉得白楊樹轉彎抹角的消息※10。人見他走得差了，來路蹺蹊，報與莊上官人們來捉他，這廝方纔又掣出刀來，手起傷了四、五個人。當不住這裏人多，一發上，因此吃拿了。有人認得他從來是賊，叫做錦豹子楊林。」◎29說言未了，只聽得前面喝道，說是莊上三官人巡綽過來。石秀在壁縫裏張時，看見前面擺著二十對纓槍，後面四、五個人騎戰馬，都彎弓

石秀和老人攀談的時候，同去的楊林恰好被祝家莊捉住了，石秀看到也沒有辦法，只能隱忍。（選自《水滸傳版刻圖錄》，江蘇廣陵古籍刻印社）

註

※9 鐵蒺藜：打仗時阻止敵人兵馬前進的障礙物之一種。把鐵鑄成尖刺的菱角形，用繩子連起來，一串一串拋撒在陣地上。

※10 消息：這裏是暗號、記號的意思。

插箭，又有三、五對青白哨馬，中間擁著一個年少的壯士，坐在一匹雪白馬上，全副披掛了弓箭，手執一條銀槍。石秀自認得他，特地問老人道：「過去相公是誰？」那老人道：「這個正是祝朝奉第三子，喚做祝彪，定著西村扈家莊一丈青為妻。弟兄三個，只有他第一了得。」石秀拜謝道：「老爺爺指點尋路出去。」◎30那老人道：「今日晚了，前面倘或廝殺，枉送了你性命。」石秀道：「爺爺，可救一命則個。」那老人道：「你且在我家歇一夜，明日打聽得沒事，便可出去。」石秀拜謝了，坐在他家，只聽得門前四、五替報馬報將來，排門分付道：「你那百姓，今夜只看紅燈為號，齊心並力，捉拿梁山泊賊人，解官請賞。」叫過去了。石秀問道：「這個人是誰？」那老人道：「這個官人是本處捕盜巡檢，今夜約會要捉宋江。」石秀見說，心中自忖了一回，討個火把，叫了安置，自去屋後草窩裏睡了。

卻說宋江軍馬在村口屯駐，不見楊林、石秀出來回報。隨後又使歐鵬去到村口，出來回報道：「聽得那裏講動，說道捉了一個細作，小弟見路徑又雜難認，不敢深入重地。」宋江聽罷，忿怒道：「如何等得回報了進兵？又吃拿了一個細作，必然陷了兩個兄弟。我們今夜只顧進兵，殺將入去，也要救他兩個兄弟。未知你眾頭領意下如何？」只見李逵便道：「我先殺入去，看是如何？」◎31宋江聽得，隨即便傳將令，教軍士都披掛了。李逵、楊雄前一隊做先鋒，使李俊等引軍做合後，穆弘居左，黃信在右，宋江、花榮、歐鵬等中軍頭領，搖旗吶喊，擂鼓鳴鑼，大刀闊斧，殺奔祝家莊來。比及殺

到獨龍岡上，是黃昏時分，宋江催趲前軍打莊。先鋒李逵脫得赤條條的，揮兩把夾鋼板斧，火剌剌地殺向前來。到得莊前看時，已把吊橋高高地拽起了，莊門裏不見一點火。李逵便要下水過去，楊雄扯住道：「使不得！關閉莊門，必有計策。待哥哥來，別有商議。」李逵那裏忍得住，拍著雙斧，隔岸大罵◎32道：「那鳥祝太公老賊！你出來，黑旋風爺爺在這裏！」莊上只是不應。宋江中軍人馬到來，楊雄接著，報說莊上並不見人馬，亦無動靜。宋江勒馬看時，莊上不見刀槍人馬，心中疑惑，猛省道：「我的不是了！天書上明明戒說，臨敵休急暴。是我一時見不到，只要救兩個兄弟，以此連夜進兵，不期深入重地。直到了他莊前，不見敵軍，他必有計策，快教三軍且退。」李逵叫道：「哥哥，軍馬到這裏了，休要退兵，我與你先殺過去，你們都跟我來。」說猶未了，莊上早知，只聽得祝家莊裏一個號炮，直飛起半天裏去，那獨龍岡上千百把火把，一齊點著，那門樓上弩箭如雨點般射將來。◎33宋江急取舊路回軍，只見後軍頭領李俊人馬先發起喊來，說道：「來的舊路都阻塞了，必有埋伏。」宋江教軍馬四下裏尋路走。李逵揮起雙斧，往來尋人廝殺，不見一個敵軍。只見獨龍岡上山頂又放一個炮來，響聲未絕，四下裏喊聲震地，驚得宋公明目睁口呆，罔知所措。你便有文韜武略，怎逃出地網天羅？正是：安排縛虎擒龍計，要捉驚天動地人。畢竟宋公明並眾頭領怎地脫身？且聽下回分解。◎34

評點

◎30.忽然斬斷，有煞筆，又留歇，更有轉筆。（袁夾）
◎31.李大哥不計利害，所以及他不得。（容眉）
◎32.戰陣之事，偏寫出天眞爛漫來，妙絕。（金批）
◎33.祝家軍可用。（袁眉）
◎34.李和尚曰：人家少年子弟不識世務，任著他驕傲性氣，每足喪家身亡，如祝彪者，可鑑也！（容評）

第四十八回

一丈青單捉王矮虎　宋公明兩打祝家莊◎1

話說當下宋江在馬上看時，四下裏都有埋伏軍馬，且教小嘍囉只往大路殺將去，只聽得五軍屯塞住了，衆人都叫起苦來。宋江問道：「怎麼叫苦？」衆軍都道：「前面都是盤陀路，走了一遭，又轉到這裏。」宋江道：「教軍馬望火把亮處，有房屋人家，取路出去。」又走不多時，只見前軍又發起喊來，叫道：「甫能望火把亮處取路，又有苦竹簽、鐵蒺藜，遍地撒滿鹿角※1，都塞了路口。」宋江道：「莫非天喪我也！」正在慌急之際，只聽得左軍中間穆弘隊裏鬧動，◎2報來說道：「石秀來了。」宋江看時，見石秀拈著口刀，奔到馬前道：「哥哥休慌，兄弟已知路了。暗傳下將令，教五軍只看有白楊樹便轉彎走去，不要管他路闊路狹。」宋江催趲人馬，只看有白楊樹便轉。宋江約走過五、六里路，只見前面人馬越添得多了。宋江疑忌，便喚石秀問道：「兄弟，怎麼前面賊兵衆廣？」石秀道：「他有燭燈爲號。」花榮在馬上看見，◎3把手指與宋江道：「哥哥，你看見那樹影裏這碗燭燈麼？只看我等投東，他便把那燭燈望東扯；若是我們投西，他便把那燭燈望西扯。只那些兒，想來便是號令。」宋江道：「怎地奈何得他那碗燈？」花榮道：「有何難哉！」便拈弓搭箭，縱馬向前，望著影中只一箭，不端不正，恰好把那碗紅燈射將下來。四下裏埋伏軍兵不見了那碗紅燈，便都自亂攛起來。宋江叫石秀引路，且殺出村口去，只聽得前山喊聲連起，一帶火把縱橫撩亂，宋江教前軍扎住，◎4且使石秀領路去探。不多時，回來報道：「是山寨中第二撥軍馬到了接應，殺散伏兵。」宋江聽罷，進兵夾攻，奪路奔出村口，祝家莊人馬四散去了。會合著林沖、秦明等衆人軍馬，同在村口駐扎。卻好天明，去高阜處下了寨柵，整點人馬，數內不見了鎮三山黃信。宋江大驚，詢問原故，有昨夜跟去的軍人見的來說道：「黃頭領聽著哥哥將令，前去探路，不提防蘆葦叢中舒出兩把撓鈎，拖翻馬腳，被五、七個人活捉去了，救護不得。」宋江聽罷大怒，要殺隨行軍漢，如何不早報來？林沖、花榮勸住宋江。衆人納悶道：「莊又不曾打得，倒折了兩個兄弟，似此怎生奈何？」楊雄道：◎5「此間有三個村坊結併，所有東村李大官人，前日已被祝彪那廝射了一箭，現今在莊上養病，哥哥何不去與他計議？」宋江道：「我正忘了他。他便知本處地理虛實。」分付教取一對緞匹、羊酒，選一騎好馬並鞍轡，親自上門去求見。林沖、秦明權守柵寨。宋江帶同花榮、楊雄、石秀上了馬，隨行三百馬

註

※1鹿角：同第十一回所出現之鹿角。打仗時阻止敵人兵馬前進的障礙物，把帶枝樹削尖，擺在營寨門前或交通路口。

評點

◎1.吾幼見陳思鏡背八字，順逆伸縮，皆成二句，嘆以爲妙。稍長，讀蘇氏織錦回文，而後知天下又有如是化工肖物之才也。幼見希夷方圓二圖，參伍錯綜，悉有定象，以爲大奇。稍長，聞諸葛八陣圖法，而後知天下又有如是縱橫神變之道也。今觀耐庵二打祝家一篇，亦猶是矣。以墨爲兵，以筆爲馬，以紙爲疆場，以心爲將令。我試讀其文，眞乃墨無停兵，筆無住馬，紙幾穿於蹂躪，心已絕於磨旗者也。歐鵬救矮虎，三娘便戰歐鵬；鄧飛助歐鵬奔三娘，祝龍便助三娘取宋江；馬麟爲宋江迎祝龍，鄧飛便棄歐鵬保宋江；宋江呼秦明替馬麟，秦明便舞狼牙取祝龍；馬麟得秦明便奪矮虎，三娘卻撇歐鵬戰馬麟；廷玉助祝龍取秦明，歐鵬便撇三娘接廷玉；鄧飛舍宋江救歐鵬，廷玉卻撇鄧飛誘秦明；鄧飛救秦明趕廷玉，馬麟便撇三娘保宋江。此是第一陣。此軍落荒正走，忽然添出穆弘、楊雄、石秀、花榮三路人馬。彼軍亦添出小郎君祝彪。雖李俊、張橫、張順下水不得，而戴宗、白勝亦在對岸助喊。此是第二陣。第一陣，妙於我以四將戰彼三將，而我四將中前後轉換，必用一將保護宋江，則亦以三將戰三將，而迭躍揮霍寫來，便有千萬軍馬之勢。第二陣妙於借秦明過第一撥中，卻借第三撥花榮、穆弘作第二撥前來策救，眞寫出一時臨敵應變，不必死守宋江成令；而末又補出戴宗、白勝隔港吶喊，以見不漏一人也。然又有奇之尤奇者，於鳴金收軍之後，忽然變出三娘獨趕宋江，而手足無措之際，卻跳出一李逵。吾不怪其至此又作奇峰，正怪其前文如何藏過。乃一之爲甚，而豈意跳出李逵之後，尚藏過一林沖。蓋此第三陣尤爲絕筆矣！如此一篇血戰文字，卻以王矮虎做光起頭，遂使讀者胸中只謂兒戲之事，而一變便作轟雷激電之狀，直是驚嚇絕人。矮虎、三娘本夫妻二人，而未入此回，則夫在此，妻在彼；既過此回，即妻在此，夫在彼。一篇以捉其夫去始，以捉其妻來終，皆屬耐庵才子戲筆。（金批）

◎2.寫來令人都吃一嚇，筆法淋漓突兀之極。（金批）

◎3.這番石秀、花榮都有用。（容眉）

◎4.寫來令人又吃一嚇，筆筆淋漓突兀之極。（金批）

◎5.石秀既有探路之功，便讓楊雄說出李應。（金批）

軍，取路投李家莊來。

到得莊前，早見門樓緊閉，吊橋高拽起了，墻裏擺著許多莊兵人馬。門樓上早擂起鼓來。宋江在馬上叫道：「俺是梁山泊義士宋江，特來謁見大官人，別無他意，休要提備。」莊門上杜興看見有楊雄、石秀在彼，慌忙開了莊門，放隻小船過來，與宋江聲喏。宋江慌忙下馬來答禮。楊雄、石秀近前稟道：「這位兄弟，便是引小弟兩個投李大官人的，喚做鬼臉兒杜興。」宋江道：「原來是杜主管。相煩足下對李大官人說，俺梁山泊宋江久聞大官人大名，無緣不曾拜會。今因祝家莊要和俺們做對頭，經過此間，特獻彩緞、名馬、羊酒薄禮，只求一見，別無他意。」杜興領了言語，再渡過莊來，直到廳前，李應帶傷披被坐在床上，杜興把宋江要求見的言語說了。李應道：「他是梁山泊造反的人，我如何與他廝見，無私有意。你可回他話道，只說我臥病在床，動止不得，難以相見，改日卻得拜會。所賜禮物，不敢祗受。」

宋江等人不知道祝家莊地形，正在慌急之際，石秀打探消息回來。在石秀的帶領下，梁山軍馬走出了祝家莊樹林迷宮。（朱寶榮繪）

杜興再度過來見宋江，稟道：「俺東人再三拜上頭領，本欲親身迎迓，奈緣中傷，患軀在床，不能相見，容日專當拜會。適蒙所賜厚禮，並不敢受。」宋江道：「我知你東人的意了。我因打祝家莊失利，欲求相見則個，他恐祝家莊見怪，不肯出來相見。」杜興道：「非是如此，委實患病。◎6小人雖是中山人氏，到此多年了，頗知此間虛實事情。中間是祝家莊，東是俺李家莊，西是扈家莊。這三村莊上，誓願結生死之交，有事互相救應。今番惡了俺東人，自不去救應，◎7只恐西村扈家莊上要來相助。他莊上別的不打緊，只有一個女將，喚做一丈青扈三娘，使兩口日月刀，好生了得。卻是祝家莊第三子祝彪定爲妻室，早晚要娶。若是將軍要打祝家莊時，不須提備東邊，只要緊防西路。祝家莊上前後有兩座莊門，一座在獨龍岡前，一座在獨龍岡後。若打前門，卻不濟事，須是兩面夾攻，方可得破。前門打緊，路雜難認，一遭都是盤陀路徑，闊狹不等，但有白楊樹便可轉彎，方是活路，如無此樹，便是死路。」石秀道：「他如今都把白楊樹木斫伐去了，將何爲記？」◎8杜興道：「雖然斫伐了樹，如何起得根盡？也須有樹根在彼。只宜白日進兵攻打，黑夜不可進兵。」

宋江聽罷，謝了杜興，一行人馬卻回寨裏來。林沖等接著，都到大寨裏坐下。宋江把李應不肯相見並杜興說的話對衆頭領說了。李逵便插口道：「好意送禮與他，那廝不肯出來迎接哥哥，我自引三百人去打開鳥莊，腦揪這廝出來拜見哥哥。」宋江道：「兄弟，你不省的。他是富貴良民，懼怕官府，如何造次肯與我們相見？」李逵笑道：「那

評點

◎6.杜興那得知？（容夾）
◎7.只一句便放倒一邊，皆耐庵匠心所運也。（金批）
◎8.又如此致問一番，前語才不重瑣。（袁夾）

廝想是個小孩子，怕見。」◎9眾人一齊都笑起來。宋江道：「雖然如此說了，兩個兄弟陷了，不知性命存亡。你眾兄弟可竭力向前，跟我再去攻打祝家莊。」眾人都起身說道：「哥哥將令，誰敢不聽！不知教誰前去？」黑旋風李逵說道：「你們怕小孩子，我便前去。」宋江道：「你做先鋒不利，今番用你不著。」◎10李逵低了頭忍氣。宋江便點馬麟、鄧飛、歐鵬、王矮虎四個，「跟我親自做先鋒去。」第二點戴宗、秦明、楊雄、石秀、李俊、張橫、張順、白勝，準備下水路用人；第三點林沖、花榮、穆弘、李逵，分作兩路策應。眾軍標撥※2已定，都飽食了，披掛上馬。

且說宋江親自要去做先鋒，攻打頭陣，前面打著一面大紅帥字旗，引著四個頭領，一百五十騎馬軍，一千步軍，直殺奔祝家莊來。於路著人探路，直到獨龍岡前。宋江勒馬看那祝家莊時，果然雄壯，有篇詩讚，便見祝家莊氣象：

獨龍山前獨龍岡，獨龍岡上祝家莊。
繞岡一帶長流水，周遭環匝皆垂楊。
墻內森森羅劍戟，門前密密排刀槍。
對敵盡皆雄壯士，當鋒都是少年郎。
祝龍出陣眞難敵，祝虎交鋒莫可當。
更有祝彪多武藝，咤叱喑嗚※3比霸王。
朝奉祝公謀略廣，金銀羅綺有千箱。

白旗一對門前立，上面明書字兩行：

「塡平水泊擒晁蓋，踏破梁山捉宋江。」

當下宋江在馬上，看了祝家莊那兩面旗，心中大怒，設誓道：「我若打不得祝家莊，永不回梁山泊。」衆頭領看了，一齊都怒起來。宋江聽得後面人馬都到了，留下第二撥頭領攻打前門，宋江自引了前部人馬，轉過獨龍岡後面來看祝家莊時，後面都是銅墻鐵壁，把得嚴整。正看之時，只見直西一彪軍馬，吶著喊，從後殺來。宋江留下馬麟、鄧飛，把住祝家莊後門，自帶了歐鵬、王矮虎，分一半人馬前來迎接。山坡下來軍約有二、三十騎馬軍，當中簇擁著一員女將。◎11怎生結束，但見：

蟬鬢※4金釵雙壓，鳳鞋寶鐙斜踏。連環鎧甲襯紅紗，繡帶柳腰端跨。霜刀把雄兵亂砍，玉纖※5將猛將生拿。天然美貌海棠花，一丈青當先出馬。

那來軍正是扈家莊女將一丈青扈三娘，一騎青鬃馬上，掄兩口日月雙刀，引著三、五百莊客，前來祝家莊策應。宋江道：「剛說扈家莊有這個女將，好生了得，想來正是此人，誰敢與他迎敵？」說猶未了，只見這王矮虎是個好色之徒，聽得說是個女將，指望一合便捉得過來。◎12當時喊了一聲，驟馬向前，挺手中槍，便出迎敵。兩軍吶喊，那扈三娘拍馬舞刀，來戰王矮虎，一個雙刀的熟閑，一個單槍的出衆。兩個鬥敵十數合之

註

※2標撥：用權杖或木牌來安排事情。

※3咤叱喑嗚：發怒而厲聲喝叫。

※4蟬鬢：古代女子的一種髮型。將頭髮盤起來，形狀像蟬的翅膀。

※5玉纖：白玉纖細，形容女子的手。

評點

◎9.李大哥一團天趣。（容眉）

◎10.此篇每以閑筆寫李逵氣悶，令讀者絕倒。（金批）

◎11.想爲救老公而來，那知老公卻不姓祝。（容眉）

◎12.槍刀林裏用得著這個念頭，是眞好色。（袁眉）

上，宋江在馬上看時，見王矮虎槍法架隔不住。原來王矮虎初見一丈青，恨不得便捉過來，誰想鬥過十合之上，看看的手顫腳麻，槍法便都亂了。不是兩個性命相撲時，王矮虎卻要做光※6起來。◎13那一丈青是個乖覺的人，心中道：「這廝無理！」便將兩把雙刀，直上直下砍將入來。這王矮虎如何敵得過，撥回馬，卻待要走，被一丈青縱馬趕上，把右手刀掛了，輕舒猿臂，將王矮虎提離雕鞍，◎14活捉去了。衆莊客齊上，把王矮虎橫拖倒拽捉去了。有詩爲證：

色膽能拚不顧身，肯將性命值微塵。
銷金帳裏無強將，喪魄亡精與婦人。

歐鵬見捉了王英，便挺槍來救。一丈青縱馬跨刀，接著歐鵬，兩個便鬥。原來歐鵬祖是軍班子弟出身，使得好一條鐵槍，宋江看了，暗暗的喝采。怎地歐鵬槍法精熟，也敵不得那女將半點便宜。鄧飛在遠處看見捉了王矮虎，歐鵬又戰那女將不下，跑著馬，舞起一條鐵鏈，大發喊趕將來。祝家莊上已看多時，誠恐一丈青有失，慌忙放下吊橋，開了莊門，祝龍親自引了三百餘人，驟馬提槍，來捉宋江。馬麟看見，一騎馬使起雙

王矮虎見一丈青美貌，看得心花怒放，不但不用力，還恨不得能向對方獻媚，被一丈青發覺，把王矮虎活捉了去。（選自《水滸傳版刻圖錄》，江蘇廣陵古籍刻印社）

「一丈青」扈三娘，《水滸傳》人物畫。（fotoe提供）

刀，來迎住祝龍廝殺。鄧飛恐宋江有失，不離左右，看他兩邊廝殺，喊聲迭起。宋江見馬麟鬥祝龍不過，歐鵬鬥一丈青不下，正慌哩，只見一彪軍馬從刺斜裏殺將來。宋江看時，大喜，卻是霹靂火秦明，聽得莊後廝殺，前來救應。宋江大叫：「秦統制，你可替馬麟！」秦明是個急性的人，更兼祝家莊捉了他徒弟黃信，正沒好氣，◎15拍馬飛起狼牙棍，便來直取祝龍。祝龍也挺槍來敵秦明。馬麟引了人，卻奪王矮虎。那一丈青看見了馬麟來奪人，便撇了歐鵬，卻來接住馬麟廝殺。兩個都會使雙刀，馬上相迎著，正如這風飄玉屑，雪撒瓊花，宋江看得眼也花了。這邊秦明和祝龍鬥到十合之上，祝龍如何敵得秦明過？莊門裏面那教師欒廷玉帶了鐵錘，上馬挺槍，殺將出來。歐鵬便來迎住欒廷玉廝殺。欒廷玉也不來交馬，帶住槍時，刺斜裏便走。歐鵬趕將去，被欒廷玉一飛錘正打著，翻筋斗攧下馬去。鄧飛大叫：「孩兒們救人！」舞著鐵鏈，逕奔欒廷玉。宋江急喚小嘍囉，救得歐鵬上馬。那祝龍當敵秦明不住，拍馬便走。欒廷玉也撇了鄧飛，卻來戰秦明，兩個鬥了一、二十合，

註

※6做光：調情的意思。

評點

◎13.不是二字乃徵詰之辭，甚有聲口。（芥眉）
◎14.可知捉去的便是老公？（容眉）
◎15.如此忙，又有閑筆寫秦明心事。（金批）

不分勝敗。欒廷玉賣個破綻，落荒便走，秦明舞棍，逕趕將來。欒廷玉便望荒草之中，跑馬入去，秦明不知是計，也追入去。原來祝家莊那等去處，都有人埋伏，見秦明馬到，拽起絆馬索來，連人和馬都絆翻了，發聲喊，捉住了秦明。◎16鄧飛見秦明墜馬，慌忙來救，急見絆馬索拽，卻待回身，兩下裏叫聲「著」！撓鉤似亂麻一般搭來，就馬上活捉了去。

宋江看見，只叫得苦，止救得歐鵬上馬。馬麟撇了一丈青，急奔來保護宋江，望南而走，背後欒廷玉、祝龍、一丈青，分投趕將來。看看沒路，正待受縛，只見正南上一個好漢飛馬而來，背後隨從約有五百人馬。宋江看時，乃是沒遮攔穆弘。東南上也有三百餘人，兩個好漢飛奔前來，一個是病關索楊雄，一個是拚命三郎石秀。東北上又一個好漢，高聲大叫：「留下人著！」宋江看時，乃是小李廣花榮。◎17三路人馬一齊都到，宋江心下大喜，一發併力來戰欒廷玉、祝龍。莊上望見，恐怕兩個吃虧，且教祝虎守把住莊門，小郎君祝彪騎一匹劣馬，使一條長槍，自引五百餘人馬，從莊後殺將出來，一齊混戰。莊前李俊、張橫、張順，下水過來，被莊上亂箭射來，不能下手。戴宗、白勝只在對岸吶喊。宋江見天色晚了，急叫馬麟先保護歐鵬出村口去。宋江又叫小嘍囉篩鑼，聚攏眾好漢，且戰且走。宋江自拍馬到處尋了看，只恐弟兄們迷了路。正行之間，只見一丈青飛馬趕來，宋江措手不及，便拍馬望東而走，◎18背後一丈青緊追著，八個馬蹄翻盞撒鈸相似，趕投深村處來。一丈青正趕上宋江，待要下手，只聽得山坡上

評點

◎16.寫秦明被捉，亦極迅疾。（金批）

◎17.行文固有水窮雲起之法，不圖此處水到極窮，雲起極變也。使我讀之，頭目岑岑矣。（金批）

◎18.一丈青飛馬而來，宋江逃走，觀一丈青勇勝男子，亦可爲女將之魁。（余評）

◎19.此番不用李逵，此處一現，見到底用得著，然又忽接林沖，文情變幻，不可捉拿。（袁眉）

◎20.頭上活捉矮虎過去，尾上活捉三娘過來，是役也。只是夫妻二人交易而退，爲之失笑。（金批）

有人大叫道：「那鳥婆娘趕我哥哥那裏去？」宋江看時，卻是黑旋風李逵，◎19掄兩把板斧，引著七、八十個小嘍囉，大踏步趕將來。一丈青便勒轉馬，望這樹林邊去。宋江也勒住馬看時，只見樹林邊轉出十數騎馬軍來，當先簇擁著一個壯士。怎生結束，但見：

嵌寶頭盔穩戴，磨銀鎧甲重披。素羅袍上繡花枝，獅蠻帶瓊瑤密砌。丈八蛇矛緊挺，霜花駿馬頻嘶。滿山都喚小張飛，豹子頭林沖便是。

那來軍正是豹子頭林沖，在馬上大喝道：「兀那婆娘走那裏去？」一丈青飛刀縱馬，直奔林沖，林沖挺丈八蛇矛迎敵。兩個鬥不到十合，林沖賣個破綻，放一丈青兩口刀砍入來，林沖把蛇矛逼個住，兩口刀逼斜了，趕攏去，輕舒猿臂，款扭狼腰，把一丈青只一拽，活挾過馬來。◎20宋江看見，喝聲采，不知高低。林沖叫軍士綁了，驟

❀ 林沖見到一丈青飛刀追趕宋江，便挺丈八蛇矛迎敵。鬥不到十合，林沖賣個破綻，把一丈青拽過馬來。此畫畫面比較誇張。（日版畫，出自《新編水滸畫傳》，葛飾戴斗繪）

馬向前道：「不曾傷犯哥哥麼？」宋江道：「不曾傷著。」便叫李逵快走村中接應衆好漢，且教來村口商議，天色已晚，不可戀戰。黑旋風領本部人馬去了。林沖保護宋江，押著一丈青在馬上，取路出村口來。當晚衆頭領不得便宜，急急都趕出村口來。祝家莊人馬也收回莊上去了，滿村中殺死的人，不計其數。祝龍教把捉到的人都將來陷車囚了，一發拿住宋江，卻解上東京去請功。扈家莊已把王矮虎解送到祝家莊去了。

且說宋江收回大隊人馬，到村口下了寨柵，先教將一丈青過來，喚二十個老成的小嘍囉，著四個頭目，騎四匹快馬，把一丈青拴了雙手，也騎一匹馬，「連夜與我送上梁山泊去，交與我父親宋太公收管，便來回話。待我回山寨，自有發落。」衆頭領都只道宋江自要這個女子，盡皆小心送去。◎21先把一輛車兒教歐鵬上山去將息。一行人都領了將令，連夜去了。宋江其夜在帳中納悶，一夜不睡，坐而待旦。次日，只見探事人報來，說軍師吳學究引將三阮頭領並呂方、郭盛，帶五百人馬到來。宋江聽了，出寨迎接了軍師吳用，到中軍帳裏坐下。吳學究帶將酒食來，與宋江把盞賀喜，◎22一面犒賞三軍衆將。吳用道：「山寨裏晁頭領多聽得哥哥先次進兵不利，特地使將吳用並五個頭領來助戰。不知近日勝敗如何？」宋江道：「一言難盡。叵耐祝家那廝，他莊門上立兩面白旗，寫道：『填平水泊擒晁蓋，踏破梁山捉宋江。』這廝無禮。先一遭進兵攻打，因爲失其地利，折了楊林、黃信。夜來進兵，又被一丈青捉了王矮虎，欒廷玉錘打傷了歐鵬。絆馬索拖翻捉了秦明、鄧飛。如此失利，若不得林教頭恰活捉得一丈青時，折盡銳

評點

◎21.一篇天搖地震文字之後，忽作此風致煞尾，奇筆妙筆，總出常人意外。（金批）
◎22.賀喜二字，關目甚巧，不照到下回，便似爲一丈青而發。（袁眉）
◎23.花榮箭射紅燈，林沖活捉女將，兩人手段，正在伯仲之間。（袁評）

氣。今來似此，如之奈何？若是宋江打不得祝家莊破，救不出這幾個兄弟來，情願自死於此地，也無面目回去見得晁蓋哥哥。」吳學究笑道：「這個祝家莊也是合當天敗，卻限有這個機會。吳用想來，事在旦夕可破。」宋江聽罷，十分驚喜，連忙問道：「這祝家莊如何旦夕可破？機會自何而來？」吳學究笑著，不慌不忙，疊兩個指頭，說出這個機會來。正是：空中伸出拿雲手※7，救出天羅地網人。畢竟軍師吳用說出甚麼機會來？且聽下回分解。◎23

註

※7 拿雲手：比喻本領高強的人。

軍師吳用奉命來支援宋江，兩個人在中軍帳裏吃酒商議。前者勸宋江不用著急，說已經有了計策。（朱寶榮繪）

第四十九回 解珍解寶雙越獄 孫立孫新大劫牢◎1

話說當時吳學究對宋公明說道：「今日有個機會，卻是石勇面上來投入夥的人，又與欒廷玉那廝最好，亦是楊林、鄧飛的至愛相識。他知道哥哥打祝家莊不利，特獻這條計策來入夥，以為進身之報，隨後便至。五日之內，可行此計，卻是好麼？」宋江聽了，大喜道：「妙哉！」方纔笑顏逐開。說話的，卻是甚麼計策，下來便見。看官牢記這段話頭。原來和宋公明初打祝家莊時，一同事發。◎2卻難這邊說一句，那邊說一回，因此權記下這兩打祝家莊的話頭，卻先說那一回來投入夥的人乘機會的話，下來接著關目※1。

原來山東海邊有個州郡，喚做登州※2。登州城外有一座山，山上多有豺狼虎豹，出來傷人，因此登州知府拘集獵戶，當廳委了杖限文書，捉捕登州山上大蟲。又仰山前山後里正之家，也要捕虎文狀，限外不行解官，痛責枷號不恕。且說登州山下有一家獵戶，兄弟兩個，哥哥喚做解珍，兄弟喚做解寶。弟兄兩個都使渾鐵點鋼叉，有一身驚人的武藝。當州裏的獵戶們，都讓他第一。那解珍一個綽號喚做兩頭蛇※3，這解寶綽號叫做雙尾蝎※4。二人父母俱亡，不曾婚娶。那哥哥七尺以上身材，紫棠色面皮，腰細膀闊；這個兄弟解寶，更是利害，也有七尺以上身材，面圓身黑，兩隻腿上刺著兩個飛天

評點

◎1.千軍萬馬後忽然颺去，別作湍悍娟致之文，令讀者目不暇易。樂和說：「你有個哥哥。」解珍卻說：「我有個姐姐。」樂和所說哥哥，乃是娘面上來；解珍所說姐姐，卻自爺面上起。樂和說起哥哥，樂和卻是他的妻舅；解珍說起姐姐，解珍又是他兄弟的妻舅。無端撮弄出一派親戚，卻又甜筆淨墨，絕無困蠢彭亨之狀。昨讀《史記》霍光與去病兄弟一段，嘆其妙筆，今日又讀此文也。賴字，出《左傳》。賴人姓毛，出《大藏》。然此族今已蔓延天下矣，如之何！（金批）

◎2.頓挫參差，絕好文緒，便有兩頭雙尾之巧。（芥眉）

夜叉，有時性起，恨不得騰天倒地，拔樹搖山。有一篇西江月，單道他弟兄的好處：

世本登州獵户，生來驍勇英豪。穿山越嶺健如猱，麋鹿見時驚倒。手執蓮花鐵鎲，腰懸蒲葉尖刀。豹皮裙子虎筋絛，解氏二難※5年少。

那弟兄兩個當官受了甘限文書※6，回到家中，整頓窩弓、藥箭、弩子、鏜叉，穿了豹皮褲、虎皮套體，拿了鐵叉，兩個逕奔登州山上，下了窩弓，去樹上等了一日，不濟事了，收拾窩弓下去。次日，又帶了乾糧，再上山伺候，看看天晚，弟兄兩個再把窩弓下了，爬上樹去，直等到五更，又沒動靜。兩個移了窩弓，卻來西山邊下了，坐到天明，又等不著。兩個心焦，說道：「限三日內要納大蟲，遲時須用受責，卻是怎地好！」兩個到第三日夜，伏至四更時分，不覺身體困倦。兩個背廝靠著且睡，◎3未曾合眼，忽聽得窩弓發響。兩個跳將起來，拿了鋼叉，四下裏看時，只見一個大蟲中了藥箭，在那地上滾。◎4兩個拈著鋼叉向前來，那大蟲見了人來，帶著箭便走。兩個追將向前去，不到半山裏時，藥力透來，那大蟲當不住，吼了一聲，骨渌渌滾將下山去了。解寶道：「好了。我認得這山，是毛太公莊後園裏，我和你下去他家取討大蟲。」

註

※1關目：情節。
※2登州：州名，今山東蓬萊縣。
※3兩頭蛇：蛇之一種。無毒，尾圓鈍，驟看頗像頭，且有與頭相同的行動習性，故名。古人傳說見之者死。
※4雙尾蝎：兩個尾巴的蝎子，形容極端厲害。
※5二難：兩個難得的事物。出自王勃〈滕王閣序〉。
※6甘限文書：在限期內完成差役，否則「甘心」受責罰的文字書字據。

評點

◎3.一路皆極寫得虎之苦。（金批）
◎4.敘三日，事體逼眞。（容眉）

當時弟兄兩個提了鋼叉，逕下山來，投毛太公莊上敲門。此時方纔天明，兩個敲開莊門入去，莊客報與太公知道。多時，毛太公出來，解珍、解寶放下鋼叉，聲了喏，說道：「伯伯，多時不見，今日特來拜擾。」毛太公道：「賢侄如何來得這等早？有甚話說？」解珍道：「無事不敢驚動伯伯睡寢。如今小侄因為官司委了甘限文書，要捕獲大蟲，一連等了三日，今早五更，射得一個，不想從後山滾下在伯伯園裏，望煩借一路，取大蟲則個。」毛太公道：「不妨，既是落在我園裏，二位且少坐，敢是肚飢了，吃些早飯去取。」◎5叫莊客且去安排早膳來相待。當時勸二位吃了酒飯，解珍、解寶起身謝道：「感承伯伯厚意，望煩引去，取大蟲還小侄。」毛太公道：「既是在我莊後，卻怕怎地？且坐吃茶，◎6卻去取未遲。」解珍、解寶不敢相違，只得又坐下。莊客拿茶來，叫二位吃了。毛太公道：「如今我和賢侄去取大蟲。」解珍、解寶道：「深謝伯伯。」毛

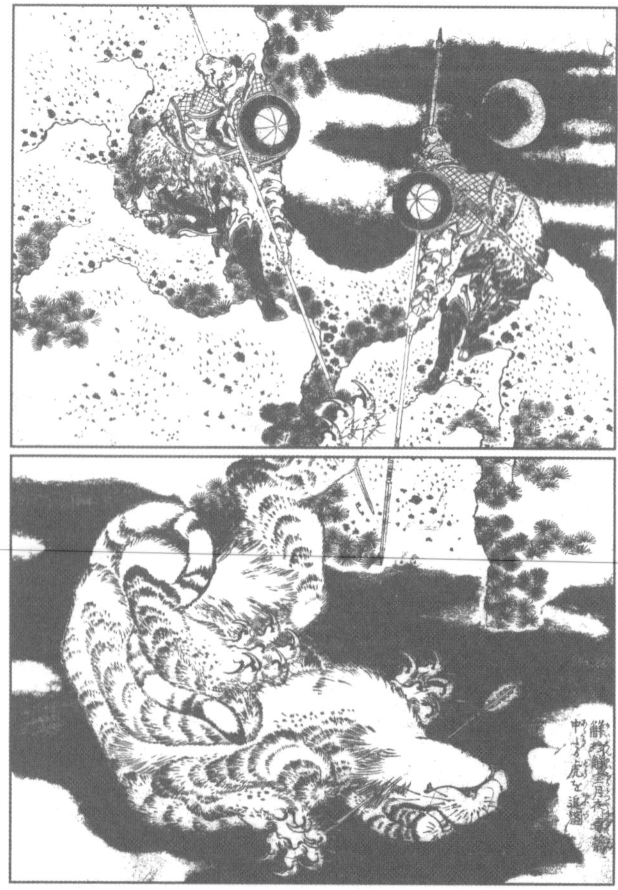

獵戶解珍、解寶為了殺死擾民的老虎，守候了三天兩夜，終於在天快亮的時候等到了老虎。老虎已中了藥箭，在那地上滾。他們兩個便拿鋼叉向老虎撲去。（日版畫，出自《新編水滸畫傳》，葛飾戴斗繪）

太公引了二人，入到莊後，叫莊客把鑰匙來開門，百般開不開。毛太公道：「這園多時不曾有人來開，敢是鎖鏽了，因此開不得，去取鐵鎚來打開了罷。」◎7莊客便將鐵鎚來，敲開了鎖。衆人都入園裏去看時，遍山邊去看尋不見。毛太公道：「賢侄，你兩個莫不錯看了，認不仔細？敢不曾落在我園裏？」解珍道：「怎地得我兩個錯看了？是這裏生長的人，如何不認得？」毛太公道：「你自尋便了，有時自擡去。」解寶道：「哥哥，你且來看。這裏一帶草，滾得平平地都倒了；又有血路在上頭，如何說不在這裏？必是伯伯家莊客擡過了。」毛太公道：◎8「你休這等說，我家莊上的人，如何得知有大蟲在園裏？便又擡得過？你也須看見方纔當面敲開鎖來，和你兩個一同入園裏來尋。你如何這般說話！」解珍道：「伯伯，你須還我這個大蟲去解官。」毛太公道：「你這兩個好無道理！我好意請你吃酒飯，你顛倒賴我大蟲。」解寶道：「有甚麼賴處！你家也現當里正，官府中也委了甘限文書，卻沒本事去捉，倒來就我現成，你倒將去請功，教我兄弟兩個吃限棒！」毛太公道：「你吃限棒，干我甚事！」◎9解珍、解寶睜起眼來，便道：「你敢教我搜一搜麼？」毛太公道：「我家比你家，各有內外！你看這兩個叫化頭倒來無禮！」◎10解寶搶近廳前尋不見，心中火起，便在廳前打將起來，解珍也就廳前攀折欄杆，打將入去。毛太公叫道：「解珍、解寶白晝搶劫！」那兩個打碎了廳前椅桌，見莊上都有準備，兩個便拔步出門，指著莊上罵道：「你賴我大蟲，和你官司裏去理會。」

評點

◎5.可見早飯不可亂吃。（金批）
◎6.吃飯後又吃茶，皆極其那延。（金批）
◎7.一路說來，都見好處，使人想不出下文，然看去又使人可案轉前文，見敘術之妙。（芥眉）
◎8.毛解爭虎，一聲一口，是一篇絕妙小文字。（金眉）
◎9.漸放出惡來。（袁夾）
◎10.兒子既將虎解去州裏了，便與他一搜何妨。（容眉）

解氏深機捕獲，毛家巧計牢籠。
當日因爭一虎，後來引起雙龍。

那兩個正罵之間，只見兩、三匹馬投莊上來，引著一夥伴當。解珍認得是毛太公兒子毛仲義，◎11接著說道：「你家莊上莊客捉過了我大蟲，你爹不討還我，顛倒要打我弟兄兩個。」毛仲義道：「這廝村人不省事，我父親必是被他們瞞過了。你兩個不要發怒，隨我到家裏，◎12討還你便了。」解珍、解寶謝了毛仲義。叫開莊門，教他兩個進去。待得解珍、解寶入得門來，便叫關上莊門，喝一聲：「下手！」兩廊下走出二、三十個莊客，並恰纔馬後帶來的，都是做公的。那兄弟兩個措手不及，眾人一發上，把解珍、解寶綁了。毛仲義道：「我家昨夜自射得一個大蟲，如何來白賴我的？乘勢搶擄我家財，打碎家中什物，當得何罪？解上本州，也與本州除了一害。」原來毛仲義五更時，先把大蟲解上州裏去了，卻帶了若干做公的來捉解珍、解寶。不想他這兩個不識局面※7，正中了他的計策，分說不得。毛太公教把他兩個使的鋼叉並一包贓物，扛擡了許多打碎的家伙什物，將解珍、解寶剝得赤條條地，背剪綁了，解上州裏來。本州有個六案孔目，姓王名正，卻是毛太公的女婿，已自先去知府面前稟說了。纔把解珍、解寶押到廳前，不由分說，綑翻便打，定要他兩個招做混賴大蟲，各執鋼叉，因而搶擄財物。解珍、解寶吃拷不過，只得依他招了。知府教取兩面二十五斤的重枷來枷了，釘下大牢裏去。毛太公、毛仲義自回莊上商議道：「這兩個男女卻放他不得，不如一發

評點

◎11.前於口中出虎，今於眼裏出人，皆敘事之活。（芥眉）
◎12.宛然留吃早飯，鐵錘打鎖教法。（金批）
◎13.毛太公眞毛大蟲，其子亦乳虎也，知府、節級皆是畜類，凡生事激變，皆坐此等人。（芥眉）
◎14.看他特地將亭子寫一番。（金批）

結果了他，免致後患。」當時子父二人自來州裏，分付孔目王正：「與我一發斬草除根，萌芽不發，我這裏自行與知府的打關節※8。」◎13

卻說解珍、解寶押到死囚牢裏，引至亭心上來，見這個節級。為頭的那人，姓包名吉，已自得了毛太公銀兩，並聽信王孔目之言，教對付他兩個性命，便來亭心裏坐下。小牢子對他兩個說道：「快過來，跪在亭子前。」◎14包節級喝道：「你兩個便是甚麼兩頭蛇、雙尾蝎，是你麼？」解珍道：「雖然別人叫小人們這等混名，實不曾陷害良善。」包節級喝道：「你這兩個畜生，今番我手裏教你兩頭蛇做一頭蛇，雙尾蝎做單尾蝎，且與我押入大牢裏去。」那一個小牢子把他兩個帶在牢裏來，見沒人，那小節級便道：「你兩個認得我麼？我是你哥哥的妻舅。」解珍道：「我只親弟兄兩個，別無那個哥哥。」那小牢子道：「你兩個須是孫提轄的兄弟。」解珍道：「孫提轄是我姑舅哥哥，我卻不曾與你相會。足下莫非是樂和舅？」那小節級道：「正是。我姓樂名和，祖貫茅州人氏。先祖挈家到

註

※7不識局面：不明情勢、不看風頭。

※8打關節：賄賂官吏。

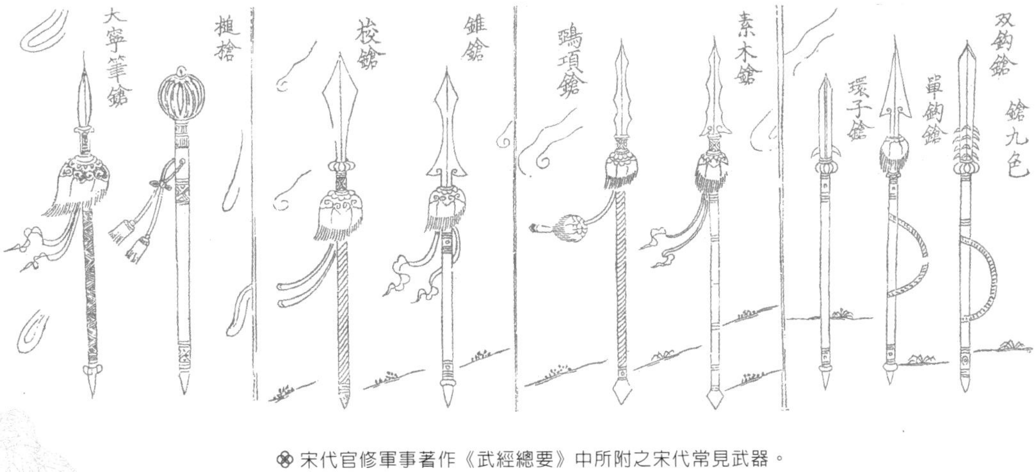

宋代官修軍事著作《武經總要》中所附之宋代常見武器。

此，將姐姐嫁與孫提轄爲妻。我自在此州裏勾當，做小牢子。人見我唱得好，都叫我做鐵叫子樂和。姐夫見我好武藝，教我學了幾路槍法在身。」怎見得，有詩爲證：

玲瓏心地衣冠整，俊俏肝腸語話清。
能唱人稱鐵叫子，樂和聰慧自天生。

原來這樂和是一個聰明伶俐的人，諸般樂品盡皆曉得，學著便會，作事見頭知尾。說起槍棒武藝，如糖似蜜價愛。爲見解珍、解寶是個好漢，有心要救他，只是單絲不成線，孤掌豈能鳴，只報得他一個信。◎15樂和說道：「好教你兩個得知，如今包節級得受了毛太公錢財，必然要害你兩個性命。你兩個卻是怎生好？」解珍道：「你不說起孫提轄則休，你既說起他來，只央你寄一個信。」◎16樂和道：「你卻教我寄信與誰？」解珍道：「我有個姐姐，是我爺面上的※9，卻與孫提轄兄弟爲妻，◎17現在東門外十里牌住。他是我姑娘※10的女兒，叫做母大蟲顧大嫂，開張酒店，家裏又殺牛、開賭。我那姐姐有三、二十人近他不得，姐夫孫新這等本事也輸與他。只有那個姐姐和我弟兄兩個最好。孫新、孫立的姑娘卻是我母親，以此他兩個又是我姑舅哥哥。央煩得你暗暗地寄個信與他，把我的事說知，姐姐必然自來救我。」樂和聽罷，分付說：「賢親，你兩個且寬心著。」先去藏些燒餅、肉食，來牢裏開了門，把與解珍、解寶吃了。推了事故，鎖了牢門，教別個小節級看守了門，一逕奔到東門外，望十里牌來。早望見一個酒店，門前懸掛著牛羊等肉，後面屋下一簇人在那裏賭博。樂和見酒店裏一個婦人坐在櫃上，但

見：

眉粗眼大，胖面肥腰。插一頭異樣釵環，露兩個時興釧鐲。有時怒起，提井欄便打老公頭。忽地心焦，拿石錐敲翻莊客腿。生來不會拈針線，弄棒持槍當女工。

樂和入進店內，看著顧大嫂，唱個喏道：「此間姓孫麼？」顧大嫂慌忙答道：「便是。足下卻要沽酒，卻要買肉？如要賭錢，後面請坐。」樂和道：「小人便是孫提轄妻弟樂和的便是。」顧大嫂笑道：「原來卻是樂和舅，可知尊顏和姆姆※11一般模樣。◎18且請裏面拜茶。」樂和跟進裏面客位裏坐下。顧大嫂便動問道：「聞知得舅舅在州裏勾當，家下窮忙少閑，不曾相會。◎19今日甚風吹得到此？」樂和答道：「小人無事，也不敢來相惱。今日廳上偶然發下兩個罪人進來，雖不曾相會，多聞他的大名。一個是兩頭蛇解珍，一個是雙尾蝎解寶。」顧大嫂道：「這兩個是我的兄弟，不知因甚罪犯下在牢裏？」樂和道：「他兩個因射得一個大蟲，被本鄉一個財主毛太公賴了，又把他兩個強扭做賊，搶擄家財，解入州裏來。他又上上下下都使了錢物，早晚間要教包節級牢裏做翻他兩個，結果了性命。小人路見不平，獨力難救。只想一者沾親，二乃義氣爲重，特地與他通個消息。他說道：『只除是姐姐便救得他。』若不早早用心著力，難以救

註

※9 爺面上的：屬於父系的、祖父的。

※10 姑娘：此處指姑母。

※11 姆姆：宋時，妯娌之間，兄婦呼弟婦嬸嬸，弟婦呼兄婦作母母；原是照著自己孩子的口吻稱呼對方。後來把母母的母字加了女字旁，寫成「姆姆」。

評點

◎15.「只報一個信」句，與下「只央寄個信」句，閑中穿應，甚好。（金批）
◎16.與報得句應。（袁夾）
◎17.因親及親，牽扯出來，又成一局，與太史公敘樊灌等傳事文各別。（袁眉）
◎18.只此一句極親，不纏擾。（袁夾）
◎19.在本人口中解破，便入化。（芥夾）

拔。」顧大嫂聽罷，一片聲叫起苦來，◎20便叫火家快去尋得二哥家來說話。有幾個火家去不多時，尋得孫新歸來，與樂和相見。怎見得孫新的好處，有詩爲證：

軍班才俊子，眉目有神威。
身在蓬萊寓，家從瓊海移。
自藏鴻鵠志，恰配虎狼妻。
鞭舉龍雙見，槍來蟒獨飛。
年似孫郎少，人稱小尉遲。

原來這孫新祖是瓊州※12人氏，軍官子孫，因調來登州駐扎，弟兄就此爲家。孫新生得身長力壯，全學得他哥哥的本事，使得幾路好鞭槍，因此多人把他弟兄兩個比尉遲恭，叫他做小尉遲。顧大嫂把上件事對孫新說了，孫新道：「既然如此，叫舅舅先回去。他兩個已下在牢裏，全望舅舅看覷則個。我夫妻商量個長便道理，卻逕來相投。」樂和道：「但有用著小人處，盡可出力向前。」顧大嫂置酒相待已了，將出一包碎銀，付與樂和：「望煩舅舅將去牢裏，散與眾人並小牢子們，好生周全他兩個弟兄。」樂和謝了，收了銀兩，自回牢裏來替他使用，不在話下。

且說顧大嫂和孫新商議道：「你有甚麼道理，救我兩個兄弟？」◎21孫新道：「毛太公那廝，有錢有勢，他防你兩個兄弟出來，須不肯干休，定要做翻了他兩個，似此必然死在他手。若不去劫牢，別樣也救他不得。」◎22顧大嫂道：「我和你今夜便去。」

孫新笑道：「你好粗鹵！我和你也要算個長便，劫了牢，也要個去向。若不得我那哥哥和這兩個人時，行不得這件事。」顧大嫂道：「這兩個是誰？」孫新道：「便是那叔侄兩個最好賭的鄒淵、鄒潤，如今現在登雲山臺峪裏，聚衆打劫。他和我最好，若得他兩個相幫助，此事便成。」顧大嫂道：「登雲山離這裏不遠，你可連夜去請他叔侄兩個來商議。」孫新道：「我如今便去。你可收拾了酒食餚饌，我去定請得來。」顧大嫂分付火家，宰了一口豬，鋪下數盤果品、案酒，排下桌子。天色黃昏時候，只見孫新引了兩籌好漢歸來。那個爲頭的姓鄒名淵，原是萊州※13人氏，自小最好賭錢，閑漢出身，爲人忠良慷慨，更兼一身好武藝，性氣高強，不肯容人，江湖上喚他綽號出林龍。第二個好漢，名喚鄒潤，是他侄兒，年紀與叔叔彷彿，二人爭差不多，身材長大，天生一等異相，腦後一個肉瘤，以此人都喚他做獨角龍。那鄒潤往常但和人爭鬧，性起來，一頭撞去，忽然一日，一頭撞折了澗邊一株松樹，看的人都驚呆了。有西江月一首，單道他叔侄的好處：

廝打場中爲首，呼盧隊裏稱雄。天生忠直氣如虹，武藝驚人出衆。結寨登雲臺上，英名播滿山東。翻江攪海似雙龍，豈作池中頑弄？

當時顧大嫂見了，請入後面屋下坐地，卻把上件事告訴與他，次後商量劫牢一節。鄒淵道：「我那裏雖有八、九十人，只有二十來個心腹的。明日幹了這件事，便是這裏

註

※12瓊州：州名，今廣東海口市。
※13萊州：州名，今山東掖縣。

評點

◎20.一篇寫顧大嫂，全用不著窈窕淑女四字。（金批）
◎21.此一段見手足不忘乎患難之情。（余評）
◎22.說得病重，只得用劫藥。（袁眉）

安身不得了。我卻有個去處，我也有心要去多時，只不知你夫婦二人肯去麼？」顧大嫂道：「遮莫甚麼去處都隨你去，只要救了我兩個兄弟。」◎23鄒淵道：「如今梁山泊十分興旺，宋公明大肯招賢納士。他手下現有我的三個相識在彼，一個是錦豹子楊林，一個是火眼狻猊鄧飛，一個是石將軍石勇，都在那裏入夥了多時。我們救了你兩個兄弟，都一發上梁山泊投奔入夥去如何？」顧大嫂道：「最好，有一個不去的，我便亂槍戳死他！」鄒潤道：「還有一件，我們倘或得了人，誠恐登州有些軍馬追來，如之奈何？」孫新道：「我的親哥哥現做本州軍馬提轄，如今登州只有他一個了得。◎24幾番草寇臨城，都是他殺散了，到處聞名。我明日自去請他來，要他依允便了。」鄒淵道：「只怕他不肯落草。」孫新說道：「我自有良法。」當夜吃了半夜酒，歇到天明，留下兩個好漢在家裏，卻使一個火家帶領了一、兩個人，推一輛車子，「快走城中營裏，請我哥哥孫提轄並嫂嫂樂大娘子，說道：『家中大嫂害病沉重，便煩來家看覷。』」顧大嫂分付火家道：「只說我病重臨危，有幾句緊要的話，須是便來，只有幾番相見囑付。」火家推車兒去了。孫新專在門前伺候，等接哥哥。飯罷時分，遠遠望見車兒來了，載著樂大娘子，背後孫提轄騎著馬，十數個軍漢跟著，望十里牌來。孫新入去報與顧大嫂得知，說：「哥嫂來了。」顧大嫂分付道：「只依我如此行。」孫新出來，接見哥嫂，且請嫂嫂下了車兒，同到房裏，看視弟媳婦病症。孫提轄下了馬，入門來，端的好條大漢。淡黃面皮，落腮鬍鬚，八尺以上身材，姓孫名立，綽號病尉遲，射得硬弓，騎得劣馬，使

一管長槍，腕上懸一條虎眼竹節鋼鞭，海邊人見了，望風而降。有詩為證：

鬅鬆黑霧飄，性格流星急。
鞭槍最熟慣，弓箭常溫習。
闊臉似妝金，雙睛如點漆。
軍中顯姓名，病尉遲孫立。

當下病尉遲孫立下馬來，進得門便問道：「兄弟，嬸子害甚麼病？」孫新答道：「他害得症候病得蹺蹊，請哥哥到裏面說話。」孫立便入來。孫新分付火家，著這夥跟馬的軍士去對門店裏吃酒，便教火家牽過馬，請孫立入到裏面來坐下。良久，孫新道：「請哥哥、嫂嫂去房裏看病。」孫立同樂大娘子入進房裏，見沒有病人，孫立問道：「嬸子病在那裏房內？」只見外面走入顧大嫂來，鄒淵、鄒潤跟在背後。孫立道：「嬸子，你正是害甚麼病？」顧大嫂道：「伯伯拜了。我害些救兄弟的病。」◎25孫立道：「卻又作怪！救甚麼兄弟？」顧大嫂道：「伯伯，你不要推聾妝啞！你在城中，豈不知道他兩個是我兄弟，偏不是你的兄弟？」孫立道：「我並不知因由。是那兩個兄弟？」顧大嫂道：「伯伯在上，今日事急，◎26只得直言拜稟。這解珍、解寶被登雲山下毛太公與同王孔目設計陷害，早晚要謀他兩個性命。我如今和這兩個好漢商量已定，要去城中劫牢，救出他兩個兄弟，都投梁山泊入夥去，恐怕明日事發，先負累伯伯，因此我只推患病，請伯伯、姆姆到此說個長便。若是伯伯不肯去時，我們自去上梁山泊去了。如

評點

◎23.寫顧大嫂何等肝腸。（金批）
◎24.得此一語，後便省手。（金批）
◎25.四百四病內無此病，真是奇絕。（袁夾）
◎26.絕妙，大嫂字字讀之快。（金批）

今朝廷有甚分曉？走了的倒沒事，見在的便吃官司。常言道：『近火先焦。』伯伯便替我們吃官司坐牢，那時又沒人送飯來救你。伯伯尊意如何？」孫立道：「我卻是登州的軍官，怎地敢做這等事！」顧大嫂道：「既是伯伯不肯，我們今日先和伯伯併個你死我活。」顧大嫂身邊便掣出兩把刀來，◎27鄒淵、鄒潤各拔出短刀在手。孫立叫道：「嬸子且住，休要急速行，待我從長計較，慢慢地商量。」樂大娘子驚得半晌做聲不得。顧大嫂又道：「既是伯伯不肯去時，即便先送姆姆前行，我們自去下手。」孫立道：「雖要如此行時，也待我歸家去收拾包裹行李，看個虛實，方可行事。」顧大嫂道：「伯伯，你的樂阿舅透風與我們了。◎28一就去劫牢，一就去取行李不遲。」孫立嘆了一口氣，說道：「你眾人既是如此行了，我怎地推卻得開？不成日後倒要替你們吃官司？罷！罷！罷！都做一處商議了行。」先叫鄒淵去登雲山寨裏收拾起財物人馬，帶了那二十個心腹的人來店裏

❀ 孫立因為自己是登州的軍官，不肯劫牢。顧大嫂從身邊掣出兩把刀來，她身後的鄒淵、鄒潤也拔出短刀，逼迫孫立加入。孫立沒辦法，只得入夥。（選自《水滸傳版刻圖錄》，江蘇廣陵古籍刻印社）

取齊，鄒淵去了。又使孫新入城裏來，問樂和討信，就約會了，暗通消息解珍、解寶得知。次日，登雲山寨裏鄒淵收拾金銀已了，自和那起人到來相助。孫新家裏也有七、八個知心腹的火家，並孫立帶來的十數個軍漢，共有四十餘人。孫新宰了兩口豬、一腔羊，眾人盡吃了一飽。顧大嫂貼肉藏了尖刀，扮做個送飯的婦人先去。孫新跟著孫立，鄒淵領了鄒潤，各帶了火家，分作兩路入去。正是：

捉虎翻成縱虎災，虎官虎吏枉安排。
全憑鐵叫通關節，始得牢城鐵甕開。

且說登州府牢裏包節級得了毛太公錢物，只要陷害解珍、解寶的性命。當日樂和拿著水火棍，正立在牢門裏獅子口邊，只聽得拽鈴子響，樂和道：「甚麼人？」顧大嫂應道：「送飯的婦人。」樂和已自瞧科了，便來開門，放顧大嫂入來，再關了門，將過廊下去。包節級正在亭心裏，看見便喝道：「這婦人是甚麼人？敢進牢裏來送飯？自古獄不通風。」樂和道：「這是解珍、解寶的姐姐，自來送飯。」包節級喝道：「休要教他入去，你們自與他送進去便了。」樂和討了飯，卻來開了牢門，把與他兩個。解珍、解寶問道：「舅舅夜來所言的事如何？」樂和道：「你姐姐入來了，只等前後相應。」樂和便把匣床與他兩個開了。只聽得小牢子入來報道：「孫提轄敲門，要走入來。」包節級道：「他自是營官，來我牢裏有何事幹？休要開門！」顧大嫂一踅，踅下亭心邊去。外面又叫道：「孫提轄焦躁了打門。」包節級忿怒，便下亭心來。顧大嫂大叫一聲：

評點

◎27.好個溫柔和婉的弟媳婦。（容眉）
◎28.又牽出他內親，一時妙口妙手。（金批）

顧大嫂大叫一聲：「我的兄弟在那裏？」便首先動手，兩把尖刀揮舞，十分勇敢。解珍、解寶也從牢眼裏鑽將出來，打死了包節級，一齊從牢裏打了出來。（朱寶榮繪）

「我的兄弟在那裏？」◎29身邊便掣出兩把明晃晃尖刀來。包節級見不是頭，望亭心外便走。解珍、解寶提起枷，從牢眼裏鑽將出來，正迎著包節級。包節級措手不及，被解寶一枷梢打重，把腦蓋擗得粉碎。當時顧大嫂手起，早戳翻了三、五個小牢子，一齊發喊，從牢裏打將出來。孫立、孫新兩個當住了，見四個從牢裏出來，一發望州衙前便走。◎30鄒淵、鄒潤早從州衙裏提出王孔目頭來。街市上人大喊起，先奔出城去。孫提轄騎著馬，彎著弓，搭著箭，壓在後面。街上人家都關上門，不敢出來，州裏做公的人認得是孫提轄，誰敢向前攔當。衆人簇擁著孫立，奔出城門去，一直望十里牌來，扶攙樂大娘子上了車兒。◎31顧大嫂上了馬，幫著便行。解珍、解寶對衆人道：「叵耐毛太公老賊冤家，如何不報了去？」孫立道：「說得是。」便令兄弟孫新與舅舅樂和先護持車兒前行著，「我們隨後趕來。」孫新、樂和簇擁著車兒先行去了。孫立引著解珍、解寶、鄒淵、鄒潤，並火家、伴當，一逕奔毛太公莊上來，正值毛仲義與太公在莊上慶壽飲酒，卻不提備。一夥好漢吶聲喊，殺將入去，就把毛太公、毛仲義並一門老小，盡皆殺了，不留一個。去臥房裏搜檢得十數包金銀財寶，後院裏牽得七、八匹好馬，把四匹捎帶馱載，解珍、解寶揀幾件好的衣服穿了，將莊院一把火齊放起燒了。各人上馬，帶了一行人，趕不到三十里路，早趕上車仗人馬，一處上路行程。於路莊戶人家，又奪得三、五匹好馬，一行星夜奔上梁山泊去。有西江月爲證：

評點

◎29.叫得親熱、痛切、雄猛。（袁眉）
◎30.想見其夜來定計，寫得疾甚。（金批）
◎31.「扶攙」二字，人知寫出閨房之秀，不知正反襯女中大蟲也。（金批）

忠義立身之本，奸邪壞國之端。狼心狗幸※14濫居官，致使英雄扼腕。奪虎機謀可惡，劫牢計策堪觀。登州城廓痛悲酸，頃刻橫屍遍滿。

不一、二日，來到石勇酒店裏，那鄒淵與他相見了，問起楊林、鄧飛二人。石勇答言，說起宋公明去打祝家莊，二人都跟去，兩次失利，聽得報來說，楊林、鄧飛俱被陷在那裏，不知如何。備聞祝家莊三子豪傑，又有教師鐵棒欒廷玉相助，◎32因此二次打不破那莊。孫立聽罷，大笑道：「我等衆人來投大寨入夥，正沒半分功勞，獻此一條計策打破祝家莊，爲進身之報如何？」石勇大喜道：「願聞良策。」孫立道：「欒廷玉那廝，和我是一個師父教的武藝。我學的槍刀，他也知道，他學的武藝，我也盡知。我們今日只做登州對調來鄆州守把，經過來此相望，他必然出來迎接。我們進身入去，裏應外合，必成大事。此計如何？」正與石勇說計未了，只見小校報道：「吳學究下山來，前往祝家莊救應去。」石勇聽得，便叫小校快去報知軍師，請來這裏相見。說猶未了，已有軍馬來到店前，乃是呂方、郭盛並阮氏三雄，隨後軍師吳用帶領五百人馬到來。石勇接入店內，引著這一行人都相見了，備說投托入夥，獻計一節。吳用聽了大喜，說道：「既然衆位好漢肯作成山寨，且休上山，便煩請往祝家莊行此一事，成全這段功勞如何？」孫立等衆人皆喜，一齊都依允了。吳用道：「小生今去，也如此見陣※15。我人馬前行，衆位好漢隨後一發便來。」

吳學究商議已了，先來宋江寨中，見宋公明眉頭不展，面帶憂容，吳用置酒與宋江解悶，◎33備說起石勇、楊林、鄧飛三個的一起相識，是登州兵馬提轄病尉遲孫立，和這祝家莊教師欒廷玉是一個師父教的。今來共有八人，投托大寨入夥，特獻這條計策，以爲進身之報。今已計較定了，裏應外合，如此行事，隨後便來參見兄長。宋江聽說罷，大喜，把愁悶都撇在九霄雲外，忙叫寨內置酒，安排筵席等來相待。卻說孫立教自己的伴當人等，跟著車仗人馬，投一處歇下，只帶了解珍、解寶、鄒淵、鄒潤、孫新、顧大嫂、樂和，共是八人，來參宋江，◎34都講禮已畢，宋江置酒設席管待，不在話下。吳學究暗傳號令與衆人，教第三日如此行，第五日如此行。分付已了，孫立等衆人領了計策，一行人自來和車仗人馬投祝家莊進身行事。再說吳學究道：「啓動戴院長到山寨裏走一遭，快與我取將這四個頭領來，我自有用他處。」不是教戴宗連夜來取這四個人來，有分教：水泊重添新羽翼，山莊無復舊衣冠。畢竟吳學究取那四個人來？且聽下回分解。◎35

註

※14狼心狗幸：狗幸，狗行的意思。其意爲豺狼的心，狗的行爲。

※15見陣：出陣。

評點

◎32.千丈游絲，忽然飄到。（金批）

◎33.不復牽理前文，無另起痕跡之病，又前文用賀喜二字，此用解悶二字，妙相對映。（芥眉）

◎34.此段公明得此諸位，乃天使成功滅祝家莊矣。（余評）

◎35.孫新救二解，止有劫牢一策，顧大嫂發猛向前，眞是有膽。（袁評）

第五十回 吳學究雙掌連環計 宋公明三打祝家莊◎[1]

話說當時軍師吳用啟煩戴宗道：「賢弟可與我回山寨去取鐵面孔目裴宣、聖手書生蕭讓、通臂猿侯健、玉臂匠金大堅。◎[2]可教此四人帶了如此行頭，連夜下山來，我自有用他處。」戴宗去了。

只見寨外軍士來報，西村扈家莊上扈成牽牛擔酒，特來求見。宋江叫請入來。扈成來到中軍帳前，再拜懇告道：「小妹一時粗鹵，年幼不省人事，誤犯威顏，今者被擒，望乞將軍寬恕。奈緣小妹原許祝家莊上，前者不合奮一時之勇，陷於縲紲。如蒙將軍饒放，但用之物，當依命拜奉。」◎[3]宋江道：「且請坐說話。祝家莊那廝好生無禮，平白欺負俺山寨，因此行兵報仇，須與你扈家無冤。只是令妹引人捉了我王矮虎，因此還禮，拿了令妹。你把王矮虎放回還我，我便把令妹還你。」扈成答道：「不期已被祝家莊拿了這個好漢去。」吳學究便道：「我這王矮虎，今在何處？」扈成道：「如今拘鎖在祝家莊上，小人怎敢去取？」宋江道：「你不去取得王矮虎來還我，如何能夠得你令妹回去？」吳學究道：「兄長休如此說，◎[4]只依小生一言。今後早晚祝家莊上，但有些響亮，你的莊上切不可令人來救護。倘或祝家莊上有人投奔你處，你可就縛在彼。若是捉下得人時，那時送還令妹到貴莊。只是如今不在本寨，前

梁山泊原型地安徽巢湖，湖邊晨韻。（汪順陵提供）

日已使人送在山寨，奉養在宋太公處。你且放心回去，我這裏自有個道理。」扈成道：「今番斷然不敢去救應他，若是他莊上果有人來投我時，定縛來奉獻將軍麾下。」◎5宋江道：「你若是如此，便強似送我金帛。」扈成拜謝了去。

且說孫立卻把旗號上改喚作「登州兵馬提轄孫立」，領了一行人馬，都來到祝家莊後門前。莊上牆裏望見是登州旗號，報入莊裏去。欒廷玉聽得是登州孫提轄到來相望，說與祝氏三傑道：「這孫提轄是

孫立號稱「病尉遲」，圖為壁畫上的尉遲恭，河北承德魁星樓。拍攝時間2005年11月10日。（王商林提供）

評點

◎1.三打祝家，變出三樣奇格，知其才大如海。而我之所尤爲嘆賞者，如寫欒廷玉竟無下落。嗚呼，豈不怪哉！夫開莊門，放吊橋，三祝一欒一齊出馬，明明在紙，我得而讀之也，如之何三祝有殺之人，廷玉無死之地，從此一別，杳然無跡，而僅據宋江一聲嘆惜，遂必斷之爲死也？吾聞昔者英雄，知可爲則爲之，知不可爲則瞥然颺去。譬如鷹隼擊物不中，而高飛遠引深自滅跡者，如是等輩往往而有，即又惡知廷玉之不出此？如是則廷玉當亦未死。然吾觀扈成得脫，終成大將，名在中興，不可滅沒，彼豈眞出廷玉上哉！而顯著若此，彼廷玉非終貧賤者，而獨不爲更出一筆，然則其死是役，信無疑也。所可異者，獨爲當日宋江之軍，林沖、李俊、阮二在東，花榮、張橫、張順在西，穆弘、楊雄、李逵在南，而廷玉當先出馬，乃獨沖走正北。夫不取有將之三面，而獨取無將之一面，存此一句之疑，誠不能無未死之議。然吾獨謂三鼓一炮之際，四馬勢如嵎虎，使此時廷玉早有所見，力猶可以疾按三祝全軍不動，其如之何而僅以身遁，計出至下乎？此又其必死之明驗也。曰：然則獨走正北無將之一面者，何也？。曰：正北非無將之面也。宋江軍馬四面齊起，而不書正北，當是爲廷玉諱也。蓋爲書之則必詳之，詳之而廷玉刀不缺，槍不折，鼓不衰，箭不竭，即廷玉不至於死；廷玉而終亦至於必死，則其刀缺、槍折、鼓衰、箭竭之狀，有不可言者矣。《春秋》爲賢者諱，故缺之而不書也。曰：其並不書正北領軍頭領之名，何也？曰：爲殺廷玉則惡之也。嗚呼，一欒廷玉死，而用筆之難至於如此，誰謂稗史易作，稗史易讀乎耶？史進尋王教頭，到底尋不見，吾讀之胸前彌月不快；又見張青店中麻殺一頭陀，竟不知何人，吾又胸前彌月不快；至此忽然又失一欒廷玉下落，吾胸前又將不快彌月也。豈不知耐庵專故作此鶻突之筆，以使人氣悶。然我今日若使看破寓言，更不氣悶，便是辜負耐庵，故不忍出此也。第二連環計，何其輕便簡淨之極！三打祝家一篇累墜文字後，不可無此捷如風、明如玉之筆，以揮洒之。（金批）
◎2.玄之又玄，幾乎玄殺。（金批）
◎3.人人皆懼三大莊，觀扈成拜求放一丈青，此未見三莊英雄。（余評）
◎4.忽然接來一按按住，遂令祝家西臂亦斷，妙絕。（金批）
◎5.西臂已斷，寫得決絕。（金批）

我弟兄，自幼與他同師學藝，今日不知如何到此？」帶了二十餘人馬，開了莊門，放下吊橋，出來迎接。孫立一行人都下了馬，衆人講禮已罷，欒廷玉問道：「賢弟在登州守把，如何到此？」孫立答道：「總兵府行下文書，對調我來此間鄆州守把城池，提防梁山泊強寇。便道經過，聞知仁兄在此祝家莊，特來相探。本待從前門來，因見村口莊前俱屯下許多軍馬，◎6不好衝突，特地尋覓村里，從小路問到莊後，入來拜望仁兄。」欒廷玉道：「便是這幾時連日與梁山泊強寇廝殺，已拿得他幾個頭領在莊裏了，只要捉了宋江賊首，一併解官。天幸今得賢弟來此間鎮守，正如錦上添花，旱苗得雨。」孫立笑道：「小弟不才，且看相助捉拿這廝們，成全兄長之功。」欒廷玉大喜，當下都引一行人進莊裏來，再拽起了吊橋，關上了莊門。孫立一行人安頓車仗人馬，更換衣裳，都在前廳來相見。祝朝奉與祝龍、祝虎、祝彪三傑，都相見了，一家兒都在廳前相接。欒廷玉引孫立等上到廳上相見，講禮已罷，便對祝朝奉說道：「我這個賢弟孫立，綽號病尉遲，任登州兵馬提轄。今奉總兵府對調他來，鎮守此間鄆州。」祝朝奉道：「老夫亦是治下。」孫立道：「卑小之職，何足道哉！早晚也要望朝奉提攜指教。」祝氏三傑相請衆位尊坐。孫立動問道：「連日相殺，征陣勞神。」祝龍答道：「也未見勝敗。衆位尊兄，鞍馬勞神不易。」孫立便叫顧大嫂引了樂大娘子叔伯姆兩個去後堂見拜宅眷。喚過孫新、解珍、解寶參見了，說道：「這三個是我兄弟。」指著樂和便道：「這位是此間鄆州差來取的公吏。」指著鄒淵、鄒潤道：「這兩個是登州送來的軍官。」◎7祝朝奉並三子雖是聰明，卻見他又有老小，並許多行李車仗人馬，又是欒廷玉教師的兄弟，那裏有疑心，只顧殺牛宰馬，做筵席管待眾人，且飲酒食。

過了一、兩日，到第三日，莊兵報道：「宋江又調軍馬殺奔莊上來了。」祝彪道：「我自去上馬拿此賊。」便出莊門，放下吊橋，引一百餘騎馬軍殺將出來。早迎見一彪軍馬，約有五百來人，當先擁出那個頭領，彎弓插箭，拍馬掄槍，乃是小李廣花榮。祝彪見了，躍馬挺槍，向前來鬥，花榮也縱馬來戰祝彪。兩個在獨龍岡前，約鬥了十數合，不分勝敗。花榮賣個破綻，撥回馬便走，◎8引他趕來。祝彪正待要縱馬追去，背後有認得的說道：「將軍休要去趕，恐防暗器，此人深好弓箭。」祝彪聽罷，便勒轉馬來不趕，領回人馬投莊上來，拽起吊橋。看花榮時，也引軍馬回去了。祝彪直到廳前下馬，進後堂來飲酒。孫立動問道：「小將軍今日拿得甚賊？」祝彪道：「這廝們夥裏有個甚麼小李廣花榮，槍法好生了得。鬥了五十餘合，那廝走了，我卻待要趕去追他，軍人們道，那廝好弓箭，因此各自收兵回來。」孫立道：「來日看小弟不才，拿他幾個。」當日筵席上叫樂和唱曲，◎9眾人皆喜。至晚席散，又歇了一夜。到第四日午牌，忽有莊兵報道：「宋江軍馬又來在莊前了。」當下祝龍、祝虎、祝彪三子都披掛了，出到莊前門外。遠遠地望見，早聽得鳴鑼擂鼓，吶喊搖旗，對面早擺下陣勢。這裏祝朝奉坐在莊門上，左邊欒廷玉，右邊孫提轄，祝家三傑並孫立帶來的許多人伴，都擺在兩邊。早見宋江陣上豹子頭林沖高聲叫罵。祝龍焦躁，喝叫放下吊橋，綽槍上馬，引

評點

◎6.是遠來不知頭路語。（金批）
◎7.若前面先商量某人認作某項，便成死著。此書情節每在臨時口中出現，方是活文字。（袁眉）
◎8.「賣個破綻，撥馬便走」，當知此日將令，原只要如此，俗本自增「引他趕來」四字，失之千里。（金批）
◎9.點出技藝，又閑又趣。（袁眉）

一、二百人馬，大喊一聲，直奔林沖陣上。莊門下擂起鼓來，兩邊各把弓弩射住陣腳。林沖挺起丈八蛇矛，和祝龍交戰，連鬥到三十餘合，不分勝敗。兩邊鳴鑼，各回了馬。祝虎大怒，◎10提刀上馬，跑到陣前，高聲大叫宋江決戰。說言未了，宋江陣上早有一將出馬，乃是沒遮攔穆弘來戰祝虎。兩個鬥了三十餘合，又沒勝敗。祝彪見了大怒，便綽槍飛身上馬，引二百餘騎，奔到陣前。宋江隊裏病關索楊雄，一騎馬，一條槍，飛搶出來戰祝彪。

孫立看見兩隊兒在陣前廝殺，心中忍耐不住，便喚孫新：「取我的鞭、槍來，就將我的衣甲、頭盔、袍襖把來披掛了。」牽過自己馬來——這騎馬號烏騅馬※1，鞴※2上鞍子，扣了三條肚帶，腕上懸了虎眼鋼鞭，綽槍上馬。祝家莊上，一聲鑼響，孫立出馬在陣前。宋江陣上林沖、穆弘、楊雄都勒住馬，立於陣前。孫立早跑馬出來，說道：「看小可捉這廝們。」孫立把馬兜住，喝問道：「你那賊兵陣上有好廝殺的，出來與我決戰。」宋江陣內鸞鈴響處，一騎馬跑將出來，眾人看時，乃是拚命三郎石秀來戰孫立。兩馬相交，雙槍並舉。兩個鬥到五十合，孫立賣個破綻，讓石秀槍搠入來，虛閃一個過，把石秀輕輕的從馬上捉過來，直挾到莊前撇下，喝道：「把來縛了。」◎11祝家三子把宋江軍馬一攪，都趕散

孫立為了取信於祝家莊，故意要求出戰。他穿好衣甲、頭盔，跨上自己的烏騅馬，腕上懸了虎眼鋼鞭，便出馬在陣前。（選自《水滸傳版刻圖錄》，江蘇廣陵古籍刻印社）

了。三子收軍回到門樓下，見了孫立，衆皆拱手欽伏。孫立便問道：「共是捉得幾個賊人？」祝朝奉道：「起初先捉得一個時遷，次後拿得一個細作楊林，又捉得一個黃信；扈家莊一丈青捉得一個王矮虎；陣上拿得兩個，秦明、鄧飛；今番將軍又捉得這個石秀，這廝正是燒了我店屋的。共是七個了。」◎12孫立道：「一個也不要壞他，快做七輛囚車裝了，與些酒飯，將養身體，休教餓損了他，不好看。他日拿了宋江，一併解上東京去，教天下傳名，說這個祝家莊三傑。」祝朝奉謝道：「多幸得提轄相助，想是這梁山泊當滅也。」邀請孫立到後堂筵宴，石秀自把囚車裝了。看官聽說，石秀的武藝不低似孫立，要賺祝家莊人，故意教孫立捉了，使他莊上人一發信他。孫立又暗暗地使鄒淵、鄒潤、樂和去後房裏把門戶都看了出入的路數※3。楊林、鄧飛見了鄒淵、鄒潤，心中暗喜。樂和張看得沒人，便透個消息與衆人知了。顧大嫂與樂大娘子在裏面已看了房戶出入的門徑。至第五日，孫立等衆人都在莊上閑行，當日辰牌時候，早飯已後，只見莊兵報道：「今日宋江分兵做四路，來打本莊。」孫立道：「分十路待怎地？你手下人且不要慌，早作準備便了。先安排些撓鉤套索，須要活捉，拿死的也不算。」莊上人都披掛了。祝朝奉親自率引著一班兒上門樓來看時，見正東上一彪人馬，當先一個頭領，乃是豹子頭林沖，背後便是李俊、阮小二，約有五百以上人馬在此。正西上又有五百來

註

※1烏騅馬：黑色雜毛的馬。
※2鞴：音備。把鞍轡等套在馬身上。
※3路數：路徑。同第三十一回中所出現「武松原在衙裏出入的人，已都認得路數」中的路數。

評點

◎10.敘交門處亦有次第。（容眉）
◎11.只石秀受擒，乃要用痛手，卻先搔癢處。（芥眉）
◎12.於問答中點出人數，敘置眉眼甚清甚活。（袁眉）

人馬，當先一個頭領，乃是小李廣花榮，隨背後是張橫、張順。正南門樓上望時，也有五百來人馬，當先三個頭領，乃是沒遮攔穆弘、病關索楊雄、黑旋風李逵。◎13四面都是兵馬，戰鼓齊鳴，喊聲大舉。欒廷玉聽了道：「今日這廝們廝殺，不可輕敵。我引了一隊人馬出後門，殺這正西北上的人馬。」◎14祝龍道：「我出前門，殺這正東上的人馬。」祝虎道：「我也出後門，殺那西南上的人馬。」祝彪道：「我自出前門，捉宋江，是要緊的賊首。」祝朝奉大喜，都賞了酒。各人上馬，盡帶了三百餘騎奔出莊門，其餘的都守莊院門樓前吶喊。此時鄒淵、鄒潤已藏了大斧，只守在監門左側。解珍、解寶藏了暗器，不離後門。孫新、樂和已守定前門左右。顧大嫂先撥軍兵保護樂大娘子，卻自拿了兩把雙刀在堂前踅，只聽風聲，便乃下手。◎15

且說祝家莊上擂了三通戰鼓，放了一個炮，把前後門都開，放下吊橋，一齊殺將出來。四路軍兵出了門，四下裏分投去廝殺。臨後孫立帶了十數個軍兵，立在吊橋上。門裏孫新便把原帶來的旗號插起在門樓上，樂和便提著槍，直唱將出來。鄒淵、鄒潤聽得樂和唱，便唿哨了幾聲，掄動大斧，早把守監門的莊兵砍翻了數十個，便開了陷車，放出七隻大蟲來，各各尋了器械，一聲喊起。顧大嫂掣出兩把刀，直奔入房裏，把應有婦人，一刀一個，盡都殺了。祝朝奉見頭勢不好了，卻待要投井時，早被石秀一刀剁翻，割了首級。◎16那十數個好漢分投來殺莊兵。後門頭解珍、解寶便去馬草堆裏放起把火，黑焰衝天而起。四路人馬見莊上火起，併力向前。祝虎見莊裏火起，先奔回來。孫立守

評點

◎13.看其陳說四路不板煞之妙。（芥眉）
◎14.此一句便結果欒廷玉矣。不惟不知其如何殺死，亦並不知人馬爲誰也。（金批）
◎15.描畫人境情事，俱活現。（袁眉）
◎16.石秀鬧，石秀擒，石秀殺，絲絲入扣。（袁眉）
◎17.是以通篇勤寫吊橋也。（金批）
◎18.卻是扈成沒義氣了，自取其禍。（袁眉）
◎19.百忙中有此閑筆。（金批）

在吊橋上，大喝一聲：「你那廝那裏去？」攔住吊橋。◎17祝虎省口，便撥轉馬頭，再奔宋江陣上來。這裏呂方、郭盛兩戟齊舉，早把祝虎和人連馬搠翻在地，衆軍亂上，剁做肉泥。前軍四散奔走。孫立、孫新迎接宋公明入莊。且說東路祝龍鬥林沖不住，飛馬望莊後而來。到得吊橋邊，見後門頭解珍、解寶把莊客的屍首一個個攛將下來火焰裏，祝龍急回馬，望北而走。猛然撞著黑旋風，踴身便到，掄動雙斧，早砍翻馬腳。祝龍措手不及，倒撞下來，被李逵只一斧，把頭劈翻在地。祝彪見莊兵走來報知，不敢回，直望扈家莊投奔，被扈成叫莊客捉了，綁縛下，正解將來見宋江。恰好遇著李逵，只一斧，砍翻祝彪頭來，莊客都四散走了。李逵再掄起雙斧，便看著扈成砍來。◎18扈成見局面不好，投馬落荒而走，棄家逃命，投延安府去了。後來中興內也做了個軍官武將。◎19且說李逵正殺得手順，直搶入扈家莊裏，把扈太公一門老幼盡數殺了，不留一個。叫小嘍囉牽了有的馬匹，

黑旋風十分凶猛，猶如魔獸，先殺死祝龍，後來碰倒扈家莊扈成押解的祝彪，他也毫不手軟，一斧頭就砍下他的頭來。（日版畫，出自《新編水滸畫傳》，葛飾戴斗繪）

前方在交戰，後面樂和打個暗號，鄒淵、鄒潤掄動大斧，砍翻莊兵，然後把七個梁山好漢放了出來，一起在祝家莊內廝殺。（朱寶榮繪）

把莊裏一應有的財賦，捎搭※4有四、五十馱，將莊院門一把火燒了，卻回來獻納。

再說宋江已在祝家莊上正廳坐下，衆頭領都來獻功，生擒得四、五百人，奪得好馬五百餘匹，活捉牛羊不計其數。宋江見了，大喜道：「只可惜殺了欒廷玉那個好漢。」◎20正嗟嘆間，聞人報道：「黑旋風燒了扈家莊，砍得頭來獻納。」宋江便道：「前日扈成已來投降，誰教他殺了此人？如何燒了他莊院？」只見黑旋風一身血污，腰裏插著兩把板斧，直到宋江面前，唱個大喏，說道：「祝龍是兄弟殺了，祝彪也是兄弟砍了，扈成那廝走了，扈太公一家都殺得乾乾淨淨，兄弟特來請功。」宋江喝道：「祝龍曾有人見你殺了，別的怎地是你殺了？」黑旋風道：「我砍得手順，望扈家莊趕去，正撞見一丈青的哥哥解那祝彪出來，被我一斧砍了，只可惜走了扈成那廝。◎21他家莊

評點

◎20.這是宋公明好處。（容夾）
◎21.亦與欒廷玉句相映。（袁夾）
◎22.妙人妙人，超然物外，眞是活佛轉世。（容夾）

上，被我殺得一個也沒了。」宋江喝道：「你這廝，誰叫你去來？你也須知扈成前日牽牛擔酒，前來投降了，如何不聽得我的言語，擅自去殺他一家，故違了我的將令？」李逵道：「你便忘記了，我須不忘記！那廝前日教那個鳥婆娘趕著哥哥要殺，你今卻又做人情。你又不曾和他妹子成親，便又思量阿舅、丈人！」宋江喝道：「你這鐵牛，休得胡說！我如何肯要這婦人？我自有個處置。你這黑廝，拿得活的有幾個？」李逵答道：「誰鳥耐煩，見著活的便砍了。」宋江道：「你這廝違了我的軍令，本合斬首，且把殺祝龍、祝彪的功勞折過了。下次違令，定行不饒。」黑旋風笑道：「雖然沒了功勞，也吃我殺得快活。」◎22

只見軍師吳學究引著一行人馬，都到莊上來與宋江把盞賀喜。宋江與吳用商議道，要把這祝家莊村坊洗蕩了。石秀稟說起：「這鍾離老人仁德之人，指路之力，救濟大忠，也有此等善心良民在內，亦不可屈壞了這等好人。」宋江聽罷，叫石秀去尋那老人來。石秀去不多時，引著那個鍾離老人來到莊上，拜見宋江、吳學究。宋江取

註

※4 捎搭：裝載。

宋江喝斥李逵違背軍令，雖然殺了祝龍、祝彪，但也誤殺了扈家莊的人。然李逵毫不在乎，說只要自己殺得快活就行。（朱寶榮繪）

一包金帛賞與老人，永為鄉民：「不是你這個老人面上有恩，把你這個村坊盡數洗蕩了，不留一家。因為你一家為善，以此饒了你這一境村坊人民。」那鍾離老人只是下拜。宋江又道：「我連日在此攪擾你們百姓，今日打破祝家莊，與你村中除害，所有各家賜糧米一石，以表人心。」◎23就著鍾離老人為頭給散，一面把祝家莊多餘糧米盡數裝載上車。金銀財賦，犒賞三軍眾將。其餘牛羊騾馬等物，將去山中支用。打破祝家莊，得糧五十萬石。宋江大喜。大小頭領將軍馬收拾起身，又得若干新到頭領，孫立、孫新、解珍、解寶、鄒淵、鄒潤、樂和、顧大嫂，並救出七個好漢。孫立等將自己馬也捎帶了自己的財賦，同老小樂大娘子，跟隨了大隊軍馬上山。當有村坊鄉民，扶老挈幼，香花燈燭，於路拜謝。宋江等眾將一齊上馬，將軍兵分作三隊擺開，前隊鞭敲金鐙，後軍齊唱凱歌，正是：

盜可盜，非常盜；強可強，真能強。只因滅惡除凶，聊作打家劫舍。地方恨土豪欺壓，鄉村喜義士濟施。眾虎有情，為救偷雞釣狗。獨龍無助，難留飛虎撲鵰。謹具上萬資糧，填平水泊。更賠許多人畜，踏破梁山。

話分兩頭，且說撲天鵰李應恰纔將息得箭瘡平復，閉門在莊上不出，暗地使人常常去探聽祝家莊消息，已知被宋江打破了，驚喜相半。只見莊客入來報說，有本州知府帶領三、五十部漢到莊，便問祝家莊事情。◎24李應慌忙叫杜興開了莊門，放下吊橋，迎接入莊。李應把條白絹搭膊絡著手，出來迎迓，邀請進莊裏前廳。知府下了馬，來到

廳上，居中坐了，側首坐著孔目，下面一個押番※5，幾個虞候，階下盡是許多節級、牢子。李應拜罷，立在廳前，知府問道：「祝家莊被殺一事如何？」李應答道：「小人因被祝彪射了一箭，有傷左臂，一向閉門，不敢出去，不知其實。」知府道：「胡說！祝家莊現有狀子，告你結連梁山泊強寇，引誘他軍馬，打破了莊。前日又受他鞍馬、羊酒、彩緞、金銀，你如何賴得過？」李應告道：「小人是知法度的人，如何敢受他的東西？」知府道：「難信你說，且提去府裏，你自與他對理明白。」喝教獄卒牢子捉了，帶他州裏去，與祝家分辯。兩下押番虞候，把李應縛了，衆人簇擁知府上了馬。知府又問道：「那個是杜主管杜興？」杜興道：「小人便是。」知府道：「狀上也有你名，一同帶去，也與他鎖了。」一行人都出莊門。當時拿了李應、杜興，離了李家莊，腳不停地解來。行不過三十餘里，只見林子邊撞出宋江、林沖、花榮、楊雄、石秀一班人馬，攔住去路。林沖大喝道：「梁山泊好漢，合夥在此！」那知府人等不敢抵敵，撇了李應、杜興，逃命去了。◎25宋江喝叫趕上，衆人趕了一程，回來說道：「我們若趕上時，也把這個鳥知府殺了，但自不知去向。」便與李應、杜興解了縛索，開了鎖，便牽兩匹馬過來，與他兩個騎了。宋江便道：「且請大官人上梁山泊躲幾時，如何？」李應道：「卻是使不得。知府是你們殺了，不干我事。」宋江笑道：「官司裏怎肯與你如此分辯？我們去了，必然要負累了你。既然大官人不肯落草，且在山寨消停幾日，打聽得

註

※5押番：宋代官名，管理刑捕的官員。

評點

◎23.各家賜米一石，餘糧盡數裝載上山，這便是道學的衣缽。（容眉）
◎24.此段文情極有波瀾，無痕跡，出人意想之外。（芥眉）
◎25.不知強盜是知府，知府是強盜。（容眉）

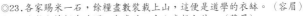

沒事了時，再下山來不遲。」當下不由李應、杜興不行，大隊軍馬中間，如何回得來？◎26一行三軍人馬，迤邐回到梁山泊了。寨裏頭領晁蓋等衆人擂鼓吹笛，下山來迎接，把了接風酒，都上到大寨裏聚義廳上，扇圈也似坐下，請上李應與衆頭領都相見了。兩個講禮已罷，李應稟宋江道：「小可兩個已送將軍到大寨了，既與衆頭領亦都相見了，在此趨侍不妨，只不知家中老小如何？可教小人下山則個。」吳學究笑道：「大官人差矣！寶眷已都取到山寨了。貴莊一把火已都燒做白地，大官人卻回到那裏去？」李應不信，早見車仗人馬，隊隊上山來。李應看時，卻見是自家的莊客並老小人等。李應連忙來問時，妻子說道：「你被知府捉了來，隨後又有兩個巡檢引著四個都頭，帶領三百來士兵，到來抄扎家私，把我們好好地教上車子，將家裏一應箱籠、牛羊、馬匹、驢騾等項，都拿了去，又把莊院放起火來都燒了。」李應聽罷，只叫得苦。晁蓋、宋江都下廳伏罪道：「我等兄弟們端的久聞大官人好處，因此行出這條計來，萬望大官人情恕。」◎27李應見了如此言語，只得隨順了。宋江道：「且請宅眷後廳耳房中安歇。」李應又見廳前廳後這許多頭領亦有家眷老小在彼，便與妻子道：「只得依允他過。」宋江等當時

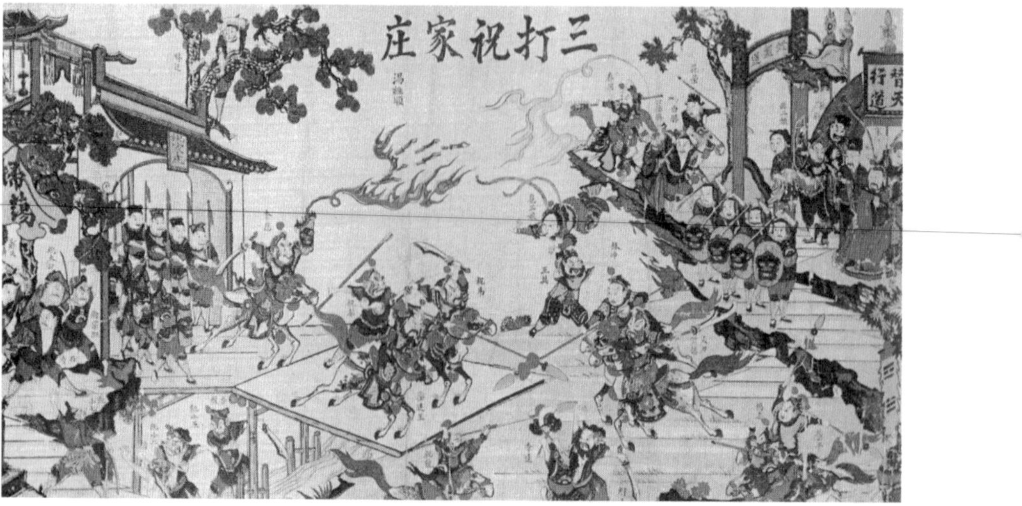

《三打祝家莊》，清代《水滸》故事版畫。（fotoe提供）

請至廳前敘說閑話，衆皆大喜。宋江便取笑道：「大官人，你看我叫過兩個巡檢並那知府過來相見。」那扮知府的是蕭讓，扮巡檢的兩個是戴宗、楊林，扮孔目的是裴宣，扮虞候的是金大堅、侯健。又叫喚那四個都頭，卻是李俊、張順、馬麟、白勝。李應都看了，目睁口呆，言語不得。宋江喝叫小頭目快殺牛宰馬，與大官人陪話，慶賀新上山的十二位頭領，乃是李應、孫立、孫新、解珍、解寶、鄒淵、鄒潤、杜興、樂和、時遷，女頭領扈三娘、顧大嫂，同樂大娘子、李應宅眷另做一席，在後堂飲酒。大小三軍，自有犒賞。正廳上大吹大擂，衆多好漢飲酒至晚方散。新到頭領，俱各撥房安頓。

次日，又作席面會請衆頭領作主張。宋江喚王矮虎來說道：「我當初在清風山時，許下你一頭親事，懸懸掛在心中，不曾完得此願。今日我父親有個女兒，招你爲婿。」◎28宋江自去請出宋太公來，引著一丈青扈三娘到筵前。宋江親自與他陪話，說道：「我這兄弟王英雖有武藝，不及賢妹。是我當初曾許下他一頭親事，一向未曾成得，今日賢妹你認義我父親了，衆頭領都是媒人，今朝是個良辰吉日，賢妹與王英結爲夫婦。」一丈青見宋江義氣深重，推卻不得，兩口兒只得拜謝了。晁蓋等衆人皆喜，都稱頌宋公明眞乃有德有義之士。當日盡皆筵宴飲酒慶賀。正飲宴間，只見山下有人來報道：「朱貴頭領酒店裏，有個鄆城縣人在那裏，要來見頭領。」晁蓋、宋江聽得報了，大喜道：「既是這恩人上山來入夥，足遂平生之願。」正是：恩仇不辨非豪傑，黑白分明是丈夫。畢竟來的是鄆城縣甚麼人？且聽下回分解。◎29

評點

◎26.又著句解，妙。（袁夾）
◎27.以上吳學究二掌連環計。（金眉）
◎28.此體人心，盡人性，使人喜欲涕，感欲死。（袁眉）
◎29.禿翁曰：敘一個莊上的結果，都活變隱見，的是文章妙手。（容評）

第五十一回

插翅虎枷打白秀英　美髯公誤失小衙內◎1

話說宋江主張一丈青與王英配爲夫婦，衆人都稱讚宋公明仁德，當日又設席慶賀。正飲宴間，只見朱貴酒店裏使人上山來報道：「林子前大路上一夥客人經過，小嘍囉出去攔截，數內一個稱是鄆城縣都頭雷橫，朱頭領邀請住了。現在店裏飲分例酒食，先使小校報知。」◎2晁蓋、宋江聽了大喜，隨即同軍師吳用三個下山迎接。朱貴早把船送至金沙灘上岸。宋江見了，慌忙下拜道：「久別尊顏，常切思想，今日緣何經過賤處？」雷橫連忙答禮道：「小弟蒙本縣差遣，往東昌府公幹回來，經過路口，小嘍囉攔討買路錢，小弟提起賤名，因此朱兄堅意留住。」宋江道：「天與之幸！」請到大寨，教衆頭領都相見了，置酒管待。一連住了五日，每日與宋江閑話。晁蓋動問朱仝消息，雷橫答道：「朱仝現今參做本縣當牢節級，新任知縣好生歡喜。」宋江宛曲把話來說雷橫上山入夥，◎3雷橫推辭老母年高，不能相從：「待小弟送母終年之後，卻來相投。」雷橫當下拜辭了下山，宋江等再三苦留不住。衆頭領各以金帛相贈，宋江、晁蓋自不必說。雷橫得了一大包金銀下山，衆頭領都送至路口作別，把船渡過大路，自回鄆城縣去了，不在話下。

且說晁蓋、宋江回至大寨聚義廳上，起請軍師吳學究定議山寨職事。吳用已與宋公

明商議已定，次日會合衆頭領聽號令。◎4先撥外面守店頭領。宋江道：「孫新、顧大嫂原是開酒店之家，著令夫婦二人替回童威、童猛別用。」再令時遷去幫助石勇，樂和去幫助朱貴，鄭天壽去幫助李立，東南西北四座店內賣酒、賣肉，招接四方入夥好漢。每店內設兩個頭領。◎5一丈青、王矮虎後山下寨，監督馬匹。金沙灘小寨，童威、童猛弟兄兩個守把。鴨嘴灘小寨，鄒淵、鄒潤叔侄兩個守把。山前大路，黃信、燕順部領馬軍下寨守護。解珍、解寶守把山前第一關。杜遷、宋萬守把宛子城第二關。劉唐、穆弘守把大寨口第三關。阮家三雄守把山南水寨。孟康仍前監造戰船。李應、杜興、蔣敬總管山寨錢糧金帛。陶宗旺、薛永監築梁山泊內城垣雁臺。侯健專管監造衣袍、鎧甲、旌旗、戰襖。朱富、宋清提調筵宴。穆春、李雲監造屋宇寨柵。蕭讓、金大堅掌管一應賓客書信公文。裴宣專管軍政司賞功罰罪。其餘呂方、郭盛、孫立、歐鵬、馬麟、鄧飛、楊林、白勝分調大寨八面安歇。晁蓋、宋江、吳用居

評點

◎1.此篇爲朱、雷二人合傳。前半忽作香致之調，後半別成跳脫之筆，眞是才子腕下，無所不有。寫雷橫孝母，不須繁辭，只落落數筆，便活畫出一個孝子。寫朱仝不肯做強盜，亦不須繁辭，只落落數筆，便直提出一副清白肚腸。笑宋江傳中，越說得眞切，越哭得悲痛，越顯其忤逆不肖；越要尊朝廷，守父教，矜名節，愛身體，越見其以做強盜爲性命也。人云：寧犯武人刀，莫犯文人筆。信哉！景之奇幻者，鏡中看鏡；情之奇幻者，夢中圓夢；文之奇幻者，評話中說評話。如豫章城雙漸趕蘇卿，眞對妙景，焚妙香，運妙心，伸妙腕，蘸妙墨，落妙紙，成此妙裁也。雖然，不可無一，不可有二。江瑤柱連食，當復口臭，何今之弄筆小兒學之至十百，卒未休也。豫章城雙漸趕蘇卿，妙絕處正在只標題目，便使後人讀之，如水中花影，簾裏美人，意中早已分明，眼底正自分明不出。若使當時眞盡說出，亦復何味耶？雷橫母曰：「老身年紀六旬之上，眼睜睜地只看著這個孩兒！」此一語，字字自說母之愛兒，卻字字說出兒之事母。何也？夫人老至六十之際，大都百無一能，惟知仰食其子。子與之食，則得食；子不與之食，則不得食者也。子與之衣服錢物，則可以至人之前；子不與之衣服錢物，則不敢以至人之前者也。其眼睜睜地只看孩兒，正如初生小兒眼睜睜地只看母乳，豈曰求報，亦其勢則然矣。乃天下之老人，吾每見其垂首向壁，不來眼睜睜地看其孩兒者無他，眼睜睜看一日，而不應，是其心悲可知也。明日又眼睜睜看一日，而又不應，是其心疑可知也。又明日又眼睜睜看一日，而終又不應，是其心夫而後永自決絕，誓於此生不復來看。何者？爲其無益也！今雷橫獨令其母眼睜睜地無日不看，然則其日日之承伺顏色、奉接意思爲何如哉！《陳情表》曰：「臣無祖母，無以至今日；祖母無臣，無以終餘年。」雷橫之母亦曰：「若是這個孩兒有些好歹，老身性命也便休了！」悲哉！仁孝之聲，讀之如聞夜猿矣！（金批）

◎2.前不接，後不續，忽然一現，如院本之楔子。（金眉）

◎3.如何平白地要人做強盜，不是不是。（容眉）

◎4.此一段又是一篇大排調文字。（金眉）

◎5.酒店爲一山眼目，故番番調遣，必先申之。（金批）

於山頂寨內。花榮、秦明居於山左寨內。林沖、戴宗居於山右寨內。李俊、李逵居於山前。張橫、張順居於山後。楊雄、石秀守護聚義廳兩側。一班頭領，分撥已定，每日輪流一位頭領做筵席慶賀，山寨體統，甚是齊整。◎6有詩為證：

巍巍高寨水中央，列職分頭任所長。
只為朝廷無駕馭，遂令草澤有鷹揚※1。

再說雷橫離了梁山泊，背了包裹，提了朴刀，取路回到鄆城縣，到家參見老母，更換些衣服，齎了回文，逕投縣裏來拜見了知縣，回了話，銷繳公文批帖，且自歸家暫歇。依舊每日縣中書畫卯酉，聽候差使。因一日行到縣衙東首，只聽得背後有人叫道：「都頭，幾時回來？」雷橫回過臉來看時，卻是本縣一個幫閑的李小二。◎7雷橫答道：「我卻纔前日來家。」李小二道：「都頭出去了許多時，不知此處近日有個東京新來打踅※2的行院，色藝雙絕，叫做白秀英。那妮子來參都頭，卻值公差出外不在，如今現在勾欄裏說唱諸般品調，每日有那一般打散※3，或是戲舞，或是吹彈，或是歌唱，賺得那人山人海價看。都頭如何不去睃一睃？端的是好個粉頭！」◎8雷

❀「插翅虎」雷橫，《水滸傳》人物畫。（fotoe提供）

評點

◎6.每每一番大發放後，便有一篇大結束。巨筆如椽，肉眼不識。（金批）
◎7.前來無數雄奇震駭之篇，忽於此卷別作點染掩抑之調，如游太華歸，忽登虎丘也。（金眉）
◎8.說得有興。（袁眉）
◎9.真元人標目。（袁眉）

橫聽了，又遇心閑，便和那李小二逕到勾欄裏來看。只見門首掛著許多金字帳額，旗桿吊著等身靠背※4。入到裏面，便去青龍頭上第一位※5坐了。看戲臺上，卻做笑樂院本※6。那李小二人叢裏撇了雷橫，自出外面趕碗頭腦※7去了。院本下來，只見一個老兒，裹著磕腦兒頭巾，穿著一領茶褐羅衫，繫一條皂絛，拿把扇子，上來開呵道：「老漢是東京人氏，白玉喬的便是。如今年邁，只憑女兒秀英歌舞吹彈，普天下伏侍看官。」鑼聲響處，那白秀英早上戲臺，參拜四方，拈起鑼棒，如撒豆般點動，拍下一聲界方，念了四句七言詩，便說道：「今日秀英招牌上明寫著這場話本※8，是一段風流蘊藉的格範，喚做豫章城雙漸趕蘇卿※9。」◎9說了，開話※10又唱，唱了又說，合

註

※1鷹揚：雄壯威武的意思。

※2打踅：走江湖、跑碼頭。

※3打散：猶如現在的曲藝雜技之類，就是文中戲舞、吹彈、歌唱等的總稱。

※4等身靠背：等身，合身。指合身的唱戲服裝。

※5青龍頭上第一位：青龍，古代方位，這裏是指左邊。古時以畫鳥獸的旗幟來表示方位，前朱雀（鳥），後玄武（龜），左青龍，右白虎。青龍本是星宿名，表示東方。古時以東爲左，故又以青龍指左邊。

※6笑樂院本：正戲以前的玩笑趣劇。

※7趕碗頭腦：古人有一種泡酒，名叫頭腦，意思是說找碗酒吃。

※8話本：宋、元民間說書人說唱故事的腳本。

※9豫章城雙漸趕蘇卿：古戲文名。

※10開話：戲劇表演前的開場白。

東京新來一個色藝雙絕的戲曲名角白秀英，吹彈、歌唱十分出色，看的人人山人海。雷橫在李小二的介紹之下，也去聽了。（日版畫，出自《新編水滸畫傳》，葛飾戴斗繪）

棚價衆人喝采不絕。雷橫坐在上面看那婦人時，果然是色藝雙絕。但見：

羅衣疊雪，寶髻堆雲。櫻桃口，杏臉桃腮；楊柳腰，蘭心蕙性。歌喉宛轉，聲如枝上鶯啼；舞態蹁躚※11，影似花間鳳轉。腔依古調，音出天然。高低緊慢按宮商，輕重疾徐依格範。笛吹紫竹篇篇錦，板拍紅牙字字新。

那白秀英唱到務頭※12，這白玉喬按喝道：「雖無買馬博金藝，要動聰明鑑事人。看官喝采道是去過了，我兒且回一回※13，下來便是襯交鼓兒※14的院本。」白秀英拿起盤子，指著道：「財門上起，利地上住，吉地上過，旺地上行，◎10手到面前，休教空過。」白玉喬道：「我兒且走一遭，看官都待賞你。」白秀英托著盤子，先到雷橫面前，雷橫便去身邊袋裏摸時，不想並無一文。雷橫道：「今日忘了，不曾帶得些出來，明日一發賞你。」白秀英笑道：「『頭醋不釅徹底薄』※15，官人坐當其位，可出個標首※16。」雷橫通紅了面皮道：「我一時不曾帶得出來，非是我捨不得。」白秀英道：「官人既是來聽唱，如何不記得帶錢出來？」雷橫道：「我賞你三、五兩銀子也不打緊，卻恨今日忘記帶來。」白秀英道：「官人今日見一文也無，提甚三、五兩銀子，正是教俺『望梅止渴，畫餅充飢』。」白玉喬叫道：「我兒，你自沒眼，不看城裏人、村裏人，◎11只顧問他討甚麼？且過去自問曉事的恩官，告個標首。」雷橫道：「我怎地不是曉事的？」白玉喬道：「你若省得這子弟門庭※17時，狗頭上生角。」衆人齊和起來。雷橫大怒，便罵道：「這忤奴，怎敢辱我？」白玉喬道：「便罵你這三家村使牛的，打甚麼緊？」有認得的喝道：「使不得，這個是本縣雷都頭。」白玉喬道：「只怕是驢筋頭。」◎12雷橫那裏忍耐得住，從坐椅上直跳下戲臺來，揪住白玉喬，一拳一腳，便打得唇綻齒落。衆人見打得凶，都來解拆開了，又勸雷橫自回去了。勾欄裏人，一哄盡散了。原來這白秀英卻和那新任知縣舊在東京兩個來往，今日特地在鄆城縣開勾欄。那娼妓見父親被雷橫打了，又帶重傷，叫一乘轎子，逕到知縣衙內，訴告雷橫毆打父親，攪散勾欄，意在欺騙奴家。知縣聽了，大怒道：「快寫狀來。」這個喚做「枕邊靈」。便教白玉喬寫了狀子，驗了傷痕，指定證見。本處縣裏有人都和雷橫好的，替他去知縣處打關節，怎當那婆娘守定在衙內，撒嬌撒痴，不由知縣不行。◎13立等知縣差人把雷橫捉拿到官，當廳責打，取了招狀，將具枷來枷了，押出去號令示衆。那婆娘要逞好手，又去知縣行說了，定要把雷橫號令在勾欄門首。第二日，那婆娘再去做場，知縣卻教把雷橫號令在勾欄門首。這一班禁子人等，都是和雷橫一般的公人，如何肯絣扒※18他？這婆娘尋思一會，既是出名奈何了他，只是一怪。走出勾欄門，去茶坊裏坐下，叫禁子過去

註

※11 蹁躚：旋轉的舞姿，也形容舞姿曼妙。
※12 務頭：說唱到重要的關口，或是唱腔和故事情節最精彩的地方。
※13 回一回：停一停，休息的意思。
※14 襯交鼓兒：伴奏的鼓。
※15 頭醋不釅徹底薄：俗語。發醋時，第一次收集的醋是最濃的，如果頭醋不濃，那後面的醋肯定更淡了。喻起頭順利的重要性。
※16 標首：領頭出的賞錢，又叫「標手錢」。
※17 子弟門庭：風流子弟頑的門道。
※18 絣扒：剝去衣服，綑綁起來。

評點

◎10.全副勾欄語，句法字法都妙。（金批）
◎11.罵女兒，卻是罵雷橫，妙妙。（金批）
◎12.狗、牛、驢湊泊，絕似門口情狀。（芥眉）
◎13.想是知縣夫人不在？（容眉）

發話道：「你們都和他有首尾，卻放他自在，知縣相公教你們綁扒他，你倒做人情！少刻我對知縣說了，看道奈何得你們也不？」禁子道：「娘子不必發怒，我們自去綁扒他便了。」白秀英道：「恁地時，我自將錢賞你。」禁子們只得來對雷橫說道：「兄長，沒奈何，且胡亂綁一綁。」把雷橫扒在街上。

人鬧裏，卻好雷橫的母親正來送飯，◎14看見兒子吃他綁扒在那裏，便哭起來，罵那禁子們道：「你眾人也和我兒一般在衙門裏出入的人，錢財直這般好使！誰保得常沒事？」禁子答道：「我那老娘聽我說，我們卻也要容情，怎禁被原告人監定在這裏要綁，我們也沒做道理處。不時，便要去和知縣說，苦害我們，因此上做不得面皮。」那婆婆道：「幾曾見原告人自監著被告號令的道理。」禁子們又低低道：「老娘，他和知縣來往得好，一句話便送了我們，因此兩難。」那婆婆一面自去解索，一頭口裏罵道：「這個賊賤人直恁地倚勢！我且解了這索子，看他如今怎地！」白秀英卻在茶坊裏聽得，走將過來，便道：「你那老婢子，卻纔道甚麼？」那婆婆那裏有好氣，便指著罵道：「你這千人騎、萬人壓、亂人入、賤母狗，做甚麼倒罵我！」白秀英聽得，柳眉倒竪，星眼圓睜，大罵道：「老咬蟲，吃貧婆，賤人！怎敢罵我？」婆婆道：「我罵你待怎地？你須不是鄆城縣知縣。」白秀英大怒，搶向前只一掌，把那婆婆打個踉蹌。那婆婆卻待掙扎，白秀英再趕入去，老大耳光子，只顧打。這雷橫是個大孝的人，見了母親吃打，一時怒從心發，扯起枷來，望著白秀英腦蓋上打將下來。那一枷梢打個正著，劈

評點

◎14.新鳥啾啾，老羊羸瘦之言，又驗矣。（金批）
◎15.眞孝子，眞仁人，眞菩薩，眞聖人。（容眉）
◎16.絕世妙文，絕世奇文，〈陳情表〉不及沉痛。（金批）
◎17.眞話不在多詞。（袁夾）
◎18.美髯何如美貌。（芥眉）

開了腦蓋，撲地倒了。◎15眾人看時，那白秀英打得腦漿迸流，眼珠突出，動彈不得，情知死了。眾人見打死了白秀英，就押帶了雷橫，一發來縣裏首告，見知縣備訴前事。知縣隨即差人押雷橫下來，會集相官※19，拘喚里正、鄰佑人等，對屍檢驗已了，都押回縣來。雷橫一面都招承了，並無難意。他娘自保領回家聽候。把雷橫枷了，下在牢裏。當牢節級卻是美髯公朱仝，見發下雷橫來，也沒做奈何處，只得安排些酒食管待，教小牢子打掃一間淨房，安頓了雷橫。少間，他娘來牢裏送飯，哭著哀告朱仝道：「老身年紀六旬之上，眼睜睜地只看著這個孩兒，望煩節級哥哥看日常間弟兄面上，可憐見我這個孩兒，看覷，看覷！」朱仝道：「老娘自請放心歸去，今後飯食不必來送，小人自管待他。倘有方便處，可以救之。」雷橫娘道：「哥哥救得孩兒，卻是重生父母。若孩兒有些好歹，老身性命也便休了。」◎16朱仝道：「小人專記在心，老娘不必掛念。」◎17那婆婆拜謝去了。朱仝尋思了一日，沒做道理救他處。朱仝自央人去知縣處打關節，上下替他使用人情。那知縣雖然愛朱仝，只是恨這雷橫打死了他婊子白秀英，◎18也容不得他說了。又怎奈白玉喬那廝催併疊成文案，要知縣斷教雷橫償命。因在牢裏六十日，限滿斷結，解上濟州，主案押司抱了文卷先行，卻教朱仝

宋代雜劇雕磚人物，河南溫縣出土文物。
拍攝時間2005年6月29日。（聶鳴提供）

※19相官：古代專務驗屍等事情的雜役。

解送雷橫。朱仝引了十數個小牢子，監押雷橫，離了鄆城縣。約行了十數里地，見個酒店，朱仝道：「我等衆人就此吃兩碗酒去。」衆人都到店裏吃酒，朱仝獨自帶過雷橫，只做水火※20，來後面僻靜處開了枷，放了雷橫，分付道：「賢弟自回，快去家裏取了老母，星夜去別處逃難，這裏我自替你吃官司。」◎19雷橫道：「小弟走了自不妨，必須要連累了哥哥。」朱仝道：「兄弟，你不知，知縣怪你打死了他婊子，把這文案卻做死了，解到州裏，必是要你償命。我放了你，我須不該死罪。況兼我又無父母掛念，家私盡可賠償。你顧前程萬里，自去！」雷橫拜謝了，便從後門小路奔回家裏，收拾了細軟包裹，引了老母，星夜自投梁山泊入夥去了，不在話下。

卻說朱仝拿著空枷攛在草裏，卻出來對衆小牢子說道：「吃雷橫走了，卻是怎地好？」衆人道：「我們快趕去他家裏捉。」朱仝故意延遲了半晌，料著雷橫去得遠了，卻引衆人來縣裏出首。朱仝告道：「小人自不小心，路上被雷橫走了，在逃無獲，情願甘罪無辭。」知縣本愛朱仝，有心將就出脫他，被白玉喬要赴上司陳告朱仝故意脫放雷橫，知縣只得把朱仝所犯情由申將濟州去。朱仝家中自著人去州裏使錢透了，卻解朱仝到濟州來。當廳審錄明白，斷了二十脊杖，刺配滄州牢城。朱仝只得帶上行枷，◎20兩個防送公人領了文案，押送朱仝上路。家間自有人送衣服、盤纏，先齎發了兩個公人。當下離了鄆城縣，迤邐望滄州橫海郡來，於路無話。到得滄州，入進城中，投州衙裏來，正值知府升廳，兩個公人押朱仝在廳階下，呈上公文。知府看了，見朱仝一表非俗，貌如重棗，美髯過腹，知府先有八分歡喜，便教這個犯人休發下牢城營裏，只留在本府聽候使喚。當下除了行枷，便與了回文，兩個公人相辭了自回。

只說朱仝自在府中，每日只在廳前伺候呼喚。那滄州府裏押番、虞候、門子、承局、節級、牢子，都送了些人情，又見朱仝和氣，◎21因此上都歡喜他。忽一日，本官知府正在廳上坐堂，朱仝在階侍立，知府喚朱仝上廳，問道：「你緣何放了雷橫，自遭配在這裏？」朱仝稟道：「小人怎敢故放了雷橫？只是一時間不小心，被他走了。」知府道：「你如何得此重罪？」朱仝道：「被原告人執定，要小人如此招做故放，以此問得重了。」知府道：「雷橫如何打死了那娼妓？」朱仝卻把雷橫上項的事，備細說了一遍。知府道：「你敢見他孝道，爲義氣上放了他？」◎22朱仝道：「小人怎敢欺公罔上？」正問之間，只見屏風背後轉出一個小衙內來，年方四歲，生得端嚴美貌，乃是知府親子，知府愛惜如金似玉。那小衙內見了朱仝，逕走過來，便要他抱，◎23朱仝只得抱起小衙內在懷裏。那小衙內雙手扯住朱仝長髯，說道：「我只要這鬍子抱。」知府道：「孩兒快放了手，休要囉唣。」小衙內又道：「我只要這鬍子抱，和我去耍。」朱仝稟道：「小人抱衙內去府前閑走，耍一回了來。」知府道：「孩兒既是要你抱，你和他去耍一回了來。」朱仝抱了小衙內，出府衙前來，買些細糖、果子與他吃，轉了一遭，再抱入府裏來。知府看見，問衙內道：「孩兒那裏去來？」小衙內道：「這鬍子和我街上

註

※20水火：猶如現在說解手。後文第六十九回的「水火之處」，就是廁所。

評點

◎19.誰肯如此？（袁夾）
◎20.此段朱仝放雷橫，其替其罪，古今罕矣，嗟乎！嗟乎！（余評）
◎21.兩樣俱少不得。（袁眉）
◎22.句句寫出愛惜之至。（金批）
◎23.要抱，是第一段，看他文情漸漸生出來。（金批）

看耍，又買糖和果子請我吃。」知府說道：「你那裏得錢買物事與孩兒吃？」朱仝稟道：「微表小人孝順之心，何足掛齒！」知府教取酒來與朱仝吃。府裏侍婢捧著銀瓶、果盒，篩酒連與朱仝吃了三大賞鍾。知府道：「早晚孩兒要你耍時，你可自行去抱他耍去。」朱仝道：「恩相臺旨，怎敢有違？」自此為始，每日來和小衙內上街閑耍。朱仝囊篋又有，只要本官見喜，小衙內面上盡自賠費。

時過半月之後，便是七月十五日盂蘭盆大齋之日，年例各處點放河燈※21，修設好事。當日天晚，堂裏侍婢奶子叫道：「朱都頭，小衙內今夜要去看河燈，夫人分付，你可抱他去看一看。」◎24朱仝道：「小人抱去。」那小衙內穿一領綠紗衫兒，頭上角兒拴兩條珠子頭鬚，從裏面走出來。朱仝挖在肩頭上，轉出府衙門前來，望地藏寺裏去看點放河燈。那時恰纔是初更時分，但見：

小衙內十分喜歡朱仝，恰逢當地放河燈，熱鬧非凡，朱仝便帶領小衙內轉出府衙，到地藏寺裏去看點放河燈。（朱寶榮繪）

鐘聲杳靄※22，幡影招搖。爐中焚百和名香，盤內貯諸般素食。僧持金杵，誦眞言薦拔幽魂。人列銀錢，掛孝服超升滯魄。合堂功德，畫陰司八難三塗※23。繞寺莊嚴，列地獄四生六道※24。楊柳枝頭分淨水，蓮花池內放明燈。

當時朱仝肩背著小衙內，繞寺看了一遭，卻來水陸堂放生池邊看放河燈。那小衙內爬在欄桿上，看了笑耍。只見背後有人拽朱仝袖子道：「哥哥借一步說話。」朱仝回頭看時，卻是雷橫，吃了一驚，◎25便道：「小衙內且下來，坐在這裏。我去買糖來與你吃，切不要走動。」小衙內道：「你快來，我要去橋上看河燈。」朱仝道：「我便來也。」轉身卻與雷橫說話。朱仝道：「賢弟因何到此？」雷橫扯朱仝到靜處拜道：「自從哥哥救了性命，和老母無處歸著，只得上梁山泊，投奔了宋公明入夥。小弟說哥哥恩德，宋公明亦然思

「美髯公」朱仝，《水滸傳》人物畫。（fotoe提供）

註

※21 放河燈：在河裏放蓮花燈，是中元節的民間習俗。

※22 杳靄：悠遠飄緲貌。

※23 八難三塗：佛學術語，在此地簡單解釋「三塗」，「塗」即途，一是火途，地獄猛火所燒之處；二是血途，畜生互相啖食之處；三是刀途，餓鬼以刀杖逼迫之處。十法界中，此三道最苦。「八難」是說眾生見佛聞法，有八種障難。

※24 四生六道：四生者，胎生、卵生、濕生、化生，四類生物，名爲眾生。六道爲一天道，二神道，三人道，四畜生道，五地獄道，六餓鬼道。

評點

◎24.好知府，一些關防體面也都沒了。（容眉）

◎25.此段另是一樣筆法。（金眉）

想哥哥舊日放他的恩念，晁天王和眾頭領皆感激不淺，因此特地教吳軍師同兄弟前來相探。」朱仝道：「吳先生現在何處？」背後轉過吳學究道：「吳用在此。」言罷便拜。朱仝慌忙答禮道：「多時不見，先生一向安樂？」吳學究道：「山寨裏頭領多多致意，今番教吳用和雷都頭特來相請足下上山，同聚大義。到此多日了，不敢相見，今夜伺候得著，請仁兄便挪尊步，同赴山寨，以滿晁、宋二公之意。」朱仝聽罷，半晌答應不得，便道：◎26「先生差矣！這話休題，恐被外人聽了不好。雷橫兄弟，他自犯了該死的罪，我因義氣放了他，出頭不得，上山入夥，我亦為他配在這裏。天可憐見，一年半載，掙扎還鄉，復為良民。我卻如何肯做這等的事？你二位便可請回，休在此間惹口面※25不好。」雷橫道：「哥哥在此，無非只是在人之下，伏侍他人，非大丈夫男子漢的勾當。不是小弟糾合上山，端的晁、宋二公仰望哥哥久矣，休得遲延自誤。」朱仝道：「兄弟，你是甚麼言語？你不想我為你母老家寒上放了你去，今日你倒來陷我為不義！」◎27吳學究道：「既然都頭不肯去時，我們自告退，相辭了去休。」朱仝道：「說我賤名，上覆眾位頭領。」一同到橋邊。朱仝回來，不見了小衙內，叫起苦來，兩頭沒路去尋。雷橫扯住朱仝道：「哥哥休尋，多管是我帶來的兩個伴當，聽得哥哥不肯去，因此倒抱了小衙內去了，我們一同去尋。」朱仝道：「兄弟，不是耍處。這個小衙內是知府相公的性命，分付在我身上。」雷橫道：「哥哥且跟我來。」朱仝幫住雷橫、吳用，三個離了地藏寺，逕出城外。朱仝心慌，便問道：「你的伴當，抱小衙內在那裏？」雷橫道：「哥哥且走，到我下處，包還你小衙內。」朱仝道：「遲了時，恐知府相公見怪。」吳用道：「我那帶來的兩個伴當，是個沒分曉的，一定直抱到我們的下處去了。」朱仝道：「你那伴當姓甚名誰？」雷橫答道：「我也不認得，只聽聞叫做黑旋風李逵。」◎28朱仝失驚道：「莫不是江州殺人的李逵麼？」吳用道：「便是此人。」朱仝跌腳叫苦，慌忙便趕。離城約走到二十里，只見李逵在前面叫道：「我在這裏。」朱仝搶近前來問道：「小衙內放在那裏？」李逵唱個喏道：「拜揖節級哥哥，小衙內有在這裏。」朱仝道：「你好好的抱出小衙內還我。」李逵指著頭上道：「小衙內頭鬚兒卻在我頭上。」朱仝看了，又問小衙內正在何處。李逵道：「被我拿些麻藥，抹在口裏，直拕出城來，如今睡在林子裏，你自請去看。」朱仝乘著月色明朗，逕搶入林子裏尋時，只見小衙內倒在地上。朱仝便把手去扶時，只見頭劈做兩半個，已死在那裏。

當時朱仝心下大怒，奔出林子來，早不見了三個人。四下裏望時，只見黑旋風遠遠地拍著雙斧叫道：「來，來，來！和你鬥二、三十合。」朱仝性起，奮不顧身，拽扎起布衫，大踏步趕將來。◎29李逵回身便走，背後朱仝趕來。這李逵卻是穿山度嶺慣走的人，朱仝如何趕得上，先自喘做一塊。李逵卻在前面，又叫：「來，來，來！和你併個你死我活。」朱仝恨不得一口氣吞了他，只是趕他不上。趕來趕去，天色漸明。李逵在前面急趕急走，慢趕慢行，不趕不走。看看趕入一個大莊院裏去了。朱仝看了道：「那

註

※25 惹口面：招惹口舌是非。

評點

◎26.第二段寫朱仝不肯落草，是眞正不肯點污身體，不比宋江假道學。（金眉）
◎27.聖人之言。（容夾）
◎28.步步用殺，著，著著緊，妙甚。（袁眉）
◎29.畢竟兩個都是好人，只都落了吳用圈套。（容眉）

廝既有下落，我和他干休不得！」朱仝直趕入莊院內廳前去，見裏面兩邊都插著許多軍器，朱仝道：「想必也是個官宦之家。」立住了腳，高聲叫道：「莊裏有人麼？」只見屏風背後轉出一個人來。◎30那人是誰？正是：

累代金枝玉葉，先朝鳳子龍孫。丹書鐵券護家門，萬里招賢名振。待客一團和氣，揮金滿面陽春。能文會武孟嘗君，小旋風聰明柴進。

出來的正是小旋風柴進，問道：「兀的是誰？」朱仝見那人人物軒昂，資質秀麗，慌忙施禮，答道：「小人是鄆城縣當牢節級朱仝，犯罪刺配到此。昨晚因和知府的小衙內出來看放河燈，被黑旋風◎31殺了小衙內，現今走在貴莊，望煩添力捉拿送官。」柴進道：「既是美髯公，且請坐。」朱仝道：「小人不敢拜問官人高姓？」柴進答道：「小可姓柴名進，小

浙江省嘉善縣西塘古鎮的古老風俗——「放河燈」。拍攝時間1999年。（周一渤提供）

旋風便是。」朱仝道：「久聞大名。」連忙下拜，又道：「不期今日得識尊顏！」柴進說道：「美髯公，亦久聞名，且請後堂說話。」朱仝隨著柴進直到裏面。朱仝道：「黑旋風那廝，如何卻敢逕入貴莊躲避？」柴進道：「容覆。小可平生專愛結識江湖上好漢。爲是家間祖上有陳橋讓位之功，先朝曾敕賜丹書鐵劵，但有做下不是的人，停藏在家，無人敢搜。近間有個愛友，和足下亦是舊交，目今在那梁山泊內做頭領，名喚及時雨宋公明，寫一封密書，令吳學究、雷橫、黑旋風俱在敝莊安歇，禮請足下上山，同聚大義。因見足下推阻不從，故意教李逵殺害了小衙內，先絕了足下歸路，只得上山坐把交椅。吳先生、雷兄，如何不出來陪話？」只見吳用、雷橫從側首閣子裏出來，◎32望著朱仝便拜，說道：「兄長，望乞恕罪，皆是宋公明哥哥將令，分付如此。若到山寨，自有分曉。」朱仝道：「是則是你們弟兄好情意，只是忒毒些個！」柴進一力相勸，朱仝道：「我去則去，只教我見黑旋風面罷！」柴進道：「李大哥，你快出來陪話。」李逵也從側首出來，唱個大喏。朱仝見了，心頭一把無明業火，高三千丈，按捺不下，起身搶近前來，要和李逵性命相搏。柴進、雷橫、吳用三個苦死勸住。朱仝道：「若要我上山時，依得我一件事，我便去。」吳用道：「休說一件事，遮莫幾十件，也都依你。願聞那一件事。」不爭朱仝說出這件事來，有分教：大鬧高唐州，惹動梁山泊。直教：昭賢國戚遭刑法，好客皇親喪土坑。畢竟朱仝說出甚麼事來？且聽下回分解。◎33

評點

◎30.鬼沒神出，讀之又驚又喜。筆墨之事，遂乃至此。（金批）
◎31.不說出李逵二字，對下讀之。（金批）
◎32.寫得眞有鬼神出沒之狀。（金批）
◎33.雷橫枷打秀英，眞是不忍辱其親者，此爲大孝，何愧聖賢，可爲傳中第一綱領，不得作小說看。（袁評）

第五十二回

李逵打死殷天錫　柴進失陷高唐州◎1

話說當下朱仝對衆人說道：「若要我上山時，你只殺了黑旋風，與我出了這口氣，我便罷。」李逵聽了大怒道：「教你咬我鳥！晁、宋二位哥哥將令，干我屁事！」◎2朱仝怒發，又要和李逵廝併，三個又勸住了。朱仝道：「若有黑旋風時，我死也不上山去！」柴進道：「恁地也卻容易，我自有個道理，只留下李大哥在我這裏便了。◎3你們三個自上山去，以滿晁、宋二公之意。」朱仝道：「如今做下這件事了，知府必然行移文書，去鄆城縣追捉，拿我家小，如之奈何？」吳學究道：「足下放心，此時多敢宋公明已都取寶眷在山上了。」朱仝方纔有些放心。柴進置酒相待，就當日送行。三個臨晚辭了柴大官人便行。柴進叫莊客備三騎馬送出關外，臨別時，吳用又分付李逵道：「你且小心，只在大官人莊上住幾時，切不可胡亂惹事累人！待半年三個月，等他性定，卻來取你還山。多管也來請柴大官人入夥。」三個自上馬去了。不說柴進和李逵

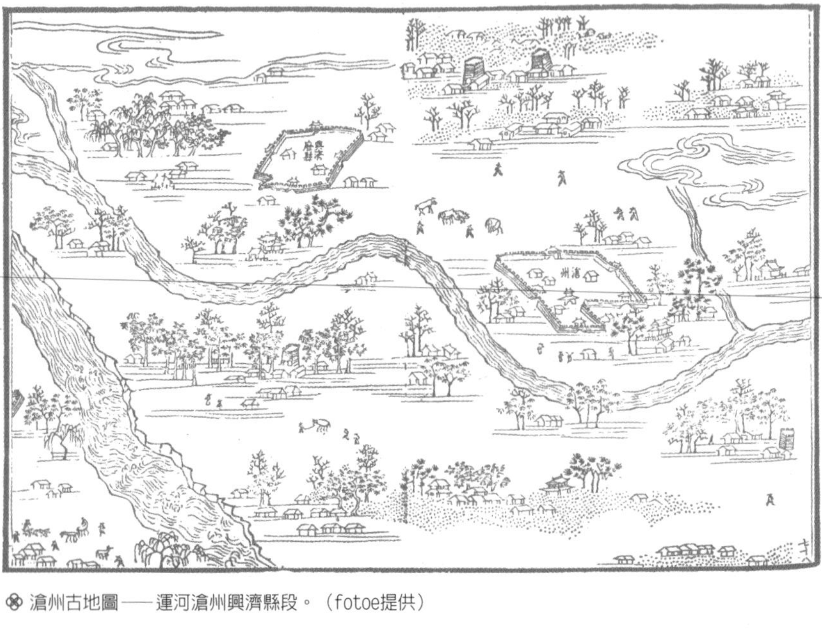

❀ 滄州古地圖——運河滄州興濟縣段。（fotoe提供）

回莊，且只說朱仝隨吳用、雷橫來梁山泊入夥，行了一程，出離滄州地界，莊客自騎了馬回去。三個取路投梁山泊來，於路無話，早到朱貴酒店裏，先使人上山寨報知。晁蓋、宋江引了大小頭目，打鼓吹笛，直到金沙灘迎接，一行人都相見了。各人乘馬回到山上大寨前下了馬，都到聚義廳上，敘說舊話。朱仝道：「小弟今蒙呼喚到山，滄州知府必然行移文書去鄆城縣捉我老小，如之奈何？」宋江大笑道：「我教兄長放心，尊嫂並令郎已取到這裏多日了。」朱仝又問道：「現在何處？」宋江道：「奉

◎1.此是柴進失陷本傳也。然篇首朱仝欲殺李逵一段，讀者悉誤認爲前回之尾，而不知此已與前了不相涉，只是偶借熱鐺，趁作煎餅，順風吹花，用力至便者也。吾嘗言讀書者切勿爲作書者所瞞。如此一段文字，瞞過世人不爲不久；今日忍俊不禁，就此一處道破，當於處處思過半矣，不得以其稗官也而忽之也！柴皇城妻寫作繼室者，所以深明柴大官人之不得不親往也。以偌大家私之人，而既已無兒無女，乃其妻又是繼室，以此而遭人亡家破之日，其分崩決裂可勝道哉！繼室則年尚少，年尚少而智略不足以禦強侮，一也。繼室則來未久，來未久而恩威不足以壓眾心，二也。繼室則其志未定，志未定而外有繼嗣未立，內有帷箔可憂，三也，四也。然則柴大官人即使早知禍患，而欲斂足不往，亦不可得也。嗟乎！吾觀高廉倚仗哥哥高俅勢要，在地方無所不爲，殷直閣又倚仗姐夫高廉勢要，在地方無所不爲，而不禁愀然出涕也。曰：豈不甚哉！夫高俅勢要，則豈獨一高廉倚仗之而已乎？如高廉者僅其一也。若高俅之勢要，其倚仗之以無所不爲者，方且百高廉正未已也。乃是百高廉，又當莫不各有殷直閣其人，而每一高廉，豈僅僅於一殷直閣而已乎？如殷直閣者，又其一也。若高廉之勢要，其倚仗之以無所不爲者，又將百殷直閣正未已也。夫一高俅，乃有百高廉；而一一高廉，各有百殷直閣，然則少亦不下千殷直閣矣！是千殷直閣也者，每一人又各自養其狐群狗黨二、三百人，然則普天之下，其又復有寧宇乎哉！嗚呼！如是者，其初高俅不知也，既而高俅必當知之。夫知之而能痛與戢之，亦可以不至於高俅也；知之而反若縱之甚者，此高俅之所以爲高俅也。此書極寫宋江權詐，可謂處處敲骨而剔髓矣。其尤妙絕者，如此篇鐵牛不肯爲髯陪話處，寫宋江登時捏撮一片好話，逐句斷續，逐句轉變，風雲在口，鬼蜮生心，不亦怪乎！夫以才如耐庵，即何難爲江擬作一段聯貫通暢之語，而必故爲如是云云者，凡所以深著宋江之窮凶極惡，乃至敢於欺純是赤子之李逵，爲稗史之《檮杌》也。寫宋江入夥後，每有大事下山，宋江必勸晁蓋：「哥哥山寨之主，不可輕動。」如祝家莊、高唐州，莫不皆然。此作者特表宋江之凶惡，能以權術軟禁晁蓋，而後乃得惟其所欲爲也。何也？蓋晁蓋去，則功歸晁蓋；晁蓋不去，則功歸宋江，一也。晁蓋去，則宋江爲副，眾人悉聽晁蓋之令；晁蓋不去，則宋江爲帥，眾人悉聽宋江之令，二也。夫出則其位至尊，入則其功至高，位尊而功高，咄咄乎取第一座有餘矣！此宋江之所以必軟禁晁蓋，而作者深著其窮凶極惡，爲稗史之《檮杌》也。劫寨乃兵家一試之事也。用兵而至於必劫寨，甚至一劫不中而又再劫，此皆小兒女投擲之戲耳；而今耐庵偏若不得不出於此者，蓋爲欲破高廉，斯不得不遠取公孫；遠取公孫，斯不得不按住高廉；意在楊林之一箭，斯不得不用學究之料劫也。此篇本敘柴進失陷，然至柴進既陷而又必盛張高廉之神師者，非爲難於搭救柴進，正以便於收轉公孫。所謂墨酣筆疾，其文便連珠而下，梯接而上，正不知虧公孫救柴進，虧柴進歸公孫也。讀書者切勿爲作書者所瞞，此又其一矣。玄女而眞有天書者，宜無不可破之神師也。玄女之天書而不能破神師者，耐庵亦可不及天書者也。今偏要向此等處提出天書，而天書又曾不足以奈何高廉，然則宋江之所謂玄女可知，而天書可知矣。前曰：「終日看習天書。」此又曰：「用心記了咒語。」豈有終日看習而今始記咒語者？明乎前之看習是詐，而今之記咒又詐也。前曰：「可與天機星同觀。」此忽曰：「軍師放心，我自有法。」豈有終日兩人看習，而今吳用盡忘者？明乎前之未嘗同觀，而今之並非獨記也。著宋江之惡至於如此，眞出篝火狐鳴下倍蓰矣。（金批）

◎2.也不干二人事。（容夾）

◎3.文章情事，承接無痕，只是不扯淡，不弄巧，須看此等用意處。（芥眉）

養在家父太公歇處，兄長請自己去問慰便了。」朱仝大喜。宋江著人引朱仝直到宋太公歇所，見了一家老小，並一應細軟行李，妻子說道：「近日有人齎書來，說你已在山寨入夥了，因此收拾星夜到此。」朱仝出來拜謝了眾人。宋江便請朱仝、雷橫山頂下寨，◎4一面且做筵席，連日慶賀新頭領，不在話下。

卻說滄州知府至晚不見朱仝抱小衙內回來，差人四散去尋了半夜，次日有人見殺死在林子裏，報與知府知道。府尹聽了大怒，親自到林子裏看了，痛哭不已，備辦棺木燒化。次日升廳，便行移公文，諸處緝捕捉拿朱仝正身。鄆城縣已自申報朱仝妻子挈家在逃，不知去向，行開各州縣出給賞錢捕獲，不在話下。

只說李逵在柴進莊上住了一個來月，忽一日，見一個人齎一封書火急奔莊上來。柴大官人卻好迎著，接書看了，大驚道：「既是如此，我只得去走一遭。」李逵便問道：◎5「大官人有甚緊事？」柴進道：「我有個叔叔柴皇城，現在高唐州居住，今被本州知府高廉的老

❀ 小衙內被殺死在林子裏，府尹聽了大怒，備辦棺木燒化之後，便行移公文，諸處緝捕捉拿朱仝正身。（日版畫，出自《新編水滸畫傳》，葛飾戴斗繪）

婆兄弟殷天錫那廝來要佔花園，慪了一口氣，臥病在床，早晚性命不保，必有遺囑的言語分付，特來喚我。想叔叔無兒無女，必須親身去走一遭。」李逵道：「既是大官人去時，我也跟大官人去走一遭如何？」柴進道：「大哥肯去時，就同走一遭。」柴進即便收拾行李，選了十數匹好馬，帶了幾個莊客。次日五更起來，柴進、李逵並從人，都上了馬，離了莊院，望高唐州來。不一日，來到高唐州，入城直至柴皇城宅前下馬，留李逵和從人在外面廳房內。柴進自逕入臥房裏來看視那叔叔柴皇城時，但見：

面如金紙，體似枯柴。悠悠無七魄三魂，細細只一絲兩氣。牙關緊急，連朝水米不沾唇；心膈膨脹，盡日藥丸難下肚。喪門吊客已隨身，扁鵲盧醫※1難下手。

柴進看了柴皇城，自坐在叔叔榻前，放聲慟哭。皇城的繼室出來勸柴進道：「大官人鞍馬風塵不易，初到此間，且休煩惱。」◎6柴進施禮罷，便問事情。繼室答道：「此間新任知府高廉，兼管本州兵馬，◎7是東京高太尉的叔伯兄弟，倚仗他哥哥勢要，在這裏無所不為。帶將一個妻舅殷天錫來，人盡稱他做殷直閣※2。那廝年紀卻小，又倚仗他姐夫高廉的權勢，在此間橫行害人。有那等獻勤的賣科※3，對他說我家宅後有個花園水亭，蓋造得好。那廝帶將許多奸詐不及的三、二十人，逕入家裏來宅子後看了，便要發遣我

註

※1盧醫：春秋時名醫扁鵲的別稱，後泛指醫生。
※2直閣：本來是官名，宋元時代一般用以稱呼富貴人家子弟。
※3賣科：賣弄，討好；亦有賣弄本事之意味。

評點

◎4.不但結朱仝，並結雷橫，謂之兩頭一結法。（金眉）
◎5.須知急插入眞是妙筆，不得但贊描畫李逵如活而已。（金批）
◎6.勸哭作繼室，亦有意。（袁眉）
◎7.無意中暗伏。（袁夾）

們出去，他要來住。皇城對他說道：『我家是金枝玉葉，有先朝丹書鐵券在門，諸人不許欺侮。你如何敢奪佔我的住宅，趕我老小那裏去？』那廝不容所言，定要我們出屋。皇城去扯他，反被這廝推搶毆打，因此受這口氣，一臥不起。飲食不吃，服藥無效，眼見得上天遠，入地近。今日得大官人來家做個主張，便有些山高水低，也更不憂。」柴進答道：「尊嬸放心，只顧請好醫士調治叔叔，但有門戶※4，小侄自使人回滄州家裏，去取丹書鐵券來，和他理會。便告到官府今上御前，也不怕他！」繼室道：「皇城幹事，全不濟事，還是大官人理論是得。」柴進看視了叔叔一回，卻出來和李逵並帶來人從說知備細。李逵聽了，跳將起來說道：「這廝好無道理！我有大斧在這裏，教他吃我幾斧，卻再商量。」◎8柴進道：「李大哥，你且息怒，沒來由，和他粗鹵做甚麼？他雖是倚勢欺人，我家放著有護持聖旨※5，這裏和他理論不得，須是京師也有大似他的，放著明明的條例，和他打官司。」李逵道：「條例，條例，若還依得，天下不亂了！我只是前打後商量◎9。那廝若還去告，和那鳥官一發都砍了。」柴進笑道：「可知朱仝要和你廝併，見面不得。這裏是禁城之內，如何比得你小寨裏橫行？」李逵道：「禁城便怎地？江州無爲軍偏我不曾殺人？」◎10柴進道：「等我看了頭勢，用著大哥時，那時相央，無事只在房裏請坐。」◎11正說之間，裏面侍妾慌忙來請大官人看視皇城。柴進入到裏面臥榻前，只見皇城閣著兩眼淚，對柴進說道：「賢侄志氣軒昂，不辱祖宗。我今日被殷天錫慪死，你可看骨肉之面，親齎書往京師攔駕告狀，與我報仇，九泉之下，也感賢侄親意。保重！保重！再不多囑！」言罷，便放了命。柴進痛哭了一場。繼室恐怕昏暈，勸住柴進道：「大官人煩惱有日，且請商量後事。」柴進道：「誓書在我家裏，不曾帶得來，星夜教人去取，須用將往東京告狀。叔叔尊靈，且安排棺槨盛殮，成了孝服，卻再商量。」柴進教依官制，備辦內棺外槨，依禮鋪設靈位，一門穿了重孝，大小舉哀。李逵在外面聽得堂裏哭泣，自己摩拳擦掌價氣，◎12問從人都不肯說。宅裏請僧修設好事功果。

至第三日，只見這殷天錫騎著一匹攛行的馬，將引閑漢三、二十人，手執彈弓、川弩、吹筒、氣球、拈竿、樂器，城外遊頑了一遭，帶五、七分酒，佯醉假顛，逕來到柴皇城宅前，勒住馬，叫裏面管家的人出來說話。柴進聽得說，掛著一身孝服，慌忙出來答應。那殷天錫在馬上問道：「你是他家甚麼人？」柴進答道：「小可是柴皇城親侄柴進。」殷天錫道：「前日我分付道，教他家搬出屋去，如何不依我言語？」柴進道：「便是叔叔臥病，不敢移動。夜來已自身故，待斷七了搬出去。」殷天錫道：「放屁！我只限你三日便要出屋，三日外不搬，先把你這廝枷號起，先吃我一百訊棍！」柴進道：「直閣休恁相欺！我家也是龍子龍孫，放著先朝丹書鐵券，誰敢不敬？」殷天錫喝道：「你將出來我看！」柴進道：「現在滄州家裏，已使人去取來。」殷天錫大怒道：「這廝正是胡說！便有誓書鐵券，我也不怕。左右與我打這廝！」眾人卻待動手，原

註

※4門戶：這裏是有管道、可徇私的意思。
※5護持聖旨：特別下命令保護的聖旨。

評點

◎8.真忠義。（容眉）
◎9.五字是李大哥生平，亦是一大篇題目，不得作一句閑話讀也。（金批）
◎10.妙人妙語，全是嫵媚，毫無粗鹵，令我讀之解頤。（金批）
◎11.柴進識得李逵性，只一味和順，故從來相安也。（袁眉）
◎12.妙人，寫得如畫。（金批）

❀ 黑旋風李逵在門縫裏都看見殷天錫的囂張，忍耐不住，聽得又要打柴進，便拽開房門，搶到馬邊，把殷天錫揪下馬來，一拳打翻。（選自《水滸傳版刻圖錄》，江蘇廣陵古籍刻印社）

來黑旋風李逵在門縫裏都看見，聽得喝打柴進，便拽開房門，大吼一聲，直搶到馬邊，早把殷天錫揪下馬來，一拳打翻。◎13那二、三十人卻待搶他，被李逵手起，早打倒五、六個，一哄都走了。李逵拿殷天錫提起來，拳頭、腳尖一發上，柴進那裏勸得住。看那殷天錫時，嗚呼哀哉，伏惟尚饗※6。有詩為證：

慘刻侵謀倚橫豪，豈知天理竟難逃。
李逵猛惡無人敵，不見閻羅不肯饒。

李逵將殷天錫打死在地，◎14柴進只叫得苦，便教李逵且去後堂商議。柴進道：「眼見得便有人到這裏，你安身不得了。官司我自支吾，你快走回梁山泊去。」李逵道：「我便走了，須連累你。」柴進道：「我自有誓書鐵券護身，你便去是，事不宜遲。」李逵取了雙斧，帶了盤纏，出後門，自投梁山泊去了。不多時，只見二百餘人各執刀杖槍棒，圍住柴皇城家。柴進見來捉人，便出來說道：「我同你們府裏分訴去。」眾人先

評點

◎13.何等快便，何等條直。攔駕告狀，何為也哉！（金批）
◎14.李逵打死殷天錫，正乃與民除害，天理昭焉。（余評）
◎15.柴大官人頗有些腐氣，誓書鐵券又不在身邊，只管說他做恁。（容眉）

縛了柴進，便入家裏搜捉行凶黑大漢不見，只把柴進綁到州衙內，當廳跪下。知府高廉聽得打死了他的舅子殷天錫，正在廳上咬牙切齒忿恨，只待拿人來。早把柴進驅翻在廳前階下，高廉喝道：「你怎敢打死了我殷天錫？」柴進告道：「小人是柴世宗嫡派子孫，家門有先朝太祖誓書鐵券，現在滄州居住。爲是叔叔柴皇城病重，特來看視，不幸身故，現今停喪在家。殷直閣將帶三、二十人到家，定要趕逐出屋，不容柴進分說，喝令眾人毆打。被莊客李大救護，一時行凶打死。」高廉喝道：「李大現在那裏？」柴進道：「心慌逃走了。」高廉道：「他是個莊客，不得你的言語，如何敢打死人！你又故縱他逃走了，卻來瞞昧官府。你這廝，不打如何肯招？牢子下手，加力與我打這廝！」柴進叫道：「莊客李大救主，誤打死人，非干我事！放著先朝太祖誓書，如何便下刑法打我？」高廉道：「誓書有在那裏？」柴進道：「已使人回滄州去取來也。」◎15高廉大怒，喝道：「這廝正是抗拒官府，左右腕頭加力，好生痛打！」眾人下手，把柴進打得皮開肉綻，鮮血

註

※6嗚呼哀哉，伏惟尚饗：古代祭祀時候的專門用語。

高廉官報私仇，喝令眾人痛打柴進，把柴進打得皮開肉綻，鮮血迸流，最後只能招認自己讓莊客李大打死了殷天錫。（朱寶榮繪）

迸流，只得招做使令莊客李大打死殷天錫，取面二十五斤死囚枷釘了，發下牢裏監收。殷天錫屍首檢驗了，自把棺木殯葬，不在話下。這殷夫人要與兄弟報仇，教丈夫高廉抄扎了柴皇城家私，監禁下人口，佔住了房屋圍院，柴進自在牢中受苦。有詩爲證：

脂唇粉面毒如蛇，鐵券金書空裏花。
可怪祖宗能讓位，子孫猶不保身家。

卻說李逵連夜回梁山泊，到得寨裏，來見衆頭領。朱仝一見李逵，怒從心起，掣條朴刀，逕奔李逵。黑旋風拔出雙斧，便鬥朱仝。◎16晁蓋、宋江並衆頭領，一齊向前勸住。宋江與朱仝陪話道：「前者殺了小衙內，不干李逵之事，卻是軍師吳學究因請兄長不肯上山，一時定的計策。今日既到山寨，便休記心，只顧同心協助，共興大義，休教外人恥笑。」便叫李逵兄弟與朱仝陪話。李逵睜著怪眼，叫將起來，說道：「他直恁般做得起！我也多曾在山寨出氣力，他又不曾有半點之功，卻怎地倒教我陪話！」宋江道：「兄弟，卻是你殺了小衙內，雖是軍師嚴令，◎17論齒序，他也是你哥哥。且看我面，與他伏個禮，我卻自拜你便了。」李逵吃宋江央及不過，便道：「我不是怕你，爲是哥哥逼我，沒奈何了，與你陪話。」李逵吃宋江逼住了，只得撇了雙斧，拜了朱仝兩拜。朱仝方纔消了這口氣。山寨裏晁頭領且教安排筵席，與他兩個和解。

李逵說起：「柴大官人因去高唐州看親叔叔柴皇城病症，卻被本州高知府妻舅殷天錫要奪屋宇花園，毆罵柴進，吃我打死了殷天錫那廝。」宋江聽罷，失驚道：「你自走

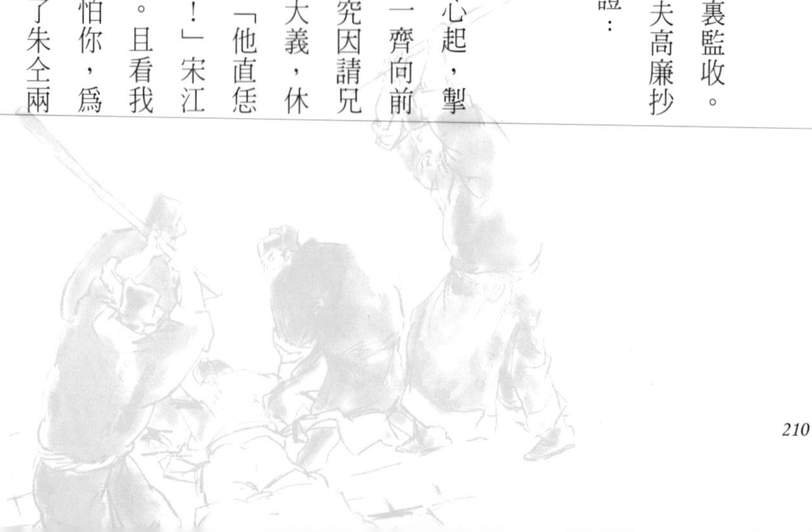

了，須連累柴大官人吃官司。」吳學究道：「兄長休驚，等戴宗回山，便有分曉。」李逵問道：「戴宗哥哥那裏去了？」吳用道：「我怕你在柴大官人莊上惹事不好，特地教他來喚你回山。他到那裏，不見你時，必去高唐州尋你。」說言未絕，只見小校來報戴院長回來了。宋江便去迎接，到了堂上坐下，便問柴大官人一事。戴宗答道：「去到柴大官人莊上，已知同李逵投高唐州去了。逕奔那裏去打聽，只見滿城人傳道殷天錫因爭柴皇城莊屋，被一個黑大漢打死了，現今負累了柴大官人陷於縲紲，下在牢裏。柴皇城一家人口家私，盡都抄扎了。柴大官人性命，早晚不保。」晁蓋道：「這個黑廝又做出來了！但到處便惹口面！」李逵道：「柴皇城被他打傷，慪氣死了，又來佔他房屋，又喝教打柴大官人，便是活佛，也忍不得！」◎18晁蓋道：「柴大官人自來與山寨有恩，今日他有危難，如何不下山去救他？我親自去走一遭。」宋江道：「哥哥是山寨之主，如何可便輕動？小可和柴大官人舊來有恩，情願替哥哥下山。」吳學究道：「高唐州城池雖小，人物稠穰※7，軍廣糧多，不可輕敵。煩請林沖、◎19花榮、秦明、李俊、呂方、郭盛、孫立、歐鵬、楊林、鄧飛、馬麟、白勝，十二個頭領，部引馬步軍兵五千，作前隊先鋒；軍中主帥宋公明、吳用，並朱仝、雷橫、戴宗、李逵、張橫、張順、楊雄、石秀，十個頭領，部引馬步軍兵三千策應。」共該二十二位頭領，辭了晁蓋等衆人，離了山寨，望高唐州進發。端的好整齊！但見：

註

※7稠穰：猶稠眾，眾多的意思。

評點

◎16.此是餘文，不入朱仝傳，亦不作李逵傳。（金眉）
◎17.此語與下語又不連。（金批）
◎18.是，是，李大哥眞活佛。（容眉）
◎19.先撥林沖起，便有意思。（袁眉）

繡旗飄號帶，畫角間銅鑼。三股叉、五股叉，燦燦秋霜；點鋼槍、蘆葉槍，紛紛瑞雪。蠻牌※8遮路，強弓硬弩當先；火炮隨車，大戟長戈擁後。鞍上將似南山猛虎，人人好鬥能爭；坐下馬如北海蒼龍，騎騎能衝敢戰。端的槍刀流水急，果然人馬撮風※9行。

梁山泊前軍已到高唐州地界，早有軍卒報知高廉。高廉聽了，冷笑道：「你這夥草賊，在梁山泊窩藏，我兀自要來剿捕你，今日你倒來就縛，此是天教我成功！左右，快傳下號令，整點軍馬出城迎敵，著那眾百姓上城守護。」這高知府上馬管軍，下馬管民，一聲號令下去，那帳前都統、監軍、統領、統制、提轄軍職一應官員，各各部領軍馬，就教場裏點視已罷，諸將便擺佈出城迎敵。高廉手下有三百梯己軍士，號為飛天神兵，一個個都是山東、河北、江西、湖南、兩淮、兩浙選來的精壯好漢。◎20那三百飛天神兵怎生結束，但見：

頭披亂髮，腦後撒一把煙雲；身掛葫蘆，背上藏千條火焰。黃抹額齊分八卦，豹皮甲盡按四方。熟銅面具似金裝，鑌鐵滾刀如掃帚。掩心鎧甲，前後竪兩面青銅；照眼旌旗，左右列千層黑霧。疑是天蓬離斗府，正如月孛※10下雲衢。

那知府高廉親自引了三百神兵，披甲背劍，上馬出到城外，把部下軍官周回排成陣勢，卻將三百神兵列在中軍，搖旗吶喊，擂鼓鳴金，只等敵軍到來。卻說林沖、花榮、秦明引領五千人馬到來。兩軍相迎，旗鼓相望，各把強弓硬弩射住陣腳。兩軍中吹動畫角，

評點

◎20.地方不可無此等官府，只差倚勢橫行，一身本事為親戚用，不為朝廷用，可恨可惜。（芥眉）

◎21.舊恨新提，十分激切。（芥眉）

發起擂鼓。花榮、秦明帶同十個頭領，都到陣前，把馬勒住。頭領林沖橫丈八蛇矛，躍馬出陣，厲聲高叫：「高唐州納命的出來！」高廉把馬一縱，引著三十餘個軍官，都出到門旗下，勒住馬，指著林沖罵道：「你這夥不知死的叛賊，怎敢直犯俺的城池？」林沖喝道：「你這個害民強盜，我早晚殺到京師，把你那廝欺君賊臣高俅，碎屍萬段，方是願足！」◎21高廉大怒，回頭問道：「誰人出馬先捉此賊去？」軍官隊裏轉出一個統制官，姓于名直，拍馬掄刀，竟出陣前。林沖見了，竟奔于直，兩個戰不到五合，于直被林沖心窩裏一蛇矛刺著，翻筋斗攧下馬去。高廉見了大驚：「再有誰人出馬報仇？」軍官隊裏又轉出一個統制官，姓溫雙名文寶，使一條長槍，騎一匹黃驃馬，鑾鈴響，珂珮鳴，早出到陣前，四隻馬蹄蕩起征塵，直奔林沖。秦明見了，大叫：「哥哥稍歇，看我立斬此賊！」林沖勒住馬，收了點鋼矛，讓秦明戰溫文寶。兩個約鬥十合之上，秦明放個門戶，讓他槍搠入來，手起棍落，把溫文寶削去半個天靈蓋，死於馬上，那馬跑回本陣去了。兩陣軍相對，齊吶聲喊。高廉見連折二將，

秦明見林沖得勝了一次，便要求去戰溫文寶。兩個約鬥十合之上，秦明手起棍落，把溫文寶削去半個天靈蓋，死於馬上。（朱寶榮繪）

註

※8 鑾牌：盾牌。

※9 撮風：駕御風、乘著風，形容疾速。

※10 月孛：月孛為星命家所說的十一曜之一，九日行一度。道教稱為月孛星君。

便去背上掣出那口太阿寶劍來，口中念念有詞，喝聲道：「疾！」只見高廉隊中捲起一道黑氣。那道氣散至半空裏，飛沙走石，撼地搖天，刮起怪風，逕掃過對陣來。林沖、秦明、花榮等衆將，對面不能相顧，驚得那坐下馬亂竄咆哮，衆人回身便走。高廉把劍一揮，指點那三百神兵，從陣裏殺將出來，背後官軍協助，一掩過來，趕得林沖等軍馬星落雲散，七斷八續，呼兄喚弟，覓子尋爺，五千軍兵折了一千餘人，直退回五十里下寨。◎22高廉見人馬退去，也收了本部軍兵，入高唐州城裏安下。

卻說宋江中軍人馬到來，林沖等接著，且說前事。宋江、吳用聽了大驚，與軍師道：「是何神術，如此利害？」吳學究道：「想是妖法，若能回風返火，便可破敵。」宋江聽罷，打開天書看時，第三卷上有回風返火破陣之法。宋江大喜，用心記了咒語並秘訣，整點人馬，五更造飯吃了，搖旗擂鼓，殺進城下來。有人報入城中，高廉再點了得勝人馬並三百神兵，開放城門，布下吊橋，出來擺成陣勢。宋江帶劍縱馬出陣前，望見高廉軍中一簇皂旗，吳學究道：「那陣內皂旗便是使神師計的軍兵。但恐又使此法，如何迎敵？」宋江道：「軍師放心，我自有破陣之法。諸軍衆將勿得驚疑，只顧向前殺去。」高廉分付大小將校：「不要與他強敵挑鬥，但見牌響，一齊併力擒獲宋江，我自有重賞。」兩軍喊聲起處，高廉馬鞍鞽上掛著那面聚獸銅牌，上有龍章鳳篆，手裏拿著寶劍，出陣前。宋江指著高廉罵道：「昨夜我不曾到，兄弟們誤折一陣，今日我必要把你誅盡殺絕。」高廉喝道：「你這夥反賊，快早早下馬受縛，省得我腥手污腳！」言

罷，把劍一揮，口中念念有詞，喝聲道：「疾！」黑氣起處，早捲起怪風來。宋江不等那風到，口中也念念有詞，左手捏訣，右手提劍一指，說聲道：「疾！」那陣風不望宋江陣裏來，倒望高廉神兵隊裏去了。◎23宋江卻待招呼人馬殺將過去，高廉見回了風，急取銅牌，把劍敲動，向那神兵隊裏捲一陣黃沙，就中軍走出一群猛獸。但見：

狻猊舞爪，獅子搖頭。閃金獬豸逞威雄，奮錦貔貅施勇猛。豺狼作對吐獠牙，直奔雄兵；虎豹成群張巨口，來噴劣馬。帶刺野豬衝陣入，捲毛惡犬撞人來。如龍大蟒撲天飛，吞象頑蛇鑽地落。

高廉銅牌響處，一群怪獸、毒蟲直衝過來，宋江陣裏眾多人馬驚呆了。宋江撇了劍，撥回馬先走，眾頭領簇捧著，盡都逃命。大小軍校，你我不能相顧，奪路而走。高廉在後面把劍一揮，神兵在前，官軍在後，一齊掩殺將來。宋江人馬，大敗虧輸。高廉趕殺二十餘里，鳴金收軍，城中去了。宋江來到土坡下，收住人馬，扎下寨柵，雖是損折了些軍卒，卻喜眾頭領都有。屯住軍馬，便與軍師吳用商議道：「今番打高唐州，連折了兩陣，無計可破神兵，如之奈何？」吳學究道：「若是這廝會使神師計，他必然今夜要來劫寨，◎24可先用計提備。此處只可屯扎些少軍馬，我等去舊寨內駐扎。」宋江傳令，只留下楊林、白勝看寨，◎25其餘人馬退去舊寨內將息。且說楊林、白勝引人離寨半里草坡內埋伏，等到一更時分。但見：

雲生四野，霧漲八方。搖天撼地起狂風，倒海翻江飛急雨。雷公忿怒，倒騎火

評點

◎22.先將兩番小喜作一波折，然後轉出一番大敗來，看他處處不作直筆。（金批）
◎23.須著此一段，方有曲折。（芥眉）
◎24.宋江連折二陣，便知高廉劫寨，此處見公明足有將佐之才。（余評）
◎25.楊林、白勝於眾中爲下材，然卻不可使之無所樹立，故每於此等事便調遣之，耐庵眞有宰相之才。（金批）

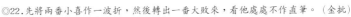

獸逞神威；電母※11生嗔，亂掣金蛇施聖力。大樹和根拔去，深波徹底捲乾。若非灌口斬蛟龍，疑是泗州降水母。

當夜風雷大作，楊林、白勝引著三百餘人伏在草裏看時，只見高廉步走，引領三百神兵吹風唿哨，殺入寨裏來，見是空寨，回身便走。楊林、白勝吶聲喊，高廉只怕中了計，四散便走，三百神兵各自奔逃。楊林、白勝亂放弩箭，只顧射去，一箭正中高廉左肩，眾軍四散，冒雨趕殺。高廉引領了神兵去得遠了，楊林、白勝人少，不敢深入。少刻，雨過雲收，復見一天星斗，月光之下，草坡前搠翻射死拿得神兵二十餘人，解赴宋公明寨內，具說雷雨風雲之事。宋江、吳用見說，大驚道：「此間只隔得五里遠近，卻又無雨無風！」眾人議道：「正是妖法只在本處，離地只有三、四十丈，雲雨氣味，是左近水泊中攝將來的。」©26楊林說：「高廉也自披髮仗劍，殺入寨中，身上中了我一弩箭，回城中去

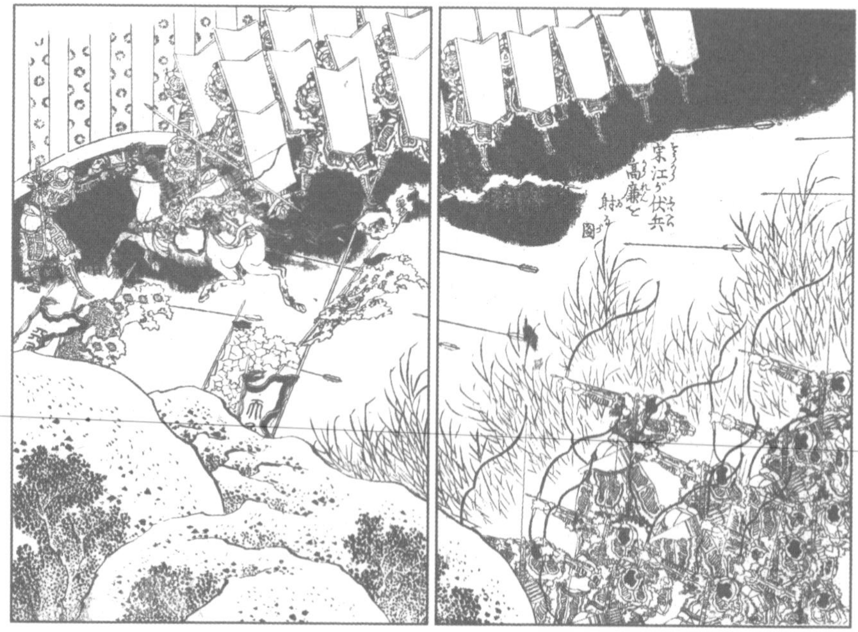

❀ 高廉來劫營，不想中了埋伏，回身要走時，楊林、白勝領人圍攻，混戰中亂放弩箭，一箭正中高廉左肩。（日版畫，出自《新編水滸畫傳》，葛飾戴斗繪）

了。爲是人少，不敢去追。」宋江分賞楊林、白勝，把拿來的中傷神兵斬了，分撥衆頭領下了七、八個小寨，圍繞大寨，提備再來劫寨，一面使人回山寨，取軍馬協助。且說高廉自中了箭，回到城中養病，令軍士守護城池，曉夜提備。「且休與他廝殺，待我箭瘡平復起來，捉宋江未遲。」◎27卻說宋江見折了人馬，心中憂悶，和軍師吳用商量道：「只這回高廉尚且破不得，倘或別添他處軍馬，併力來劫，如之奈何？」吳學究道：「我想要破高廉妖法，只除非依我如此如此。若不去請這個人來，柴大官人性命也是難救。高唐州城子，永不能得。」正是：要除起霧興雲法，須請通天徹地人。畢竟吳學究說這個人是誰？且聽下回分解。◎28

註

※11電母：傳說中司管閃電的神仙。

評點

◎26.著如此細貼語，情文俱妙。（袁眉）
◎27.劫寨一段文字，乃正爲此句耳，須知之。（金批）
◎28.殷天錫侵奪柴氏田園，得李逵一拳，大快。今世如天錫者不少，倘亦實黑旋風板斧而出，大可危也。（袁評）

第五十三回

戴宗智取公孫勝　李逵斧劈羅真人◎1

話說當下吳學究對宋公明說道：「要破此法，只除非快教人去薊州尋取公孫勝來，便可破得。」宋江道：「前番戴宗去了幾時，全然打聽不著，卻那裏去尋？」吳用道：「只說薊州，有管下多少縣治、鎮市、鄉村，他須不曾尋得到。我想公孫勝他是個清高的人，必然在個名山洞府、大川眞境居住。◎2今番教戴宗可去繞薊州管下縣道名山仙境去處，尋覓一遭，不愁不見他。」宋江聽罷，隨即叫請戴院長商議，可往薊州尋取公孫勝。戴宗道：「小可願往，只是得一個做伴的去方好。」吳用道：「你作起神行法來，誰人趕得你上？」戴宗道：「若是同伴的人，我也把甲馬拴在他腿上，教他也走得許多路程。」李逵便道：「我與戴院長做伴走一遭。」◎3戴宗道：「你若要跟我去，須要一路上吃素，都聽我的言語。」李逵道：「這個有甚難處？我都依你便了。」宋江、吳用分付道：「路上小心在意，休要惹事。若得見了，早早回來。」李逵道：「我打死了殷天錫，卻教柴大官人吃官司，我如何不要救他？今番並不敢惹事了。」二人各藏了暗器，拴縛了包裹，拜辭宋江並衆人，離了高唐州，取路投薊州來。走了二十餘里，李逵立住腳道：「大哥，買碗酒吃了走也好。」戴宗道：「你要跟我作神行法，須要只吃素酒。且向前面去。」李逵答道：◎4「便吃些肉，也打甚麼緊？」戴宗道：「你又來了。

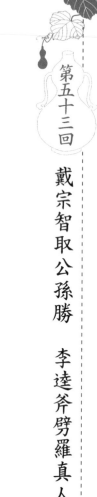

今日已晚，且尋客店宿了，明日早行。」兩個又走了三十餘里，天色昏黑，尋著一個客店歇了，燒起火來做飯，沽一角酒來吃。李逵搬一碗素飯，並一碗菜湯，來房裏與戴宗吃。戴宗道：「你如何不吃飯？」李逵應道：「我且未要吃飯哩。」◎5戴宗尋思道：「這廝必然瞞著我背地裏吃葷。」戴宗自把素飯吃了，卻悄悄地來後面張時，見李逵討兩角酒，一盤牛肉，在那裏自吃。戴宗道：「我說甚麼！且不要道破他，明日小小地耍他耍便了。」戴宗自去房裏睡了。李逵吃了一回酒肉，恐怕戴宗說他，自暗暗的來房裏睡了。◎6

到五更時分，戴宗起來叫李逵打火，做些素飯吃了，各分行李在背上，算還了房客錢，離了客店。行不到二里多路，戴宗說道：「我們昨日不曾使神行法，今日須要趕程途，你先把包裹拴得牢了，我與你作法，行八百里便住。」戴宗取四個甲馬，去李逵兩隻腿上縛了，分付道：「你前面酒食店裏等我。」戴宗念念有詞，吹口氣在李逵腿上，李逵拽開腳步，渾如駕雲的一般，飛也似去了。戴宗笑道：「且著他忍一日餓。」戴宗也自拴上甲馬，隨後趕來。李逵不省得這法，只道和他走路一般。只聽耳朵

評點

◎1.此篇純以科諢成文，是傳中另又一樣筆墨。然在讀者，則必須略其科諢，而觀其意思。何則？蓋科諢，文章之惡道也。此傳之間一爲之者，非其未能免俗而聊復爾爾，亦其意思眞有甚異於人者也。何也？蓋傳中既有公孫，自不得不又有高廉。夫特生高廉以襯出公孫也，乃今不向此時盛顯其法術，不且虛此一番周折乎哉！然而盛顯法術，固甚難矣。不張惶高廉，斯無以張惶公孫也；顧張惶高廉以張惶公孫，而斯兩人者，爭奇鬥異，至於牛蛇神鬼，且將無所不有，斯則與彼《西遊》諸書又何以異？此耐庵先生所義不爲也。吾聞文章之家，固有所謂避實取虛之法矣。今茲略於破高廉，而詳於取公孫，意者其用此法與？然業已略於高廉，而詳於公孫，則何不並略公孫，而特詳於公孫之師？蓋所謂避實取虛之法，至是乃爲極盡其變，而李大哥特以妙人見借，助成局段者也。是故凡李大哥插科打諢，皆所以襯出眞人；襯出眞人，正所以襯出公孫也。若不知作者意思如此，而徒李大哥科諢之是求，此眞東坡所謂士俗不可醫，吾未如之何也。此篇又處處用對鎖作章法，乃至一字不換，皆惟恐讀者墮落科諢一道去故也。此篇如拍桌濺面一段，不省說甚一段，皆作者嘔心失血而得，不得草草讀過。（金批）

◎2.爲學道人一錐。吾聞其語矣，未見其人也。（金批）

◎3.此公出去，定有妙處。（容眉）

◎4.看他陪一笑字，妙人。（金批）（金本此處爲「李逵笑道」，金聖歎如此改動，確實更加形象。——編者按）

◎5.看他說謊，鐵牛苦心。（金批）

◎6.直人做事有少曲處，必自知過，不做呆膽大。（芥眉）

邊風雨之聲，兩邊房屋樹木一似連排價倒了的，腳底下如雲催霧趲※1。◎7李逵怕將起來，幾遍待要住腳，兩條腿那裏收拾得住，卻似有人在下面推的相似，腳不點地，只管走去了。看見酒肉飯店，又不能夠入去買吃，李逵只得叫：「爺爺，◎8且住一住！」看看走到紅日平西，肚裏又飢又渴，越不能夠住腳，驚得一身臭汗，氣喘做一團。戴宗從背後趕來，叫道：「李大哥，怎地不買些點心吃了去？」李逵應道：「哥哥，救我一救，餓殺鐵牛也！」戴宗懷裏摸出幾個炊餅來自吃。李逵叫道：「我不能夠住腳買吃，你與我兩個充飢。」戴宗道：「兄弟，你走上來與你吃。」李逵伸著手，只隔一丈來遠近，只接不著。李逵叫道：「好哥哥，◎9等我一等。」戴宗道：「便是今日有些蹺蹊，我的兩條腿也不能夠住。」李逵道：「阿也！我的這鳥腳不由我半分！自這般走了去，只好把大斧砍了那下半截下來！」戴宗道：「只除是恁的般方好。不然，直走到明年正月初一日，也不能住。」李逵道：「好哥哥，休使道兒耍我！砍了腿下來，你卻笑我！」◎10戴宗道：「你敢是昨夜不依我？今日連我也走不得住，你自走去。」李逵叫道：「好爺爺，你饒我住一住！」戴宗道：「我的這法不許吃葷，第一戒的是牛肉。若還吃了一塊牛肉，直要走十萬里，方纔得住。」李逵道：「卻是苦也！我昨夜不合瞞著哥哥，眞個偷買幾斤牛肉吃了，正是怎麼好？」戴宗道：「怪得今日連我的這腿也收不住，只用去天盡頭走一遭了。慢慢地卻得三、五年，方纔回得來。」李逵聽罷，叫起撞天屈※2來。戴宗笑道：

江蘇蘇州市盤門，古稱蟠門，是蘇州唯一保存完整的古水陸城門，由兩道水關、三道陸門和甕城相互組合而成。始建於周敬王六年（西元前514年），是春秋吳國「闔閭大城」八城門之一，城樓為1986年重建。拍攝時間2002年4月。（聶鳴提供）

「神行太保」戴宗，《水滸傳》人物畫。（fotoe提供）

「你從今已後，只依得我一件事，我便罷得這法。」李逵道：「老爹！我今都依你便了！」戴宗道：「你如今敢再瞞著我吃葷麼？」李逵道：「今後但吃葷，舌頭上生碗來大疔瘡！我見哥哥要吃素，鐵牛卻吃不得，因此上瞞著哥哥，今後並不敢了。」戴宗道：「既是恁地，饒你這一遍！」退後一步，把衣袖去李逵腿上只一拂，喝聲：「住！」李逵卻似釘住了的一般，兩隻腳立定地下，挪移不動。戴宗道：「我先去，你且慢慢的來。」李逵正待擡腳，那裏移得動，拽也拽不起，一似生鐵鑄就了的。李逵大叫道：「又是苦也！晚夕怎地得去？」便叫道：「哥哥救我一救！」戴宗轉回頭來笑道：「你今番依我說麼？」李逵道：「你是我親爺，◎11卻是不敢違了你的言語。」戴宗道：「你今番卻要依我。」便把手綰了李逵，喝聲：「起！」兩個輕輕地走了去。李逵道：「哥哥，可憐見鐵牛，早歇了罷！」前面到一個客店，兩個且來投宿。戴宗、李逵入到房裏去，腿上都卸下甲馬來，取出幾陌紙錢燒送了，問李逵道：「今番卻如何？」李逵道：「這兩條腿，方纔是我的了。」戴宗道：「誰著你夜來私買酒肉吃？」李逵道：「為是你不許我吃葷，偷了些吃，也吃你耍得我好了。」戴宗叫李逵安排些素酒素飯吃了，燒湯

註

※1 趲：逼趕，快走。
※2 撞天屈：天大的冤屈。撞天，沖天。

評點

◎7.神行法奇事，偏有此奇筆描寫之。（金批）
◎8.此是望空叫。（袁夾）
◎9.哥哥上又加好字，哀切之至，如聞其聲。（金批）
◎10.砍了腿下來，只怕人笑，不怕自哭，也奇。（容眉）
◎11.看他寫出幾番叫法，俱有步驟。（袁夾）

洗了腳，上床歇了。睡到五更起來，洗漱罷，吃了飯，還了房錢，兩個又上路。行不到三里多路，戴宗取出甲馬道：「兄弟，今日與你只縛兩個，教你慢行些。」李逵道：「親爺，我不要縛了。」戴宗道：「你既依我言語，我和你幹大事，如何肯弄你？你若不依我，教你一似夜來只釘住在這裏。◎12只等我去薊州尋見了公孫勝，回來放你。」李逵慌忙叫道：「我依，我依！」戴宗與李逵當日各縛兩個甲馬，作起神行法，扶著李逵兩個一同走。原來戴宗的法，要行便行，要住便住。李逵從此那裏敢違他言語，於路上只是買些素酒素飯，吃了便行。話休絮煩。兩個用神行法，不旬日，迤邐來薊州城外客店裏歇了。

次日，兩個入城來，戴宗扮做主人，李逵扮做僕者。繞城中尋了一日，並無一個認得公孫勝的，兩個自回店裏歇了。次日，又去城中小街狹巷尋了一日，絕無消耗。李逵心焦，罵道：「這個乞丐道人，卻鳥躲在那裏？◎13我若見時，腦揪將去見哥哥。」戴宗說道：「你

⊗ 戴宗、李逵兩個人到薊州尋找公孫勝，一路上到處打探，卻沒有一點消息，公孫勝似乎憑空消失了。（日版畫，出自《新編水滸畫傳》，葛飾戴斗繪）

又來了，若不聽我言語，我又教你吃苦。」李逵笑道：「我自這般說耍。」◎14戴宗又埋怨了一回，李逵不敢回話。兩個又來店裏歇了。次日早起，卻去城外近村鎮市尋覓。戴宗但見老人，便施禮拜問公孫勝先生家在那裏居住，並無一人認得。戴宗也問過數十處。當日晌午時分，兩個走得肚飢，路旁邊見一個素麵店，兩個直入來，買些點心吃。只見裏面都坐滿，沒一個空處。戴宗、李逵立在當路。過賣問道：「客官要吃麵時，和這老人合坐一坐。」◎15戴宗見個老丈獨自一個佔著一副大座頭，便與他施禮，唱個喏，兩個對面坐了。李逵坐在戴宗肩下，分付過賣造四個壯麵※3來。戴宗道：「我吃一個，你吃三個不少麼？」李逵道：「不濟事！一發做六個來，我都包辦。」過賣見了也笑。等了半日，不見把麵來。李逵卻見都搬入裏面去了，心中已有五分焦躁。只見過賣卻搬一個熱麵，放在合坐老人面前。那老人也不謙讓，拿起麵來便吃。那分麵卻熱，老兒低著頭，伏桌兒吃。李逵性急，見不搬麵來，叫一聲：「過賣！」罵道：「卻教老爺等了這半日！」把那桌子只一拍，濺那老人一臉熱汁，那分麵都潑翻了。老兒焦躁，便來揪住李逵，喝道：「你是何道理，打翻我麵？」李逵捻起拳頭，要打老兒。戴宗慌忙喝住，與他陪話道：「丈丈休和他一般見識，小可賠丈丈一分麵。」那老人道：「客官不知，老漢路遠，早要吃了麵回去聽講，遲時誤了程途。」戴宗問道：「丈丈何處人氏？卻聽誰人講甚麼？」老兒答道：「老漢是本處薊州管下九宮縣二仙山下人氏。因來

註

※3 壯麵：寬麵條或煮得較硬的麵條。

評點

◎12.一味行得住不得，又收拾李大不來，妙處全在住得。（容眉）
◎13.妙人快人。（容夾）
◎14.畫出兩個說話的臉來。（袁眉）
◎15.只是輕輕地落出一筆，絕不見斧削之跡。（金批）

這城中買些好香回去，聽山上羅眞人講說長生不老之法。」戴宗尋思道：「莫不公孫勝也在那裏？」便問老人道：「丈丈貴莊，曾有個公孫勝麼？」老人道：「客官問別人定不知，多有人不認得他。老漢和他是鄰舍。他只有個老母在堂，這個先生一向雲遊在外，比時喚做公孫一清。如今出姓，都只叫他清道人，不叫做公孫勝。此是俗名，無人認得。」◎16戴宗道：「正是『踏破鐵鞋無覓處，得來全不費工夫』！」戴宗又拜問丈丈道：「九宮縣二仙山離此間多少路？清道人在家麼？」老人道：「二仙山只離本縣四十五里便是。清道人他是羅眞人上首徒弟，他本師不放離左右。」戴宗聽了大喜，連忙催趲麵來吃，和那老兒一同吃了，算還麵錢，同出店肆，問了路途。戴宗道：「丈丈先行。◎17小可買些香紙，也便來也。」老人作別去了。

戴宗、李逵回到客店裏，取了行李包裹，再拴上甲馬，離了客店，兩個取路投九宮縣二仙山來。戴宗使起神行法，四十五里，片時到了。二人來到縣前，問二仙山時，有人指道：「離縣投東，只有五里便是。」兩個又離了縣治，投東而行。果然行不到五里，早望見那座仙山，委實秀麗。但見：

青山削翠，碧岫堆雲。兩崖分虎踞龍盤，四面有猿啼鶴唳。朝看雲封山頂，暮觀日掛林梢。流水潺漫，澗內聲聲鳴玉珮；飛泉瀑布，洞中隱隱奏瑤琴。若非道侶修行，定有仙翁煉藥。

當下戴宗、李逵來到二仙山下，見個樵夫，戴宗與他施禮，說道：「借問此間清道人家

在何處居住？」樵夫指道：「只過這東山嘴，門外有條小石橋的便是。」兩個抹過山嘴來，見有十數間草房，一周圍矮墻，墻外一座小小石橋。兩個來到橋邊，見一個村姑提一籃新果子出來。戴宗施禮問道：「娘子從清道人家出來，清道人在家麼？」村姑答道：「在屋後煉丹。」戴宗心中暗喜，分付李逵道：「你且去樹背後躲一躲，待我自入去，見了他，卻來叫你。」戴宗自入到裏面看時，一帶三間草房，門上懸掛一個蘆簾。戴宗咳嗽了一聲，只見一個白髮婆婆從裏面出來。戴宗看那婆婆，但見：

蒼然古貌，鶴髮酡顏。眼昏似秋月籠煙，眉白如曉霜映日。青裙素服，依稀紫府元君※4；布襖荊釵，彷彿驪山老姥※5。形如天上翔雲鶴，貌似山中傲雪松。

戴宗當下施禮道：「告稟老娘，◎18小可欲求清道人相見一面。」婆婆問道：「官人高姓？」戴宗道：「小可姓戴名宗，從山東到此。」婆婆道：「孩兒出外雲遊，不曾還家。」戴宗道：「小可是舊時相識，要說一句緊要的話，求見一面。」婆婆道：「不在家裏，有甚話說，留下在此不妨。待回家，自來相見。」戴宗道：「小可再來。」就辭了婆婆，卻來門外對李逵道：「今番須用著你。方纔他娘說道，不在家裏，如今你可去

註

※4 紫府元君：紫府少陽君，又叫東華帝君，王氏，字玄甫，道號東華子，又號青童君、東方諸、青提帝君，名號雖殊，但有一東華。配對（西王母）職能（掌管男性仙籍），並尊稱為「東華紫府少陽帝君」。其誕辰日為農曆二月初六。

※5 驪山老姥：驪山老姥即女媧，亦稱無極老姥，「古女神而帝者」。她和伏羲、神農並稱三皇，是人類始祖。《說文》云：「女媧，古之神聖女，化萬物者也。」

評點

◎16.為前一遭及昨二日尋不著注破。（金批）
◎17.不令先行，少間如何銷繳？凡作文須切記此法。（金批）
◎18.觀公孫勝之母古貌鶴髮，見其老矣，戴宗以老娘呼之，此升堂拜母之禮宜如此。（余評）

請他，他若說不在時，你便打將起來，卻不得傷犯他老母。我來喝住，你便罷。」

李逵先去包裹裏取出雙斧，插在兩胯下，入得門裏叫一聲：「著個出來！」◎19婆婆慌忙迎著問道：「是誰？」見了李逵睜著雙眼，先有八分怕他，問道：「哥哥有甚話說？」李逵道：「我是梁山泊黑旋風。奉著哥哥將令，教我來請公孫勝。你叫他出來，佛眼相看；若還不肯出來，放一把鳥火，把你家當都燒做白地。◎20莫言不是，早早出來！」婆婆道：「好漢莫要恁地！我這裏不是公孫勝家，自喚做清道人。」李逵道：「你只叫他出來，我自認得他鳥臉！」婆婆道：「出外雲遊未歸。」李逵拔出大斧，先砍翻一堵壁。婆婆向前攔住，李逵道：「你不叫你兒子出來，我只殺了你！」拿起斧來便砍，把那婆婆驚倒在地。只見公孫勝從裏面走將出來，叫道：「不得無禮！」有詩爲證：

藥爐丹竈學神仙，遁跡深山了萬緣。
不是凶神來屋裏，公孫安肯出堂前。

戴宗便來喝道：「鐵牛，如何嚇倒老母！」戴宗連忙扶起。李逵撇了大斧，便唱個喏道：「阿哥休怪！不恁地，你不肯出來。」公孫勝先扶娘入去了，◎21卻出來拜請戴宗、李逵，邀進一間淨室坐下，問道：「虧二位尋得到此。」戴宗道：「自從師父下山之後，小可先來薊州尋了一遍，並無打聽處，只糾合得一夥弟兄上山。今次宋公明哥哥因去高唐州救柴大官人，致被知府高廉兩、三陣用妖法贏了，無計奈何，只得教小可和李逵來尋請足下。繞遍薊州，並無尋處。偶因素麵店中，得個此間老丈指引到此。卻見村姑說足下在家燒煉丹藥，老母只是推卻，因此使李逵激出師父來。這個太莽了些，望乞恕罪！哥哥在高唐州界上度日如年，請師父便可行程，以見始終成全大義之美。」公孫勝道：「貧道幼年飄蕩江湖，多與好漢們相聚。自從梁山泊分別回鄉，非是昧心，一者母親年老，無人奉侍；二乃本師羅真人留在屋前，恐怕有人尋來，故改名清道人，隱藏在此。」戴宗道：「今者宋公明正在危急之際，師父慈悲，只得去走一遭。」公孫勝道：「干礙老母無人養贍，本師羅真人如何肯放？其實去不得了。」戴宗再拜懇告。公孫勝扶起戴宗，說道：「再容商議。」公孫勝留戴宗、李逵在淨室裏坐定，安排些素酒、素食相待。三個吃了一回，戴宗又苦苦哀告道：「若是師父不肯去時，宋公明必被高廉捉了，山寨大義，從此休矣！」公孫勝道：「且容我去稟問本師真人，若肯容許，便一同去。」戴宗道：「只今便去啓問本師。」公孫勝道：「且寬心住一宵，明日早去。」戴宗道：「哥哥在彼一日，如度一年，煩請師父同往一遭。」公孫勝便起身，引了戴宗、李逵離了家裏，取路上二仙山來。此時已是秋殘冬初時分，日短夜長，容易得晚，來到半山腰，卻早紅輪西墜。松陰裏面一條小路，直到羅真人觀前，見有朱紅牌額，上寫三個金字，書著「紫虛觀」。三人來到觀前，看那二仙山時，果然是好座仙境。但見：

青松鬱鬱，翠柏森森。一群白鶴聽經，數個青衣碾藥。青梧翠竹，洞門深鎖碧

評點

◎19.便與咳嗽不同。（袁夾）
◎20.這般請客也奇。（容眉）
◎21.寫公孫勝好。若寫宋江，便要跪問其母不已，埋怨李逵不已矣。（金批）

窗寒；白雪黃芽※6，石室雲封丹竈暖。野鹿銜花穿徑去，山猿擎果度岩來。時聞道士談經，每見仙翁論法。虛皇壇※7畔，天風吹下步虛聲；禮斗殿中，鸞背忽來環珮韻。只此便爲眞紫府，更於何處覓蓬萊？

三人就著衣亭上，整頓衣服，從廊下入來，逕投殿後松鶴軒裏去。兩個童子看見公孫勝領人入來，報知羅眞人，傳法旨，教請三人入來。當下公孫勝引著戴宗、李逵，到松鶴軒內，正值眞人朝眞※8才罷，坐在雲床上。公孫勝向前行禮起居※9，躬身侍立。戴宗、李逵看那羅眞人時，端的有神遊八極之表。但見：

星冠攢玉葉，鶴氅縷金霞。長髯廣頰，修行到無漏之天※10；碧眼方瞳，服食造長生之境。每啖安期之棗※11，曾嘗方朔之桃※12。氣滿丹田，端的綠筋紫腦；名登玄籙※13，定知蒼腎青肝。正是三更步月鸞聲遠，萬里乘雲鶴背高。

戴宗當下見了，慌忙下拜。李逵只管著眼看。◎22羅眞人問公孫勝道：「此二位何來？」公孫勝道：「便是昔日弟子曾告我師，山東義友是也。今爲高唐州知府高廉顯逞異術，有兄宋江特令二弟來此，呼喚弟子。未敢擅便，故來稟問我師。」羅眞人道：「吾弟子既脫火坑，學煉長生，何得再慕此境？」戴宗再拜道：「容乞暫請公孫先生下

道觀多修建在清幽之所，圖為安徽休寧齊雲山玉虛宮。（photobase / fotoe提供）

山，破了高廉，便送還山。」羅真人道：「二位不知，此非出家人閑管之事。汝等自下山去商議。」公孫勝只得引了二人，離了松鶴軒，連晚下山來。◎23李逵問道：「那老仙先生說甚麼？」◎24戴宗道：「你偏不聽得？」李逵道：「便是不省得這般鳥做聲。」戴宗道：「便是他的師父說道教他休去。」李逵聽了，叫起來道：「教我兩個走了許多路程，千難萬難尋見了，卻放出這個屁來。莫要引老爺性發，一隻手捻碎你這道冠兒，一隻手提住腰胯，把那老賊道倒直撞下山去！」戴宗瞅著道：「你又要釘住了腳？」李逵道：「不敢，不敢！我自這般說一聲兒耍。」三個再到公孫勝家裏，當夜安排些晚飯吃了。公孫勝道：「且權宿一宵，明日再去懇告本師。若肯時，便去。」戴宗至夜叫了安置，兩個收拾行李，都來淨室裏睡了。◎25兩個睡到五更左側，李逵悄悄地爬將起來，聽得戴宗齁齁的睡著，自己尋思道：「卻不是干鳥氣麼？你原是山寨裏人，卻來問甚麼鳥師父！明朝那廝又不肯，卻不誤了哥哥的大事？我忍不得了，只是殺了那個老賊道，教他沒問處，只得和我去。」

李逵當時摸了兩把板斧，悄悄地開了房門，◎26乘著星月明朗，一步步摸上山來。到

註

※6黃芽：道家稱鉛爲黃芽。
※7虛皇壇：道教神壇名。
※8朝眞：道士拜神。
※9起居：請安、問好。
※10無漏之天：佛教稱呼用修行消除煩惱爲「無漏」。無漏之天，是這種境界。
※11安期之棗：安期生，傳說中的神仙，他的棗即仙棗。
※12方朔之桃：仙桃的意思。東方朔，西漢辭賦家，傳說死後成仙。
※13玄籙：道教記載神仙等事的書籍。

評點

◎22.有戴宗，不可無李逵，寫得各極其妙。（金批）
◎23.連晚妙，爲下文蛛絲馬跡。（金批）
◎24.好稱呼，從來未有。（芥眉）
◎25.胸中既有連累柴大官人一事，耳中又有必捉公明哥哥一句，眞是如何睡得著？寫李逵忠孝過人，令人感泣。（金批）（金本此處爲「這李逵那裏睡得著？挨到五更左側」，金本如此改動，比原作更細膩。——編者按）
◎26.爲了弟兄，便有無數輕輕，吾聞其語，未見其人也。（金批）

得紫虛觀前，卻見兩扇大門關了。旁邊籬墻苦不甚高，李逵騰地跳將過去，開了大門，一步步摸入裏面來。直至松鶴軒前，只聽隔窗有人看誦《玉樞寶經》之聲。李逵爬上來，舐破窗紙張時，見羅眞人獨自一個坐在雲床上，面前桌兒上燒著一爐好香，點著兩枝畫燭，朗朗誦經。李逵道：「這賊道卻不是當死！」一趄趄過門邊來，把手只一推，呀的兩扇亮槅齊開。李逵搶將入去，提起斧頭，便望羅眞人腦門上劈將下來，砍倒在雲床上，◎27流出白血來。李逵看了，笑道：「眼見得這賊道是童男子身，頤養得元陽眞氣，不曾走泄，正沒半點的紅。」李逵再仔細看時，連那道冠兒劈做兩半，一顆頭直砍到項下。◎28李逵道：「今番且除了一害，不煩惱公孫勝不去！」便轉身出了松鶴軒，從側首廊下奔將出來。只見一個青衣童子攔住李逵，喝道：「你殺了我本師，待走那裏去！」李逵道：「你這個小賊道，也吃我一斧！」手起斧落，把頭早砍下臺基邊去。二人都被李逵砍了，李逵笑道：「只好撒開！」逕取路出了觀門，飛也似奔下山來。到得公孫勝家裏，閃入來，閉上了門，淨室裏聽戴宗時，兀自未覺，李逵依然原又去睡了。

直到天明，公孫勝起來安排早飯，相待兩個吃了。戴宗道：「再請先生同引我二人上山，懇告眞人。」李逵聽了，暗暗地冷笑。三個依原舊路，再上山來。入到紫虛觀裏松鶴軒中，見兩個童子。公孫勝問道：「眞人何在？」童子答道：「眞人坐在雲床上養性。」李逵聽說，吃了一驚，把舌頭伸將出來，半日縮不入去。三個揭起簾子，入來看時，見羅眞人坐在雲床上中間。李逵暗暗想道：「昨夜莫非是錯殺了？」羅眞人便道：

「汝等三人又來何幹？」戴宗道：「特來哀告我師慈悲，救取衆人免難。」羅眞人道：「這黑大漢是誰？」戴宗答道：「是小可義弟，姓李名逵。」眞人笑道：「本待不教公孫勝去，看他的面上，教他去走一遭。」◎29戴宗拜謝，李逵自暗暗尋思道：「那廝知道我要殺他，卻又鳥說！」

只見羅眞人道：「我教你三人片時便到高唐州如何？」三個謝了。戴宗尋思：「這羅眞人又強似我的神行法。」眞人喚道童取三個手帕來。戴宗道：「上告我師，卻是怎生教我們便能夠到高唐州？」羅眞人便起身道：「都跟我來。」三個人隨出觀門外石岩上來。先取一個紅手帕，鋪在石上道：「吾弟子可登。」公孫勝雙腳在上面，羅眞人把袖一拂，喝聲道：「起！」那手帕化做一片紅雲，載了公孫勝，冉冉騰空便起，離山約有二十餘丈。羅眞人喝聲：「住！」那片紅雲不動。卻鋪下一個青手帕，教戴宗踏上。喝聲：「起！」那手帕卻化作一片青雲，載了戴宗，起在半空裏去了。那兩片青、紅二雲，如蘆席大，起在天上轉，李逵看得呆了。◎30羅眞人卻把一個白手帕鋪在石上，喚李逵踏上。李逵笑道：「你不是耍，若跌下來，好個大疙瘩。」羅眞人道：「你見二人麼？」李逵立在手帕上，羅眞人說一聲：「起！」那手帕化做一片白雲，飛將起去。李逵叫道：「阿呀！我的不穩，放我下來。」◎31羅眞人把右手一招，那青、紅二雲平平墜將下來。戴宗拜謝，侍立在面前，公孫勝侍立在左手。李逵在上面叫道：「我也要撒尿、撒屎，你不著我下來，我劈頭便撒下來也！」羅眞人問道：「我等自是出家人，不

評點

◎27.無非是忠義所使。（容夾）
◎28.說得眞，寫得細，亦照捻碎語，俱堪絕倒。（袁夾）
◎29.眞人無假，只是頑耳。（金批）
◎30.此回純以科諢成文，此外又從百忙裏演出半回劇諢，使人絕倒。（袁眉）
◎31.只這一片雲，說得如此錯落。（袁眉）

曾惱犯了你，你因何夜來越墻而過，入來把斧劈我？若是我無道德，已被殺了，又殺了我一個道童！」李逵道：「不是我，你敢錯認了？」羅眞人笑道：「雖然只是砍了我兩個葫蘆，其心不善，且教你吃些磨難！」把手一招，喝聲：「去！」一陣惡風，把李逵吹入雲端裏。只見兩個黃巾力士，押著李逵，耳邊只聽得風雨之聲，不覺逕到薊州地界，唬得魂不著體，手腳搖戰。忽聽得刮刺刺地響一聲，卻從薊州府廳屋上骨碌碌滾將下來。當日正值府尹馬士弘坐衙，◎32廳前立著許多公吏人等，看見半天裏落下一個黑大漢來，衆皆吃驚。馬知府見了，叫道：「且拿這廝過來！」當下十數個牢子、獄卒，把李逵驅至當面。馬府尹喝道：「你這廝是那裏妖人？如何從半天裏吊將下來？」李逵吃跌得頭破額裂，半晌說不出話來。馬知府道：「必然是個妖人，教去取些法物來。」牢子節級將李逵綑翻，驅下廳前草地裏，一個虞候，掇一盆狗血，沒頭一淋。又一個提一桶尿糞來，望李逵頭上直澆到腳底下。李逵口裏、耳朵裏，都是尿屎。李逵叫道：「我不是妖人，我是跟羅眞人的伴當！」原來薊州人都知道羅眞人是個現世

李逵半夜悄悄上山，到紫虛觀前，一步步摸到羅真人臥房，見羅真人獨自一個坐在雲床上，提起斧頭，便望羅真人腦門上劈將下。（朱寶榮繪）

李逵暗殺羅真人，後者為了讓李逵得點教訓，施展法術把李逵弄到空中，扔到了薊州府的廳屋上，最後李逵骨碌碌滾到了大堂上。（日版畫，出自《新編水滸畫傳》，葛飾戴斗繪）

的活神仙，因此不肯下手傷他，再驅李逵到廳前，早有吏人稟道：「這薊州羅眞人是天下有名的得道活神仙，若是他的從者，不可加刑。」馬府尹笑道：「我讀千卷之書，每聞今古之事，未見神仙有如此徒弟，即係妖人。牢子，與我加力打那廝！」衆人只得拿翻李逵，打得一佛出世，二佛涅槃。◎33馬知府喝道：「你那廝快招了妖人，便不打你。」李逵只得招做「妖人李二」。取一面大枷釘了，押下大牢裏去。李逵來到死囚獄裏，說道：「我是值日神將，如何枷了我？好歹教你這薊州一城人都死！」那押牢節級、禁子都知羅眞人道德清高，誰不欽服，都來問李逵：「你端的是甚麼人？」李逵道：「我是羅眞人親隨值日神將，因一時有失，惡了眞人，把我撇在此間，教我受此苦難，三、兩日必來取我。你們若不把些酒食來將息我時，我教你們衆人全家都死！」那節級、牢子見了他

評點

◎32.偏撰一名，如眞有之者。（金批）
◎33.二語搭著活神仙，便有情。（袁夾）

說，倒都怕他，只得買酒、買肉請他吃。李逵見他們害怕，越說起風話來。牢裏衆人越怕了，又將熱水來與他洗浴了，換些乾淨衣裳。李逵道：「若還缺了我酒食，我便飛了去，教你們受苦。」牢裏禁子只得倒陪告他。李逵陷在薊州牢裏不提。

且說羅眞人把上項的事，一一說與戴宗。戴宗只是苦苦哀告，求救李逵。羅眞人留住戴宗在觀裏宿歇，動問山寨裏事務。戴宗訴說晁天王、宋公明仗義疏財，專只替天行道，誓不損害忠臣烈士、孝子賢孫、義夫節婦，許多好處。◎34羅眞人聽罷甚喜。一住五日，戴宗每日磕頭禮拜，求告眞人，乞救李逵。羅眞人道：「這等人只可驅除了，休帶回去。」戴宗告道：「眞人不知，李逵雖是愚蠢，不省理法，也有些小好處。◎35第一，鯁直，分毫不肯苟取於人。第二，不會阿諂於人，雖死，其忠不改。第三，並無淫慾邪心，貪財背義，敢勇當先。因此宋公明甚是愛他。不爭沒了這個人回去，教小可難見兄長宋公明之面。」羅眞人笑道：「貧道已知這人是上界天殺星之數。爲是下土衆生作業太重，故罰他下來殺戮。吾亦安肯逆天，壞了此人？只是磨他一會，我叫取來還你。」戴宗拜謝。羅眞人叫一聲：「力士安在？」就松鶴軒前起一陣風，風過處，一尊黃巾力士出現。但見：

面如紅玉，鬚似皂絨。彷佛有一丈身材，縱橫有千斤氣力。黃巾側畔，金環日耀噴霞光；繡襖中間，鐵甲霜鋪吞月影。常在壇前護法，每來世上降魔。

那個黃巾力士上告：「我師有何法旨？」羅眞人道：「先差你押去薊州的那人，罪業已滿。你還去薊州牢裏取他回來，速去速回！」力士聲喏去了。約有半個時辰，從虛空裏把李逵撇將下來。戴宗連忙扶住李逵，問道：「兄弟這兩日在那裏？」李逵看了羅眞人，只管磕頭拜說道：「鐵牛不敢了也！」羅眞人道：「你從今已後，可以戒性，竭力扶持宋公明，休生歹心。」李逵再拜道：「敢不遵依眞人言語？」戴宗道：「你正去那裏走了這幾日？」李逵道：「自那日一陣風，直刮我去薊州府裏，從廳屋脊上直滾下來，被他府裏衆人拿住。那個馬知府道我是妖人，捉翻我綑了，卻教牢子獄卒，把狗血和尿屎淋我一頭一身，打得我兩腿肉爛，把我枷了，下在大牢裏去。衆人問我，是何神從天上落下來？我因說是羅眞人的親隨值日神將，因有些過失，罰受此苦，過二、三日，必來取我。雖是吃了一頓棍棒，卻也詐得些酒食噇，那廝們懼怕眞人，卻與我洗浴，換了一身衣裳。方纔正在亭心裏詐酒肉吃，只見半空裏跳下這個黃巾力士，把枷鎖開了，喝我閉眼，一似睡夢中，直扶到這裏。」公孫勝道：「師父似這般的黃巾力士，有一千餘員，都是本師眞人的伴當。」李逵聽了叫道：「活佛，你何不早說，免教我做了這般不是！」只顧下拜。戴宗也再拜懇告道：「小可端的來得多日了，高唐州軍馬甚急，望乞師父慈悲，放公孫先生同弟子去救哥哥宋公明，破了高廉，便送還山。」羅眞人道：「我本不教他去，今爲汝大義爲重，權教他去走一遭。我有片言，汝當記取。」公孫勝向前跪聽眞人指教。正是：滿還濟世安邦願，來作乘鸞跨鳳人。畢竟羅眞人對公孫勝說出甚話來？且聽下回分解。◎36

評點

◎34.入此段正意，此回文字始不小不誕。（芥眉）
◎35.好到極處，猶以爲小，羞殺世人，罵殺世人。（芥眉）
◎36.戴宗千拜萬求，不如李逵三、四板斧，義氣十分憤激。羅眞人說：看李逵面上，教公孫勝去。雖是謔語，卻是實話。（袁評）

第五十四回　入雲龍鬥法破高廉　黑旋風探穴救柴進◎1

話說當下羅眞人道：「弟子，你往日學的法術，卻與高廉的一般。吾今傳授與汝五雷天罡正法※1，依此而行，可救宋江，保國安民，替天行道。休被人慾所縛，誤了大事，專精從前學道之心。你的老母，我自使人早晚看視，勿得憂念。汝應上界天閑星，以此容汝去助宋公明。吾有八個字，汝當記取，休得臨期有誤。」羅眞人說那八個字，道是：「逢幽而止，遇汴而還。」公孫勝拜授了訣法，便和戴宗、李逵三個，拜辭了羅眞人，別了衆道伴下山。歸到家中，收拾了道衣、寶劍二口，並鐵冠、如意※2等物了當，拜辭了老母，離山上路。行過了三、四十里路程，戴宗道：「小可先去報知哥哥，先生和李逵大路上來，卻得再來相接。」公孫勝道：「正好。賢弟先往報知，吾亦趲行來也。」戴宗分付李逵道：「於路小心伏侍先生。但有些差池，教你受苦。」李逵道：「他和羅眞人一般的法術，我如何敢輕慢了他？」

評點

◎1.請得公孫勝後，三人一同趕回，可也。乃戴宗忽然先去者，所以爲李逵買棗糕地也；李逵特買棗糕者，所以爲結識湯隆地也；李逵結識湯隆者，所以爲打造鉤鐮槍地也。夫打造鉤鐮槍，以破連環馬也。連環馬之來，固爲高廉報仇也；高廉之死，則死於公孫勝也。今公孫勝則猶未去也。公孫勝未去，是高廉未死也；高廉未死，則高俅亦不必遣呼延也；高俅不遣呼延，則亦無有所謂連環馬也；無有所謂連環馬，則亦不須所謂鉤鐮槍也；無有連環馬，不須鉤鐮槍，則亦不必湯隆也。乃今李逵已預結識也；爲結識故，已預買糕也；爲買糕故，戴宗亦已預去也。夫文心之曲，至於如此，洵鬼神之所不得測也。寫公孫神功道法，只是一筆兩筆，不肯出力鋪張，是此書特特過人一籌處。寫公孫破高廉，若使一陣便了，則不顯公孫；然欲再持一日，又太張高廉。趁前篇劫寨一勢，寫作又來劫寨，因而便掃蕩之。不輕不重，深得其宜矣。前劫寨是乘勝而來，後劫寨是因敗而至；前後兩番劫寨，以此爲其分別。然作者其實以後劫寨自掩前劫寨之筆痕墨跡，如上卷論之詳矣。此回獨大書林沖戰功者，正是高家清水公案，非浪筆漫書也。太史公曰：「怨毒之於人甚矣哉！」不其然乎。李逵樸至人，雖極力寫之，亦須寫不出。乃此書但要寫李逵樸至，便倒寫其奸猾；寫得李逵愈奸猾，便愈樸至，眞奇事也。古詩云：「井水知天風。」蓋言水在井中，未必知天風也。今兩旋風都入高唐枯井之底，殆寓言當時宋江擾亂之惡，至於無處不至也。卷末描畫御賜踢雪烏騅只三、四句，卻用兩「那馬」句，讀之遂抵一篇妙絕馬賦。（金批）

◎2.李大哥才是個眞人，羅眞人反未必眞。（容眉）

◎3.迤邐生出事來。（金批）

戴宗拴上甲馬，作起神行法來，預先去了。

卻說公孫勝和李逵兩個，離了二仙山九宮縣，取大路而行，到晚尋店安歇。李逵懼怕羅眞人法術，十分小心伏侍公孫勝，那裏敢使性。◎2兩個行了三日，來到一個去處，地名喚做武岡鎭。只見街市人煙輳集，公孫勝道：「這兩日於路走得困倦，買碗素酒、素麵吃了行。」李逵道：「也好。」卻見驛道旁邊一個小酒店，兩個人來店裏坐下。公孫勝坐了上首，李逵解了腰包，下首坐了。叫過賣一面打酒，就安排些素饌來，與二人吃。公孫勝道：「你這裏有甚素點心賣？」過賣道：「我店裏只賣酒肉，沒有素點心。市口人家有棗糕賣。」李逵道：「我去買些來。」◎3便去包內取了銅錢，逕投市鎭上來，買了一包棗糕。欲待回來，只聽得路旁側首有人喝采道：「好氣力！」李逵看時，一

李逵、公孫勝回梁山的路上，李逵去買棗糕，恰好看到路旁側首有人喝采，仔細一看，才發覺有個漢子拿一把鐵瓜鍾在賣藝。（日版畫，出自《新編水滸畫傳》，葛飾戴斗繪）

註

※1五雷天罡正法：指由薩眞人所傳斗母、月字、爭魂、擒邪、伐廟、煉度五訣雷法。
※2如意：一種象徵吉祥的器具，頭爲雲形或靈芝形，柄微曲，以玉、骨等製成。

夥人圍定一個大漢，把鐵瓜錘在那裏使，衆人看了喝采他。李逵看那大漢時，七尺以上身材，面皮有麻，鼻子上一條大路。李逵看那鐵錘時，約有三十來斤。那漢使得發了，一瓜錘正打在壓街石上，把那石頭打做粉碎，衆人喝采。李逵忍不住，便把棗糕揣在懷中，便來拿那鐵錘。那漢喝道：「你是甚麼鳥人？敢來拿我的錘！」◎4李逵道：「你使的甚麼鳥好，教衆人喝采！看了倒污眼！你看老爺使一回，教衆人看。」那漢道：「我借與你，你若使不動時，且吃我一頓脖子拳了去。」李逵接過瓜錘，如弄彈丸一般，使了一回，輕輕放下，面又不紅，心頭不跳，口內不喘。那漢看了，倒身下拜，說道：「願求哥哥大名。」李逵道：「你家在那裏住？」◎5那漢道：「只在前面便是。」引了李逵到一個所在，見一把鎖鎖著門。那漢把鑰匙開了門，請李逵到裏面坐地。李逵看他屋裏都是鐵砧、鐵錘、火爐、鉗、鑿家火，尋思道：「這人必是個打鐵匠人，山寨里正用得著，何不叫他也去入夥？」◎6李逵又道：「漢子，你通個姓名，教我知道。」那漢道：「小人姓湯名隆。父親原是延安府知寨官，因爲打鐵上，遭際老種經略相公帳前敘用。近年父親在任亡故，小人貪賭，流落在江湖上，因此權在此間打鐵度日。入骨好使槍棒。爲是自家渾身有麻點，人都叫小人做『金錢豹子』。敢問哥哥高姓大名？」李逵道：「我便是梁山泊好漢黑旋風李逵。」湯隆聽了，再拜道：「多聞哥哥威名，誰想今日偶然得遇。」李逵道：「你在這裏，幾時得發跡？不如跟我上梁山泊入夥，叫你也做個頭領。」◎7湯隆道：「若是哥哥不棄，肯帶攜兄弟時，願隨鞭鐙。」就拜李逵爲兄。

李逵認湯隆爲弟。湯隆道：「我又無家人伴當，同哥哥去市鎭上吃三杯淡酒，表結拜之意。今晚歇一夜，明日早行。」李逵道：「我有個師父在前面酒店裏，等我買棗糕去吃了便行，耽擱不得，只可如今便行。」湯隆道：「如何這般要緊？」李逵道：「你不知宋公明哥哥，現今在高唐州界首廝殺，只等我這師父到來救應。」湯隆道：「這個師父是誰？」李逵道：「你且休問，快收拾了去。」◎8湯隆急急拴了包裹、盤纏、銀兩，戴上毡笠兒，跨了口腰刀，提條朴刀，棄了家中破房舊屋，粗重家火，跟了李逵，直到酒店裏來見公孫勝。

公孫勝埋怨道：「你如何去了許多時？再來遲些，我依前回去了！」李逵不敢做聲回話。引過湯隆拜了公孫勝，備說結義一事。公孫勝見說他是打鐵出身，心中也喜。李逵取出棗糕，叫過賣將去整理。三個一同飲了幾杯酒，吃了棗糕，算還了酒錢。李逵、湯隆各背上包裹，與公孫勝離了武岡鎭，迤邐望高唐州來。三個於路，三停中走了兩停多路，那日早，卻好迎著戴宗來接。公孫勝見了大喜，連忙問道：「近日相戰如何？」戴宗道：「高廉那廝，近日箭瘡平復，每日領兵來搦戰。哥哥堅守，不敢出敵，只等先生到來。」公孫勝道：「這個容易。」李逵引著湯隆拜見戴宗，說了備細，◎9四人一處奔高唐州來。離寨五里遠，早有呂方、郭盛引一百餘騎軍馬迎接著。四人都上了馬，一同到寨。宋江、吳用等出寨迎接。各施禮罷，擺了接風酒，敘問間闊之情，請入中軍帳內，眾頭領亦來作慶。李逵引過湯隆來參見宋江、吳用，並眾頭領等。講禮已罷，寨中

評點

◎4.眼光聲口，恰是李逵一流人物。（金批）
◎5.一邊問名，一邊卻問家，妙甚。（袁眉）
◎6.只爲宋江好賢，故弟兄內極粗莽的亦有此念。（袁眉）
◎7.李大哥原具眼，原憐才，原肯薦賢。（容眉）
◎8.來得迅疾，結得迅疾，眞正絕奇文字。（金批）
◎9.活寫出新得兄弟快活來。（金批）

且做慶賀筵席。次日中軍帳上，宋江、吳用、公孫勝商議破高廉一事。公孫勝道：「主將傳令，且著拔寨都起，看敵軍如何，貧道自有區處。」當日宋江傳令各寨，一齊引軍起身，直抵高唐州城壕，下寨已定。次早五更造飯，軍人都披掛衣甲。宋公明、吳學究、公孫勝，三騎馬直到軍前，搖旗擂鼓，吶喊篩鑼，殺到城下來。

再說知府高廉在城中箭瘡已痊，隔夜小軍來報知宋江軍馬又到，早晨都披掛了衣甲，便開了城門，放下吊橋，將引三百神兵並大小將校，出城迎敵。兩軍漸近，旗鼓相望，各擺開陣勢。兩陣裏花腔鼉※3鼓擂，雜彩繡旗搖。宋江陣門開處，分十騎馬來，雁翅般擺開在兩邊。◎10左手下五將：花榮、秦明、朱仝、歐鵬、呂方；右手下五將：是林沖、孫立、鄧飛、馬麟、郭盛。中間三騎馬上，爲頭是主將宋公明。怎生打扮：

頭頂茜紅巾，腰繫獅蠻帶。錦征袍大鵬貼背，水銀盔彩鳳飛檐。抹綠靴斜踏寶鐙，黃金甲光動龍鱗。描金韉隨定紫絲鞭，錦鞍韉穩稱桃花馬。

左邊那騎馬上，坐著的便是梁山泊掌握兵權軍師吳學究。怎生打扮：

五明扇※4齊攢白羽，九綸巾※5巧簇烏紗。素羅袍香皂沿邊，碧玉環絲絛束定。鳧舄※6穩踏葵花鐙，銀鞍不離紫絲韁。兩條銅鏈腰間掛，一騎青驄出戰場。

右邊那騎馬上，坐著的便是梁山泊掌握行兵布陣副軍師公孫勝，怎生打扮：

星冠耀日，神劍飛霜。九霞衣服繡春雲，六甲風雷藏寶訣。腰間繫雜色短鬚

評點

◎10.絕妙軍容。（金批）

絛，背上懸松文古定劍。穿
一雙雲頭點翠早朝靴，騎一
匹分鬃昂首黃花馬。名標蕊
笈玄功※7著，身列仙班道行
高。

三個總軍主將，三騎馬出到陣前。看對陣金鼓齊鳴，門旗開處，也有二、三十個軍官，簇擁著高唐州知府高廉出在陣前，立馬於門旗下。怎生結束，但見：

束髮冠珍珠嵌就，絳紅袍錦
繡攢成。連環鎧甲耀黃金，
雙翅銀盔飛彩鳳。足穿雲縫

公孫勝拿出那一把松文古定劍，口中念念有詞，喝聲道：「疾！」一下子就破了高廉的法術，那些怪獸毒蟲紛紛墜於陣前。（朱寶榮繪）

註

※3鼉：音駝。爬行動物，吻短，體長二公尺餘，背部、尾部均有鱗甲。穴居江河岸邊，皮可以蒙鼓。亦稱「揚子鰐」、「鼉龍」、「豬婆龍」。

※4五明扇：古扇名，傳說為虞舜所作。晉崔豹《古今注・輿服》：「五明扇，舜所作也。既受堯禪，廣開視聽，求賢人以自輔，故作五明扇焉。秦漢公卿、士大夫，皆得用之。」

※5九綸巾：古時頭巾名。幅巾的一種，以絲帶編成，一般為青色。

※6鳧舃：《後漢書・方術傳上・王喬》：「王喬者，河東人也。顯宗世，為葉令。喬有神術，每月朔望，常自縣詣臺朝。帝怪其來數，而不見車騎，密令太史伺望之。言其臨至，輒有雙鳧從東南飛來。於是候鳧至，舉羅張之，但得一隻舃焉。乃詔尚方?視，則四年中所賜尚書官屬履也。」後因此以「鳧舃」指仙履。南朝梁沈約〈善館碑〉：「霓裳不反，鳧舃忘歸。」亦常用為縣令的典實。

※7蕊笈玄功：神仙典籍記載的功夫。

吊墩靴，腰繫獅蠻金鞓帶※8。手內劍橫三尺水，陣前馬跨一條龍。

那知府高廉出到陣前，厲聲高叫，喝罵道：「你那水窪草賊，既有心要來廝殺，定要分個勝敗，見個輸贏，走的不是好漢！」宋江聽罷，問一聲：「誰人出馬立斬此賊？」小李廣花榮挺槍躍馬，直至垓心。高廉見了，喝問道：「誰與我直取此賊去？」那統制官隊裏轉出一員上將，喚做薛元輝，使兩口雙刀，騎一匹劣馬，飛出垓心，來戰花榮。兩個在陣前鬥了數合，花榮撥回馬，望本陣便走。薛元輝不知是計，縱馬舞刀，盡力來趕。花榮略帶住了馬，拈弓取箭，扭轉身軀，只一箭，把薛元輝頭重腳輕，射下馬去。兩軍齊吶聲喊。高廉在馬上見了大怒，急去馬鞍鞽前，取下那面聚獸銅牌，把劍去擊。那裏敲得三下，只見神兵隊裏捲起一陣黃沙來，罩得天昏地暗，日色無光。喊聲起處，豺狼虎豹、怪獸毒蟲，就這黃沙內捲將出來。眾軍恰待都走，公孫勝在馬上，早掣出那一把松文古定劍來，◎11指著敵軍，口中念念有詞，喝聲道：「疾！」只見一道金光射去，那夥怪獸毒蟲都就黃沙中亂紛紛墜於陣前。眾軍人看時，卻都是白紙剪的虎豹走獸，黃沙盡皆蕩散不起。宋江看了，鞭梢一指，大小三軍，一齊掩殺過去。但見人亡馬倒，旗鼓交橫。高廉急把神兵退走入城。◎12宋江軍馬趕到城下，城上急拽起吊橋，閉上城門，擂木炮石如雨般打將下來。宋江叫且鳴金，收聚軍馬下寨，整點人數，各獲大勝。回帳稱謝公孫先生神功道德，隨即賞勞三軍。次日，分兵四面圍城，盡力攻打。公孫勝對宋江、吳用道：「昨夜雖是殺敗敵軍大半，眼見得那三百神兵退入城中去了。今

日攻擊得緊，那廝夜間必來偷營劫寨。今晚可收軍一處，至夜深，分去四面埋伏。這裏虛扎寨柵，教衆將只聽霹靂響，看寨中火起，一齊進兵。」傳令已了。當日攻城至未牌時分，都收四面軍兵還寨，卻在營中大吹大擂飲酒。看看天色漸晚，衆頭領暗暗分撥開去，四面埋伏已定。

卻說宋江、吳用、公孫勝、花榮、秦明、呂方、郭盛上土坡等候。是夜，高廉果然點起三百神兵，背上各帶鐵葫蘆，於內藏著硫黃焰硝、煙火藥料。各人俱執鈎刀、鐵掃帚，口內都銜蘆哨。二更前後，大開城門，放下吊橋，高廉當先，驅領神兵前進，背後卻帶三十餘騎，奔殺前來。離寨漸近，高廉在馬上作起妖法，卻早黑氣衝天，狂風大作，飛沙走石，播土揚塵。三百神兵各取火種，去那葫蘆口上點著，一聲蘆哨齊響，黑氣中間，火光罩身，大刀闊斧，滾入寨裏來。高埠處，公孫勝仗劍作法，就空寨中平地上刮刺刺起個霹靂。三百神兵急待退步，只見那空寨中火起，光焰亂飛，上下通紅，無路可出。四面伏兵齊趕，圍定寨柵，黑處遍見。三百神兵不曾走得一個，都被殺在寨裏。◎13高廉急引了三十餘騎，奔走回城。背後一枝軍馬追趕將來，乃是豹子頭林沖。看看趕上，急叫得放下吊橋，高廉只帶得八、九騎入城，其餘盡被林沖和人連馬生擒活捉了去。高廉進到城中，盡點百姓上城守護。高廉軍馬神兵，被宋江、林沖殺個盡絕。◎14次日，宋江又引軍馬四面圍城甚急。高廉尋思：「我數年學得術法，不想今日被他破

註

※8 金鞓帶：皮帶。

評點

◎11.松文好色澤，古定好名目。（金批）
◎12.觀公孫勝用此法而收高廉，正謂邪不能勝正之說。（余評）
◎13.高廉乃倚這法爲奇，被公孫勝破之，此合休之數至矣。（余評）
◎14.又提明一句，有意。（芥夾）

了，似此如之奈何？只得使人去鄰近州府求救。」急急修書二封，教去東昌、寇州，二處離此不遠：「這兩個知府，都是我哥哥擡舉的人。」教星夜起兵來接應。差了兩個帳前統制官，齎擎書信，放開西門，殺將出來，投西奪路去了。衆將卻待去追趕，吳用傳令：「且放他出去，可以將計就計。」宋江問道：「軍師如何作用？」吳學究道：「城中兵微將寡，所以他去求救。我這裏可使兩枝人馬，詐作救應軍兵，◎15於路混戰。高廉必然開門助戰，乘勢一面取城，把高廉引入小路，必然擒獲。」宋江聽了大喜。令戴宗回梁山泊另取兩枝軍馬，分作兩路而來。

且說高廉每夜在城中空闊處，堆積柴草，竟天價放火爲號，城上只望救兵到來。過了數日，守城軍兵望見宋江陣中不戰自亂，急忙報知。高廉聽了，連忙披掛上城瞻望，只見兩路人馬戰塵蔽日，喊殺連天，衝奔前來，四面圍城軍馬，四散奔走。高廉知是兩路救軍到了，盡點在城軍馬，大開城門，分頭掩殺出去。且說高廉撞到宋江陣前，看見宋江引著花榮、秦明，三騎馬望小路而走。高廉引了人馬急去

此圖為中古世紀末義大利繪畫，描繪一支圍城的軍隊用人力發射的弩和投石器攻守城的情景。

追趕，忽聽得山坡後連珠炮響，心中疑惑，便收轉人馬回來。兩邊鑼響，左手下呂方，右手下郭盛，各引五百人馬衝將出來。高廉急奪路走時，部下軍馬折其大半，奔走脫得垓心時，望見城上已都是梁山泊旗號。◎16舉眼再看，無一處是救應軍馬，只得引著些敗卒殘兵，投山僻小路而走。行不到十里之外，山背後撞出一彪人馬，當先擁出病尉遲孫立，攔住去路，厲聲高叫：「我等你多時，好好下馬受縛！」高廉引軍便回，背後早有一彪人馬，截住去路，當先馬上卻是美髯公朱仝。兩頭夾攻將來，四面截了去路，高廉便棄了坐下馬便走上山。四下裏部軍一齊趕上山去，高廉慌忙口中念念有詞，喝聲道：「起！」駕一片黑雲，冉冉騰空，直上山頂。◎17只見山坡邊轉出公孫勝來，見了，便把劍在馬上望空作用，口中也念念有詞，喝聲道：「疾！」將劍望上一指，只見高廉從雲中倒撞下來。側首搶過插翅虎雷橫，一朴刀把高廉揮做兩段。可憐五馬諸侯貴，化作南柯夢裏人。有詩爲證：

上臨之以天鑑，下察之以地祇※9。
明有王法相繼，暗有鬼神相隨。
行凶畢竟逢凶，恃勢還歸失勢。
勸君自警平生，可嘆可驚可畏。

且說雷橫提了首級，都下山來，先使人去飛報主帥。宋江已知殺了高廉，收軍進高

註

※9 地祇：地神。

評點

◎15.只是那裏知道他是兩處求救麼！（容眉）
◎16.妙，寫得如錦如火。（金批）
◎17.高廉妖術不便住，至此又生出一段。（金批）

唐州城內，先傳下將令，休得傷害百姓。一面出榜安民，秋毫無犯，且去大牢中救出柴大官人來。那時當牢節級、押獄禁子已都走了，只有三、五十個罪囚，盡數開了枷鎖釋放，數中只不見柴大官人一個。◎18宋江心中憂悶。尋到一處監房內，卻監著柴皇城一家老小。又一座牢內，監著滄州提捉到柴進一家老小，同監在彼，爲是連日廝殺，未曾取問發落。只是沒尋柴大官人處。◎19吳學究教喚集高唐州押獄禁子跟問時，數內有一個稟道：「小人是當牢節級藺仁。前日蒙知府高廉所委，專一牢固監守柴進，不得有失。又分付道：『但有凶吉，你可便下手。』三日之前，知府高廉要取柴進出來施刑。小人爲見本人是個好男子，不忍下手，只推道：『本人病至八分，不必下手。』後又催併得緊，小人回稱：『柴進已死。』因是連日廝殺，知府不閑，小人卻恐他差人下來看視，必見罪責，昨日引柴進去後面枯井邊，開了枷鎖，推放裏面躲避，如今不知存亡。」

宋江聽了，慌忙著藺仁引入。直到後牢枯井邊望時，見裏面黑洞洞地，不知多少深淺。上面叫時，那得人應，把索子放下去探時，約有八、九丈深。宋江道：「柴大官人眼見得多是沒了！」宋江垂淚。吳學究道：「主帥且休煩惱。誰人敢下去探看一遭，便見有無。」說猶未了，轉過黑旋風李逵來，大叫道：「等我下去！」宋江道：「正好！當初也是你送了他，今日正宜報本。」李逵笑道：「我下去不怕，你們莫割斷了繩索。」吳學究道：「你卻也忒奸猾！」◎20且取一個大篾籮，把索子絡了，接長索頭，扎起一個架子，把索掛在上面。李逵脫得赤條條的，手拿兩把板斧，坐在籮裏，卻放下井

評點

◎18.不見柴進，第一跌。（金眉）
◎19.風已平息，復生波瀾，既顯高廉凶惡，亦了李逵因果。（袁眉）
◎20.罵得妙，妙於極不確，卻妙於極確，令人忽然失笑。（金批）
◎21.故作嚇人語，妙筆妙筆。（金批）
◎22.不惟自己要緊，亦急要看柴大官人也。（金批）
◎23.到此則不妨矣。（容夾）

裏去，索上縛兩個銅鈴。漸漸放到底下，李逵卻從籮裏爬將出來，去井底下摸時，摸著一堆，卻是骸骨。◎[21]李逵道：「爺娘！甚鳥東西在這裏！」又去這邊摸時，底下濕漉漉的，沒下腳處。李逵把雙斧撥放籮裏，兩手去摸底下，四邊卻寬。一摸摸著一個人，做一堆兒蹲在水坑裏。李逵叫一聲：「柴大官人！」那裏見動，把手去摸時，只覺口內微微聲喚。李逵道：「謝天地！恁地時，還有救哩！」隨即爬在籮裏，搖動銅鈴，衆人扯將上來。李逵說下面的事，宋江道：「你可再下去，先把柴大官人放在籮裏，先發上來，卻再放籮下來取你。」李逵道：「哥哥不知我去薊州，著了兩道兒，今番休撞第三遍。」宋江笑道：「我如何肯弄你？你快下去。」李逵只得再坐籮裏，又下井去。到得底下，李逵爬將出籮去，卻把柴大官人抱在籮裏，搖動索上銅鈴。上面聽得，早扯起來。到上面，衆人看了大喜。宋江見柴進頭破額裂，兩腿皮肉打爛，眼目略開又閉。宋江心中甚是淒慘，叫請醫生調治。李逵卻在井底下發喊大叫。◎[22]宋江聽得，急叫把籮放將下去，取他上來。李逵到得上面，發作道：「你們也不是好人，◎[23]便不把籮放下來救我！」

為了查明柴進是否在井下，衆人取一個大篾籮，把繩索子扎好了，搭起架子。李逵脫得赤條條的，手拿兩把板斧，坐在籮裏下井去。（選自《水滸傳版刻圖錄》，江蘇廣陵古籍刻印社）

《水滸傳》「枯井救柴進」窗欞木雕畫，廣州市中山七路陳家祠。（劉兆明提供）

宋江道：「我們只顧看顧柴大官人，因此忘了你，休怪！」宋江就令眾人把柴進扛扶上車睡了。先把兩家老小並奪轉許多家財，共有二十餘輛車子，叫李逵、雷橫先護送上梁山泊去。◎24卻把高廉一家老小良賤三、四十口，處斬於市。賞謝了藺仁，再把府庫財帛、倉廒※10糧米，並高廉所有家私，盡數裝載上山。大小將校離了高唐州，得勝回梁山泊。所過州縣，秋毫無犯。在路已經數日，回到大寨，柴進扶病起來，稱謝晁、宋二公並眾頭領。晁蓋教請柴大官人就山頂宋公明歇處，另建一所房子，與柴進並家眷安歇。◎25晁蓋、宋江等眾皆大喜。自高唐州回來，又添得柴進、湯隆兩個頭領，且作慶賀筵席，不在話下。

再說東昌、寇州兩處，已知高唐州殺了高廉，失陷了城池，只得寫表差人申奏朝廷。又有高唐州逃難官員，都到京師說知真實。高太尉聽了，知道殺死

評點

◎24.護送用雷橫、李逵，一是新到效勞，一是完連累一案。（金批）
◎25.一事不差。（芥眉）
◎26.濟州江州事之矣，如何此時才提起，須知不是脫卯，只因高唐州殺死的是兄弟，乃始申奏，一向置之罔聞，深爲可嘆。（袁眉）

他兄弟高廉。次日五更，在待漏院中，專等景陽鐘※11響。百官各具公服，直臨丹墀，伺候朝見。當日五更三點，道君皇帝升殿。淨鞭三下響，文武兩班齊。天子駕坐，殿頭官喝道：「有事出班啓奏，無事捲簾退朝。」高太尉出班奏曰：「今有濟州梁山泊賊首晁蓋、宋江，累造大惡，打劫城池，搶擄倉廒，聚集凶徒惡黨，現在濟州殺害官軍，鬧了江州、無爲軍，◎26今又將高唐州官民殺戮一空，倉廒庫藏，盡被擄去。此是心腹大患，若不早行誅剿，他日養成賊勢，難以制伏。伏乞聖斷。」天子聞奏大驚，隨即降下聖旨，就委高太尉選將調兵，前去剿捕，務要掃清水泊，殺絕種類。高太尉又奏道：「量此草寇，不必興舉大兵。臣保一人，可去收復。」天子道：「卿若

衆人把柴進拉上去後，忘了井下的李逵，李逵在井底下大叫。宋江忙叫把李逵拉上來，李逵上來後不住埋怨，宋江連忙解釋一番。（朱寶榮繪）

註

※10倉廒：本作「倉敖」，糧庫之意。古代秦以敖山爲糧倉，故名。

※11景陽鐘：南朝齊武帝以宮深不聞端門鼓漏聲，置鐘於景陽樓上。宮人聞鐘聲，早起梳洗妝飾。後人稱之爲「景陽鐘」。

舉用，必無差錯，即令起行，飛捷報功，加官賜賞，高遷任用。」高太尉奏道：「此人乃開國之初，河東名將呼延贊嫡派子孫，單名喚個灼字，使兩條銅鞭，有萬夫不當之勇。現受汝寧郡都統制，手下多有精兵勇將。臣舉保此人，可以征剿梁山泊。可授兵馬指揮使，領馬步精銳軍士，克日掃清山寨，班師還朝。」天子准奏，降下聖旨：「著樞密院即便差人齎敕前往汝寧州，星夜宣取。」當日朝罷，高太尉就於帥府著樞密院撥一員軍官，齎擎聖旨，前去宣取。當日起行，限時定日，要呼延灼赴京聽命。卻說呼延灼在汝寧州統軍司坐衙，聽得門人報道：「有聖旨特來宣取將軍赴京，有委用的事。」呼延灼與本州官員出郭迎接到統軍司。開讀已罷，設宴管待使臣，火急收拾了頭盔衣甲、鞍馬器械，帶引三、四十從人，一同使命，離了汝寧州※12，星夜赴京。於路無話，早到京師城內殿司府前下馬，來見高太尉。

◎27當日高俅正在殿帥府坐衙，門吏報道：「汝寧州宣到呼延灼，現在門外。」高太尉大

水滸人物古版畫，雙鞭呼延灼，清陳洪綬「水滸葉子」。（fotoe提供）

喜，叫喚進來參見了。看那呼延灼一表非俗，正是：

開國功臣後裔，先朝良將玄孫※13。家傳鞭法最通神，英武熟經戰陣。仗劍能探虎穴，彎弓解射鵰群。將軍出世定乾坤，呼延灼威名大振。

當下高太尉問慰已畢，與了賞賜。次日早朝，引見道君皇帝。徽宗天子看了呼延灼一表非俗，喜動天顏，就賜踢雪烏騅一匹。那馬渾身墨錠似黑，四蹄雪練價白，因此名爲踢雪烏騅。那馬日行千里。聖旨賜與呼延灼騎坐。◎28呼延灼就謝恩已罷，隨高太尉再到殿帥府，商議起軍，剿捕梁山泊一事。呼延灼道：「稟明恩相，小人覷探梁山泊兵多將廣，武藝高強，◎29不可輕敵小覷。乞保二將爲先鋒，同提軍馬到彼，必獲大功。」高太尉聽罷大喜，問道：「將軍所保誰人，可爲前部先鋒？」不爭呼延灼舉保此二將，有分教：宛子城重添良將，梁山泊大破官軍。且教：功名未上凌煙閣，姓字先標聚義廳。畢竟呼延灼對高太尉保出誰來？且聽下回分解。◎30

註

※12汝寧州：在今河南汝縣。宋代設置爲汝南郡淮康軍。
※13玄孫：本是自身以下的第五代爲玄。這裏泛指遠孫。

評點

◎27.未見天子，先見太尉，可嘆可笑。（金批）
◎28.兩「那馬」下，又撰一道聖旨，文勢淋漓突兀。（金批）
◎29.絕妙好辭，遂爲山泊作贊。（金批）（金本此處爲「馬劣槍長」。——編者按）
◎30.卓吾曰：此回文字不濟。（容評）

第五十五回 高太尉大興三路兵 呼延灼擺佈連環馬◎1

話說高太尉問呼延灼道：「將軍所保何人，可為先鋒？」呼延灼稟道：「小人舉保陳州※1團練使，姓韓名滔，原是東京人氏，曾應過武舉出身，使一條棗木槊※2，人呼為百勝將軍。此人可為正先鋒。又有一人，乃是穎州※3團練使，姓彭名玘，亦是東京人氏，乃累代將門之子，使一口三尖兩刃刀，武藝出衆，人呼為天目將軍※4。此人可為副先鋒。」◎2高太尉聽了大喜道：「若是韓、彭二將為先鋒，何

評點

◎1.此回凡三段文字。第一段，寫宋江紡車軍；第二段，寫呼延連環軍，皆極精神極變動之文。至第三段，寫計擒凌振，卻只如兒戲也。所以然者，蓋作者當提筆未下之時，其胸中原只有連環馬軍一段奇思，卻因不肯突然便推出來，故特就「連環」二字上顛倒生出「紡車」二字，先於文前別作一文，使讀者眼光盤旋跳脫，卓策不定了，然後忽然一變，變出排山倒海異樣陣勢來。今試看其紡車輕，連環重，以輕引重，一也。紡車逐隊，連環一排，以逐隊引一排，二也。紡車人各自戰，連環一齊跑發，以各自引一齊，三也。紡車忽離忽合，連環鐵環連鎖，以離合引連鎖，四也。紡車前軍戰罷，轉作後軍，連環無前無後，直衝過來，以前轉作後引無前無後，五也。紡車有進有退，連環只進無退，以有進有退引只進無退，六也。紡車寫人，連環寫馬，以人引馬，七也。蓋如此一段花團錦簇文字，卻只為連環一陣做得引子，然後入第二段。正寫本題畢，卻又不肯霎然一收便住，又特就馬上生出炮來，做一拖尾。然又惟恐兩大番後，又極力寫炮，使令文字累墜不舉，所以只將閑筆餘墨寫得有如兒戲相似也。嗚呼！只為中間一段，變成前後三段，可謂極盡中間一段之致；乃前後二段，只為中間一段，而每段又各各極盡其致。世人即欲起而爭彼才子之名，吾知有所斷斷不能也。前後二段，又各各極盡其致者。如前一段寫紡車軍，每一隊欲去時，必先有後隊接住；一接一卸，譬如鵝翎也。耐庵卻又忽然算到第五隊欲去時，必須接出押後十將，此處一露痕跡，便令紡車二字老大敗闕，故特特於第五隊方接戰時，便寫宋江十將預先已到，以免斷續之咎，固矣。然卻又算到何故一篇章法，獨於第五隊中忽然變換？此處仍露痕跡，畢竟鼯鼠技窮，於是特特又於第四隊方接戰時，便寫第五隊預先早到，以為之襯。真苦心哉，良工也。又如前一段寫紡車軍五隊，一隊勝如一隊，固矣。又須看他寫到第四隊，忽然陣上飛出三口刀。既而一變，變作兩口刀，兩條鞭。既而又一變，變作三條鞭，越變越奇，越奇越駭，越駭越樂，洵文章之盛觀矣。後一段，則如晁蓋傳令，且請宋江上山，宋江堅意不肯。讀之只謂意在滅此朝食耳，卻不知正為凌振放炮作襯，此真絕奇筆法，非俗士之所能也。又如要寫炮，須另有寫炮法。蓋寫炮之法，在遠不在近。今看他於凌振來時，只是稱嘆名色，設立炮架；而炮之威勢，則必於宋江棄寨上關後，砰然聞之，真絕奇筆法，非俗士之所能也。寫接連三個炮後，又特自注云：兩個打在水裏，一個打在小寨上者，寫兩個以表水泊之闊，寫一個以表炮勢之猛也。至於此篇之前之後，別有奇情妙筆，則如：將寫連環馬，便先寫一匹御賜烏騅以吊動之；將寫徐寧甲，因先寫若干關領甲仗以吊動之。若干馬則以一匹馬吊動，一副甲則以若干甲吊動，洵非尋常之機杼也。（金批）

◎2.保舉將材。（金眉）

◎3.太尉看操。（金眉）

◎4.樞院議兵。（金眉）

愁狂寇！」當日高太尉就殿帥府押了兩道牒文，著樞密院差人，星夜往陳、潁二州，調取韓滔、彭玘，火速赴京。不旬日之間，二將已到京師，逕來殿帥府，參見了太尉並呼延灼。次日，高太尉帶領衆人，都往御教場中，操演武藝。看軍了當，◎3卻來殿帥府，會同樞密院官，計議軍機重事。◎4高太尉問道：「你等三路，總有多少人馬？」呼延灼答道：「三路軍馬，計有五千，連步軍，數及一萬。」高太尉道：「你三人親自回州，揀選精銳馬軍三千，步軍五千，約會起程，收剿梁山泊。」呼延灼稟道：「此三路馬步軍兵，都是訓練精熟之士，人強馬壯，不必殿帥憂慮。但恐衣甲未全，只怕誤了日期，取罪不便，乞恩相寬限。」高太尉道：「既是如此說時，你三人可就京師甲仗庫內，不拘數目，任意選揀衣甲盔刀，關領前去。務

高太尉為了讓呼延灼盡快攻打水泊梁山，讓呼延灼三人在京師甲仗庫內任意選揀衣甲盔刀，呼延灼帶人選了鐵甲、馬甲、銅鐵頭盔、長槍等武器。（朱寶榮繪）

註

※1陳州：今河南淮陽，宋時爲淮寧府。
※2棗木槊：槊，長矛，古代的一種兵器。此爲用酸棗木所製成之長矛。
※3潁州：宋代順昌府，今安徽阜陽。
※4天目將軍：天目，天目山，在浙江烏程。天目山的將軍。彭玘祖先在天目山爲官，因此稱呼。

要軍馬整齊，好與對敵。出師之日，我自差官來點視。」呼延灼領了鈞旨，帶人往甲仗庫關支。呼延灼選訖鐵甲三千副，熟皮馬甲五千副，銅鐵頭盔三千頂，長槍二千根，滾刀一千把，弓箭不計其數，火炮鐵炮五百餘架，都裝載上車。臨辭之日，高太尉又撥與戰馬三千匹。三個將軍各賞了金銀緞匹，三軍盡關了糧賞。◎5呼延灼和韓滔、彭玘，都與了必勝軍狀，辭別了高太尉並樞密院等官，三人上馬，都投汝寧州來。於路無話。到得本州，呼延灼便道：「韓滔、彭玘，各往陳、潁二州起軍，前來汝寧會合。」不到半月之上，三路兵馬都已完足。呼延灼便把京師關到衣甲、盔刀、旗槍、鞍馬，並打造連環鐵鎧、軍器等物，分俵三軍已了，伺候出軍。高太尉差到殿帥府兩員軍官，前來點視。犒賞三軍已罷，呼延灼擺佈三路兵馬出城，端的是：

鞍上人披鐵鎧，坐下馬帶銅鈴。旌旗紅展一天霞，刀劍白鋪千里雪。弓彎鵲畫，飛魚袋半露龍梢；籠插

❀ 古版畫中的韓滔、彭玘。
（fotoe提供）

鵰翎※5，獅子壺緊拴豹尾。人頂深盔垂護項，微漏雙睛；馬披重甲帶朱纓，單懸四足。開路人兵，齊擔大斧；合後軍將，盡拈長槍。數千甲馬離州城，三個將軍來水泊。

當下起軍，擺佈兵馬出城。前軍開路韓滔，中軍主將呼延灼，後軍催督彭玘，馬步三軍人等，浩浩蕩蕩，殺奔梁山泊來。

卻說梁山泊遠探報馬，逕到大寨，報知此事。聚義廳上，當中晁蓋、宋江，上首軍師吳用，下首法師公孫勝並眾頭領，各與柴進賀喜，終日筵宴。聽知報道：「汝寧州雙鞭呼延灼，引著軍馬到來征進。」眾皆商議迎敵之策。吳用便道：「我聞此人，乃開國功臣河東名將呼延贊之嫡派子孫。此人武藝精熟，使兩條銅鞭，人不可近。必用能征敢戰之將，先以力敵，後用智擒。◎6」說言未了，黑旋風李逵便道：「我與你去捉這廝！」◎7宋江道：「你如何去得？我自有調度。可請霹靂火秦明打頭陣，豹子頭林沖打第二陣，小李廣花榮打第三陣，一丈青扈三娘打第四陣，病尉遲孫立打第五陣。將前面五陣，一隊隊戰罷如紡車般轉作後軍。我親自帶引十個弟兄，引大隊人馬押後。左軍五將，朱仝、雷橫、穆弘、黃信、呂方；右軍五將，楊雄、石秀、歐鵬、馬麟、郭盛。水路中可請李俊、張橫、張順、阮家三弟兄駕船接應。卻教李逵與楊林引步軍分作兩路，埋伏救應。」宋江調撥已定，前軍秦明早引人馬下山，向平原曠野之處列成陣勢。此時

註

※5鵰翎：鵰的翎毛。借指羽箭。

評點

◎5.只爲私憤，故加意如此。（芥眉）
◎6.八個字吸盡後四回情事。（袁眉）
◎7.不是描寫鐵牛，正是提清題目，言此番大文，尚從打死殷天錫根上起。（金批）

雖是冬天，卻喜和暖。◎8等候了一日，早望見官軍到來，先鋒隊裏，百勝將韓滔領兵扎下寨柵，當晚不戰。

次日天曉，兩軍對陣，三通畫鼓※6，出到陣前。馬上橫著狼牙棍，望對陣門旗開處，先鋒將韓滔橫槊勒馬，大罵秦明道：「天兵到此，不思早早投降，還敢抗拒，不是討死！我直把你水泊填平，梁山踏碎，生擒活捉你這夥反賊解京，碎屍萬段！」秦明本是性急的人，聽了也不打話，便拍馬舞起狼牙棍，直取韓滔。韓滔挺槊躍馬，來戰秦明。兩個鬥到二十餘合，韓滔力怯，只待要走。背後中軍主將呼延灼已到，見韓滔戰秦明不下，便從中軍舞起雙鞭，縱坐下那匹御賜踢雪烏騅，咆哮嘶喊，來到陣前。秦明見了，欲待來戰呼延灼，第二撥豹子頭林沖已到，便叫：「秦統制少歇，看我戰三百合，卻理會！」林沖挺起蛇矛，直奔呼延灼，秦明自把軍馬從左邊踅向山坡後去。◎9這裏呼延灼自戰林沖。兩個正是對手。槍來鞭去花一團，鞭去槍來錦一簇。兩個鬥到五十合之上，不分勝敗。第三撥小李廣花榮軍到，陣門下大叫道：「林將軍少息，看我擒捉這廝！」林沖撥轉馬便走。呼延灼因見林沖武藝高強，也回本陣。林沖自把本部軍馬一轉，轉過山坡後去，讓花榮挺槍出馬。呼延灼後軍也到，天目將彭玘橫著那三尖兩刃四竅八環刀，驟著五明千里黃花馬，出陣大罵花榮道：「反國逆賊，何足為道！與吾併個輸贏！」花榮大怒，也不答話，便與彭玘交馬。兩個戰二十餘合，呼延灼看見彭玘力怯，縱馬舞鞭，直奔花榮。鬥不到三合，第四撥一丈青扈三娘人馬已到，大叫：「花將

評點

◎8.沒緊要中點出時節。（袁夾）
◎9.活如龍，簇如錦，直寫出紡車般光景，中間伸縮變換，又一線不亂，絕好戰陣，絕好文陣。（袁眉）
◎10.序五將戰三將處亦好。（容眉）

註

軍少歇，看我捉這廝。」花榮也引軍望右邊踅轉山坡下去了。彭玘來戰一丈青未定，第五撥病尉遲孫立軍馬早到，勒馬於陣前擺著，看這扈三娘去戰彭玘。◎10兩個正在征塵影裏，殺氣陰中，一個使大桿刀，一個使雙刀。兩個鬥到二十餘合，一丈青把雙刀分開，回馬便走。彭玘要逞功勞，縱馬趕來，一丈青便把雙刀掛在馬鞍鞽上，袍底下取出紅錦套索，上有二十四個金鉤，等彭玘馬來得近，扭過身軀，把套索望空一撒，看得親切，彭玘措手不及，早拖下馬來。孫立喝教眾軍一發向前，把彭玘捉了。呼延灼看見大怒，忿力向前來救，一丈青便拍馬來迎敵。呼延灼恨不得一口水吞了那一丈青。兩個鬥到十合之上，急切贏不得一丈青，呼延灼心中想道：「這個潑婦人在我手裏鬥了許多合，倒恁地了得！」心忙意急，賣個破綻，放他入來，卻把雙

※6 畫鼓：有繪飾的鼓，指戰鼓。

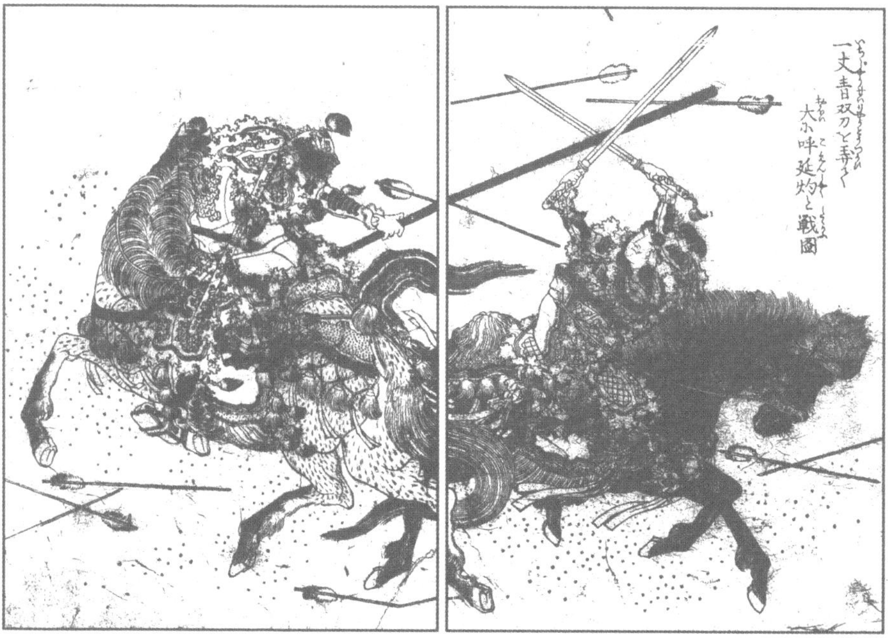

❀ 呼延灼看見一丈青捉住了自己的副將，十分惱怒，便拍馬過來，沒想到鬥到十合之上，仍然贏不得一丈青。（日版畫，出自《新編水滸畫傳》，葛飾戴斗繪）

鞭只一蓋，蓋將下來。那雙刀卻在懷裏，提起右手銅鞭，望一丈青頂門上打下來。卻被一丈青眼明手快，早起刀只一隔，右手那口刀，望上直飛起來。卻好那一鞭打將下來，正在刀口上，錚地一聲響，火光迸散。◎11一丈青回馬望本陣便走。呼延灼縱馬趕來，病尉遲孫立見了，便挺槍縱馬向前，迎住廝殺。背後宋江卻好引十對良將都到，列成陣勢。一丈青自引了人馬，也投山坡下去了。宋江見活捉得天目將彭玘，心中甚喜，且來陣前看孫立與呼延灼交戰。◎12孫立也把槍帶住，手腕上綽起那條竹節鋼鞭，來迎呼延灼。兩個都使鋼鞭，那更一般打扮。病尉遲孫立是交角※7鐵幞頭，大紅羅抹額，百花點翠皀羅袍，烏油戧※8金甲，騎一匹烏騅馬，使一條竹節虎眼鞭，賽過尉遲恭。這呼延灼卻是沖天角※9鐵幞頭，鎖金黃羅抹額，七星打釘皀羅袍，烏油對嵌鎧甲，騎一匹御賜踢雪烏騅，使兩條水磨八棱鋼鞭，左手的重十二斤，右手重十三斤，眞似呼延贊。兩個在陣前左盤右旋，鬥到三十餘合，不分勝敗。宋江看了，喝采不已。有詩爲證：

各跨烏騅健似龍，呼延贊對尉遲恭。
雙鞭遇敵眞奇事，更好同歸水滸中。

官軍陣裏韓滔，見說折了彭玘，便去後軍隊裏，盡起軍馬，一發向前廝殺。宋江只怕衝將過來，便把鞭梢一指，十個頭領引了大小軍士，掩殺過去。背後四路軍兵，分作兩路夾攻攏來。呼延灼見了，急收轉本部軍馬，各敵個住。爲何不能全勝？◎13卻被呼延灼陣裏都是連環馬官軍。馬帶馬甲，人披鐵鎧。馬帶甲，只露得四蹄懸地；人披鎧，

只露著一對眼睛。宋江陣上雖有甲馬，只是紅纓面具，銅鈴雉尾而已。這裏射將箭去，那裏甲都護住了。那三千馬軍，各有弓箭，對面射來，因此不敢近前。宋江急叫鳴金收軍，呼延灼也退二十餘里下寨。宋江收軍，退到山西下寨，屯住軍馬，且教左右群刀手簇擁彭玘過來。宋江望見，便起身喝退軍士，親解其縛，扶入帳中，分賓而坐。宋江便拜。◎14彭玘連忙答禮拜道：「小子被擒之人，理合就死，何故將軍以賓禮待之？」宋江道：「某等眾人，無處容身，暫佔水泊，權時避難，造惡甚多。今者朝廷差遣將軍前來收捕，本合延頸就縛。但恐不能存命，因此負罪交鋒，誤犯虎威，敢乞恕罪。」◎15彭玘答道：「素知將軍仗義行仁，扶危濟困，不想果然如此義氣！倘蒙存留微命，當以捐軀保奏。」宋江道：「某等眾兄弟也只待聖主寬恩，赦宥重罪，忘生報國，萬死不辭。」

詩曰：

忠爲君王恨賊臣，義連兄弟且藏身。
不因忠義心如一，安得團圓百八人。

宋江當日就將天目將彭玘使人送上大寨，教與晁天王相見，留在寨裏。這裏自一面犒賞三軍並眾頭領，計議軍情。再說呼延灼收軍下寨，自和韓滔商議，如何取勝梁山水泊。韓滔道：「今日這廝們見俺催軍近前，他便慌忙掩擊過來，明日盡數驅馬軍向前，必獲

註

※7交角：宋代一種帽子，帽子的兩個角在頭頂合攏，因此叫交角。
※8戧：音嗆，填補、鑲嵌之意。例如戧金，便是在器物上作嵌金的花紋。
※9沖天角：宋代武將戴的帽子。

評點

◎11.好呼延灼，又好一丈青，眞驚死人。（金批）
◎12.又是一番看戰，眞乃十倍精彩。文章聲勢，一段勝似一段，使人嘆絕。（金批）
◎13.一詰語扼住，有力有味。（芥眉）
◎14.只是這個法兒。（容眉）
◎15.此等悉是宋江權詐之辭，而學究借作續貂之本。（金批）

大勝。」呼延灼道：「我已如此安排下了，只要和你商量相通。」隨即傳下將令：「教三千匹馬軍做一排擺著，每三十匹一連，卻把鐵環連鎖。但遇敵軍，遠用箭射，近則使槍，直衝入去。◎16三千連環馬軍，分作一百隊鎖定。五千步軍，在後策應。明日休得挑戰，我和你押後掠陣。但若交鋒，分作三面衝將過去。」計策商量已定，次日天曉出戰。

卻說宋江次日把軍馬分作五隊在前，後軍十將簇擁，兩路伏兵，分於左右。◎17秦明當先，搦呼延灼出馬交戰，只見對陣但只吶喊，並不交鋒。爲頭五軍，都一字兒擺在陣前，中是秦明，左是林沖、一丈青，右是花榮，孫立在後。隨即宋江引十將也到，重重疊疊，擺著人馬。看對陣時，約有一千步軍，只是擂鼓發喊，並無一人出馬交鋒。宋江看了，心中疑惑，暗傳號令：「教後軍且退。」卻縱馬直到花榮隊裏窺望。猛聽對陣裏連珠炮響，一千步軍，忽然分作兩下，放出三面連環馬軍，直衝將來。兩邊把弓箭亂射，中間盡是長槍。宋江看了大驚，急令衆軍把弓箭施放，那裏抵敵得住。每一隊三十匹馬，一齊跑發，不容你不向前走。那連環馬軍，漫山遍野，橫衝直撞將來。前面五隊軍馬望見，便亂攛了，策立不定。後面大隊人馬，攔當不住，各自逃生。宋江飛馬慌忙便走，十將擁護而行。背後早有一隊連環馬軍追將來，卻得伏兵李逵、楊林引人從蘆葦中殺出來，救得宋江。◎18逃至水邊，卻有李俊、張橫、張順、三阮六個水軍頭領，擺下戰船接應。宋江急急上船，便傳將令，教分頭去救應衆頭領下船。那連環馬直

趕到水邊，亂箭射來，船上卻有傍牌遮護，不能損傷。慌忙把船棹到鴨嘴灘頭，盡行上岸。就水寨裏整點人馬，折其大半，卻喜衆頭領都全。雖然折了些馬匹，都救得性命。少刻，只見石勇、時遷、孫新、顧大嫂都逃命上山，卻說：「步軍衝殺將來，把店屋平拆了去。我等若無號船接應，盡被擒捉。」宋江一一親自撫慰，計點衆頭領時，中箭者六人，林沖、雷橫、李逵、石秀、孫新、黃信。小嘍囉中傷帶箭者，不計其數。晁蓋聞知，同吳用、公孫勝下山來動問。宋江眉頭不展，面帶憂容。吳用勸道：「哥哥休憂！勝敗乃兵家常事，何必掛心？別生良策，可破連環軍馬。」晁蓋便傳號令，分付水軍，牢固寨柵船隻，保守灘頭，曉夜提備，請宋公明上山安歇。宋江不肯上山，只就鴨嘴灘寨內駐扎，◎19只教帶傷頭領上山養病。

卻說呼延灼大獲全勝，回到本寨，開放連環馬，都次第前來請功。殺死者不計其數，生擒的五百餘人，奪得戰馬三百餘匹。隨即差人前去京師報捷，一面犒賞三軍。卻說高太尉正在殿帥府坐衙，門上報道：「呼延灼收捕梁山泊得勝，差人報捷。」◎20心中大喜。次日早朝，越班奏聞天子。徽宗甚喜，敕賞黃封御酒十瓶、錦袍一領。差官一員，齎錢十萬貫，前去行營賞軍。高太尉領了聖旨，同到殿帥府，隨即差官齎捧前去。卻說呼延灼已知有天使到，與韓滔出二十里外迎接。接到寨中，謝恩受賞已畢，置酒管待天使。一面令韓先鋒俵錢賞軍，且將捉到五百餘人囚在寨中，待拿得賊首，一併解赴京師，示衆施行。天使問：「彭團練如何失陷？」呼延灼道：「為因貪捉宋江，深入重

評點

◎16.連環馬的是用得。（容眉）
◎17.照舊數語而盡。（芥眉）
◎18.始知前文撥伏兵不虛。（金批）
◎19.留炮地，作者意遠。（芥夾）
◎20.彭玘被擒，並不說起，此千古軍功通弊，可嘆可笑。（袁眉）

地，致被擒捉。今次群賊必不敢再來。小可分兵攻打，務要肅清山寨，掃盡水窪，擒獲衆賊，拆毀巢穴。但恨四面是水，無路可進。遙觀寨柵，只除非得火炮飛打，以碎賊巢。久聞東京有個炮手凌振，名號轟天雷。◎21此人善造火炮，能去十四、五里遠近，石炮落處，天崩地陷，山倒石裂。若得此人，可以攻打賊巢。更兼他深通武藝，弓馬熟嫻。若得天使回京，於太尉前言知此事，可以急急差遣到來，克日可取賊巢。」使命應允。次日起程，於路無話。回到京師，來見高太尉，備說呼延灼求索炮手凌振，要建大功。高太尉聽罷，傳下鈞旨，教喚甲仗庫副炮手凌振那人來。原來凌振祖貫燕陵人，是宋朝盛世第一個炮手，人都呼他是轟天雷。更兼武藝精熟。曾有四句詩讚凌振的好處：

強火發時城郭碎，煙雲散處鬼神愁。
金輪子母轟天振，炮手名聞四百州。

當下凌振來參見了高太尉，就受了行軍統領官文憑，便教收拾鞍馬軍器起身。且說凌振把應用的煙火、藥料，就將做下的諸色火炮並一應的炮石、炮架，裝載上車。帶了隨身衣甲盔刀、行李等件，並三、四十個軍漢，離了東京，取路投梁山泊來。到得行營，先來參見主將呼延灼，次見先鋒韓滔，備問水寨遠近路程。山寨險峻去處，安排三等炮石攻打。第一是風火炮，第二是金輪炮，第三是子母炮。先令軍健整頓炮架，直去水邊豎起，準備放炮。◎22

卻說宋江在鴨嘴灘上小寨內，和軍師吳學究商議破陣之法，無計可施。有探細人

來報道：「東京新差一個炮手，號作轟天雷凌振，即日在於水邊豎起架子，安排施放火炮，攻打寨柵。」吳學究道：「這個不妨。我山寨四面都是水泊，港汊甚多，宛子城離水又遠，縱有飛天火炮，如何能夠打得到城邊？◎23且棄了鴨嘴灘小寨，看他怎地設法施放，卻做商議。」當下宋江棄了小寨，便都起身，且上關來。晁蓋、公孫勝接到聚義廳上，問道：「似此如何破敵？」動問未絕，早聽得山下炮響。一連放了三個火炮，兩個打在水裏，一個直打到鴨嘴灘邊小寨上。宋江見說，心中展轉憂悶，衆頭領盡皆失色。吳學究道：「若得一人，誘引凌振到水邊，先捉了此人，方可商議破敵之法。」晁蓋道：「可著李俊、張橫、張順、三阮，六人棹船如此行事，岸上朱仝、雷橫如此接應。」且說六個水軍頭領，得了將令，分作兩隊。李俊和張橫先帶了四、五十個會水的軍士，用兩隻快船，從蘆葦深處悄悄過去；背後張順、三阮掌四十餘隻小船接應。再說李俊、張橫上到對岸，便去炮架子邊吶聲喊，把炮架推翻。◎24軍士慌忙報與凌振知道，凌振便帶了風火二炮，拿槍上馬，引了一千餘人趕將來。李俊、張橫領人便走。凌振追至蘆葦灘邊，看見一字兒擺開四十餘隻小船，船上共有百十餘個水軍。李俊、張橫早跳在船上，故意不把船開。看看人馬到來，吶聲喊，都跳下水裏去了。凌振人馬已到，便來搶船。朱仝、雷橫卻在對岸吶喊擂鼓。凌振奪得許多船隻，叫軍健盡數上船，便殺過去。船才行到波心之中，只見岸上朱仝、雷橫鳴起鑼來。水底下早鑽起四、五十水軍，盡把船尾楔子※10拔了，水都滾入船裏來。外邊就勢扳翻船，軍健都撞在水裏。凌振急待

註

※10 楔子：這裏指船尾上裝置的類似塞子之類的東西。

評點

◎21.取炮手又作一番，好。（芥眉）
◎22.未見放炮，先豎炮架，寫得異樣精彩。（金批）
◎23.數語先爲讀者作一安慰。（金批）
◎24.只如兒戲，奇妙之極。（金批）

回船，船尾舵櫓已自被拽下水底去了。兩邊卻鑽上兩個頭領來，把船只一扳，仰合轉來，凌振卻被合下水裏去。◎25水底下卻是阮小二一把抱住，直拖到對岸來。岸上早有頭領接著，便把索子綁了，先解上山來。水中生擒二百餘人，一半水中渰死，些少逃得性命回去。詩曰：

怎許船軍便渡河，不施火炮卻如何。
空說半天轟霹靂，卻愁尺水起風波。

呼延灼得知，急領軍馬趕將來時，船都已過鴨嘴灘去了。箭又射不著，人都不見了，只忍得氣。呼延灼恨了半晌，只得引了人馬回去。且說眾頭領捉得轟天雷凌振，解上山寨，先使人報知。宋江便同滿寨頭領下第二關迎接，見了凌振，連忙親解其縛，便埋怨眾人道：「我叫你們禮請統領上山，如何恁地無禮！」凌振拜謝不殺之恩，宋江便與他把

❀ 凌振中了吳用的計策，被騙上了船，船在波心的時候，四、五十水軍扳翻了船，凌振被拽下水底。（日版畫，出自《新編水滸畫傳》，葛飾戴斗繪）

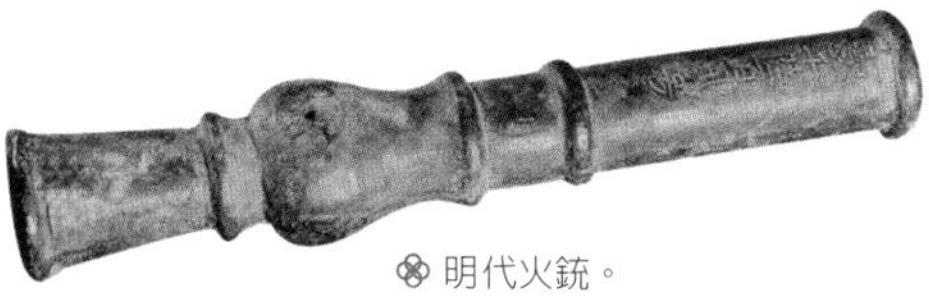

明代火銃。

盞已了，自執其手，◎26相請上山。到大寨，見了彭玘已做了頭領，凌振閉口無言。彭玘勸道：「晁、宋二頭領替天行道，招納豪傑，專等招安，與國家出力。既然我等到此，只得從命。」宋江卻又陪話，凌振答道：「小的在此趨侍不妨，爭奈老母、妻子都在京師，倘或有人知覺，必遭誅戮，如之奈何！」宋江道：「但請放心，限日取還統領。」凌振謝道：「若得頭領如此周全，死而瞑目。」晁蓋道：「且教做筵席慶賀。」次日，廳上大聚會眾頭領。飲酒之間，宋江與眾人商議破連環馬之策。正無良法，只見金錢豹子湯隆起身道：「小人不材，願獻一計。除是得這般軍器和我一個哥哥，可以破得連環甲馬。」吳學究便問道：「賢弟，你且說用何等軍器？你這個令親哥哥是誰？」湯隆不慌不忙，叉手向前，說出這般軍器和那個人來。有分教：四、五個頭領直往京師，三千餘馬軍盡遭毒手。正是：計就玉京擒獬豸，謀成金闕捉狻猊。畢竟湯隆對眾說出那般軍器，甚麼人來？且聽下回分解。◎27

評點

◎25.火裏來，水裏去，忒容易。（芥眉）
◎26.宋江執凌振手。（金批）
◎27.李和尚曰：宋公明凡遇敗將，只是一個以恩結之，所云知雄守雌也，的是黃老派頭。吾嘗謂他假道學眞強盜。這六個字，實錄也，即公明知之，定以爲然。（容評）

第五十六回　吳用使時遷盜甲　湯隆賺徐寧上山◎1

話說當時湯隆對眾頭領說道：「小可是祖代打造軍器爲生。先父因此藝上，遭際老種經略相公，得做延安知寨。先朝曾用這連環甲馬取勝。欲破陣時，須用鈎鐮槍可破。湯隆祖傳已有畫樣在此，若要打造，便可下手。湯隆雖是會打，卻不會使。若要會使的人，只除非是我那個姑舅哥哥。會使這鈎鐮槍法，只有他一個教頭，他家祖傳習學，不教外人。或是馬上，或是步行，都有法則，端的使動，神出鬼沒！」說言未了，林沖問道：「莫不是現做金槍班※1教師徐寧？」◎2湯隆應道：「正是此人。」林沖道：「你不說起，我也忘了。這徐寧的金槍法、鈎鐮槍法，端的是天下獨步。在京師時，多與我相會，較量武藝，彼此相敬相愛，只是如何能夠得他上山來？」湯隆道：「徐寧先祖留下一件寶貝，世上無對，乃是鎮家之寶。湯隆比時，曾隨先父知寨往東京視探姑姑時，多曾見來，是一副雁翎砌就圈金甲。這一副甲，披在身上，又輕又穩，◎3刀劍箭矢，急不能透，人都喚做賽唐猊※2。多有貴公子要求一見，造次不肯與人看。這副甲是他的性命，用一個皮匣子盛著，直掛在臥房中梁上。若是先對付得他這副甲來時，不由他不到這裏。」◎4吳用道：「若是如此，何難之有？放著有高手弟兄在此，今次卻用著鼓上蚤時遷去走一遭。」時遷隨即應道：「只怕無此一物在彼，若端的有時，好歹定要

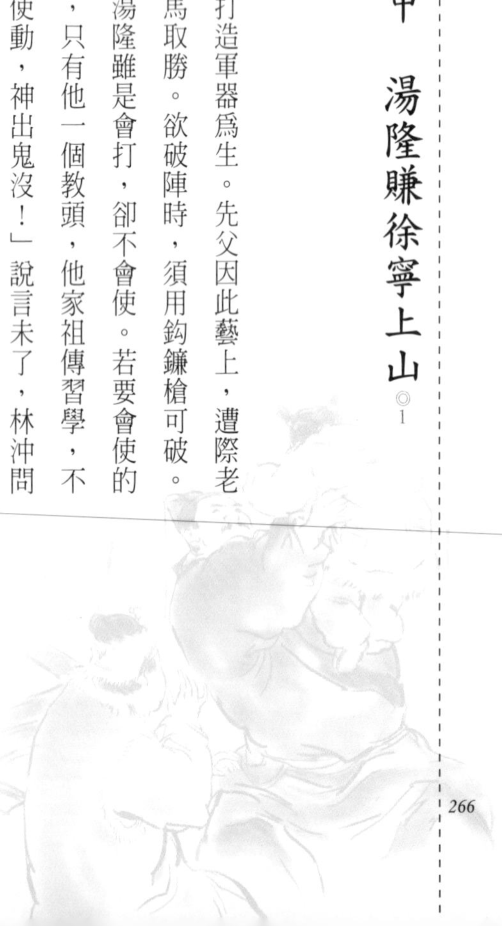

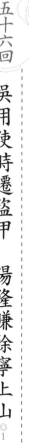

取了來。」湯隆道：「你若盜得甲來，我便包辦賺他上山。」宋江問道：「你如何去賺他上山？」湯隆去宋江耳邊低低說了數句，宋江笑道：「此計大妙！」吳學究道：「再用得三個人，同上東京走一遭。一個到京收買煙火、藥料，並炮內用的藥材。◎5兩個去取凌統領家老小。」彭玘見了，便起身稟道：「若得一人到潁

註

※1金槍班：宋代禁軍儀仗隊，相當於現代國家的儀仗隊。
※2唐猊：古代傳說中的一種猛獸，用牠的皮來製甲，非常堅厚。後來便用來作爲良甲的代稱。亦寫作「唐夷」。

評點

◎1.蓋耐庵當時之才，吾直無以知其際也。其忽然寫一豪傑，即居然豪傑也；其忽然寫一奸雄，即又居然奸雄也；甚至忽然寫一淫婦，即居然淫婦。今此篇寫一偷兒，即又居然偷兒也。人亦有言：非聖人不知聖人。然則非豪傑不知豪傑，非奸雄不知奸雄也。耐庵寫豪傑，居然豪傑，然則耐庵之爲豪傑可無疑也。獨怪耐庵寫奸雄，又居然奸雄，則是耐庵之爲奸雄又無疑也。雖然，吾疑之矣。夫豪傑必有奸雄之才，奸雄必有豪傑之氣；以豪傑兼奸雄，以奸雄兼豪傑，以擬耐庵，容當有之。若夫耐庵之非淫婦、偷兒，斷斷然也。今觀其寫淫婦居然淫婦，寫偷兒居然偷兒，則又何也？噫嘻，吾知之矣！非淫婦定不知淫婦，非偷兒定不知偷兒也。謂耐庵非淫婦非偷兒者，此自是未臨文之耐庵耳。夫當其未也，則豈惟耐庵非淫婦，即彼淫婦亦實非淫婦；豈惟耐庵非偷兒，即彼偷兒亦實非偷兒。經曰：「不見可欲，其心不亂。」群天下之族，莫非王者之民也。若夫既動心而爲淫婦，既動心而爲偷兒，則豈惟淫婦偷兒而已。惟耐庵於三寸之筆，一幅之紙之間，實親動心而爲淫婦，親動心而爲偷兒。既已動心，則均矣，又安辨泚筆點墨之非入馬通姦，泚筆點墨之非飛檐走壁耶？經曰：「因緣和合，無法不有。」自古淫婦無印板偷漢法，偷兒無印板做賊法，才子亦無印板做文字法也。因緣生法，一切具足。是故龍樹著書，以破因緣品而弁其篇，蓋深惡因緣；而耐庵作《水滸》一傳，直以因緣生法，爲其文字總持，是深達因緣也。夫深達因緣之人，則豈惟非淫婦也，非偷兒也，亦復非奸雄也，非豪傑也。何也？寫豪傑、奸雄之時，其文亦隨因緣而起，則是耐庵固無與也。或問曰：然則耐庵何如人也？曰：才子也。何以謂之才子也？曰：彼固宿講於龍樹之學者也。講於龍樹之學，則菩薩也。菩薩也者，眞能格物致知者也。讀此批也，其於自治也，必能畏因緣。畏因緣者，是學爲聖人之法也。傳稱「戒愼不睹，恐懼不聞」是也。其於治人也，必能不念惡。不念惡者，是聖人忠恕之道也。傳稱「王道平平，王道蕩蕩」是也。天下而不乏聖人之徒，其必有以教我也。此篇文字變動，又是一樣筆法。如：欲破馬，忽賺槍；欲賺槍，忽偷甲。由馬生槍，由槍生甲，一也。呼延既有馬，又有炮，徐寧亦便既有槍，又有甲。呼延馬雖未破，炮先爲山泊所得；徐寧亦便槍雖未教，甲先爲山泊所得，二也。贊呼延踢雪騅時，凡用兩「那馬」句，贊徐寧賽唐猊時，亦便用兩「那副甲」句，三也。徐家祖傳槍法，湯家卻祖傳槍樣：二「祖傳」字對起，便忽然從意外另生出一祖傳甲來，四也。於三回之前，遙遙先插鐵匠，已稱奇絕；卻不知已又於數十回之前，遙遙先插鐵匠，五也。寫時遷入徐寧家，已是更餘，而徐寧夫妻偏不便睡；寫徐寧夫妻睡後，已入二更餘，而時遷偏不便偷。所以者何？蓋制題以構文也。不構文而僅求了題，然則何如並不制題之爲愈也。前文寫朱仝家眷，忽然添出令郎二字者，所以反襯知府舐犢之情也。此篇寫徐寧夫妻，忽然又添出一六七歲孩子者，所以表徐氏之有後，而先世留下鎮家之甲定不肯漫然輕棄於人也。作文向閑處設色，惟毛詩及史遷有之，耐庵眞正才子，故能竊用其法也。寫時遷一夜所聽說話，是家常語，是恩愛語，是主人語，是使女語，是樓上語，是寒夜語，是當家語，是貪睡語。句句中間有眼，兩頭有棱，非只死寫幾句而已。寫徐家樓上夫妻兩個說話，卻接連寫兩夜，妙絕，奇絕！湯隆、徐寧互說紅羊皮匣子，徐寧忽向內裏增一句云：「裏面又用香綿裹住。」湯隆便忽向外面增一句云：「不是上面有白線刺著綠雲頭如意，中間有獅子滾繡球的？」只「紅羊皮匣子」五字，何意其中又有此兩番色澤。知此法者，賦海欲得萬言，固不難也。由東京至山泊，其爲道里不少，便分出三段賺法來，妙不可言。正賺徐寧時，只用空紅羊皮匣子；及賺過徐寧後，卻反兩用雁翎砌就圈金賽唐猊甲。實者虛之，虛者實之，眞神掀鬼踢之文也。（金批）

◎2.猛然一證，精醒倍常。（芥眉）

◎3.四字寫出一副妙甲來。 輕是甲之材，穩是甲之德。（金批）

◎4.湯隆也是個賊。（容眉）

◎5.百忙中，忽然插出別事，妙筆。（金批）

州取得小弟家眷上山，實拜成全之德。」宋江便道：「團練放心。便請二位修書，小可自教人去。」便喚楊林，可將金銀書信，帶領伴當，前往穎州取彭玘將軍老小；薛永扮作使槍棒賣藥的，往東京取凌統領老小；李雲扮作客商，同往東京收買煙火、藥料等物；樂和隨湯隆同行，又挈薛永往來作伴。一面先送時遷下山去了。次後，且叫湯隆打起一把鉤鐮槍做樣，卻教雷橫提調監督，原來雷橫祖上也是打鐵出身。再說湯隆打起鉤鐮槍樣子，教山寨裏打軍器的照著樣子打造，自有雷橫提調監督，◎6不在話下。大寨做個送路筵席，當下楊林、薛永、李雲、樂和、湯隆，辭別下山去了。次日又送戴宗下山，往來探聽事情。這段話一時難盡。

這裏且說時遷離了梁山泊，身邊藏了暗器、諸般行頭，在路迤邐來到東京，投個客店安下了。次日踅進城來，◎7尋問金槍班教師徐寧家，有人指點道：「入得班門裏，靠東第五家黑角子門便是。」時遷轉入班門裏，先看了前門，次後踅來，相了後門，見是一帶高墻，墻裏望見兩間小巧樓屋，側首卻是一根戧柱※3。時遷看了一回，又去街坊問道：「徐教師在家裏麼？」人應道：「敢在內裏隨直※4未歸。」時遷又問道：「不知幾時歸？」人應道：「直到晚方歸來，五更便去內裏隨班。」時遷叫了相擾，且回客店裏來，取了行頭，藏在身邊，分付店小二道：「我今夜多敢是不歸，照管房中則個。」小二道：「但放心自去，並不差池。」

時遷再入到城裏，買了些晚飯吃了，卻踅到金槍班徐寧家，左右看時，沒一個好安身去處。◎8看看天色黑了，時遷挨入班門裏面。是夜，寒冬天色，卻無月光。時遷看見土地廟後一株大柏樹，便把兩隻腿夾定，一節節爬將上去樹頭頂，騎馬兒坐在枝柯上。悄悄望時，只見徐寧歸來，望家裏去了。又見班裏兩個人提著燈籠出來關門，把一把鎖鎖了，各自歸家去了。早聽得譙樓禁鼓，卻轉初更。雲寒星斗無光，露散霜花漸白。時遷見班裏靜悄悄地，◎9卻從樹上溜將下來，踅到徐寧後門邊，從墻上下來，不費半點氣力，爬將過去，看裏面時，卻是個小小院子。時遷伏在廚房外張時，見廚房下燈明，兩個婭嬛兀自收拾未了。時遷卻從戧柱上盤到膊風板※5邊，伏做一塊兒，張那樓上時，見那金槍手徐寧和娘子對坐爐邊向火，懷裏抱著一個六、七歲孩兒。時遷看那臥房裏時，見梁上果然有個大皮匣拴在上面，房門口掛著一副弓箭、一口腰刀，衣架上掛著各色衣服。◎10徐寧口裏叫道：「梅香，你來與我摺了衣服。」下面一個婭嬛上來，就側首春臺上，先摺了一領紫繡圓領，又摺一領官綠襯裏襖子，並下面五色花繡踢串，一個護項彩色錦帕，一條紅綠結子，並手帕一包。另用一個小黃帕兒，包著一條雙獺尾荔枝金帶，也放在包袱內，把來安在烘籠※6上。◎11時遷都看在眼裏。約至二更以後，徐寧收拾上床，娘子問道：「明日隨直也不？」徐寧道：「明日正是天子駕幸龍符宮，須用早起五

註

※3戧柱：從旁支撐房屋的木柱。
※4隨直：班直是宋時最接近皇帝的衛兵之一種。隨直，就是班直隨執行警衛任務。
※5膊風板：就是封檐板，封閉檐口的木板，可擋風雨。膊風應作「博風」，本指屋翼，屋檐角端向上的那一部分。
※6烘籠：竹片、柳條或荊條等編成的籠子，罩在爐子或火盆上，用來烘乾衣物。

評點

◎6.前雷橫出現時便伏鐵案，今脱卸得妙。（袁眉）
◎7.使用此等字法，妙。（袁眉）
◎8.入手忽做一跌，令人吃驚。（金批）
◎9.「只見」如畫。只見徐寧歸家，只見兩人關門，只見靜悄悄地。前兩只見，是有所見；後一只見，是無所見，活畫出做賊人眼中節次。（金批）
◎10.摹寫甚細，一一是賊眼中物，極活極靈。（袁眉）
◎11.《水滸傳》文字巧處亦在太密，瑣處亦在太密。（容眉）

更去伺候。」◎12娘子聽了，便分付梅香道：「官人明日要起五更，出去隨班。你們四更起來燒湯，安排點心。」時遷自忖道：「眼見得梁上那個皮匣子，便是盛甲在裏面。我若趁半夜下手便好。倘若鬧將起來，明日出不得城，卻不誤了大事？且挨到五更裏下手不遲。」聽得徐寧夫妻兩口兒上床睡了，兩個婭嬛在房門外打鋪。房裏桌上，卻點著碗燈。那五個人都睡著了。兩個婭嬛一日伏侍到晚，精神困倦，亦皆睡了。時遷溜下來，去身邊取個蘆管兒，就窗櫺※7眼裏只一吹，把那碗燈早吹滅了。看看伏到四更左側，徐寧起來，便喚婭嬛起來燒湯。那兩個使女從睡夢裏起來，看房裏沒了燈，叫道：「阿呀，今夜卻沒了燈！」徐寧道：「你不去後面討燈，等幾時！」那個梅香開樓門，下胡梯響。時遷聽得，卻從柱上只一溜，來到後門邊黑影裏伏了。聽得婭嬛正開後門出來，便去開墻門，時遷卻潛入廚房裏，貼身在廚桌下。梅香討了燈火入來看時，又去關門，卻來竈前燒火。這個女使也起來生炭火上樓去。多時湯滾，捧面湯上去，徐寧洗漱了，叫盪些熱酒上來。婭嬛安排肉食炊餅上去，徐寧吃罷，叫把飯與外面當值的吃。時遷聽得徐寧下來，叫伴當吃了飯，背著包袱，拿了金槍出門。那個梅香點著燈，送徐寧出去，時遷卻從廚桌下出來，便上樓去，從槅子邊直踅到梁上，卻把身軀伏了。兩個婭嬛又關閉了門戶，吹滅了燈火，上樓來，脫了衣裳，倒頭便睡。時遷聽那兩個婭嬛睡著了，在梁上把那蘆管兒指燈一吹，那燈又早滅了。時遷卻從梁上輕輕解了皮匣，正要下來，徐寧的娘子覺來，聽得響，◎13叫梅香道：「梁上甚麼響？」時遷做老鼠叫。婭嬛

評點

◎12.不惟說明日出去必早之故，亦並說明日歸來獨遲之故矣。（金批）
◎13.忽作險筆，令人吃驚。（金批）
◎14.反借此語而下，奇妙之極。（金批）
◎15.如此一段奇文，卻將兩頭隨班人下鎖開鎖作章法，奇絕。（金批）
◎16.好手得來，又付好腳拿去，眞好作用。（芥眉）

道：「娘子不聽得是老鼠叫？因廝打，這般響。」時遷就便學老鼠廝打，溜將下來，◎14悄悄地開了樓門，款款地背著皮匣，下得胡梯，從裏面直開到外門，來到班門口，已自有那隨班的人出門，四更便開了鎖。◎15時遷得了皮匣，從人隊裏，趁鬧出去了，一口氣奔出城外，到客店門前。此時天色未曉，敲開店門，去房裏取出行李，拴束做一擔兒挑了，計算還了房錢，出離店肆，投東便走。

行到四十里外，方纔去食店裏打火做些飯吃，只見一個人也撞將入來。時遷看時，不是別人，卻是神行太保戴宗。見時遷已得了物，兩個暗暗說了幾句話，戴宗道：「我先將甲投山寨去，你與湯隆慢慢地來。」◎16時遷打開皮匣，取出那副雁翎鎖子甲來，做一包袱包了。戴宗拴在身上，出了店門，作起神行法，自投梁山泊去了。時遷卻把空皮匣子明明的拴在擔子上，吃了飯食，還了打火錢，挑上擔兒，出店門便走。到二十里路上，撞見湯隆，兩個便入酒店裏商量。湯隆道：「你只依我從這條路去，但過路上酒店、飯店、客店，門上若見有白粉圈兒，你便可就在那店裏買酒、買肉吃。客店之中，就便安歇。特地把這皮匣子放在他眼睛頭。離此間一

時遷施展神偷手段，偷走了徐寧的鎖子甲，把衣甲讓人帶走，自己則把空皮匣子明明的拴在擔子上，十分招搖地離開了。（日版畫，出自《新編水滸畫傳》，葛飾戴斗繪）

註

※7窗櫺：即以木條交錯構成的窗格。

時遷趁徐寧夫妻兩口兒上床睡覺時，偷偷潛進屋裏，兩個婭嬛在房門外打地鋪，因此一點都沒有被發覺。（朱寶榮繪）

程外等我。」時遷依計去了。湯隆慢慢地吃了一回酒，卻投東京城裏來。

且說徐寧家裏，天明，兩個婭嬛起來，只見樓門也開了，下面中門、大門都不關，慌忙家裏看時，一應物件都有，兩個婭嬛上樓來，對娘子說道：「不知怎地門戶都開了？卻不曾失了物件。」娘子便道◎17：「五更裏聽得梁上響，你說是老鼠廝打，你且看那皮匣子沒甚麼事？」兩個婭嬛看了，只叫得苦：「皮匣子不知那裏去了！」那娘子聽了，慌忙起來道：「快央人去龍符宮裏，報與官人知道，教他早來跟尋！」婭嬛急急尋人去龍符宮報徐寧，連央了三、四替人，都回來說道：「金槍班直隨駕內苑去了，外面都是親軍護禦守把，誰人能夠入去？直須等他自歸。」徐寧妻子並兩個婭嬛如熱鏊子上螞蟻，走頭無路，不茶不飯，慌做一團。徐寧直到黃昏時候，方纔卸了衣袍服色，著當值的背了，將著金槍，逕回家來。到得班門口，鄰舍說道：「娘子在家失盜，等候得觀察，不見回來。」徐寧吃了一驚，慌忙走到家裏，兩個婭嬛迎門道：「官人五更出去，卻被賊人閃將入來，單單只把梁上那個皮匣子盜將去了。」徐寧聽罷，只叫那連聲的苦，從丹田底下直滾出口角來。◎18娘子道：「這賊正不知幾時閃在屋裏？」徐寧道：「別的都不打緊，這副雁翎甲乃是祖宗留傳四代之寶，不曾有失花兒※8，王太尉曾還我三萬貫錢，我不曾捨得賣與他。恐怕久後軍前陣後要用，生怕有些差池，因此拴在梁上。多少人要看我的，只推沒了。今次聲張起來，枉惹他人恥笑。今卻失去，如之

註

※8 花兒：差錯、過失，宋代俗語。

評點

◎17.「便道」者，不起身而道也。一寫不曾失物，一寫寒天懶起，的的如畫。（金批）

◎18.盡情描寫，才見是性命，決要追尋。（芥眉）

奈何！」◎19徐寧一夜睡不著，思量道：「不知是甚麼人盜了去！也是曾知我這副甲的人。」娘子想道：「敢是夜來滅了燈時，那賊已躲在家裏了？必然是有人愛你的，將錢問你買不得，因此使這個高手賊來盜了去。你可央人慢慢緝訪出來，別作商議，且不要打草驚蛇。」徐寧聽了，到天明起來，坐在家中納悶。◎20好似：

蜀王春恨※9，宋玉秋悲，呂虔遺腰下之刀※10，雷煥失獄中之劍。珠亡照乘※11，璧碎連城※12。王愷之珊瑚已毀，無可賠償；裴航之玉杵未逢，難諧歡好。正是

鳳落荒坡凋錦羽，龍居淺水失明珠。

這日徐寧正在家中納悶，早飯時分，只聽得有人扣門，當值的出去問了名姓，入去報道：「有個延安府湯知寨兒子湯隆，特來拜望。」徐寧聽罷，教請進客位裏相見。湯隆見了徐寧，納頭拜下，說道：「哥哥一向安樂？」徐寧答道：「聞知舅舅歸天去了，一者官身羈絆，二乃路途遙遠，不能前來吊問。並不知兄弟信息，一向正在何處？今次自何而來？」湯隆道：「言之不盡。自從父親亡故之後，時乖運蹇，一向流落江湖。今從山東逕來京師，探望兄長。」徐寧道：「兄弟少坐。」便叫安排酒食相待。湯隆去包袱內取出兩錠蒜條金，重二十兩，送與徐寧，說道：「先父臨終之日，留下這些東西，教寄與哥哥做遺念。◎21爲因無心腹之人，不曾捎來。今次兄弟特地到京師納還哥哥。」◎22徐寧道：「感承舅舅如此掛念，我又不曾有半分孝順處，怎地報答！」湯隆道：「哥哥休恁地說。先父在日之時，常是想念哥哥這一身武藝，只恨山遙水遠，不能夠相見一

面，因此留這些物與哥哥做遺念。」徐寧謝了湯隆，交收過了，且安排酒來管待。湯隆和徐寧飲酒中間，徐寧只是眉頭不展，面帶憂容。湯隆起身道：「哥哥如何尊顏有些不喜？心中必有憂疑不決之事。」徐寧嘆口氣道：「兄弟不知，一言難盡，夜來家間被盜。」湯隆道：「不知失去了何物？」徐寧道：「單單只盜去了先祖留下那副雁翎鎖子甲，又喚做賽唐猊。昨夜失了這件東西，以此心下不樂。」湯隆道：「哥哥那副甲，兄弟也曾見來，端的無比，先父常常稱讚不盡。卻是放在何處被盜了去？」◎23徐寧道：「我把一個皮匣子盛著，拴縛在臥房中梁上，正不知賊人甚麼時候入來盜了去。」湯隆問道：「卻是甚等樣皮匣子盛著？」徐寧道：「是個紅羊皮匣子盛著，裏面又用香綿裹住。」◎24湯隆假意失驚道：「紅羊皮匣子？不是上面有白線刺著綠雲頭如意，中間有獅子滾繡球的？」徐寧道：「兄弟，你那裏見來？」湯隆道：「小弟夜來離城四十里，在一個村店裏沽些酒吃，見個鮮眼睛黑瘦漢子，擔兒上挑著。我見了，心中也自暗忖道：『這個皮匣子，卻是盛甚麼東西的？』臨出門時，我問道：『你這皮匣子作何用？』那漢子應道：『原是盛甲的，如今胡亂放些衣服。』必是這個人了。我見那廝卻似閃朒了腿的，一步步挑著了走。何不我們追趕他去？」◎25徐寧道：「若是趕得著時，卻不是天

註

※9 蜀王春恨：蜀王指西周時的杜宇，死後化爲杜鵑，每到春天就鳴叫。

※10 呂虔遺腰下之刀：丟失了呂虔刀。呂虔刀，三國魏刺史呂虔有一寶刀，鑄工相之，以爲必三公始可佩帶。虔以贈王祥，祥後位列三公。祥臨終復以刀授弟王覽，覽後仕至大中大夫。事見《晉書．王覽傳》。後遂以「呂虔刀」爲寶刀之美稱。

※11 珠亡照乘：亡，丟失。指丟失了照乘之珠。照乘珠，光亮能照明車輛的寶珠。

※12 璧碎連城：古文動詞後置，打碎連城璧的意思。連城璧，價值連城的寶玉。

評點

◎19.數落得眞眞實實，無限懊惱。（芥眉）
◎20.猜一番，慰一番，得事後之情，卻又形容一詞，更不單薄。（袁眉）
◎21.還是梁山泊賊贓，不是做遺念的。（容眉）
◎22.但見眞情，何等熱絡。（袁眉）
◎23.若在山泊中並不曾說梁上也者。（金批）
◎24.忽然在紅羊皮裏，另又添出一樣鋪設，妙不可言。（金批）
◎25.神足傳甲，病足引人，眞假疾徐，皆入神巧。（袁眉）

賜其便！」湯隆道：「既是如此，不要耽擱，便趕去罷。」

徐寧聽了，急急換上麻鞋，帶了腰刀，提條朴刀，便和湯隆兩個出了東郭門，拽開腳步，迤邐趕來。前面見壁上有白圈酒店裏，湯隆道：「我們且吃碗酒了趕，就這裏問一聲。」湯隆入得門坐下，便問道：「主人家，借問一問，曾有個鮮眼黑瘦漢子，挑個紅羊皮匣子過去麼？」店主人道：「昨夜晚，是有這般一個人挑著個紅羊皮匣子過去了，一似腿上吃跌了的，一步一攧走。」湯隆道：「哥哥，你聽卻如何？」◎26徐寧聽了，做聲不得。兩個連忙還了酒錢，出門便去。前面又見一個客店，壁上有那白圈，湯隆立住了腳，說道：「哥哥，兄弟走不動了，和哥哥且就這客店裏歇了，明日早去趕。」徐寧道：「我卻是官身，倘或點名不到，官司必然見責，如之奈何？」湯隆道：「這個不用兄長憂心，嫂嫂必自推個事故。」當晚又在客店裏問時，店小二答道：「昨夜有一個鮮眼黑瘦漢子，在我店裏歇了一夜，直睡到今日小日中方纔去了，口裏只問山東路程。」◎27湯隆道：「恁地可以趕了。明日起個四更，定是趕著，拿住那廝，便有下落。」當夜兩個歇了，次日起個四更，離了客店，又迤邐趕來。湯隆但見壁上有白粉圈兒，便做買酒、買食吃了問路，處處皆說得一般。徐寧心中急切要那副甲，只顧跟隨著湯隆趕了去。看看天色又晚了，望見前面一所古廟，廟前樹下，時遷放著擔兒，在那裏坐地。湯隆看見，叫道：「好了！前面樹下那個，不是哥哥盛甲的匣子？」徐寧見了，搶向前來，一把揪住時遷，喝道：「你這廝好大膽！如何盜了我這副甲來！」時

評點

◎26.一路湯隆語，段段作踢跳之調。（金批）
◎27.忽然插出路引，妙絕。（金批）
◎28.又將空匣引路，轉轉生奇。（袁眉）

遷道：「住，住！不要叫！是我盜了你這副甲來，你如今卻是要怎地？」徐寧喝道：「畜生無禮！倒問我要怎地！」時遷道：「你且看匣子裏有甲也無？」◎28湯隆便把匣子打開看時，裏面卻是空的。徐寧道：「你這廝把我這副甲那裏去了！」時遷道：「你聽我說。小人姓張，排行第一，泰安州人氏。本州有個財主，要結識老種經略相公，知道你家有這副雁翎鎖子甲，不肯貨賣，特地使我同一個李三，兩人來你家偷盜，許俺們一萬貫。不想我在你家柱子上跌下來，閃朒了腿，因此走不動。先教李三把甲拿了去，只留得空匣在此。你若要奈何我時，便到官司，只是拚著命，就打死我也不招，休想我指出別人來。若還肯饒我官司時，我和你去討這副甲來還你。」徐寧躊躇了半晌，決斷不下。湯隆便道：「哥哥，不怕他飛了去！只和他去討甲！若無甲時，須有本處官司告理。」徐寧道：「兄弟也說得是。」三個廝趕著，又投客店裏來息了。徐寧、湯隆監住時遷一處宿歇。原來時遷故把

徐寧聽了時遷的話，躊躇了半晌，湯隆便鼓勵他一起找指使偷甲的人要回鎧甲。徐寧一時頭昏，聽從了這個安排。（朱寶榮繪）

徐寧追到時遷，一把揪住，喝問為什麼偷盜自己的鎧甲。沒想到時遷一點都不怕，坦然告訴他，包袱裏並沒有鎧甲。（選自《水滸傳版刻圖錄》，江蘇廣陵古籍刻印社）

些絹帛扎縛了腿，只做閃朒了腿。徐寧見他又走不動，因此十分中只有五分防他。三個又歇了一夜，次日早起來再行，時遷一路買酒、買肉陪告。又行了一日。次日，徐寧在路上心焦起來，不知畢竟有甲也無。正走之間，只見路旁邊三、四個頭口，拽出一輛空車子，背後一個人駕車。旁邊一個客人，看著湯隆，納頭便拜。湯隆問道：「兄弟因何到此？」那人答道：「鄭州做了買賣，要回泰安州去。」湯隆道：「最好。我三個要搭車子，也要到泰安州去走一遭。」那人道：「莫說三個上車，再多些也不計較。」湯隆大喜，叫與徐寧相見。徐寧問道：「此人是誰？」湯隆答道：「我去年在泰安州燒香，結識得這個兄弟，姓李，名榮，是個有義氣的人。」徐寧道：「既然如此，這張一又走不動，都上車子坐地。」只叫車客駕車子行，四個人坐在車子上。徐寧問道：◎29「張一，你且說與我那個財主姓名。」◎30時遷吃逼不過，三回五次推托，只得胡亂說道：「他是有名的郭大官人。」徐寧卻問李榮道：「你那泰安州曾有個郭大官人麼？」◎31李榮答道：「我那本州郭大官人，是個上戶財主，專好結識官宦來往，門下養著多少閑人。」徐寧聽罷，心中想道：「既有主坐，必不礙事。」又見李榮一路上說些槍棒，唱幾個曲兒，◎32不覺得又過了一日。

話休絮煩。看看到梁山泊只有兩程多路，只見李榮叫車客把葫蘆去沽些酒來，買些肉來，就車子上吃三杯。李榮把出一個瓢來，先傾一瓢，來勸徐寧，徐寧一飲而盡。李榮再叫傾酒，車客假做手脫，把這一葫蘆酒都傾翻在地下。李榮喝罵車客再去沽些，只見徐寧口角流涎，撲地倒在車子上了。李榮是誰？卻是鐵叫子樂和。三個從車上跳將下來，趕著車子，直送到旱地忽律朱貴酒店裏。眾人就把徐寧扛扶下船，都到金沙灘上岸。宋江已有人報知，和眾頭領下山接著。徐寧此時麻藥已醒，眾人又用解藥解了。徐寧開眼見了眾人，吃了一驚，便問湯隆道：「兄弟，你如何賺我到這裏？」湯隆道：「哥哥聽我說。小弟今次聞知宋公明招接四方豪傑，因此上在武岡鎮拜黑旋風李逵做哥哥，投托大寨入夥。今被呼延灼用連環甲馬衝陣，無計可破，是小弟獻此鈎鐮槍法，只除是哥哥會使。由此定這條計，使時遷先來盜了你的甲，卻教小弟賺哥哥上路，後使樂和假做李榮，過山時，下了蒙汗藥，請哥哥上山來坐把交椅。」徐寧道：「卻是兄弟送

評點

◎29.趕甲極急，搭車又極閑，東究西審，便如活畫。（金批）
◎30.像個在車上身閑情急一一究問的。（袁眉）
◎31.再一審問本地人，更有墻壁。（袁眉）
◎32.又好引路物。（袁夾）

了我也！」宋江執杯向前陪告道：「現今宋江暫居水泊，專待朝廷招安，盡忠竭力報國，非敢貪財好殺，行不仁不義之事。萬望觀察憐此眞情，一同替天行道。」◎33林沖也來把盞陪話道：「小弟亦到此間，多說兄長清德，休要推卻。」徐寧道：「湯隆兄弟，你卻賺我到此，家中妻子，必被官司擒捉，如之奈何！」宋江道：「這個不妨。觀察放心，只在小可身上，早晚便取寶眷到此完聚。」晁蓋、吳用、公孫勝都來與徐寧陪話，安排筵席作慶。一面選揀精壯小嘍囉，學使鈎鐮槍法，一面使戴宗和湯隆星夜往東京，搬取徐寧老小。旬日之間，楊林自潁州取到彭玘老小，薛永自東京取到凌振老小，李雲收買到五車煙火、藥料回寨。更過數日，戴宗、湯隆取到徐寧老小上山。徐寧見了妻子到來，吃了一驚，問是如何便到得這裏。妻子答道：「自你轉背，官司點名不到，我使了些金銀首飾，只推道患病在床，因此不來叫喚。忽見湯叔叔齎著雁翎甲來，說道：『甲便奪得來了，哥哥只是於路染病，將次死在客店裏，叫嫂嫂和孩兒便來看視。』把我賺上車子，我又不知路徑，迤邐來到這裏。」徐寧道：「兄弟，好卻好了，只可惜將我這副甲陷在家裏了。」湯隆笑道：「好教哥哥歡喜。打發嫂嫂上車之後，我便復翻身去賺了這甲，◎34誘了這兩個婭嬛，收拾了家中應有細軟，做一擔兒挑在這裏。」徐寧道：「恁地時，我們不能夠回東京去了。」湯隆道：「我又教哥哥再知一件事。來在半路上，撞見一夥客人，我把哥哥的雁翎甲穿了，搽畫了臉，說哥哥名姓，劫了那夥客人的財物。這早晚，東京已自遍行文書，捉拿哥哥。」◎35徐寧道：「兄弟，你也害得我

不淺！」晁蓋、宋江都來陪話道：「若不是如此，觀察如何肯在這裏住？」隨即撥定房屋，與徐寧安頓老小。衆頭領且商議破連環馬軍之法。

此時雷橫監造鈎鐮槍已都完備。宋江、吳用等啓請徐寧，教衆軍健學使鈎鐮槍法。徐寧道：「小弟今當盡情剖露，訓練衆軍頭目，揀選身材長壯之士。」衆頭領都在聚義廳上看徐寧選軍，說那個鈎鐮槍法。有分教：三千甲馬登時破，一個英雄指日降。畢竟金槍徐寧怎地敷演鈎鐮槍法？且聽下回分解。◎36

評點

◎33.節節處處露此眞情，始見拒敵官兵皆萬不得已。（芥眉）
◎34.甲賺人，人賺甲，一時幾轉，變動之極。（金批）
◎35.只因愛這副甲，故著著從甲上做，便不能自主，英雄不可有所愛如此。（袁眉）
◎36.軍中得時遷輩數人爲間諜偵探，何患不得敵情。又評：徐寧身陷綠林，雖是過信湯隆，實是天罡應聚。（袁評）

第五十七回

徐寧教使鈎鐮槍　宋江大破連環馬◎1

話說晁蓋、宋江、吳用、公孫勝與衆頭領，就聚義廳上啓請徐寧，教使鈎鐮槍法。衆人看徐寧時，果是一表好人物，◎2六尺五、六長身體，團團的一個白臉，三牙細黑髭髯，十分腰圍膀闊。曾有一篇西江月單道徐寧模樣：

臂健開弓有準，身輕上馬如飛。彎彎兩道臥蠶眉※1，鳳翥鸞翔※2子弟。戰鎧細穿柳葉，烏巾斜帶花枝。常隨寶駕侍丹墀，槍手徐寧無對※3。

當下徐寧選軍已罷，便下聚義廳來，拿起一把鈎鐮槍，自使一回。衆人見了喝采。徐寧便教衆軍道：「但凡馬上使這般軍器，就腰胯裏做步上來，上中七路，三鈎四撥，一捌一分，共使九個變法。若是步行使這鈎鐮槍，亦最得用。先使八步四撥，蕩開門戶，十二步一變，十六步大轉身，分鈎、鐮、捌、繳，二十四步，挪上攢下，鈎東撥西；三十六步，渾身蓋護，奪硬鬥強。此是鈎鐮槍正法。有詩訣爲證：『四撥三鈎通七路，共分九變合神機。二十四步挪前後，一十六翻大轉圍。』」◎3徐寧將正法一路路敷演，

衆軍漢跟隨徐寧學習鈎鐮槍法，不到半月的時間，就教成五、七百人。因此山寨排好陣勢，準備對付官兵。（日版畫，出自《新編水滸畫傳》，葛飾戴斗繪）

教衆頭領看。衆軍漢見了徐寧使鈎鐮槍，都喜歡。就當日為始，將選揀精銳壯健之人，曉夜習學。又教步軍藏林伏草，鈎蹄拽腿下面三路暗法。◎4不到半月之間，教成山寨五、七百人，宋江並衆頭領看了大喜，準備破敵。

卻說呼延灼自從折了彭玘、凌振，每日只把馬軍來水邊搦戰。山寨中只教水軍頭領牢守各處灘頭，水底釘了暗樁。呼延灼雖是在山西、山北兩路出哨，決不能夠到山寨邊。梁山泊卻叫凌振製造了諸般火炮，克日定時，下山對敵。學使鈎鐮槍軍士，已都學成。宋江道：「不才淺見，未知合衆位心意否？」◎5吳用道：「願聞其略。」宋江道：「明日並不用一騎馬軍，衆頭領都是步戰。孫吳兵法，卻利於山林沮澤。今將步軍下山，分作十隊誘敵，但

註

※1臥蠶眉：像蠶那樣彎曲的眉毛。

※2鳳翥鸞翔：像鳳凰高飛，這裏有形容出身顯貴的意味。

※3無對：沒有對手。

評點

◎1.看他當日寫十隊誘軍，不分方面，只是一齊下去。至明日寫三面誘軍，亦不分隊號，只是一齊擁起。雖一時紙上文勢有如山雨欲來，野火亂發之妙，然畢竟使讀者胸中茫不知其首尾乃在何處，亦殊悶悶也。乃悶悶未幾，忽然西北閃出穆弘、穆春，正北閃出解珍、解寶，東北閃出王矮虎、一丈青。七隊雖戰苦雲深，三隊已龍沒爪現，有七隊之不測，正顯三隊之出奇；有三隊之分明，轉顯七隊之神變。不寧惟是而已，又於鳴金收軍、各請功賞之後，陡然又閃出劉唐、杜遷一隊來。嗚呼！前乎此者有戰矣，後乎此者有戰矣。其書法也，或先整後變，或先滅後明。奇固莫奇於今日之通篇不得分明，至拖尾忽然一閃，一閃，一閃；三閃之後，已作隔尾，又忽然兩人一閃也。當日寫某某是十隊，某某是放炮，某某是號帶，調撥已定。至明日，忽然寫十隊，忽然寫放炮，忽然寫號帶。於是讀者正讀十隊，忽然是放炮；正讀放炮，忽然又是十隊；正讀十隊，忽然是號帶；正讀號帶，忽然又是放炮。遂令紙上一時亦復岌岌搖動，不能不令讀者目眩耳聾，而殊不知作者正自心閑手緩也。異哉，技至此乎！吾讀呼延愛馬之文，而不覺垂淚浩嘆。何也？夫呼延愛馬，則非為其出自殊恩也，亦非為其神駿可惜也，又非為其藉此恢復也。夫天下之感，莫深於同患難；而人生之情，莫重於周旋久。蓋同患難，則曾有生死一處之許；而周旋久，則真有性情如一之誼也。是何論親之與疏，是何論人之與畜，是何論有情之與無情！吾有一蒼頭，自幼在鄉塾，便相隨不舍。雖天下之呆，無有更甚於此蒼頭也者，然天下之愛吾，則無有更過於此蒼頭者也，而不虞其死也。吾友有一蒼頭，自與吾交往還，便與之風晨雨夜，同行共住，雖天下之呆，又無有更甚於此蒼頭也者，然天下之知吾，則又無有更過於此蒼頭者也，而不虞其去也。吾有一玉鈎，其質青黑，製作樸略，天下之弄物，無有更賤於此鈎者。自周歲時，吾先王母系吾帶上，無日不在帶上，猶五官之第六，十指之一枝也。無端渡河墜於中流，至今如缺一官，如驟一指也。然是三者，猶有其物也。吾數歲時，在鄉塾中臨窗誦書，每至薄暮，書完日落，窗光蒼然，如是者幾年如一日也。吾至今暮窗欲暗，猶疑身在舊塾也。夫學道之人，則又何感何情之與有，然而天下之人之言感言情者，則吾得而知之矣。吾蓋深惡天下之人之言感言情，無不有為為之，故特於呼延愛馬，表而出之也。（金批）

◎2.一回一番新，須此處，下贊語，方有朝日之氣。（芥眉）

◎3.以詩訣總結上二段。竟似《考工記》文字。（金批）

◎4.又另說一段，文筆才不積滯。（芥眉）

◎5.偏出自宋江，而以吳用、徐寧作證，此得不犯正位之妙。（袁眉）

見軍馬衝掩將來，都望蘆葦荊棘林中亂走。卻先把鉤鐮槍軍士埋伏在彼，每十個會使鉤鐮槍的，間著十個撓鉤手，但見馬到，一攪鉤翻，便把撓鉤搭將入去捉了。平川窄路，也如此埋伏。此法如何？」吳學究道：「正應如此藏兵捉將。」徐寧道：◎6「鉤鐮槍並撓鉤，正是此法。」宋江當日，分撥十隊步軍人馬：劉唐、杜遷引一隊；穆弘、穆春引一隊；楊雄、陶宗旺引一隊；朱仝、鄧飛引一隊；解珍、解寶引一隊；鄒淵、鄒潤引一隊；一丈青、王矮虎引一隊；薛永、馬麟引一隊；燕順、鄭天壽引一隊；楊林、李雲引一隊。這十隊步軍，先行下山誘引敵軍。再差李俊、張橫、張順、三阮、童威、童猛、孟康，九個水軍頭領，乘駕戰船接應；再叫花榮、秦明、李應、柴進、孫立、歐鵬六個頭領，乘馬引軍，只在山邊搦戰；凌振、杜興專放號炮；卻叫徐寧、湯隆總行招引使鉤鐮槍軍士；中軍宋江、吳用、公孫勝、戴宗、呂方、郭盛，總制軍馬，指揮號令；其餘頭領俱各守寨。

宋江分撥已定，是夜三更，先載使鉤鐮槍軍士過渡，四面去分頭埋伏已定。四更，卻渡十隊步軍過去。凌振、杜興載過風火炮，架上高阜去處，豎起炮架，擱上火炮。徐寧、湯隆各執號帶渡水。平明時分，宋江守中軍人馬，隔水擂鼓，吶喊搖旗。呼延灼正在中軍帳內，聽得探子報知，傳令便差先鋒韓滔先來出哨。隨即鎖上連環甲馬，呼延灼全身披掛，騎了踢雪烏騅馬，仗著雙鞭，大驅軍馬，殺奔梁山泊來。隔水望見宋江引著許多人馬，呼延灼教擺開馬軍。先鋒韓滔來與呼延灼商議道：「正南上一隊步軍，不知多少的？」◎7呼延灼道：「休問他多少，只顧把連環馬衝將去！」韓滔引著五百馬軍，飛哨出去。又見東南上一隊軍兵起來，卻欲分兵去哨，只見西南上又有起一隊旗號，招颭吶喊。韓滔再引軍回來，對呼延灼道：「南邊三隊賊兵，都是梁山泊旗號。」呼延灼道：「這廝許多時不出來廝殺，必有計策。」說猶未了，只聽得北邊一聲炮響。呼延灼罵道：「這炮必是凌振從賊，教他施放。」眾人平南※4一望，只見北邊又擁起三隊旗號，呼延灼對韓滔道：「此必是賊人奸計。我和你把人馬分為兩路：我去殺北邊人馬，你去殺南邊人馬。」正欲分兵之際，只見西邊又是四隊人馬起來，呼延灼心慌。又聽得正北上連珠炮響，一帶直接到土坡上。那一個母炮週迴※5接著四十九個子炮，名為「子母炮」，響處風威大作。呼延灼軍兵不戰自亂，急和韓滔各引馬步軍兵四下衝突。這十隊步軍，東趕東走，西趕西走，呼延灼看了大怒，引兵望北衝將來。宋江軍兵盡投蘆葦中亂走，呼延灼大驅連環馬，捲地而來。那甲馬一齊跑發，收勒不住，盡望敗葦折蘆之中、枯草荒林之內跑了去。只聽裏面胡哨響處，鉤鐮槍一齊舉手。先鉤倒兩邊馬腳，中間的甲馬便自咆哮起來。◎8那撓鉤手軍士一齊搭住，蘆葦中只顧縛人。呼延灼見中了鉤鐮槍計，便勒馬回南邊去趕韓滔。背後風火炮當頭打將下來，這邊那邊，漫山遍野，都是步軍追趕著。韓滔、呼延灼部領的連環甲馬，亂滾滾都攧入荒草蘆葦之中，盡被捉了。二人情知中了計策，縱馬去四面跟尋馬軍，奪路奔走時，更兼那幾條路上，麻林般

註

※4平南：向南。

※5週迴：同「周圍」。

評點

◎6.本是徐寧訓練，此反書作徐寧答，是《春秋》筆法。（金批）

◎7.此十隊人馬敘得錯綜離合，或眼中見，或口中見，盡變化之妙。（袁眉）

◎8.又算注，又算畫，注得明，畫得活。（金批）

擺著梁山泊旗號，不敢投那幾條路走，一直便望西北上來。行不到五、六里路，早擁出一隊強人，◎9當先兩個好漢攔路。一個是沒遮攔穆弘，一個是小遮攔穆春，◎10拈兩條朴刀大喝道：「敗將休走！」呼延灼忿怒，舞起雙鞭，縱馬直取穆弘、穆春。略鬥四、五合，穆春便走。呼延灼只怕中了計，不來追趕，望正北大路而走。山坡下又轉出一隊強人，當先兩個好漢攔路。一個是兩頭蛇解珍，一個是雙尾蝎解寶。各挺鋼叉，直奔前來。呼延灼舞起雙鞭，來戰兩個。鬥不到五、七合，解珍、解寶拔步便走。呼延灼趕不過半里多路，兩邊鑽出二十四把鈎鐮槍，著地捲將來。◎11呼延灼無心戀戰，撥轉馬頭，望東北上大路便走，又撞著王矮虎、一丈青夫妻二人，截住去路。呼延灼見路徑不平，四下兼有荊棘遮攔，拍馬舞鞭，殺開條路，直衝過去。王矮虎、一丈青趕了一直，趕不上，呼延灼自投東北上去了。殺得大敗虧輸，雨零星亂。有詩爲證：

十路軍兵振地來，烏騅踢雪望風回。
連環盡被鈎鐮破，剩得雙鞭出九垓※6。

呼延灼看到山寨出動人馬，便指揮連環馬迎戰，沒想到宋江軍兵都望蘆葦中跑，連環馬趕來的時候，隱藏的鈎鐮槍一齊出動，甲馬倒了一大半。（選自《水滸傳版刻圖錄》，江蘇廣陵古籍刻印社）

話分兩頭。且說宋江鳴金收軍回山，各請功賞。三千連環甲馬，有停半被鈎鐮槍撥倒，傷損了馬蹄，剝去皮甲，把來做菜馬※7食。二停多好馬，牽上山去喂養，作坐馬。帶甲軍士都被生擒上山。五千步軍，被三面圍得緊急，有望中軍躲的，都被鈎鐮槍拖翻捉了。望水邊逃命的，盡被水軍頭領圍裏上船去，拽過灘頭，拘捉上山。先前被拿去的馬匹並捉去軍士，盡行復奪回寨。把呼延灼寨柵盡數拆來，水邊泊內，搭蓋小寨，再造兩處做眼酒店房屋等項，仍前著孫新、顧大嫂、石勇、時遷，兩處開店。◎12劉唐、杜遷拿得韓滔，把來綁縛，解到山寨。宋江見了，親解其縛，請上廳來，以禮陪話，相待筵宴，令彭玘、凌振說他入夥。韓滔也是七十二煞之數，自然意氣相投，就梁山泊做了頭領，◎13宋江便教修書，使人往陳州搬取韓滔老小，來山寨中完聚。宋江喜得破了連環馬，又得了許多軍馬、衣甲、盔刀，每日做筵席慶喜。仍舊調撥各路守把，提防官兵，不在話下。

卻說呼延灼折了許多官軍人馬，不敢回京，獨自一個騎著那匹踢雪烏騅馬，把衣甲拴在馬上，於路逃難，卻無盤纏，解下束腰金帶，賣來盤纏，在路尋思道：「不想今日閃得我如此，卻是去投誰好？」猛然想起：「青州慕容知府，舊與我有一面相識，何不去那裏投奔他？卻打慕容貴妃的關節，◎14那時再引軍來報仇未遲。」在路行了二日，當晚又飢又渴。見路旁一個村酒店，呼延灼下馬，把馬拴在門前樹上，入來店內，

註

※6九垓：九形容多，泛指重圍的意思。

※7菜馬：專供食用的馬。

評點

◎9.十隊中只抽出幾隊來掩映一番，文字疏中見密，密中見疏。（芥眉）

◎10.十隊伏兵，突然閃出三段，絕妙章法。（金眉）

◎11.畫出無處不是鈎鐮槍，離奇錯落，筆力奇絕。（金批）

◎12.陡插閑事，亦文爲戲。（金批）

◎13.韓滔被捉入夥，亦乃前定。（余評）

◎14.但有此路可通，應前三十三回內說話。（袁眉）

把鞭子放在桌上，坐下了，叫酒保取酒肉來吃。酒保道：「小人這裏只賣酒，要肉時，村裏卻纔殺羊。若要，小人去回買。」呼延灼把腰裏料袋解下來，取出些金帶倒換的碎銀兩，把與酒保道：「你可回一腳羊肉與我煮了，就對付草料喂養我這匹馬。◎15今夜只就你這裏宿一宵，明日自投青州府裏去。」酒保道：「官人，此間宿不妨，只是沒好床帳。」呼延灼道：「我是出軍的人，但有歇處便罷。」酒保拿了銀子，自去買羊肉。呼延灼把馬背上捎的衣甲取將下來，鬆了肚帶，坐在門前，等了半晌，只見酒保提一腳羊肉歸來。呼延灼便叫煮了，回三斤麵來打餅，打兩角酒來。酒保一面煮肉打餅，一面燒腳湯與呼延灼洗了腳，便把馬牽放屋後小屋下。酒保一面切草煮料，呼延灼先討熱酒吃了一回。少刻肉熟，呼延灼叫酒保也與他些酒肉吃了，分付道：「我是朝廷軍官，爲因收捕梁山泊失利，待往青州投慕容知府。你好生與我喂養這匹馬，是今上御賜的，名爲踢雪烏騅馬。明日我重重賞你。」酒保道：「感承相公。卻有一件事教相公得知。離此間不遠，有座山喚做桃花山，山上有一夥強人，爲頭的是打虎將李忠，第二個是小霸王周通，聚集著五、七百小嘍囉，打家劫舍，時常來攪惱村坊。官司累次著仰捕盜官軍來，收捕他不得，相公夜間須用小心醒睡。」呼延灼說道：「我有萬夫不當之勇，◎16便道那廝們全夥都來，也待怎生！只與我好生喂養這匹馬。」吃了一回酒肉餅子，酒保就店裏打了一鋪，安排呼延灼睡了。一者呼延灼連日心悶，二乃又多了幾杯酒，就和衣而臥，一覺直睡到三更方醒。只聽得屋後酒保在那裏叫屈起來。呼延灼聽得，連忙跳將起

評點

◎15.一路都從馬上著筆，細妙之極。（金批）
◎16.還要說嘴。（容夾）
◎17.只四字，寫出英雄無用武之地來，可發一笑。（金批）

來，提了雙鞭，◎17走去屋後問道：「你如何叫屈？」酒保道：「小人起來上草，只見籬笆推翻，被人將相公的馬偷將去了。遠遠地望見三、四里火把尚明，一定是那裏去了。」呼延灼道：「那裏正是何處？」酒保道：「眼見得那條路上，正是桃花山小嘍囉偷得去了。」呼延灼吃了一驚，便叫酒保引路，就田塍上趕了二、三里。火把看看不見，正不知投那裏去了。呼延灼說道：「若無了御賜的馬，卻怎地是好！」酒保道：「相公明日須去州里告了，差官軍來剿捕，方纔能夠這匹馬。」

呼延灼悶悶不已，坐到天明，叫酒保挑了衣甲，逕投青州。來到城裏時，天色已晚了，且在客店裏歇了一夜。次日天曉，逕到府堂階下，參拜了慕容知府。知府大驚，問道：「聞知將軍收捕梁山泊草寇，如何卻到此間？」呼延灼只得把上項訴說了一遍。慕容

呼延灼逃跑路上，在小酒店休息，沒想到晚上失盜，眼睜睜看著自己的馬被偷走。店小二告訴他，偷馬的是桃花山的小嘍囉。（朱寶榮繪）

知府聽了道：「雖是將軍折了許多人馬，此非慢功之罪，中了賊人奸計，亦無奈何。下官所轄地面，多被草寇侵害。將軍到此，可先掃清桃花山，奪取那匹御賜的馬，卻連那二龍山、白虎山◎18兩處強人，一發剿捕了時，下官自當一力保奏，再教將軍引兵復仇如何？」呼延灼再拜道：「深謝恩相主監※8。若蒙如此，誓當效死報德！」慕容知府教請呼延灼去客房裏暫歇，一面更衣宿食。那挑甲酒保，自叫他回去了。一住三日，呼延灼急欲要這匹御賜馬，又來稟覆知府，便教點軍。慕容知府便點馬步軍二千，借與呼延灼，又與了一匹青鬃馬。呼延灼謝了恩相，披掛上馬，帶領軍兵前來奪馬，逕往桃花山進發。且說桃花山上打虎將李忠與小霸王周通，自得了這匹踢雪烏騅馬，每日在山上慶喜飲酒。當日有伏路小嘍囉報道：「青州軍馬來也！」小霸王周通起身道：「哥哥守寨，兄弟去退官軍。」便點起一百小嘍囉，綽槍上馬，下山來迎敵官軍。卻說呼延灼引起二千兵馬來到山前，擺開陣勢，呼延灼當先出馬，厲聲高叫：「強賊早來受縛！」小霸王周通將小嘍囉一字擺開，便挺槍出馬。怎生打扮：

身著團花宮錦襖，手持走水綠沈槍。
聲雄面闊鬚如戟，盡道周通賽霸王。

呼延灼見了周通，便縱馬向前來戰，周通也躍馬來迎。二馬相交，鬥不到六、七合，周通氣力不加，撥轉馬頭，往山上便走。呼延灼趕了一直，怕有計策，急下山來，扎住寨柵，等候再戰。卻說周通回寨，見了李忠，訴說：「呼延灼武藝高強，遮攔不住，只得

評點

◎18.又陡然回合出二處來。（金批）
◎19.倒不知己？（容夾）
◎20.妙絕妙絕，數十卷前絕倒之事，此處忽然以閑筆又畫出來。俗本作趕將下去，驟讀之，亦殊不覺其失。及見古本乃是滾字，方嘆一言之訛，相去無算也。（金批）（金本此處作「從後山滾將下去」。——編者按）

且退上山。倘或他趕到寨前來，如之奈何？」李忠道：「我聞二龍山寶珠寺花和尚魯智深在彼，多有人伴，更兼有個甚麼青面獸楊志，又新有個行者武松，都有萬夫不當之勇。不如寫一封書，使小嘍囉去那裏求救。若解得危難，拚得投托他大寨，月終納他些進奉也好。」周通道：「小弟也多知他那裏豪傑，只恐那和尚記當初之事，不肯來救。」李忠笑道：「他那時又打了你，又得了我們許多金銀酒器，如何倒有見怪之心？他是個直性的好人，使人到彼，必然親引軍來救應。」[19]周通道：「哥哥也說得是。」就寫了一封書，差兩個了事的小嘍囉，從後山踅將下去，[20]取路投二龍山來。行了兩日，早到山下，那裏小嘍囉問了備細來情。

且說寶珠寺裏大殿上坐著三個頭領：爲首是花和尚魯智深，第二是青面獸楊志，第三是行者二郎武松。前面山門下坐著四個小頭領：一個是金眼彪

註

※8主監：照顧。

呼延灼路途不小心，自己的御賜馬被桃花山強盜偷走了，呼延灼十分憤怒，便帶領軍兵前去奪馬。（日版畫，出自《新編水滸畫傳》，葛飾戴斗繪）

施恩，原是孟州牢城施管營的兒子，爲因武松殺了張都監一家人口，官司著落他家追捉凶身，以此連夜挈家逃走在江湖上。後來父母俱亡，打聽得武松在二龍山，連夜投奔入夥。一個是操刀鬼曹正，原是同魯智深、楊志收奪寶珠寺，殺了鄧龍，後來入夥。一個是菜園子張青，一個是母夜叉孫二娘。這是夫妻兩個，原是孟州道十字坡賣人肉饅頭的，因魯智深、武松連連寄書招他，亦來投奔入夥。曹正聽得說桃花山有書，先來問了詳細，直去殿上，稟覆三個大頭領知道。智深便道：「洒家當初離五臺山時，到一個桃花村投宿，好生打了那周通撮鳥一頓。李忠那廝卻來認得洒家，卻請上山去吃了一日酒，結識洒家爲兄，留俺做個寨主。俺見這廝們慳吝，被俺捲了若干金銀酒器撒開他。◎21如今卻來求救，且看他說甚麼。放那小嘍囉上關來。」曹正去不多時，把那小嘍囉引到殿下，唱了喏，說道：「青州慕容知府，近日收得個征進梁山泊失利的雙鞭呼延灼。如今慕容知府先教掃蕩俺這裏桃花山、二龍山、白虎山幾座山寨，卻借軍與他收捕梁山泊復仇。俺的頭領今欲啓請大頭領將軍，下山相救，明朝無事了時，情願來納進奉。」楊志道：「俺們各守山寨，保護山頭，本不去救應的是。洒家一者怕壞了江湖上豪傑；二者恐那廝得了桃花山，便小覷了洒家這裏。可留下張青、孫二娘、施恩、曹正看守寨柵，俺三個親自走一遭。」隨即點起五百小嘍囉，六十餘騎軍馬，各帶了衣甲軍器，逕往桃花山來。

卻說李忠知二龍山消息，自引了三百小嘍囉下山策應。呼延灼聞知，急領所部軍馬，攔路列陣，舞鞭出馬，來與李忠相持。怎見李忠模樣：

頭尖骨臉似蛇形，槍棒林中獨擅名。
打虎將軍心膽大，李忠祖是霸陵生※9。

原來李忠祖貫濠州定遠人氏，家中祖傳靠使槍棒爲生。人見他身材壯健，因此呼他做「打虎將」。◎22當時下山來與呼延灼交戰，李忠如何敵得呼延灼過？鬥了十合之上，見不是頭，撥開軍器便走。呼延灼見他本事低微，縱馬趕上山來。小霸王周通正在半山裏看見，便飛下鵝卵石來，呼延灼慌忙回馬下山來。只見官軍疊頭※10吶喊，呼延灼便問道：「爲何吶喊？」後軍答道：「遠望見一彪軍馬飛奔而來。」呼延灼聽了，便來後軍隊裏看時，見塵頭起處，當頭一個胖大和尚，騎一匹白馬，那人是誰？正是：

自從落髮寓禪林※11，萬里曾將壯士尋。臂負千斤扛鼎力，天生一片殺人心。欺佛祖，喝觀音，戒刀禪杖冷森森。不看經卷花和尚，酒肉沙門魯智深。

魯智深在馬上大喝道：「那個是梁山泊殺敗的撮鳥，敢來俺這裏唬嚇人！」呼延灼道：「先殺你這個禿驢，豁我心中怒氣！」◎23魯智深掄動鐵禪杖，呼延灼舞起雙鞭，二馬相交，兩邊吶喊。鬥四、五十合，不分勝敗。呼延灼暗暗喝采道：「這個和尚，倒恁地了得！」◎24兩邊鳴金，各自收軍暫歇。呼延灼少停，再縱馬出陣，大叫：「賊和尚

註

※9霸陵生：漢代飛將軍李廣居住在霸陵，用此比喻其像李廣。
※10疊頭：連續不斷。
※11禪林：指寺院，僧徒聚居之處。

評點

◎21.眞是青天白日心事，烈風雷雨弗迷者也。（金批）
◎22.前文所略，至此始出。（金批）
◎23.收捕賊盜，名之爲唬嚇人，絕倒。（金批）
◎24.又惡知其初之非和尚耶？（金批）

再出來，與你定個輸贏，見個勝敗！」魯智深卻待正要出馬，側首惱犯了這個英雄，叫道：「大哥少歇，看洒家去捉這廝！」那人舞刀出馬。來戰呼延灼的是誰？正是：

曾向京師為制使，花石綱累受艱難。虹霓氣逼牛斗寒。刀能安宇宙，弓可定塵寰。虎體狼腰猿臂健，跨龍駒穩坐雕鞍。英雄聲價滿梁山。人稱青面獸，楊志是軍班。

當下楊志出馬，來與呼延灼交鋒。兩個鬥到四十餘合，不分勝敗。呼延灼見楊志手段高強，尋思道：「怎地那裏走出這兩個來？好生了得！不是綠林中手段！」楊志也見呼延灼武藝高強，賣個破綻，撥回馬，跑回本陣。呼延灼也勒轉馬頭，不來追趕。兩邊各自收軍。魯智深便和楊志商議道：「俺們初到此處，不宜逼近下寨。且退二十里，明日卻再來廝殺。」帶領小嘍囉，自過附近山岡下寨去了。卻說呼延灼在帳中納悶，心內想道：「指望到此勢如劈竹，便拿了這夥草寇，怎知卻又逢著這般對手！我直如此命薄！」正沒擺佈處，只見慕容知府使人來喚道：「叫將軍且領兵回來，保守城中。今有白虎山強人孔明、孔亮，◎[25]引人馬來青州借糧，◎[26]怕府庫有失，特令來請將軍回城守備。」呼延灼聽了，就這機會，帶領軍馬，連夜回青州去了。次日，魯智深與楊志、武松又引了小嘍囉搖旗吶喊，直到山下來看時，一個軍馬也無了，倒吃了一驚。山上李忠、周通引人下來，拜請三位頭領上到山寨裏，殺牛宰馬，筵席相待，一面使人下山，探聽前路消息。

且說呼延灼引軍回到城下，卻見了一彪軍馬，正來到城邊。爲頭的乃是白虎山下孔太公的兒子毛頭星孔明、獨火星孔亮。兩個因和本鄉一個財主爭競，把他一門良賤盡都殺了，聚集起五、七百人，佔住白虎山，打家劫舍。因爲青州城裏有他的叔叔孔賓，被慕容知府捉下，監在牢裏，孔明、孔亮特地點起山寨小嘍囉，來打青州，要救叔叔孔賓。◎27正迎著呼延灼軍馬，兩邊擁著，敵住廝殺，呼延灼便出馬到陣前。慕容知府在城樓上觀看，見孔明當先，挺槍出馬，直取呼延灼。兩馬相交，鬥到二十餘合，呼延灼要在知府跟前顯本事，又值孔明武藝不精，只辦得架隔遮攔，鬥到間深裏，被呼延灼就馬上把孔明活捉了去，孔亮只得引了小嘍囉便走。慕容知府在敵樓上指著，叫呼延灼引軍去趕，官兵一掩，活捉得百十餘人。孔亮大敗，四散奔走，至晚尋個古廟安歇。卻說呼延灼活捉得孔明，解入城中，來見慕容知府。知府大喜，叫把孔明大枷釘下牢裏，和孔賓一處監收。一面賞勞三軍，一面管待呼延灼，備問桃花山消息。呼延灼道：「本待是『甕中捉鱉，手到拿來』，無端又被一夥強人前來救應。數內一個和尚、一個青臉大漢，二次交鋒，各無勝敗。這兩個武藝不比尋常，不是綠林中手段，因此未曾拿得。」慕容知府道：「這個和尚，便是延安府老種經略帳前軍官提轄魯達，◎28今次落髮爲僧，喚做花和尚魯智深。這一個青臉大漢，亦是東京殿帥府制使官，喚做青面獸楊志。◎29再有一個行者，喚做武松，原是景陽岡打虎的武都頭。這三個佔住二龍山，打家劫舍，累次拒敵官軍，殺了三、五個捕盜官，直至如今，未曾捉得。」呼延灼道：「我見這廝

評點

◎25.白虎山換一法出。（金批）
◎26.一山請到，一山自到，亦是變幻。（芥眉）
◎27.傳中有正說，有帶說，有追說，種種得體。（芥眉）
◎28.如此人物，止令做提轄已不可，況並不容做提轄！（金批）
◎29.如此人物，止令做制使已不可，況並不容做制使！（金批）

們武藝精熟，原來卻是楊制使和魯提轄，眞名不虛傳！恩相放心，呼延灼已見他們本事了。只在早晚，一個個活捉了解官。」◎30知府大喜，設筵管待已了，且請客房內歇，不在話下。

卻說孔亮引了敗殘人馬，正行之間，猛可裏樹林中撞出一彪軍馬，當先一籌好漢，怎生打扮，有西江月爲證：

直裰冷披黑霧，戒箍光射秋霜。額前剪髮拂眉長，腦後護頭齊項。頂骨數珠燦白，雜絨絛結微黃。鋼刀兩口迸寒光，行者武松形象。

孔亮見了是武松，慌忙滾鞍下馬，便拜道：「壯士無恙？」武松連忙答應，扶起問道：「聞知足下弟兄們佔住白虎山聚義，幾次要來拜望，一者不得下山，二乃路途不順，以此難得相見。今日何事到此？」孔亮把救叔叔孔賓陷兄之事，告訴了一遍。武松道：「足下休慌。我有六、七個弟兄，現在二龍山聚義。今爲桃花山李忠、周通被青州官軍攻擊得緊，來我山寨求救。魯、楊二頭領引了孩兒們先來與呼延灼交戰。兩個廝併了一日，呼延灼夜間去了。山寨中留我弟兄三人筵宴，把這匹御賜馬送與我們。今我部領頭隊人馬回山，他二位隨後便到。我叫他去打青州，救你叔兄如何？」孔亮拜謝武松。等了半晌，只見魯智深、楊志兩個並馬都到。武松引孔亮拜見二位，備說：「那時我與宋江在他莊上相會，多有相擾。今日俺們可以義氣爲重，聚集三山人馬，攻打青州，殺了慕容知府，擒獲呼延灼，各取府庫錢糧，以供山寨之用，如何？」魯智深道：

「洒家也是這般思想。便使人去桃花山報知，叫李忠、周通引孩兒們來，俺三處一同去打青州。」楊志便道：「青州城池堅固，人馬強壯，又有呼延灼那廝英勇。不是俺自滅威風，若要攻打青州時，只除非依我一言，指日可得。」◎31 武松道：「哥哥，願聞其略。」那楊志言無數句，話不一席，有分教：青州百姓，家家瓦裂煙飛；水滸英雄，個個摩拳擦掌。畢竟楊志對武松說出怎地打青州？且聽下回分解。◎32

評點

◎30.呼延灼敗，不能回見朝廷，今捉得孔明，心便思復仇回朝，豈自知已亦寨之類也。（余評）

◎31.觀楊志結通宋江破青州，其所見志大。（余評）

◎32.岳武穆以麻札刀破拐子馬，徐將軍以鈎鐮槍破連環馬，英雄出奇制勝，自兩相符。（袁評）

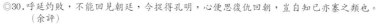

第五十八回　三山聚義打青州　眾虎同心歸水泊◎1

話說武松引孔亮拜告魯智深、楊志，求救哥哥孔明，並叔叔孔賓。魯智深便要聚集三山人馬，前去攻打。楊志道：◎2「若要打青州，須用大隊軍馬，方可打得。俺知梁山泊宋公明大名，江湖上都喚他做及時雨宋江，更兼呼延灼是他那裏仇人。俺們弟兄和孔家弟兄的人馬，都併做一處，洒家這裏再等桃花山人馬齊備，一面且去攻打青州。孔亮兄弟，你可親身星夜去梁山泊，請下宋公明來，併力攻城，此爲上計。亦且宋三郎與你至厚，你們弟兄心下如何？」◎3魯智深道：「正是如此。我只見今日也有人說宋三郎好，明日也有人說宋三郎好，可惜洒家不曾相會。眾人說他的名字，聒得洒家耳朵也聾了，◎4想必其人是個眞男子，以致天下聞名。◎5前番和花知寨在清風山時，洒家有心要去和他廝會，及至洒家去時，又聽得說道去了，以此無緣，不得相見。罷了！孔亮兄弟，你要救你哥哥時，快親自去那裏告請他們，洒家等先在這裏和那撮鳥們廝殺。」孔亮交付小嘍囉與了魯智深，只帶一個伴當，扮做客商，星夜投梁山泊來。且說魯智深、楊志、武松三人，去山寨裏喚將施恩、曹正，再帶一、二百人下山來相助。桃花山李忠、周通得了消息，便帶本山人馬，盡數起點，只留三、五十個小嘍囉看守寨柵，其餘都帶下山來，青州城下聚集，一同攻打城池，不在話下。

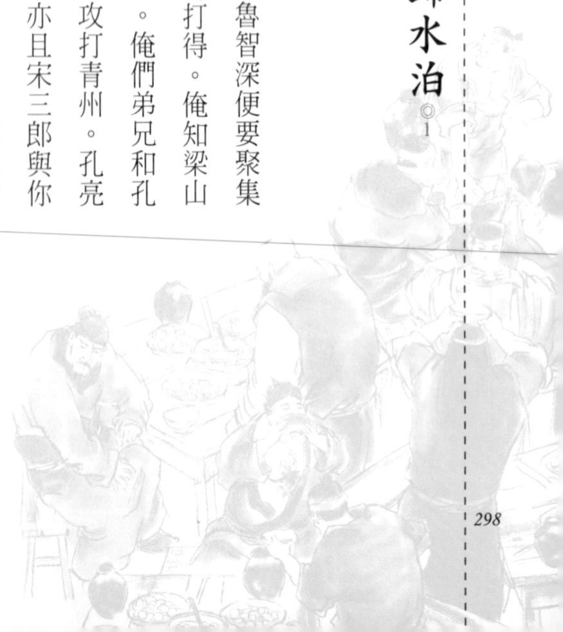

卻說孔亮自離了青州，迤邐來到梁山泊邊催命判官李立酒店裏買酒吃，問路。李立見他兩個來得面生，便請坐地，問道：「客人從那裏來？」孔亮道：「從青州來。」李立問道：「客人要去梁山泊尋誰？」孔亮答道：「有個相識在山上，特來尋他。」李立道：「山上寨中，都是大王住處，你如何去得？」孔亮道：「便是要尋宋大王。」李立道：「既是來尋宋頭領，我這裏有分例。」便叫火家快去安排分例酒來相待。孔亮道：「素不相識，如何見款？」

◎1.打青州，用秦明、花榮爲第一撥，眞乃處處不作浪筆。村學先生團泥作腹，鏤炭爲眼，讀《水滸傳》，見宋江口中有許多好語，便遽然以「忠義」兩字過許老賊。甚或弁其書端，定爲題目。此決不得不與之辯。辯曰：宋江有過人之才，是即誠然；若言其有忠義之心，心心圖報朝廷，此實萬萬不然之事也。何也？夫宋江，淮南之強盜也。人欲圖報朝廷，而無進身之策，至不得已而姑出於強盜。此一大不可也。曰：有逼之者也。夫有逼之，則私放晁蓋亦誰逼之？身爲押司，骫法縱賊，此二大不可也。爲農則農，爲吏則吏；農言不出於畔，吏言不出於庭，分也。身在鄆城，而名滿天下，遠近相煽，包納荒穢，此三大不可也。私連大賊以受金，明殺平人以滅口。幸從小懲，便當大戒；乃潯陽題詩，反思報仇，不知誰是其仇？至欲血染江水，此四大不可也。語云：「求忠臣必於孝子之門。」江以一朝小忿，貽大僇於老父。夫不有於父，何有於他？誠所謂「是可忍孰不可忍」！此五大不可也。燕順、鄭天壽、王英則羅而致之梁山，呂方、郭盛則羅而致之梁山，此猶可恕也；甚乃至於花榮亦羅而致之梁山，黃信、秦明亦羅而致之梁山，是胡可恕也。落草之事雖未遂，營窟之心實已久，此六大不可也。白龍之劫，猶出群力，無爲之燒，豈非獨斷？白龍之劫，猶曰「救死」；無爲之燒，豈非肆毒？此七大不可也。打州掠縣，只如戲事，劫獄開庫，乃爲固然。殺官長則無不坐以污濫之名，買百姓則便借其府藏之物，此八大不可也。官兵則拒殺官兵，王師則拒殺王師，橫行河朔，其鋒莫犯，遂使上無寧食天子，下無生還將軍，此九大不可也。初以水泊避罪，後忽忠義名堂，設印信賞罰之專司，制龍虎熊羆之旗號，甚乃至於黃鉞、白旄、朱幡、皀蓋違禁之物，無一不有，此十大不可也。夫宋江之罪，擢髮無窮，論其大者，則有十條。而村學先生猶鰓鰓以忠義目之，一若惟恐不得當者，斯其心何心也！原村學先生之心，則豈非以宋江每得名將，必親爲之釋縛、擎盞，流淚縱橫，痛陳忠君報國之志，極訴寢食招安之誠，言言刳胸臆，聲聲瀝熱血哉？乃吾所以斷宋江之爲強盜，而萬萬必無忠義之心者，亦正於此。何也？夫招安，則強盜之變計也。其初父兄失教，喜學拳勇；其既恃其拳勇，不事生產；其既生產乏絕，不免困劇；其既困劇不甘，試爲劫奪；其既劫奪既便，遂成嘯聚；其既嘯聚漸夥，必受討捕；其既至於必受討捕，而強盜因而自思：進有自贖之榮，退有免死之樂，則誠莫如招安之策爲至便也。若夫保障方面，爲王干城，如秦明、呼延等；世受國恩，寵綏未絕，如花榮、徐寧等；奇材異能，莫不畢效，如凌振、索超、董平、張清等；雖在偏裨，大用有日，如彭玘、韓滔、宣贊、郝思文、龔旺、丁得孫等。是皆食宋之祿，爲宋之官，感宋之德，分宋之憂，已無不展之才，已無不吐之氣，已無不竭之忠，已無不報之恩者也。乃吾不知宋江何心，必欲悉擒而致之於山泊。悉擒而致之，而或不可致，則必曲爲之說曰：其暫避此，以需招安。嗟乎！強盜則須招安，將軍胡爲亦須招安？身在水泊則須招安而歸順朝廷，身在朝廷，胡爲亦須招安而反入水泊？以此語問宋江，而宋江無以應也。故知一心報國，日望招安之言，皆宋江所以誘人入水泊。諺云：「餌芳可釣，言美可招也。」宋江以是言誘人入水泊，而人無不信之而甘心入於水泊。傳曰：「久假而不歸。」惡知其非有也？彼村學先生不知烏之黑白，猶鰓鰓以忠義目之，惟恐不得其當，斯其心何心也！自第七回寫魯達後，遙遙直隔四十九回而復寫魯達。乃吾讀其文，不惟聲情魯達也，蓋其神理悉魯達也。尤可怪者，四十九回之前，寫魯達以酒爲命，乃四十九回之後，寫魯達涓滴不飲，然而聲情神理無有非魯達者。夫而後知今日之魯達涓滴不飲，與昔日之魯達以酒爲命，正是一副事也。（金批）（本書回數均爲評點中所指之後一回。——編者按）

◎2.請宋公明，偏出自楊志、魯達二人，脫去武松，此行文避熟之法也。（金批）

◎3.請宋公明偏不出自武松、孔亮，妙。（袁眉）

◎4.畫出一個直性和尚。（容眉）

◎5.一段寫得筆墨淋漓，是蘇舜欽下酒物也。（金批）

李立道：「客官不知，但是來尋山寨頭領，必然是社火中人故舊交友，豈敢有失祇應※1！便當去報。」孔亮道：「小人便是白虎山前莊戶孔亮的便是。」李立道：「曾聽得宋公明哥哥說大名來，今日且喜上山。」二人飲罷分例酒，隨即開窗，就水亭上放了一枝響箭。見對港蘆葦深處，早有小嘍囉棹過船來。到水亭下，李立便請孔亮下了船，一同搖到金沙灘上岸，卻上關來。孔亮看見三關雄壯，槍刀劍戟如林，心下想道：「聽得說梁山泊興旺，不想做下這等大事業！」◎6已有小嘍囉先去報知，宋江慌忙下來迎接。孔亮見了，連忙下拜。宋江問道：「賢弟緣何到此？」◎7孔亮拜罷，放聲大哭。宋江道：「賢弟心中有何危厄不決之難，但請盡說不妨。便當不避水火，力爲救解，與汝相助。賢弟且請起來。」孔亮道：「自從師父離別之後，老父亡化，哥哥孔明與本鄉上戶爭些閑氣起來，殺了他一家老小，官司來捕捉得緊，因此反上白虎山，

孔亮到了梁山泊，說起自己是宋江的舊人，馬上得到熱情的款待。孔亮從金沙灘上岸，一路上看到三關雄壯，槍戟如林。（日版畫，出自《新編水滸畫傳》，葛飾戴斗繪）

聚得五、七百人，打家劫舍。青州城裏，卻有叔父孔賓，被慕容知府捉了，重枷釘在獄中，因此我弟兄兩個去打城子，指望救取叔叔孔賓。誰想去到城下，正撞了一個使雙鞭的呼延灼。哥哥與他交鋒，致被他捉了，解送青州，下在牢裏，存亡未保，小弟又被他追殺一陣。次日，正撞著武松，說起師父大名來，他便引我去拜見同伴的，一個是花和尚魯智深，一個是青面獸楊志。他二人一見如故，便商議救兄一事。他道：『我請魯、楊二頭領並桃花山李忠、周通，聚集三山人馬，攻打青州。你可連夜快去梁山泊內，告你師父宋公明，來救你叔兄兩個。』以此今日一逕到此。」宋江道：「此是易爲之事，你且放心。先來拜見晁頭領，共同商議。」宋江便引孔亮參見晁蓋、吳用、公孫勝並衆頭領，備說呼延灼走在青州，投奔慕容知府，今來捉了孔明，以此孔亮來到，懇告求救。晁蓋道：「既然他兩處好漢尙兀自仗義行仁，今者三郎和他至愛交友，如何不去？三郎賢弟，你連次下山多遍，今番權且守寨，愚兄替你走一遭。」◎8宋江道：「哥哥是山寨之主，不可輕動。這個是兄弟的事。既是他遠來相投，小可若自不去，恐他弟兄們心下不安。小可情願請幾位弟兄同走一遭。」說言未了，廳上廳下一齊都道：「願效犬馬之勞，跟隨同去。」◎9宋江大喜。當日設筵管待孔亮。飲筵之間，宋江喚鐵面孔目裴宣定撥下山人數，分作五軍起行。前軍便差花榮、秦明、燕順、王矮虎，開路作先鋒；第二隊便差穆弘、楊雄、解珍、解寶；中軍便是主將宋江、吳用、呂方、郭盛；第四隊

※1 祗應：恭敬地伺候、照應。

◎6.將白虎之醜陋，只一筆反照出來。（金批）
◎7.武藝低微，所以到此。（金批）
◎8.屢欲下山，見義氣，亦理曾頭市根。（袁夾）
◎9.此段寫出同心合力之義，人人生動。（袁眉）

便是朱仝、柴進、李俊、張橫；後軍便差孫立、楊林、歐鵬、凌振，催軍作合後。梁山泊點起五軍，共計二十個頭領，馬步軍兵三千人馬。其餘頭領，自與晁蓋守把寨柵。當下宋江別了晁蓋，自同孔亮下山來。梁山人馬分作五軍起發，正是：

初離水泊，渾如海內縱蛟龍；乍出梁山，卻似風中奔虎豹。五軍並進，前後列二十輩英雄；一陣同行，首尾分三千名士卒。繡彩旗如雲似霧，蘸鋼刀燦雪鋪霜。鸞鈴響，戰馬奔馳；畫鼓振，征夫踴躍。捲地黃塵靄靄，漫天土雨濛濛。寶纛旗中，簇擁著多智足謀吳學究；碧油幢[※2]下，端坐定替天行道宋公明。過去鬼神皆拱手，回來民庶盡歌謠。

話說宋江引了梁山泊二十個頭領，三千人馬，分作五軍前進，於路無事，所過州縣，秋毫無犯。已到青州，孔亮先到魯智深等軍中，報知眾好漢安排迎接。宋江中軍到了，武松引魯智深、楊志、李忠、周通、施恩、曹正，都來相見了。宋江讓魯智深坐地，魯智深道：「久聞阿哥大名，無緣不曾拜會，今日且喜認得阿哥。」[◎10]宋江答道：「不才何足道哉！江湖上義士，甚稱吾師清德，今日得識慈顏，平生甚幸。」楊志也起身再拜道：「楊志舊日經過梁山泊，多蒙山寨重義相留，爲是洒家愚迷，不曾肯住。今日幸得義士壯觀山寨，此是天下第一好事。」[◎11]宋江答道：「制使威名，播於江湖，只恨宋江相會太晚。」魯智深便令左右置酒管待，一一都相見了。次日，宋江問：「青州一節，近日勝敗如何？」楊志道：「自從孔亮去了，前後也交鋒三、五次，各無輸贏。

如今青州只憑呼延灼一個，若是拿得此人，覷此城子，如湯潑雪。」吳學究笑道：「此人不可力敵，可用智擒。」宋江道：「用何智可獲此人？」吳學究道：「只除如此如此。」宋江大喜道：「此計大妙！」今日分撥了人馬。次早起軍，前到青州城下，四面盡著軍馬圍住，擂鼓搖旗，吶喊搦戰。城裏慕容知府見報，慌忙教請呼延灼商議：「今次群賊又去報知梁山泊宋江到來，似此如之奈何？」呼延灼道：「恩相放心，群賊到來，先失地利。這廝們只好在水泊裏張狂，今卻擅離巢穴，一個來，捉一個，那廝們如何施展得？◎12請恩相上城，看呼延灼廝殺。」呼延灼連忙披掛衣甲上馬，叫開城門，放下吊橋，領了一千人馬，近城擺開。宋江陣中，一將出馬。那人手拿狼牙棍，厲聲高罵知府：「濫官，害民賊徒！把我全家誅戮，今日正好報仇雪恨！」慕容知府認得秦明，便罵道：「你這廝是朝廷命官，國家不曾負你，緣何敢造反！若拿住你時，碎屍萬段！可先下手拿這賊！」呼延灼聽了，舞起雙鞭，縱馬直取秦明。秦明也出馬，舞動狼牙大棍，來迎呼延灼。二將交馬，正是對手。有西江月為證：

鞭舞兩條龍尾，棍橫一串狼牙，三軍看得眼睛花。二將縱橫交馬，使棍的軍班領袖，使鞭的將種※3堪誇。天昏地慘日揚沙，這廝殺鬼神須怕。

兩個鬥到四、五十合，不分勝敗。慕容知府見鬥得多時，恐怕呼延灼有失，慌忙鳴金收軍入城。◎13秦明也不追趕，退回本陣。宋江教眾頭領軍校，且退十五里下寨。卻說呼延灼

註

※2 碧油幢：古代原指支撐帳幕、傘蓋、旌旗的木竿，後借指帳幕、傘蓋、旌旗。

※3 將種：大將的種子。

評點

◎10.活是魯達語，八字哭笑都有。（金批）
◎11.楊志語，又是一樣，八字中贊罵都有。（金批）
◎12.大是，不可以成敗論英雄也。（容眉）
◎13.如此救出秦明，深文曲筆，人所不曉。（金批）

回到城中，下馬來見慕容知府，說道：「小將正要拿那秦明，恩相如何收軍？」知府道：「我見你鬥了許多合，但恐勞困，因此收軍暫歇。秦明那廝原是我這裏統制，與花榮一同背反，這廝亦不可輕敵。」呼延灼道：「恩相放心，小將必要擒此背義之賊！適間和他鬥時，棍法已自亂了。來日教恩相看我立斬此賊！」知府道：「既是將軍如此英雄，來日若臨敵之時，可殺開條路，送三個人出去。一個教他去往東京求救，兩個教他去鄰近府州會合起兵，相助剿捕。」呼延灼道：「恩相高見極明。」當日知府寫了求救文書，選了三個軍官，都發放了當。只說呼延灼回到歇處，卸了衣甲暫歇。天色未明，只聽得軍校來報道：◎14「城北門外土坡上，有三騎私自在那裏看城。中間一個穿紅袍騎白馬的，兩邊兩個，只認得右邊的是小李廣花榮，左邊那個道妝打扮。」呼延灼道：「那個穿紅的，眼見是宋江了。道妝，必是軍師吳用。你們且休驚動了他，便點一百馬軍，跟我捉這三個。」

呼延灼連忙披掛上馬，提了雙鞭，帶領一百餘騎馬軍，悄悄地開了北門，放下吊

宋江引了三千人馬，來到青州，與魯智深等好漢相見。武松引魯智深、楊志、李忠、周通、施恩、曹正，都來相見了。宋江與魯智深相談甚歡。（朱寶榮繪）

橋，引軍趕上坡來。宋江、吳用、花榮三個，只顧呆了臉看城。呼延灼拍馬上坡，三個勒轉馬頭，慢慢走去。呼延灼奮力趕到前面幾株枯樹邊廂，宋江、吳用、花榮三個齊齊的勒住馬。呼延灼方纔趕到枯樹邊，只聽得吶聲喊，呼延灼正踏著陷坑，人馬都跌將下坑去了。◎15兩邊走出五、六十個撓鈎手，先把呼延灼鈎將起來，綁縛了拿去，後面牽著那匹馬。這許多趕來的馬軍，卻被花榮拈弓搭箭，射倒當頭五、七個，後面的勒轉馬，一哄都走了。宋江回到寨裏坐，左右群刀手，卻把呼延灼推將過來。宋江見了，連忙起身，喝叫：「快解了繩索！」親自扶呼延灼上帳坐定，◎16宋江拜見。呼延灼道：「何故如此？」宋江道：「小可宋江怎敢背負朝廷？蓋爲官吏污濫，威逼得緊，誤犯大罪，因此權借水泊裏隨時避難，只待朝廷赦罪招安。不想起動將軍，致勞神力。實慕將軍虎威。今者誤有冒犯，切乞恕罪！」呼延灼道：「被擒之人，萬死尚輕，義士何故重禮陪話？」宋江道：「量宋江怎敢壞得將軍性命？皇天可表寸心。」只是懇告哀求。呼延灼道：「兄長尊意，莫非教呼延灼往東京告請招安，到山赦罪？」◎17宋江道：「將軍如何去得？高太尉那廝是個心地匾窄之徒，忘人大恩，記人小過。將軍折了許多軍馬錢糧，他如何不見你罪責？如今韓滔、彭玘、凌振已多在敝山入夥。倘蒙將軍不棄山寨微賤，宋江情願讓位與將軍。◎18等朝廷見用，受了招安，那時盡忠報國，未爲晚矣。」呼延灼沉思了半晌，一者是天罡之數，自然義氣相投；二者見宋江禮貌甚恭，語言有理，嘆了一口氣，跪下在地道：「非是呼延灼不忠於國，實感兄長義氣過人，不容呼延灼不依。

評點

◎14.此一段應「只可智擒」。（金眉）
◎15.寫得妙絕。輕輕而來，實出意外，令讀者亦復一驚也。（金批）
◎16.都是這假小心哄了人，賊賊。（容眉）
◎17.前稱義士，今稱兄長，已心動口軟矣。（袁眉）
◎18.數語是宋江正經題目。情願讓位，醜語難堪。（金批）

願隨鞭鐙。事既如此，決無還理。」有詩爲證：

親承天語※4淨狼煙※5，不著先鞭願執鞭。
豈昧忠心翻作賊，降魔殿內有因緣。

宋江大喜，請呼延灼和衆頭領相見了，叫問李忠、周通，討這匹踢雪烏騅馬，還將軍騎坐。衆人再商議救孔明之計，吳用道：「只除教呼延灼將軍賺開城門，垂手可得！更兼絕了呼延灼將軍念頭。」宋江聽了，來與呼延灼陪話道：「非是宋江貪劫城池，實因孔明叔侄陷在縲紲之中，非將軍賺開城門，必不可得。」呼延灼答道：「小將既蒙兄長收錄，理當效力。」當晚點起秦明、花榮、孫立、燕順、呂方、郭盛、解珍、解寶、歐鵬、王英十個頭領，都扮作軍士衣服模樣，跟了呼延灼，共是十一騎軍馬，來到城邊，直至濠塹上，大呼：「城上開門，我逃得性命回來！」城上人聽得是呼延灼聲音，慌忙報與慕容知府。此時知府爲折了呼延灼，正納悶間，聽得報說呼延灼逃得回來，心中歡喜，連忙上馬，奔到城上，望見呼延灼有十數騎馬跟著，又不見面顏，只認得呼延灼聲音。知府問道：「將軍如何走得回來？」呼延灼道：「我被那廝的陷坑捉了我到寨裏，卻有原跟我的頭目，暗地盜這匹馬與我騎，就跟我來了。」知府只聽得呼延灼說了，便叫軍士開了城門，放下吊橋。十個頭領跟到城門裏，迎著知府，早被秦明一棍，把慕容知府打下馬來。◎19解珍、解寶便放起火來。歐鵬、王矮虎奔上城，把軍士殺散。宋江大

評點

◎19.結瓦礫場一案，若寫孔亮打殺，便如嚼蠟。（金批）
◎20.只二句可定天下。（袁眉）
◎21.如椽之筆，讀之令人壯旺。（金批）

隊人馬，見城上火起，一齊擁將入來。宋江急急傳令：休教殘害百姓，且收倉庫錢糧。◎20就大牢裏救出孔明，並他叔叔孔賓一家老小，便教救滅了火。把慕容知府一家老幼，盡皆斬首，抄扎家私，分俵眾軍。天明，計點在城百姓被火燒之家，給散糧米救濟。把府庫金帛，倉廒米糧，裝載五、六百車。又得了二百餘匹好馬，就青州府裏做個慶喜筵席，請三山頭領同歸大寨。◎21李忠、周通使人回桃花山，盡數收拾人馬錢糧下山，放火燒毀寨柵。魯智深也使施恩、曹正回二龍山，與張青、孫二娘收拾人馬錢糧，也燒了寶珠寺寨柵。數日之間，三山人馬都皆完備。

宋江領了大隊人馬，班師回山。先叫花榮、秦明、呼延灼、朱仝四將開路，所過州縣，分毫不擾。鄉村百姓，扶老挈幼，燒香羅拜迎接。數日之間，已到梁山泊邊。眾多水軍頭領，具舟迎接。晁蓋引領山寨馬步頭領，都在金沙灘迎接。直至大寨，向聚義廳上列位坐定。大排筵席，慶賀新到山寨頭領，呼延灼、魯智深、楊志、武松、施恩、曹正、張青、孫二娘、李忠、周通、孔明、孔亮，共十二位新上山頭領。坐間，林沖說起相謝魯智深相救一事。魯智深動問道：「洒家自與教頭滄州別後，曾知阿嫂信息否？」林沖

❖ 二龍山、桃花山、白虎山眾好漢跟隨梁山泊人馬一起攻打青州，城破之後，各個回山收拾人馬，共同上了梁山。（選自《水滸傳版刻圖錄》，江蘇廣陵古籍刻印社）

註

※4天語：皇帝說的話。

※5狼煙：古代邊防報警時燒狼糞升起的煙，借指戰火。

答道：「小可自火併王倫之後，使人回家搬取老小，已知拙婦被高太尉逆子所逼，隨即自縊而死。妻父亦為憂疑，染病而亡。」楊志舉起舊日王倫手內上山相會之事，眾人皆道：「此皆注定，非偶然也！」晁蓋說起黃泥岡劫取生辰綱一事，◎22眾皆大笑。次日輪流做筵席，不在話下。

且說宋江見山寨又添了許多人馬，如何不喜？便叫湯隆做鐵匠總管，提督打造諸般軍器，並鐵葉連環等甲。侯健管做旌旗袍服總管，添造三才※6、九曜※7、四斗※8、五方※9、二十八宿等旗，飛龍、飛虎、飛熊、飛豹旗，黃鉞白旄※10，朱纓皂蓋。◎23山邊四面築起墩臺。重造西路、南路二處酒店，招接往來上山好漢，一就探聽飛報軍情。山西路酒店今令張青、孫二娘夫妻二人，原是酒家，前去看守；山南路酒店仍令孫新、顧大嫂夫妻看守；山東路酒店依舊朱貴、樂和；山北路酒店還是李立、時遷。三關上添造寨柵，分調頭領看守。部領已定，各各遵依，不在話下。

宋江等好漢回到梁山，一起喝酒慶祝，魯智深詢問林沖娘子如何？後者告訴他因為被高太尉逆子所逼，已經自縊而死，花和尚聽了，十分傷感。（朱寶榮繪）

山西五臺山，梁山好漢——花和尚魯智深雕像。拍攝時間2003年9月。（顧棣/fotoe提供）

忽一日，花和尚魯智深來對宋公明說道：「智深有個相識，李忠兄弟也曾認得，喚做九紋龍史進，◎24現在華州華陰縣少華山上，和那一個神機軍師朱武，又有一個跳澗虎陳達，一個白花蛇楊春，四個在那裏聚義。洒家常常思念他。昔日在瓦罐寺救助洒家，思念不曾有忘。◎25洒家要去那裏探望他一遭，就取他四個同來入夥，未知尊意如何？」宋江道：「我也曾聞得史進大名，若得吾師去請他來，最好。雖然如此，不可獨自去，可煩武松兄弟相伴走一遭。他是行者，一般出家人，正好同行。」武松應道：「我和師父去。」當日便收拾腰包行李，魯智深只做禪和子打扮，武松裝做隨侍行者。兩個相辭了眾頭領下山，過了金沙灘，曉行夜住，不止一日，來到華州※11華陰縣界，逕投少華山來。且說宋江自魯智深、

註

※6三才：指天、地、人。

※7九曜：稱「九執」，指梵曆中的九星。梵曆以九星配日，而定其日之吉凶。九星爲：一日曜（太陽），二月曜（太陰），三火曜（熒惑星），四水曜（辰星），五木曜（歲星），六金曜（太白星），七土曜（鎮星），八羅睺（黃旛星），九計都（豹尾星）。九星與日時相隨逐而不離，故又稱「九執」。唐開元年間傳入中國，稱「九執曆」。九星配日法曾爲中國曆法所採用，後刪棄。

※8四斗：四個方位的星辰，包括東方歲星、南方熒惑、西方太白、北方辰星。

※9五方：東、西、南、北、中五個方向。

※10黃鉞白旄：鉞，古代青銅製兵器，像斧，比斧大，圓刃可砍劈，商及西周時盛行；又有玉石製的，供禮儀、殯葬用。旄，古代用犛牛尾裝飾的旗子。

※11華州：州名，今陝西華縣。

評點

◎22.通照出，針線甚密。（袁眉）

◎23.伏旌旗之用。（袁眉）

◎24.因三山聚義想出，亦有情緒。（袁眉）

◎25.念阿嫂則念，念少年則念，寫魯達筆筆淋漓，聲聲慷慨。（金批）

武松去後，一時容他下山，常自放心不下，便喚神行太保戴宗隨後跟來，探聽消息。

再說魯智深、武松兩個，來到少華山下，伏路小嘍囉出來攔住問道：「你兩個出家人那裏來？」武松便答道：「這山上有史大官人麼？」◎26小嘍囉說道：「既是要尋史大王的，且在這裏少等。我上山報知頭領，便下來迎接。」武松道：「你只說魯智深到來相探。」小嘍囉去不多時，只見神機軍師朱武並跳澗虎陳達、白花蛇楊春，三個下山來接魯智深、武松，卻不見有史進。魯智深便問道：「史大官人在那裏？卻如何不見他？」朱武近前上覆道：「吾師不是延安府魯提轄麼？」魯智深道：「洒家便是。這行者便是景陽岡打虎都頭武松。」三個慌忙剪拂道：「聞名久矣！聽知二位在二龍山扎寨，今日緣何到此？」魯智深道：「俺們如今不在二龍山了，投托梁山泊宋公明大寨入夥，今者特來尋史大官人。」朱武道：「既是二位到此，且請到山寨中，容小可備細告訴。」魯智深道：「有話便說！待一待，誰鳥耐煩？」武松道：「師父是個性急的人，有話便說何妨。」朱武道：「小人等三個在此山寨，自從史大官人上山之後，好生興旺。近日史大官人下山，因撞見一個畫匠，原是北京大名府人氏，姓王名義，因許下西嶽華山金天聖帝廟內裝畫影壁，前去還願。因爲帶將一個女兒，名喚玉嬌枝同行，卻被本州賀太守——原是蔡太師門人，那廝爲官貪濫，非理害民。◎27一日，因來廟裏行香，不想正見了玉嬌枝有些顏色，累次著人來說，要娶他爲妾。王義不從，太守將他女兒強奪了去爲妾，又把王義刺配遠惡軍州。路經這裏時，正撞見史大官人，告說這件事。史

評點

◎26.亦倒脫去魯達，即上文避熟之法。（金批）
◎27.先出其罪。（金批）
◎28.畫出活武松，畫也畫不出。（金批）（金本此處爲「魯智深立意不肯。武松一手挽住禪杖，一手指著道：哥哥不見日色已到樹梢盡頭？魯智深看一看，吼了一聲，憤著氣，只得都到山寨裏坐下。」——編者按）
◎29.句句使人洒出熱淚，字字使人增長義氣，非魯達，定說不出此語，非此語，定寫不出魯達，妙絕妙絕。（金批）
◎30.句句字字和血和淚寫出來。（金批）
◎31.寫魯達不顧事之不濟，寫武松必求事之必濟，活畫出兩個人。（金批）

大官人把王義救在山上，將兩個防送公人殺了，直去府裏要刺賀太守，被人知覺，倒吃拿了，現監在牢裏。又要聚起軍馬，掃蕩山寨，我等正在這裏無計可施！」魯智深聽了道：「這撮鳥敢如此無禮！倒恁麼利害！洒家與你結果了那廝！」朱武道：「且請二位到寨裏商議。」◎28一行五個頭領，都到少華山寨中坐下，便叫王義見魯智深、武松，訴說賀太守貪酷害民，強佔良家女子。朱武等一面殺牛宰馬，管待魯智深、武松。飲筵間，魯智深想道：「賀太守那廝好沒道理，我明日與你去州裏打死那廝罷！」◎29武松道：「哥哥不得造次。我和你星夜回梁山泊去報知，請宋公明領大隊人馬來打華州，方可救得史大官人。」魯智深叫道：「等俺們去山寨裏叫得人來，史家兄弟性命不知那裏去了！」◎30武松道：「便殺了太守，也怎地救得史大官人？」武松卻決不肯放魯智深去。◎31朱武又勸道：「吾師且息怒。武都頭也論得是。」魯智深焦躁起來，便道：「都是你這般慢性的人，以此送了俺史家兄弟。你也休去梁山泊報知，看洒家去如何！」眾人那裏勸得住，當晚又諫不從。明早起個四更，提了禪杖，帶了戒刀，逕奔華州去了。

蔡太師門人賀太守強搶玉嬌枝，刺配王義，史大郎路見不平，拔刀而起，救了王義，殺死了兩個防送公人。（日版畫，出自《新編水滸畫傳》，葛飾戴斗繪）

武松道：「不聽人說，此去必然有失。」朱武隨即差兩個精細的小嘍囉，前去打聽消息。

卻說魯智深奔到華州城裏，路旁借問州衙在那裏，人指道：「只過州橋，投東便是。」魯智深卻好來到浮橋上，只見人都道：「和尚且躲一躲，太守相公過來。」魯智深道：「俺正要尋他，卻正好撞在洒家手裏！那廝多敢是當死！」賀太守頭踏一對對擺將過來，看見太守那乘轎子，卻是暖轎※12，轎窗兩邊，各有十個虞候簇擁著，人人手執鞭槍、鐵鏈，守護兩下。魯智深看了尋思道：「不好打那撮鳥，若打不著，倒吃他笑。」賀太守卻在轎窗眼裏，看見了魯智深欲進不進。過了渭橋，到府中下了轎，便叫兩個虞候分付道：「你與我去請橋上那個胖大和尚到府裏赴齋。」虞候領了言語，來到橋上，對魯智深說道：「太守相公請你赴齋。」◎32魯智深想道：「這廝合當死在洒家手裏！俺卻纔正要打他，只怕打不著，讓他過去了。俺要尋他，他卻來請洒家！」魯智深便隨

少華山原型華山。圖為陝西華陰華山峻嶺。（美工圖書社：中國圖片大系提供）

※12暖轎：有帷幔遮蔽的轎子。

鲁智深為了史進，到了華州城，恰好在浮橋上遇到坐轎子前來的賀太守。鲁智深想：「俺正要尋他，卻正好撞在洒家手裏！那廝多敢是當死！」（選自《水滸傳版刻圖錄》，江蘇廣陵古籍刻印社）

了虞候，逕到府裏。太守已自分付下了，一見魯智深進到廳前，太守叫放了禪杖，去了戒刀，請後堂赴齋。魯智深初時不肯，衆人說道：「你是出家人，好不曉事！府堂深處，如何許你帶刀杖入去？」魯智深想：「只俺兩個拳頭，也打碎了那廝腦袋！」廊下放了禪杖、戒刀，跟虞候入來。賀太守正在後堂坐定，把手一招，喝聲：「捉下這禿賊！」兩邊壁衣內走出三、四十個做公的來，橫拖倒拽，捉了魯智深。你便是哪吒太子，怎逃地網天羅？火首金剛，難脫龍潭虎窟！正是：飛蛾投火身傾喪，怒鱉吞鈎命必傷。畢竟魯智深被賀太守拿下，性命如何？且聽下回分解。◎33

評點

◎32.太守甚聰智，可用。（袁眉）
◎33.李生曰：近來太守姓賀的最多，只少史大官人、花和尚這樣不怕太守者耳。（容評）

第五十九回

吳用賺金鈴吊掛　宋江鬧西嶽華山◎1

話說賀太守把魯智深賺到後堂內，喝聲：「拿下！」眾多做公的，把魯智深簇擁到廳階下。賀太守喝道：「你這禿驢，從那裏來？」魯智深應道：「洒家有甚罪犯？」太守道：「你只實說，誰教你來刺我？」魯智深道：「俺是出家人，你卻如何問俺這話？」太守喝道：「卻纔見你這禿驢，意欲要把禪杖打我轎子，卻又思量，不敢下手。你這禿驢好好招了。」魯智深道：「洒家又不曾殺你，你如何拿住洒家，妄指平人？」太守喝罵：「幾曾見出家人自稱洒家。這禿驢必是個關西五路打家劫舍的強盜，來與史進那廝報仇，不打如何肯招？左右好生加力打那禿驢！」魯智深大叫道：「不要打傷老爺。我說與你，俺是梁山泊好漢花和尚魯智深。我死倒不打緊，洒家的哥哥宋公明得知，下山來時，你這顆驢頭趁早兒都

❀ 賀太守把魯智深賺到後堂，騙魯智深放下了武器，然後衆多做公一擁而上，把魯智深撲倒在地，然後賀太守才出來。（日版畫，出自《新編水滸畫傳》，葛飾戴斗繪）

砍了送去。」賀太守聽了大怒，把魯智深拷打了一回，教取面大枷來釘了，押下死囚牢裏去。一面申聞都省，乞請明降。禪杖、戒刀，封入府堂裏去了。◎2

此時鬧動了華州一府。小嘍囉得了這個消息，飛報上山來。武松大驚道：「我兩個來華州幹事，折了一個，怎地回去見衆頭領！」正沒理會處，只見山下小嘍囉報道：「有個梁山泊差來的頭領，喚做神行太保戴宗，現在山下。」武松慌忙下來迎接上山，和朱武等三人都相見了，訴說魯智深不聽諫勸失陷一事。戴宗聽了，大驚道：「我不可久停了！就便回梁山泊報與哥哥知道，早遣兵將，前來救取！」武松道：「小弟在這裏專等，萬望兄長早去急來。」戴宗吃了些素食，作起神行法，再回梁山泊來。三日之間，已到山寨。見了晁、宋二頭領，便說魯智深因救史進，要刺賀太守被陷一事。宋江聽罷，失驚道：「既然兩個兄弟有難，如何不救？我今不可耽擱。便須點起人馬，作三隊而行。」前軍點五員先鋒：花榮、秦明、林沖、楊志、呼延灼，引領一千甲馬，二千步軍先行，逢山開路，遇水疊橋。中軍領兵主將宋公明、軍師吳用、朱仝、徐寧、解珍、解寶，共是六個頭領，馬步軍兵二千。後軍主掌糧草，李應、楊雄、石秀、李俊、張順，共是五個頭領押後，馬步軍兵二千，共計七千人馬，離了梁山泊，直取華州來。在路趲行，

評點

◎1.俗本寫魯智深救史進一段，鄙惡至不可讀，每私怪耐庵，胡爲亦有如是敗筆；及得古本，始服原文之妙如此。吾因嘆文章生於吾一日之心，而求傳於世人百年之手。夫一日之心，世人未必知，而百年之手，吾又不得奪，當斯之際，文章又不能言，改竄一惟所命，如俗本《水滸》者，眞可爲之流涕嗚咽者也！渭河攔截一段，先寫朱仝、李應執槍立宋江後，宋江立吳用後，吳用立船頭，作一總提。然後分開兩幅，一幅寫吳用與客帳司問答，一轉，轉出宋江；宋江一轉，轉出朱仝；朱仝一轉，轉出岸上花榮、秦明、徐寧、呼延灼，是一樣聲勢。一幅寫宋江與太尉問答，一轉，轉出吳用；吳用一轉，轉出李應；李應一轉，轉出河裏李俊、張順、楊春，是一樣聲勢。然後又以第三幅宋江、吳用一齊發作，以總結之，章法又齊整，又變化，眞非草草之筆。極寫華州太守狡獪者，所以補寫史進、魯達兩番行刺不成之故也。然讀之殊無補寫之跡，而自令人想見其時其事。蓋以不補爲補，又補寫之一法也。史進芒碭一嘆，亦暗用阮籍「時無英雄」故事，可謂深表大郎之至矣。若夫蠻牌之敗，只是文章交卸之法，不得以此爲大郎惜也。（金批）

◎2.太守不及勘問，魯達反先怒發，文字都有身分。俗本悉改，令人氣盡。（金批）

不止一日，早過了半路，先使戴宗去報少華山上。朱武等三人，安排下豬羊牛馬，醞造下好酒等候。

再說宋江軍馬三隊都到少華山下，武松引了朱武、陳達、楊春三人，◎3下山拜請宋江、吳用並衆頭領，都到山寨裏坐下。宋江備問城中之事，朱武道：「兩個頭領已被賀太守監在牢裏，只等朝廷明降發落。」宋江與吳用說道：「怎地定計去救取史進、魯智深？」朱武說道：「華州城郭廣闊，濠溝深遠，急切難打，只除非得裏應外合，方可取得。」吳學究道：「明日且去城邊看那城池如何，卻再商量。」宋江飲酒到晚，巴不得天明，要去看城。吳用諫道：「城中監著兩隻大蟲在牢裏，如何不做提備？白日未可去看。今夜月色必然明朗，申牌前後下山，一更時分，可到那裏窺望。」當日捱到午後，宋江、吳用、花榮、秦明、朱仝，共是五騎馬下山，迤邐前行。初更時分，已到華州城外。在山坡高處，立馬望華州城裏時，正是二月中旬天氣，月華如晝，天上無一片雲彩。◎4看見華州周圍有數座城門，城高地壯，塹濠深闊。看了半晌，遠遠地望見那西嶽華山時，◎5端的是好座名山！但見：

峰名仙掌，觀隱雲臺。上連玉女洗頭盆，下接天河分派水。乾坤皆秀，尖峰彷彿接雲根；山嶽推尊，怪石巍峨侵斗柄。青如澄黛，碧若浮藍。張僧繇※1妙筆畫難成，李龍眠※2天機※3描不就。深沉洞府，月光飛萬道金霞；崒嵂岩崖，日影動千條紫焰。旁人遙指，雲池波內藕如船；故老傳聞，玉井水中花十丈。

評點

◎3.亦用武松引見，筆法。（金批）
◎4.偏向刀槍劍戟林中，寫得花明月媚，妙筆妙筆。（金批）
◎5.忽見華山，眼中意外，生出情事之根，劇賦一番，更有點染。（袁眉）
◎6.其事風馬牛不及，令人不知所謂。（金批）

巨靈神忿怒，劈開山頂逞神通；陳處士※4清高，結就茅庵來盹睡。千古傳名推華嶽，萬年香火祀金天。

宋江等看了西嶽華山，見城池厚壯，形勢堅牢，無計可施。吳用道：「且回寨裏去，再作商議。」五騎馬連夜回到少華山上。宋江眉頭不展，面帶憂容。吳學究道：「且差十數個精細小嘍囉下山，去遠近探聽消息。」兩日內，忽有一人上山來報道：「如今朝廷差個殿司太尉，將領御賜金鈴吊掛※5來西嶽降香，從黃河入渭河而來。」◎6吳用聽了，便道：「哥哥休憂，計在這裏了。」便叫李俊、張順：「你兩個與我如此如此而行。」李俊道：「只是無人識得地境，得一個引領路道最好。」白花蛇楊春便道：「小弟相幫同去如何？」宋江大喜。三個下山去了。

註

※1張僧繇：梁武帝（蕭衍）時期的名畫家，南朝梁吳中（今江蘇蘇州）人，生卒年不詳。

※2李龍眠：即北宋著名畫家李公麟，他字伯時，號龍眠居士。

※3天機：天賦。

※4陳處士：陳摶爲五代宋初著名道教學者，字圖南，自號「扶搖子」。亳州眞源（今河南鹿邑縣東）人，一說「普州崇龕（在今重慶潼南縣境）人」（又有陝西人、西洛人、四川夔州府人諸說）。

※5金鈴吊掛：一種儀仗裝飾，可以懸掛起來。

宋江等人看著華州城形勢堅牢，無計可施之際，恰好朝廷派來華山進香的隊伍，帶著御賜金鈴吊掛，從黃河入渭河，一路招搖而來。（選自《水滸傳版刻圖錄》，江蘇廣陵古籍刻印社）

次日，吳學究請宋江、李應、朱仝、呼延灼、花榮、秦明、徐寧共七個人，悄悄只帶五百餘人下山。逕到渭河渡口，李俊、張順、楊春已奪下十數隻大船在彼。吳用便叫花榮、秦明、徐寧、呼延灼四個埋伏在岸上。宋江、吳用、朱仝、李應下在船裏。李俊、張順、楊春把船都去灘頭藏了。

眾人等候了一夜。次日天明，聽得遠遠地鑼鳴鼓響，三隻官船到來，船上插著一面黃旗，上寫「欽奉聖旨西嶽降香太尉宿元景」。宋江看了，心中暗喜道：「昔日玄女有言，『遇宿重重喜』，今日既見此人，必有主意。」太尉官船將近河口，朱仝、李應各執長槍，立在宋江、吳用背後。太尉船到當港截住。船裏走出紫衫銀帶虞候二十餘人，喝道：「你等甚麼船隻，敢當港攔截住大臣？」宋江執著骨朵，躬身聲喏。吳學究立在船頭上說道：「梁山泊義士宋江，謹參祗候。」船上客帳司※6出來答道：「此是朝廷太尉，奉聖旨去西嶽降香。汝等是梁山泊亂寇，何故攔截！」吳用道：「俺們義士，只要求見太尉尊顏，有告覆的事。」◎7客帳司道：「你等是何等人，敢造次要見太尉！」兩邊虞候喝道：「低聲！」宋江說道：「暫請太尉到岸上，自有商量的事。」客帳司道：「休胡說！太尉是朝廷命臣，如何與你商量？」宋江道：「太尉不肯相見，只怕孩兒們驚了太尉。」朱仝把槍上小號旗只一招動，岸上花榮、秦明、徐寧、呼延灼引出馬軍來，一齊搭上弓箭，都到河口，擺列在岸上。那船上艄公都驚得鑽入艙裏去了。客帳司人慌了，只得入去稟覆，宿太尉只得出到船頭上坐定。宋江躬身唱喏道：「宋江等不

敢造次。」宿太尉道：「義士何故如此邀截船隻？」宋江道：「某等怎敢邀截太尉？只欲求請太尉上岸，別有稟覆。」宿太尉道：「我今特奉聖旨，自去西嶽降香，與義士有何商議？朝廷大臣，如何輕易登岸？」宋江道：「太尉不肯時，只怕下面伴當亦不相容。」李應把號帶槍※7一招，李俊、張順、楊春一齊撐出船來。宿太尉看見大驚。李俊、張順明晃晃掣出尖刀在手，早跳過船來，手起先把兩個虞候攧下水裏去。宋江連忙喝道：「休得胡做，驚了貴人！」◎8李俊、張順撲地也跳下水去，早把兩個虞候又送上船來。張順、李俊在水面上如登平地，托地又跳上船來，嚇得宿太尉魂不著體。宋江喝道：「孩兒們且退去，休得驚著貴人，俺自慢慢地請太尉登岸。」宿太尉道：「義士有甚事？就此說不妨。」宋江道：「這裏不是說話處，謹請太尉到山寨告稟，並無損害之心。若懷此念，西嶽神靈誅滅！」到此時候，不容太尉不上岸，宿太尉只得離船上了岸。眾人牽過一匹馬來，扶策太尉上了馬，不得已隨眾同行。宋江先叫花榮、秦明陪奉太尉上山。宋江隨後也上了馬，◎9分付教把船上一應人等，並御香、祭物、金鈴吊掛，齊齊收拾上山，只留下李俊、張順，帶領一百餘人看船。

一行眾頭領都到山上，宋江下馬入寨，把宿太尉扶在聚義廳上當中坐定，眾頭領兩邊侍立著。宋江下了四拜，跪在面前，告覆道：「宋江原是鄆城縣小吏，爲被官司所逼，不得已哨聚山林，權借梁山水泊避難，專等朝廷招安，與國家出力。今有兩個兄

註

※6客帳司：古代官府內專司交通聯絡等事務的官員。

※7號帶槍：綁有信號旗幟的槍。

評點

◎7.宋江只不開言，段段用吳用說，妙筆。（金批）

◎8.宋公明言休得驚了貴人之說，此段乃宋公明梟雄之處。（余評）

◎9.看他於宋江、吳用各寫一幅後，又將宋江、吳用各寫一幅，眞正一篇絕奇章法。（金批）

弟，無事被賀太守生事陷害，下在牢裏。欲借太尉御香、儀從並金鈴吊掛，去賺華州，事畢並還，於太尉身上並無侵犯。乞太尉鈞鑑。」宿太尉道：「不爭你將了御香等物去，明日事露，須連累下官。」宋江道：「太尉回京，都推在宋江身上便了。」◎10宿太尉看了那一班人模樣，怎生推托得？只得應允了。宋江執盞擎杯，設筵拜謝。就把太尉帶來的人穿的衣服都借穿了。於小嘍囉數內，選揀一個俊俏的，剃了髭鬚，穿了太尉的衣服，扮做宿元景。宋江、吳用扮做客帳司，解珍、解寶、楊雄、石秀扮做虞候。小嘍囉都是紫衫銀帶，執著旌節、旗旛、儀仗、法物，擎擡了御香、祭禮、金鈴吊掛。花榮、徐寧、朱仝、李應扮做四個衙兵。朱武、陳達、楊春款住太尉並跟隨一應人等，置酒管待。卻教秦明、呼延灼引一隊人馬，林沖、楊志引一隊人馬，分作兩路取城。教武松預先去西嶽門下伺候，只聽號起行事。◎11

梁山泊好漢開始假扮朝廷官員，宋江、吳用扮做客帳司，解珍、解寶、楊雄、石秀扮做虞候，一時間熱鬧非凡。（朱寶榮繪）

話休絮煩。且說一行人等，離了山寨，逕到河口下船而行，不去報與華州太守，一逕奔西嶽廟來。戴宗先去報知雲臺觀觀主，並廟裏職事人等，直至船邊，迎接上岸。香花、燈燭、幢旛、寶蓋，擺列在前。先請御香上了香亭，廟裏人夫扛擡了，導引金鈴吊掛前行。觀主拜見了太尉，吳學究道：「太尉一路染病不快，且把轎子來。」左右人等，扶策太尉上轎，逕到嶽廟裏官廳內歇下。客帳司吳學究對觀主道：「這是特奉聖旨，齎奉御香、金鈴吊掛，來與聖帝供養。緣何本州官員輕慢，不來迎接？」觀主答道：「已使人去報了，敢是便到。」說猶未了，本州先使一員推官※8，◎12帶領做公的五、七十人，將著酒果，來見太尉。原來那扮太尉的小嘍囉雖然模樣相似，卻語言發放不得，因此只教裝做染病，把靠褥圍定在床上坐。推官看了，見來的旌節、門旗、牙仗等物，都是內府※9製造出的，如何不信？客帳司假意出入，稟覆了兩遭，卻引推官入去，遠遠地階下參拜了。那假太尉只把手指，並不聽得說甚麼。吳用引到面前，埋怨推官道：「太尉是天子前近幸大臣，不辭千里之遙，特奉聖旨到此降香，不想於路染病未痊，本州眾官如何不來遠接？」推官答道：「前路官司雖有文書到州，不見近報，因此有失迎迓。不期太尉先到廟裏。本是太守便來，奈緣少華山賊人糾合梁山泊草盜，要打城池，每日在彼提防，以此不敢擅離。特差小官先來貢獻酒禮，太守隨後便來參見。」◎13吳學究道：「太尉涓滴不飲，只叫太守快來商議行禮。」推官隨即教取酒來，與客帳

註

※8推官：唐代開始設立的官名，宋代因襲，掌管刑獄。

※9內府：皇帝的府庫，泛指宮廷。

評點

◎10.好乾淨話。（容夾）

◎11.西嶽門此處只寫一個，後忽添換一個，皆所謂筆無定墨，紙非一文也。（金批）

◎12.太守未便到，亦是文字頓捺處。（袁眉）

◎13.都說得親切。（袁眉）

司親隨人把盞了。吳學究又入去稟一遭，將了鑰匙出來，引著推官去看金鈴吊掛，開了鎖，就香帛袋中取出那御賜金鈴吊掛來，叫推官看，◎14便把條竹竿叉起。看時，果然製造得無比。但見：

渾金打就，五彩妝成。雙懸纓絡金鈴，上掛珠璣寶蓋。黃羅密布，中間八爪玉龍盤；紫帶低垂，外壁雙飛金鳳遮。對嵌珊瑚瑪瑙，重圍琥珀珍珠。碧琉璃掩映絳紗燈，紅菡萏參差青翠葉。堪宜金屋瓊樓掛，雅稱瑤臺寶殿懸。

這一對金鈴吊掛乃是東京內府高手匠人做成的，渾是七寶珍珠嵌造，中間點著碗紅紗燈籠，乃是聖帝殿上正中掛的。不是內府降來，民間如何做得？吳用叫推官看了，再收入櫃匣內鎖了。又將出中書省許多公文，付與推官，便叫太守來商議，揀日祭祀。推官和眾多做公的，都見了許多物件文憑，便辭了客帳司，逕回到華州府裏，來報賀太守。

卻說宋江暗暗地喝采道：「這廝雖然奸猾，也騙得他眼花心亂了。」此時武松已在廟門下了。吳學究又使石秀藏了尖刀，也來廟門下，相幫武松行事，卻又叫戴宗扮虞候。◎15雲臺觀主進獻素齋，一面教執事人等安排鋪陳嶽廟。宋江閑步看那西嶽廟時，果然是蓋造得好，殿宇非凡，眞乃人間天上。宋江來到正殿上，拈香再拜，暗暗祝禱已罷，回至官廳前，門人報道：「賀太守來也。」宋江便叫花榮、徐寧、朱仝、李應四個衙兵，各執著器械，分列在兩邊。解珍、解寶、楊雄、戴宗各帶暗器，侍立在左右。卻說賀太守將帶三百餘人，來到廟前下馬，簇擁入來，假客帳司吳學究、宋江見賀太守帶

❀ 賀太守看到東西是真的，便帶了三百餘人來廟前拜見。宋江讓賀太守獨自進前拜見，賀太守剛剛下拜，解珍、解寶弟兄便一腳踢翻賀太守，割了他的頭。（選自《水滸傳版刻圖錄》，江蘇廣陵古籍刻印社）

著三百餘人，都是帶刀公吏人等入來，吳學究喝道：「朝廷太尉在此，閑雜人不許近前！」眾人立住了腳，賀太守獨自進前來拜見太尉。客帳司道：「太尉教請太守入來廝見。」賀太守入到官廳前，望著假太尉便拜。吳學究道：「太守，你知罪麼？」太守道：「賀某不知太尉到來，伏乞恕罪。」吳學究道：「太尉奉敕到此西嶽降香，如何不來遠接？」太守答道：「不曾有近報到州，有失迎迓。」吳學究喝聲：「拿下！」解珍、解寶弟兄兩個，身邊早掣出短刀來，一腳把賀太守踢翻，便割了頭。◎16 宋江喝道：「兄弟們動手！」早把那跟來的人三百餘個，驚得呆了，正走不動。花榮等一發向前，把那一干人，算子般都倒在地下。有一半搶出廟門下，武松、石秀舞刀殺將入來，小嘍囉四下趕殺，三百餘人不剩一個回去。續後到廟裏的，都被張順、李俊殺了。宋江急叫收了御香、吊掛下

評點

◎14.眞物在假人手裏，越會做作。（袁眉）
◎15.此等事又復當面轉換，寫當時眾人視華州如無物也。（金批）
◎16.觀此段殺太守，天下不容貪污曲法，可戒可戒。（余評）

船，都趕到華州時，早見城中兩路火起，一齊殺將入來，先去牢中救了史進、魯智深。就打開庫藏，取了財帛，裝載上車。一行人離了華州，上船回到少華山上，都來拜見宿太尉，納還了御香、金鈴吊掛、旌節、門旗、儀仗等物，拜謝了太尉恩相。宋江教取一盤金銀相送太尉，隨從人等不分高低，都與了金銀。◎17就山寨裏做了個送路筵席，謝承太尉。衆頭領直送下山，到河口交割了一應什物船隻，一些不少，還了原來的人等。宋江謝別了宿太尉，回到少華山上，便與四籌好漢商議，收拾山寨錢糧，放火燒了寨柵。一行人等，軍馬糧草，都望梁山泊來。

且說宿太尉下船來，到華州城中，已知被梁山泊賊人殺死軍兵人馬，劫了府庫錢糧。城中殺死軍校一百餘人，馬匹盡皆擄去。西嶽廟中，又殺了許多人性命。便叫本州推官動文書申達中書省起奏，都做「宋江先在途中劫了御香、吊掛，因此賺知府到廟，殺害性命」。宿太尉到廟裏焚了御香，把這金鈴吊掛分付與了雲臺觀

❀ 紅墻黃瓦的西嶽廟。拍攝時間2001年。（謝炎午提供）

主，星夜急急自回京師，奏知此事，不在話下。

再說宋江救了史進、魯智深，帶了少華山四個好漢，仍舊作三隊，分俵人馬，向梁山泊來。所過州縣，秋毫無犯。◎18先使戴宗前來上山報知，晁蓋並衆頭領下山迎接宋江等，一同到山寨裏聚義廳上，都相見已罷，一面做慶喜筵席。次日，史進、朱武、陳達、楊春，各以己財做筵宴，拜謝晁、宋二公並衆頭領。過了數日，話休絮煩。忽一日，有旱地忽律朱貴上山報說：「徐州沛縣芒碭山中，新有一夥強人，聚集著三千人馬。爲頭一個先生，姓樊名瑞，綽號混世魔王，能呼風喚雨，用兵如神。手下兩個副將，一個姓項名充，綽號八臂哪吒，能使一面團牌，牌上插飛刀二十四把，手中仗一條鐵標槍。又有一個姓李名袞，綽號飛天大聖，也使一面團牌，牌上插標槍二十四根，手中使一口寶劍。這三個結爲兄弟，佔住芒碭山，打家劫舍。三個商量了，要來吞併俺梁山泊大寨。◎19小弟聽得說，不得不報。」宋江聽了，大怒道：「這賊怎敢如此無禮！我便再下山走一遭！」只見九紋龍史進便起身道：「小弟等四個初到大寨，無半米之功，情願引本部人馬，前去收捕這夥強人。」◎20宋江大喜。當下史進點起本部人馬，與同朱武、陳達、楊春都披掛了，來辭宋江下山。把船渡過金沙灘，上路逕奔芒碭山來。三日之內，早望見那座山，乃是昔日漢高祖斬蛇起義之處。三軍人馬來到山下，早有伏路小嘍囉上山報知。且說史進把少華山帶來的人馬擺開，史進全身披掛，騎一匹火炭赤馬，當先出陣。怎見得史進的英雄，但見：

評點

◎17.大書金銀，可謂許伯哭世矣。（金批）
◎18.此兩句的精神主意，屢屢提出，與招安語相映，此是一傳根本。（袁眉）
◎19.朝廷上權奸皆與宋江作對，獨拈出宿元景一個做好人。江湖上好漢皆歸向宋江，獨拈出樊瑞一起能倔強。相接說來，此是胸腸大，眼識圓，筆力奇處。（芥眉）
◎20.久冷應熱，固行文之法也。（金批）

久在華州城外住，出身原是莊農，學
成武藝慣心胸。三尖刀似雪，渾赤馬
如龍。體掛連環鑌鐵鎧，戰袍風颭猩
紅，雕青鐫玉更玲瓏。江湖稱史進，
綽號九紋龍。

當時史進首先出馬，手中橫著三尖兩刃刀。背後三個頭領，中間的便是神機軍師朱武。那人原是定遠縣人氏，平生足智多謀，亦能使兩口雙刀，出到陣前，亦有八句詩單道朱武好處：

道服裁棕葉，雲冠剪鹿皮。
臉紅雙眼俊，面目細髯垂。
智可張良※10比，才將范蠡※11欺。
今堪副吳用，朱武號神機。

上首馬上坐著一籌好漢，手中橫著一條出白點鋼槍，綽號跳澗虎陳達，原是鄴城人氏。當時提槍躍馬，出到陣前，也有一首詩單道著陳達好處：

每見力人能虎跳，亦知猛虎跳山溪。

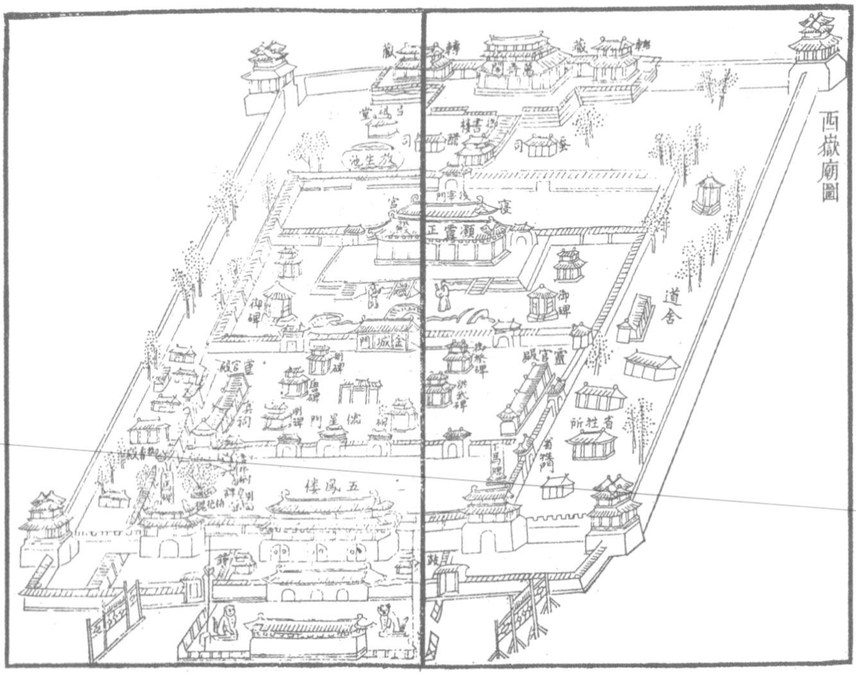

木版畫：《西嶽廟圖》，西嶽廟是中國歷代帝王祭謁華山之地，位於陝西省華陰縣城東1.5公里的嶽廟鎮。出自《華嶽志》，清代李榕撰，共八卷，清道光年間摹刻本。（fotoe提供）

果然陳達人中虎，躍馬騰槍奮鼓鼙。

下首馬上坐著一籌好漢，手中使一口大桿刀，綽號白花蛇楊春，原是解良縣蒲城人氏。當下挺刀立馬，守住陣門，也有一首詩單題楊春的好處：

楊春名姓亦奢遮，劫客多年在少華。
伸臂展腰長有力，能吞巨象白花蛇。

四個好漢勒馬在陣前，望不多時，只見芒碭山上飛下一彪人馬來。當先兩個好漢，爲頭那一個便是徐州沛縣人氏，姓項名充，綽號八臂哪吒。使一面團牌，背插飛刀二十四把，百步取人，無有不中，右手仗一條標槍，後面打著一面認軍旗，上書「八臂哪吒」，步行下山。有八句詩單題項充：

鐵帽深遮頂，銅環半掩腮。
傍牌懸獸面，飛刃插龍胎。

註

※10張良：張良，字子房，漢初三傑之一。傳爲漢初城父（《後漢書注》云：「張良出於城父」，即今安徽亳州市東南）人。先世原爲韓國貴族。秦滅韓後，他圖謀恢復韓國，結交刺客，在博浪沙（今河南原陽東南）狙擊秦始皇未遂，逃亡至下邳（今江蘇睢寧北）。秦末農民戰爭中，率部投奔劉邦，不久遊說項梁立韓貴族成爲韓王，爲韓司徒。後韓王成被項羽殺害，復歸劉邦，爲其重要謀士。楚漢戰爭期間，提出不立六國後代，聯合英布、彭越，重用韓信等策略，又主張追擊項羽，殲滅楚軍，都爲劉邦所採納。漢朝建立，封留侯。見劉邦封故舊親近，誅舊日私怨，力諫劉邦封夙怨雍齒，釋疑群臣。劉邦曾贊其「運籌帷幄之中，決勝於千里外，子房功也」。傳見《史記·留侯世家》、《漢書·張良傳》。

※11范蠡：字少伯，生卒年不詳，春秋楚人。與文種同事越王句踐二十餘年，苦身戮力，卒以滅吳，尊爲上將軍。蠡認爲在有功於越王之下，難以久居，而且深知句踐爲人，可與共患難，難與同安樂，遂與西施一起泛舟齊國，變姓名爲鴟夷子皮。至陶，操計然之術以治產，因成巨富，自號陶朱公。因爲經商有道，遂成巨富，民間有尊陶朱公爲財神。

腳到如風火，身先降禍災。
哪吒號八臂，此是項充來。

次後那個，便是邳縣人氏，姓李名袞，綽號飛天大聖。會使一面團牌，背插二十四把標槍，亦能百步取人。左手挽牌，右手仗劍，後面打著一面認軍旗，上書「飛天大聖」，出到陣前。有八句詩單道李袞：

纓蓋盔兜頂，袍遮鐵掩襟。
胸藏拖地膽※12，毛蓋殺人心。
飛刀齊攢玉，蠻牌滿畫金。
飛天號大聖，李袞眾人欽。

當下兩個步行下山，見了對陣史進、朱武、陳達、楊春四騎馬在陣前，並不打話，小嘍囉篩起鑼來，兩個好漢舞動團牌齊上，直滾入陣來。史進等攔當不住，後軍先走，史進前軍抵敵，朱武等中軍吶喊，亂攛起來，正所謂人住馬不住，殺得退走三、四十里。史進險些兒中了飛刀，楊春轉身得遲，被一飛刀，戰馬著傷，棄了馬，逃命走了。史進點軍，折了一半，和朱武等商議，欲要差人回梁山泊求救。正憂疑之間，

古版畫中的李袞和項充。（fotoe提供）

只見軍士來報：「北邊大路上，塵頭起處，約有二千軍馬到來。」史進等直迎來時，卻是梁山泊旗號，當先馬上兩員上將，一個是小李廣花榮，一個是金槍手徐寧。史進接著，備說項充、李袞蠻牌滾動，軍馬遮攔不住。花榮道：「宋公明哥哥見兄長來了，放心不下，好生懊悔，特遣我兩個到來幫助。」史進等大喜，合兵一處下寨。次日天曉，正欲起兵對敵，軍士報道：「北邊大路上又有軍馬到來。」花榮、徐寧、史進一齊上馬接時，卻是宋公明親自和軍師吳學究、公孫勝、柴進、朱仝、呼延灼、穆弘、孫立、黃信、呂方、郭盛，帶領三千人馬來到。史進備說項充、李袞飛刀、標槍、滾牌難近，折了人馬一事。宋江大驚，吳用道：「且把軍馬扎下寨柵，別作商議。」宋江性急，要起兵剿捕，直到山下。此時天色已晚，望見芒碭山上，都是青色燈籠，◎21公孫勝看了，便道：「此寨中青色燈籠，必有個會行妖法之人在內。我等且把軍馬退去，來日貧道獻一個陣法，要捉此二人。」◎22宋江大喜，傳令教軍馬且退二十里扎住營寨。次日清晨，公孫勝獻出這個陣法，有分教：魔王拱手上梁山，神將傾心歸水泊。畢竟公孫勝獻出甚麼陣法來？且聽下回分解。◎23

註

※12拖地膽：膽子大得拖到地上，形容膽大無比。

評點

◎21.實寫項充、李袞，虛寫樊瑞，妙筆非人所及。（金批）

◎22.公孫勝一上陣，便知敵人軍內有行妖之人，見公孫勝道法得其傳矣。（余評）

◎23.李生曰：如賺金鈴吊掛，都是兒戲，無不幹成大事，何也？只是才大、識大、膽大耳。不然，即驚天動地，濟得甚事。（容評）

第六十回

公孫勝芒碭山降魔　晁天王曾頭市中箭◎1

話說公孫勝對宋江、吳用獻出那個陣圖：「便是漢末三分，諸葛孔明擺石爲陣的法※1，四面八方，分八八六十四隊，中間大將居之。其像四頭八尾，左旋右轉，按天地風雲之機，龍虎鳥蛇之狀。待他下山衝入陣來，兩軍齊開，如若伺候他入陣，只看七星號帶起處，把陣變爲長蛇之勢。貧道作起道法，教這三人在陣中前後無路，左右無門。卻於坎地※2上掘一陷坑，直逼此三人到於那裏。兩邊埋伏下撓鈎手，準備捉將。」宋江聽了大喜，便傳將令，叫大小將校依令而行。再用八員猛將守陣，那八員？呼延灼、朱仝、花榮、徐寧、穆弘、孫立、史進、黃信。卻叫柴進、呂方、郭盛權攝中軍。宋江、吳用、公孫勝帶領陳達磨旗※3，叫朱武指引五個軍士，在近山高坡上看對陣報事。是日巳牌時分，衆軍近山擺開陣勢，搖旗擂鼓搦戰。只見芒碭山上有三、二十面鑼聲震地價響，三個頭領一齊來到山下，便將三千餘人擺開。左右兩邊，項充、李袞。中間馬上，擁出那個爲頭的好漢，姓樊名瑞，祖貫濮州※4人氏。幼年作全眞先生，江湖上學得一身好武藝。馬上慣使一個流星錘，神出鬼沒，斬將搴旗※5，人不敢近，綽號混世魔王。怎見得樊瑞英雄，有西江月爲證：

頭散青絲細髮，身穿絨繡皂袍，連環鐵甲晃寒霄，慣使銅錘神妙。好似北方眞

武，世間伏怪除妖，雲遊江海把名標，

混世魔王綽號。

那個混世魔王樊瑞騎一匹黑馬，立於陣前。上首是項充，下首是李袞。那樊瑞雖會使神術妖法，卻不識陣勢。◎2看了宋江軍馬，四面八方，擺成陣勢，心中暗喜道：「你若擺陣，中我計了！」分付項充、李袞道：「若見風起，你兩個便引五百滾刀手殺入陣去。」項充、李袞得令，各執定蠻牌，挺著標槍飛劍，只等樊瑞作用。只看樊瑞立於馬上，左手挽定流星銅錘，右手仗著混世魔王寶劍，口中念念有詞，喝聲道：「疾！」只見狂風四起，飛沙走石，天昏地暗，日月無光。項充、李袞吶聲喊，帶了五百滾刀手，殺將過去。宋江軍馬見殺將過來，便分開做兩下。◎3項充、李袞一攪入陣，

註

※1孔明擺石爲陣的法：傳說中諸葛亮使用的八卦陣。

※2坎地：低陷不平的地方，坑穴；自然形成或人工修築的臺階狀東西，如土坎、田坎。八卦之一，代表水。

※3磨旗：方言，搖動旗幟的意思。

※4濮州：州名，在今山東濮陽。

※5搴旗：搴音千，拔取敵手的旗幟。

評點

◎1.讀《水滸》俗本至此處，爲之索然意盡。及見古本，始喟然而嘆：嗚呼妙哉！文至此乎！夫晁蓋欲打祝家莊，則宋江勸：哥哥山寨之主，不可輕動也。晁蓋欲打高唐州，則宋江又勸：哥哥山寨之主，不可輕動也。晁蓋欲打青州，則又勸：哥哥山寨之主，不可輕動。欲打華州，則又勸：哥哥山寨之主，不可輕動也。何獨至於打曾頭市，而宋江默未嘗發一言？宋江默未嘗發一言，而晁蓋亦遂死於是役。今我即不能知其事之如何，然而君子觀其舊法，推其情狀，引許世子不嘗藥之經以斷斯獄，蓋宋江弒晁蓋之一筆爲決不可宥也。此非謂史文恭之箭，乃眞出於宋江之手也；亦非謂宋江明知曾頭市之五虎能死晁蓋，而坐不救援也。夫今日之晁蓋之死，即誠非宋江所料，然而宋江之以晁蓋之死爲利，則固非一日之心矣。吾於何知之？於晁蓋之每欲下山，宋江必勸知之。夫宋江之必不許晁蓋下山者，不欲令晁蓋能有山寨也，又不欲令眾人尚有晁蓋也。夫不欲令晁蓋能有山寨，則是山寨誠得一旦而無晁蓋，是宋江之所大快也。又不欲令眾人尚有晁蓋，則夫晁蓋雖未死於史文恭之箭，而已死於廳上廳下眾人之心非一日也。如是而晁蓋今日之死於史文恭，是特晁蓋之餘矣。若夫晁蓋之死，固已甚久甚久也。如是而晁蓋至而若驚，晁蓋死而若驚，其惟史文恭之與曾氏五虎有之；若夫宋江之心，固晁蓋去而夷然，晁蓋死而夷然也。故於打祝家則勸，打高唐則勸，打青州則勸，打華州則勸，則可知其打曾頭市之必勸也。然而作者於前之勸則如不勝書，於後之勸則直削之者，書之以著其惡，削之以定其罪也。嗚呼！以稗官而幾欲上與《陽秋》分席，詎不奇絕？然不得古本，吾亦何由得知作者之筆法如是哉！通篇皆用深文曲筆，以深明宋江之弒晁蓋。如風吹旗折，吳用獨諫，一也；戴宗私探，匿其回報，二也；五將死救，餘各自顧，三也；主軍星殞，眾人不還，四也；守定啼哭，不商療治，五也；晁蓋遺誓，先云「莫怪」，六也；驟攝大位，布令詳明，七也；拘牽喪制，不即報仇，八也；大怨未修，逢僧閑話，九也；置死天王，急生麒麟，十也。第二回寫少華山，第四回寫桃花山，第十六回寫二龍山，第三十一回寫白虎山，至上篇而一齊挽結，眞可謂奇絕之筆。然而吾嫌其同。何謂同？同於前若布棋，後若棋劫也。及讀此篇，而忽然添出混世魔王一段，曾未嘗有，突如其來。得此一虛，四實皆活。夫而後知文章眞有相救之法也。（金批）

◎2.須知此語，正是反顯公孫，非蔑樊瑞也。（金批）

◎3.寫得八陣圖出，眞是妙筆。（金批）

公孫勝站在高處，看時機成熟，便拔出松文古定劍，念動咒語，頓時有狂風追逐項充、李袞，兩人心慌逃跑，被活捉。（選自《水滸傳版刻圖錄》，江蘇廣陵古籍刻印社）

兩下裏強弓硬弩，射住來人，只帶得四、五十人入去，其餘的都回本陣去了。宋江在高坡上望見項充、李袞已入陣裏了，便叫陳達把七星號旗只一招，那座陣勢紛紛滾滾，變作長蛇之陣。項充、李袞正在陣裏東趕西走，左盤右轉，尋路不見。高坡上朱武把小旗在那裏指引，他兩個投東，朱武便望東指，若是投西，便望西指。原來公孫勝在高埠處看了，已先拔出那松文古定劍來，口中念動咒語，喝聲道：「疾！」將那風盡隨著項充、李袞腳跟邊亂捲。兩個在陣中，只見天昏地暗，日色無光，◎4四邊並不見一個軍馬，一望都是黑氣。後面跟的都不見了。項充、李袞心慌起來，只要奪路回陣，百般地沒尋歸路處。正走之間，忽然地雷大振一聲，兩個在陣叫苦不迭，一齊蹉了※6雙腳，翻筋斗攧下陷馬坑裏去。兩邊都是撓鉤手，早把兩個搭將起來，便把麻繩綁縛了，解上山坡請功。宋江把鞭梢一指，三軍一齊掩殺過去，樊瑞引人馬奔走上山，走不迭的，折其大半。宋江收軍，眾頭領都在帳前坐下，軍健早解項充、

評點

◎4.仍用前語，妙。（袁夾）
◎5.奇崛之句，寫來活是使蠻牌人聲口。（金批）
◎6.信義服人，安得不死心爲用。（袁眉）

李袞到於麾下。宋江見了，忙叫解了繩索，親自把盞，說道：「二位壯士，其實休怪，臨敵之際，不如此不得。小可宋江，久聞三位壯士大名，欲來禮請上山，同聚大義。蓋因不得其便，因此錯過。倘若不棄，同歸山寨，不勝萬幸。」兩個聽了，拜伏在地道：「已聞及時雨大名，只是小弟等無緣，不曾拜識。原來兄長果有大義！我等兩個不識好人，要與天地相拗。◎5今日既被擒獲，萬死尚輕，反以禮待。若蒙不殺，誓當效死，報答大恩！樊瑞那人，無我兩個如何行得？義士頭領若肯放我們一個回去，就說樊瑞來投拜，不知頭領尊意如何？」宋江便道：「壯士，不必留一人在此爲當，便請二位同回貴寨。宋江來日專候佳音。」◎6兩個拜謝道：「眞乃大丈夫！若是樊瑞不從投降，我等擒來，奉獻頭領麾下。」宋江聽說大喜，請入中軍，待了酒食，換了兩套新衣，取兩匹好馬，呼小嘍囉拿了槍牌，送二人下山回寨。兩個於路，在馬上感恩不盡。來到芒碭山下，小嘍囉見了大驚，接上山寨。樊瑞問兩個來意如何？項充、李袞

項充、李袞回到芒碭山，見了樊瑞，訴說了宋江的仁義，樊瑞斟酌了一番，決定投靠賢能仁義的宋江。（朱寶榮繪）

註

※6 蹉：音踏，失足跌落。

道：「我等逆天之人，合該萬死！」樊瑞道：「兄弟，如何說這話？」兩個便把宋江如此義氣說了一遍。樊瑞道：「既然宋公明如此大賢，義氣最重，我等不可逆天，◎7來早都下山投拜。」兩個道：「我們也爲如此而來。」當夜把寨內收拾已了，次日天曉，三個一齊下山，直到宋江寨前，拜伏在地。宋江扶起三人，請入帳中坐定。三個見了宋江，沒半點相疑之意，彼此傾心吐膽，訴說平生之事。三人拜請衆頭領，都到芒碭山寨中，殺牛宰馬，管待宋公明等衆多頭領，一面賞勞三軍。飲宴已罷，樊瑞就拜公孫勝爲師。宋江立主教公孫勝傳授五雷天罡正法與樊瑞，樊瑞大喜。◎8數日之間，牽牛拽馬，捲了山寨錢糧，馱了行李，收聚人馬，燒毀了寨柵，跟宋江等班師回梁山泊，於路無話。

宋江同衆好漢軍馬，已到梁山泊邊，卻欲過渡，只見蘆葦岸邊大路上，一個大漢望著宋江便拜。宋江慌忙下馬扶住，問道：「足下姓甚名誰？何處人氏？」那漢答道：「小人姓段，雙名景住。人見小弟赤髮黃鬚，都呼小人爲金毛犬。祖貫是涿州※7人氏，平生只靠去北邊地面※8盜馬。今春去到槍竿嶺北邊，盜得一匹好馬，雪練也似價白，渾身並無一根雜毛，頭至尾，長一丈，蹄至脊，高八尺。那馬又高又大，一日能行千里，北方有名，喚做『照夜玉獅子馬』※9，乃是大金王子騎坐的，◎9放在槍竿嶺下，被小人盜得來。江湖上只聞及時雨大名，無路可見，欲將此馬前來進獻與頭領，權表我進身之意。不期來到淩州西南上曾頭市過，被那曾家五虎奪了去。小人稱說是梁山泊宋公明的，不想那廝多有污穢的言語，小人不敢盡說。逃走得脫，特來告知。」◎10宋江看這人時，雖是骨瘦形粗，卻甚生得奇怪。怎見得，有詩爲證：

焦黃頭髮髭鬚捲，捷足不辭千里遠。
但能盜馬不看家，如何喚做金毛犬？

宋江見了段景住一表非俗，心中暗喜，便道：「既然如此，且同到山寨裏商議。」帶了段景住一同都下船，到金沙灘上岸。晁天王並眾頭領接到聚義廳上，宋江教樊瑞、項充、李袞和眾頭領相見，段景住一同都參拜了。打起聒廳鼓來，且做慶賀筵席。宋江見山寨連添了許多人馬，四方豪傑望風而來，因此叫李雲、陶宗旺監工，添造房屋並四邊寨柵。段景住又說起那匹馬的好處，宋江叫神行太保戴宗，去曾頭市探聽那匹馬的下落。

戴宗去了四、五日，回來對眾頭領說道：「這個曾頭市上，共有三千餘家，內有一家喚做曾家府。這老子原是大金國人，名爲曾長者※10。生下五個孩兒，號爲曾家五虎，大的兒子喚做曾塗，第二個喚做曾密，第三個喚做曾索，第四個喚做曾魁，第五個喚做曾升。又有一個教師史文恭，一個副教師蘇定。去那曾頭市上，聚集著五、七千人馬，

註

※7涿州：州名，在今河北涿縣。
※8北邊地面：指當時金國地界。
※9照夜玉獅子馬：照夜，形容馬白得能照亮黑夜。唐代名馬有照夜白、獅子驄等。
※10長者：古人稱德高、年長的人爲長者。宋人對做大官和有錢人及稍有年紀的，也稱長者，猶如後來的老太爺。

評點

◎7.直稱爲天，方見替天行道，亦見從來帝王稱順天逆天，不過如此。（芥眉）
◎8.綰結妙絕，只在篇中，又出篇外，才子之才如此。（金批）
◎9.緒頭也從踢雪烏騅生發，亦贊得動人。（袁眉）
◎10.此段獻馬消息，乃黃燕入門之兆類同。（余評）

扎下寨柵，造下五十餘輛陷車，發願說，他與我們勢不兩立，定要捉盡俺山寨中頭領，做個對頭。那匹千里玉獅子馬，現今與教師史文恭騎坐。更有一般堪恨那廝之處，杜撰幾句言語，教市上小兒們都唱道：『搖動鐵鐶鈴，神鬼盡皆驚。鐵車並鐵鎖，上下有尖釘。掃蕩梁山清水泊，剿除晁蓋上東京！生擒及時雨，活捉智多星！曾家生五虎，天下盡聞名！』」◎11晁蓋聽罷，心中大怒道：「這畜生怎敢如此無禮！我須親自走一遭，不捉得此輩，誓不回山！」宋江道：「哥哥是山寨之主，不可輕動，小弟願往。」晁蓋道：「不是我要奪你的功勞，你下山多遍了，廝殺勞困，我今替你走一遭，下次有事，卻是賢弟去。」宋江苦諫不聽，晁蓋忿怒，便點起五千人馬，請啓二十個頭領相助下山。其餘都和宋公明保守山寨。晁蓋點那二十個頭領？林沖、呼延灼、徐寧、穆弘、劉唐、張橫、阮小二、阮小五、阮小七、楊雄、石秀、孫立、黃信、杜遷、宋萬、燕順、鄧飛、歐鵬、楊林、白勝，共是二十個頭領，部領三軍人馬下山，征進曾頭市。宋江與吳用、公孫勝衆頭領，就山下金沙灘餞行。飲酒之間，忽起一陣狂風，正把晁蓋新製的認軍旗半腰吹折。◎12衆人見了，盡皆失色。吳學究諫道：「此乃不祥之兆，兄長改日出軍。」宋江勸道：「哥哥方纔

晁蓋點了二十個頭領，準備攻打曾頭市，宋江為之在金沙灘餞行。忽然一陣狂風把晁蓋新製的軍旗半腰吹斷。（日版畫，出自《新編水滸畫傳》，葛飾戴斗繪）

出軍，風吹折認旗，於軍不利。不若停待幾時，卻去和那廝理會。」晁蓋道：「天地風雲，何足為怪！趁此春暖之時，不去拿他，直待養成那廝氣勢，卻去進兵，那時遲了。你且休阻我，遮莫怎地要去走一遭！」宋江那裏別拗得住，◎13晁蓋引兵渡水去了。宋江悒怏不已。回到山寨，再叫戴宗下山，去探聽消息。

且說晁蓋領著五千人馬，二十個頭領，來到曾頭市相近，對面下了寨柵。次日，先引眾頭領，上馬去看曾頭市。眾多好漢立馬看時，果然這曾頭市是個險隘去處。但見：

週迴一遭野水，四圍三面高岡，塹邊河港似蛇盤，濠下柳林如雨密。凭高遠望，綠陰濃不見人家；附近潛窺，青影亂深藏寨柵。村中壯漢，出來的勇似金剛；田野小兒，生下地便如鬼子。果然是鐵壁銅墻，端的盡人強馬壯。

晁蓋與眾頭領正看之間，只見柳林中飛出一彪人馬來，約有七、八百人，當先一個好漢，戴熟銅盔，披連環甲，使一條點鋼槍，騎著匹沖陣馬，乃是曾家第四子曾魁，高聲喝道：「你等是梁山泊反國草寇，我正要來拿你解官請賞，原來天賜其便！還不下馬受縛，更待何時！」晁蓋大怒，回頭一觀，早有一將出馬去戰曾魁。那人是梁山初結義的好漢豹子頭林沖。兩個交馬，鬥了二十餘合，不分勝敗。曾魁鬥到二十合之後，料道鬥林沖不過，掣槍回馬，便往柳林中走，林沖勒住馬不趕。◎14晁蓋領轉軍馬回寨，商議打曾頭市之策。林沖道：「來日直去市口搦戰，就看虛實如何，再作商議。」次日平明，引領五千人馬，向曾頭市口平川曠野之地，列成陣勢，擂鼓吶喊。曾頭市上炮聲響處，

評點

◎11.段景住前不說出，方含蘊出這一篇話，激得晁蓋怒起，步驟妙甚。（芥眉）
◎12.此間風折中軍旗者，以類董卓折輾之故。（余評）
◎13.句句深著宋江之罪，深文曲筆。（金批）
◎14.此篇於戰處只略寫，意只重在晁、宋之間耳。（金批）

大隊人馬出來，一字兒擺著七個好漢。中間便是都教師史文恭，上首副教師蘇定，下首便是曾家長子曾塗，左邊曾密、曾魁，右邊曾升、曾索，都是全身披掛。教師史文恭彎弓插箭，坐下那匹卻是千里玉獅子馬，手裏使一枝方天畫戟。三通鼓罷，只見曾家陣裏推出數輛陷車，放在陣前，曾塗指著對陣罵道：「反國草賊！見俺陷車麼？我曾家府裏殺你死的，不算好漢！我一個個直要捉你活的，裝載陷車裏，解上東京，碎屍萬段。你們趁早納降，再有商議。」晁蓋聽了大怒，挺槍出馬，直奔曾塗。眾將怕晁蓋有失，一發掩殺過去，兩軍混戰。曾家軍馬一步步退入村裏。林沖、呼延灼緊護定晁蓋，東西趕殺。林沖見路途不好，急退回來收兵。◎[15]看得兩邊各皆折了些人馬。晁蓋回到寨中，心中甚憂。眾將勸道：「哥哥且寬心，休得愁悶，有傷貴體。往常宋公明哥哥出軍，亦曾失利，好歹得勝回寨。今日混戰，各折了些軍馬，又不曾輸了與他，何須憂悶？」晁蓋只是鬱鬱不樂。在寨內一連三日，每日搦戰，曾頭市上並不曾見一個。

第四日，忽有兩個和尚直到晁蓋寨裏來投拜，◎[16]軍人引到中軍帳前，兩個和尚跪下告道：「小僧是曾頭市上東邊法華寺裏監寺僧人，今被曾家五虎不時常來本寺作踐囉唣，索要金銀財帛，無所不為。小僧已知他的備細出沒去處，特地前來拜請頭領入去劫寨，剿除了他時，當坊有幸。」晁蓋見說大喜，便請兩個和尚坐了，置酒相待。林沖諫道：「哥哥休得聽信，其中莫非有詐？」和尚道：「小僧是個出家人，怎敢妄語？久聞梁山泊行仁義之道，所過之處，並不擾民，因此特來拜投，如何故來掇賺將軍？況兼曾家未必贏得頭領大軍，何故相疑？」晁蓋道：「兄弟休生疑心，誤了大事。今晚我自去走一遭。」林沖道：「哥哥休去，我等分一半人馬去劫寨，哥哥在外面接應。」晁蓋道：「我不自去，誰肯向前？◎17你可留一半軍馬在外接應。」林沖道：「哥哥帶誰入去？」晁蓋道：「點十個頭領，分二千五百人馬入去。」十個頭領是：劉唐、阮小二、呼延灼、阮小五、歐鵬、阮小七、燕順、杜遷、宋萬、白勝。當晚造飯吃了，馬摘鸞鈴，軍士銜枚※11，黑夜疾走，悄悄地跟了兩個和尚，直奔法華寺內。看時，是一個古寺。晁蓋下馬，入到寺內，見沒僧眾，問那兩個和尚道：「怎地這個大寺院，沒一個僧眾？」和尚道：「便是曾家畜生薅惱，不得已各自歸俗去了，只有長老並幾個侍者，自在塔院裏居住。頭領暫且屯住了人馬，等更深些，小僧直引到那廝寨裏。」晁蓋道：「他的寨在那裏？」和尚道：「他有四個寨柵，只是北寨裏，便是曾家弟兄屯軍之處。若只打得那個寨子時，別的都不打緊。這三個寨便罷了。」晁蓋道：「那個時分可去？」和尚道：「如今只是二更天氣，且待三更時分，他無準備。」初時聽得曾頭市上，整整齊齊打更鼓響。又聽了半個更次，絕不聞更點之聲。和尚道：「軍人想是已睡了，如今可去。」和尚當先引路，晁蓋帶同諸將上馬，領兵離了法華寺，跟著和尚。行不到五里多路，黑影處不見了兩個僧人，◎18前軍不敢行動。看四邊路雜難行，又不見有人家。軍士卻慌起來，報與晁蓋知道。呼延灼便叫急回歸路。走不到百十步，只見四下

註

※11銜枚：古代行軍時口中銜著枚，以防出聲。枚，像筷子的短木。

評點

◎15.本日戰處只略寫，卻取次日失事先一勾染出來，用筆妙甚。（金批）
◎16.寫得突兀。（金批）
◎17.前寫宋江下山，一時廳上廳下一齊願去，何至令晁蓋作如許語？深文曲筆，處處有刺。（金批）
◎18.來得突兀，去得突兀。（金批）

晁蓋引軍奪路而走，忽然當頭亂箭射來，一箭正中臉上，晁蓋撞下馬來。幸虧呼延灼、燕順兩人抵擋上去，背後衆將救得晁蓋上馬，殺出村中來。
（選自《水滸傳版刻圖錄》，江蘇廣陵古籍刻印社）

裏金鼓齊鳴，喊聲震地，一望都是火把。晁蓋衆將引軍奪路而走，才轉得兩個彎，撞出一彪軍馬，當頭亂箭射將來，不期一箭，正中晁蓋臉上，倒撞下馬來。卻得呼延灼、燕順兩騎馬，死併將去，背後劉唐、白勝，救得晁蓋上馬，殺出村中來。村口林沖等，引軍接應，剛才敵得住。兩軍混戰，直殺到天明，各自歸寨。林沖回來點軍時，三阮、宋萬、杜遷，水裏逃得性命，◎19帶入去二千五百人馬，只剩得一千二、三百人，跟著歐鵬，都回到帳中。衆頭領且來看晁蓋時，那枝箭正射在面頰上。急拔得箭出，血暈倒了。看那箭時，上有史文恭字，林沖叫取金槍藥敷貼上，原來卻是一枝藥箭。晁蓋中了箭毒，已自言語不得。林沖叫扶上車子，便差三阮、杜遷、宋萬先送回山寨。其餘十五個頭領，在寨中商議：「今番晁天王哥哥下山來，不想遭這一場，正應了風折認旗之兆。我等只可收兵回去，這曾頭市急切不能

評點

◎19.只逃自家性命者，蓋言不及顧晁蓋也，妙絕。（金批）
◎20.得此語，便令其罪悉歸宋江，妙絕。（金批）
◎21.親弟兄有如此者否？（袁眉）

取得。」呼延灼道：「須等宋公明哥哥將令來，方可回軍。」當日衆頭領悶悶不已，衆軍亦無戀戰之心，人人都有還山之意。當晚二更時分，天色微明，十五個頭領都在寨中納悶，正是蛇無頭而不行，鳥無翅而不飛，嗟咨嘆惜，進退無措。◎[20]忽聽得伏路小校，慌急來報：「前面四、五路軍馬殺來，火把不計其數。」林沖聽了，一齊上馬。三面山上，火把齊明，照見如同白日，四下裏吶喊到寨前。林沖領了衆頭領，不去抵敵，拔寨都起，回馬便走。曾家軍馬背後掩殺將來，兩軍且戰且走。走過了五、六十里，方纔得脫。計點人兵，又折了五、七百人。大敗虧輸，急取舊路，望梁山泊回來。退到半路，正迎著戴宗傳下軍令，教衆頭領引軍且回山寨，別作良策。衆將得令，引軍回到水滸寨上山，都來看視晁頭領時，已自水米不能入口，飲食不進，渾身虛腫。宋江等守定在床前啼哭，◎[21]親手敷貼藥餌，灌下湯散。衆頭領都守在帳前看視。

當日夜至三更，晁蓋身體沉重，轉頭看著宋江囑付道：「賢弟保重。若那個捉得射死我的，便教他做梁山泊主！」言罷，便瞑目而死。宋江見晁蓋死了，比似喪考妣一般，哭得發昏。衆

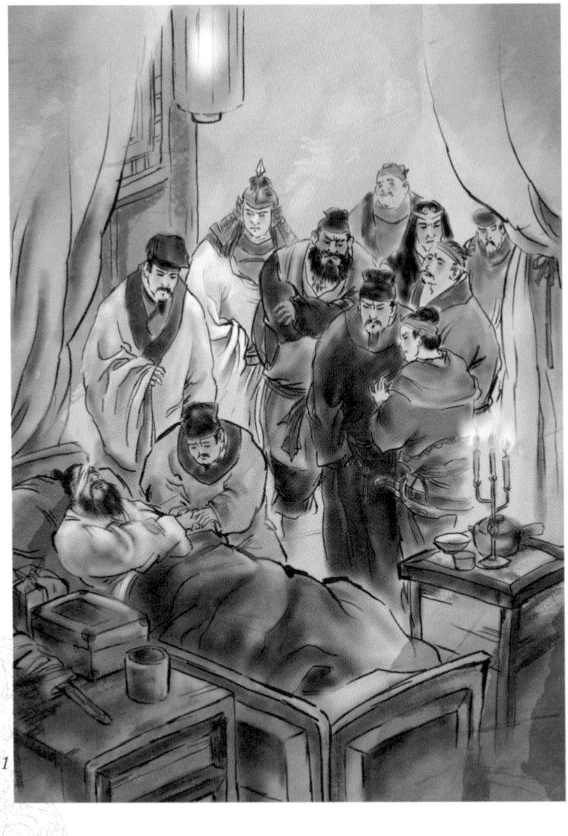

夜至三更，晁蓋身體沉重，轉頭對宋江留下遺言：「若那個捉得射死我的，便教他做梁山泊主！」言罷，便瞑目而死。（朱寶榮繪）

頭領扶策宋江出來主事。吳用、公孫勝勸道：「哥哥且省煩惱，生死人之分定，何故痛傷？且請理會大事。」宋江哭罷，便教把香湯沐浴了屍首，裝殮衣服巾幘，停在聚義廳上。衆頭領都來舉哀祭祀。一面合造內棺外槨，選了吉時，盛放在正廳上，建起靈幃，中間設個神主，上寫道：「梁山泊主天王晁公神主」。山寨中頭領，自宋公明以下，都帶重孝；小頭目並衆小嘍囉，亦帶孝頭巾。把那枝誓箭就供養在靈前。寨內揚起長旛，請附近寺院僧衆上山做功德，追薦晁天王。◎22宋江每日領衆舉哀，無心管理山寨事務。林沖與公孫勝、吳用並衆頭領商議，立宋公明爲梁山泊主，諸人拱聽號令。次日清晨，香花燈燭，林沖爲首，與衆等請出宋公明在聚義廳上坐定。吳用、林沖開話道：「哥哥聽稟：『國一日不可無君，家一日不可無主。』晁頭領是歸天去了，◎23山寨中事業豈可無主？四海之內，皆聞哥哥大名，來日吉日良辰，請哥哥爲山寨之主，諸人拱聽號令。」宋江道：「晁天王臨死時囑付：『如有人捉得史文恭者，便立爲梁山泊主。』此話衆頭領皆知。今骨肉未寒，豈可忘了？又不曾報得仇，雪得恨，如何便居得此位？」吳學究又勸道：「晁天王雖是如此說，今日又未曾捉到那人，山寨中豈可一日無主？若哥哥不坐時，誰人敢當此位？寨中人馬如何管領？然雖遺言如此，哥哥權且尊臨此位，坐一坐，待日後別有計較。」宋江道：「軍師言之極當。今日小可權當此位，待日後報仇雪恨已了，拿住史文恭的，不拘何人，須當此位。」黑旋風李逵在側邊叫道：「哥哥休說做梁山泊主，便做了大宋皇帝，卻不好！」◎24宋江喝道：「這黑廝又來胡說！再休

如此亂言，先割了你這廝舌頭！」李逵道：「我又不教哥哥做社長，請哥哥做皇帝，倒要割了我舌頭！」吳學究道：「這廝不識尊卑的人，◎25兄長不要和他一般見識。且請哥哥主張大事。」

宋江焚香已罷，權居主位，坐了第一把椅子。上首軍師吳用，下首公孫勝。左一帶林沖爲頭，右一帶呼延灼居長。衆人參拜了，兩邊坐下。宋江乃言道：「小可今日權居此位，全賴衆兄弟扶助，同心合意，共爲股肱※12，一同替天行道。如今山寨人馬數多，非比往日，可請衆兄弟分做六寨駐扎。聚義廳今改爲忠義堂。◎26前後左右立四個旱寨，後山兩個小寨，前山三座關隘，山下一個水寨，兩灘兩個小寨，今日各請弟兄分投去管。忠義堂上，是我權居尊位。第二位軍師吳學究，第三位法師公孫勝，第四位花榮，第五位秦明，第六位呂方，第七位郭盛。左軍寨內：第一位林沖，第二位劉唐，第三位史進，第四位楊雄，第五位石秀，第六位杜遷，第七位宋萬。右軍寨內：第一位呼延灼，第二位朱仝，第三位戴宗，第四位穆弘，第五位李逵，第六位歐鵬，第七位穆春。前軍寨內：第一位李應，第二位徐寧，第三位魯智深，第四位武松，第五位楊志，第六位馬麟，第七位施恩。後軍寨內：第一位柴進，第二位孫立，第三位黃信，第四位韓滔，第五位彭玘，第六位鄧飛，第七位薛永。水軍寨內：第一位李俊，第二位阮小二，第三位阮小五，第四位阮小七，第五位張橫，第六位張順，第七位童威，第八位童猛。

註

※12股肱：股，大腿，自胯至膝蓋的部分。股肱，喻左右輔助得力的人。

評點

◎22.雖必有之事，然亦前映法華僧人，後引大圓和尚。（金批）
◎23.晁蓋是水滸中閏位，如著懸之太極，以前少他不得，以後又要他不得。此作傳之意，正以缺陷見變化。（芥眉）
◎24.夫人不言，言必有中。（容眉）
◎25.語語妙絕。識時務者爲俊傑，又豈知不識時務者爲聖賢耶？（金批）（金本此處爲「這廝不識時務的人」。——編者按）
◎26.添一忠字，便是受招安之根本。（袁眉）

六寨計四十三員頭領。山前第一關，令雷橫、樊瑞守把；第二關，令解珍、解寶守把；第三關，令項充、李袞守把。金沙灘小寨內，令燕順、鄭天壽、孔明、孔亮四個守把；鴨嘴灘小寨內，令李忠、周通、鄒淵、鄒潤四個守把。山後兩個小寨，左一個旱寨內，令王矮虎、一丈青、曹正；右一個旱寨內，令朱武、陳達、楊春六人守把。忠義堂內，左一帶房中，掌文卷，蕭讓；掌賞罰，裴宣；掌印信，金大堅；掌算錢糧，蔣敬。右一帶房中，管炮，凌振；管造船，孟康；管造衣甲，侯健；管築城垣，陶宗旺。忠義堂後兩廂房中管事人員，監造房屋，李雲；鐵匠總管，湯隆；監造酒醋，朱富；監備筵宴，宋清；掌管什物，杜興、白勝。山下四路作眼酒店，原撥定朱貴、樂和、時遷、李立、孫新、顧大嫂、張青、孫二娘，已自定數。管北地收買馬匹，楊林、石勇、段景住。分撥已定，各自遵守，毋得違犯。」梁山泊水滸寨內，大小頭領，自從宋公明爲寨主，盡皆歡喜，拱聽約束。

◎27一日，宋江聚衆商議，欲要與晁蓋報仇，◎28興兵去打曾頭市。軍師吳用諫道：「哥哥，庶民居喪，尚且不可輕動。哥哥興師，且待百日之後，方可舉兵。」宋江依吳學究之言，守住山寨，每日修設好事，只做功果，追薦晁蓋。

一日，請到一僧，法名大圓，乃是北京大名府在城龍華寺僧人，只爲遊方來到濟

安徽旌德，古民居上的石刻馬圖案。（馮建平／fotoe提供）

寧，經過梁山泊，就請在寨內做道場。因吃齋之次，閑話間，宋江問起北京風土人物，那大圓和尚說道：「頭領如何不聞河北玉麒麟之名？」宋江、吳用聽了，猛然省起，說道：「你看我們未老，卻恁地忘事！北京城裏是有個盧大員外，雙名俊義，綽號玉麒麟，是河北三絕，祖居北京人氏，一身好武藝，棍棒天下無對。梁山泊寨中若得此人時，何怕官軍緝捕，豈愁兵馬來臨？」◎29吳用笑道：「哥哥何故自喪志氣？若要此人上山，有何難哉！」宋江答道：「他是北京大名府第一等長者，如何能夠得他來落草？」吳學究道：「吳用也在心多時了，不想一向忘卻。小生略施小計，便教本人上山。」宋江便道：「人稱足下爲智多星，端的名不虛傳！敢問軍師用甚計策，賺得本人上山？」吳用不慌不忙，疊兩個指頭，說出這段計來。有分教：盧俊義撇卻錦簇珠圍，來試龍潭虎穴。正是：只爲一人歸水滸，致令百姓受兵戈。畢竟吳學究怎地賺盧俊義上山？且聽下回分解。◎30

評點

◎27.寫出得人心處。（袁眉）
◎28.宋江欲興兵報仇，此重義而不知有身之說云耳。（余評）
◎29.不悲失晁蓋，但願得麒麟，雖復文字轉接，亦是深文曲筆。（金批）
◎30.宋公明堅心爲晁天王報仇，如玄德之於雲長，大義在人心，千古不泯。（袁評）

參考書目

1.《水滸傳》，施耐庵、羅貫中撰，底本：容與堂本，人民文學出版社，一九九七年出版。
2.《水滸全傳》，底本：袁無涯本，嶽麓書社，二〇〇五年出版。
3.《金聖歎批評本水滸傳》，嶽麓書社，二〇〇六年出版。
4.《貫華堂第五才子書水滸傳》，（清）金聖歎評點，魏平、文博校點，黑龍江人民出版社，一九九七年出版。
5.《繡像水滸全傳》，（明）施耐庵著，山東畫報出版社，二〇〇七年出版。
6.《評論出像水滸傳》二十卷／（明）施耐庵撰，清（一六四四－一九一一年）刻本。
7.《明容與堂刻水滸傳》，（明）施耐庵撰，羅貫中纂修影印本，上海人民出版社，一九七五年出版。
8.《水滸志傳評林》，（明）余象斗評，文學古籍刊行社，一九五六年出版。
9.《名家評點四大名著》，江天編校，中國文聯出版公司，一九九八年出版。
10.《水滸全傳》，董淑明校注，繡像本，河南文藝出版社，一九九八年出版。

11.《古本水滸傳》，蔣祖鋼校勘，中央民族大學出版社，一九九六年出版。

12.《水滸傳》會評本，北京大學出版社，中國古典小說戲曲研究資料叢書，一九八七年出版。

13.《美籍華人學者夏志清評中國古典長篇小說》，夏志清評點，海南國際新聞出版中心，一九九六年出版。

14.《水滸傳資料彙編》，朱一玄、劉毓忱整編，南開大學出版社，二〇〇二年出版。

15.《周思源新解〈水滸傳〉》，中華書局，二〇〇七年出版。

16.《正說水滸傳——義與忠的變奏》，團結出版社，二〇〇七年出版。

17.《水滸戲與中國俠義文化》，中國藝術研究院，二〇〇六年出版。

18.《水滸文化解讀》，貴州民族出版社，二〇〇六年出版。

19.《水滸傳與中國社會》，薩孟武著，北京出版社，二〇〇五年出版。

20.《水滸傳》圖文版四大名著，上海辭書出版社，二〇〇一年出版。

▲備註：本書以通行的清代金聖歎評本、袁無涯評本爲底本（後五十回），參酌容與堂評本，凡底本可通之處，一般沿用；明顯錯誤則參照他本訂正，不出校記。

圖片來源

1.《新編水滸畫傳》，葛飾戴斗（即葛飾北齋）繪，上海書店出版社，二〇〇四年出版。

2.《水滸傳版刻圖錄》，江蘇廣陵古籍刻印社，一九九九年出版。

3.《水滸葉子 水滸畫傳》，河南美術出版社，一九九六年出版。

◆特別感謝本書內頁圖片授權人及授權單位◆

4.《水滸一百零八將》，葉雄繪，季永桂文，百家出版社，二〇〇一年出版。

⊙葉雄，上海崇明人，一九五〇年出生。畢業於上海大學美術學院國畫系，現是中國美術家協會會員、中國美術家協會連環畫藝術委員會委員、上海美術家協會理事……等。他於一九七六年開始從事連環畫、插圖、中國水墨畫創作，其作品在全國藝術大展中連續獲獎。他的水墨畫作品還在日本、韓國、加拿大、臺灣等地參加聯展。上海美術館、上海圖書館及中外收藏家收藏了他的中國水墨畫作品。其藝術成就被收入中國美術家大辭典、中國文藝傳集、當代中國美術家光碟、世界華人文學藝術界名人錄、世界名人錄……等。重要作品包括：

二〇〇三年出版《三國演義人物畫傳》
二〇〇三年出版《西遊記神怪、人物畫傳》
二〇〇四年出版《紅樓夢人物畫傳》。

個人信箱：yexiong96@163.com

5. 朱寶榮授權使用內頁繪圖共一百八十張。

⊙朱寶榮，從小酷愛美術，因家庭情況無緣於高等學府深造，引為憾事。二〇〇四年與兩位志趣相投的好友組成心境插畫工作室至今，能夠從事自己喜愛的工作，覺得是一件很幸福的事！

6. 廣州集成圖像有限公司「FOTOE」授權使用部分內頁圖片。（fotoe.com）
7. 北方崑曲劇院（北京）授權使用《水滸傳》劇照共一張。
8. 富爾特科技股份有限公司影像提供。
9. 美工圖書社：「中國圖片大系」影像提供。

國家圖書館出版品預行編目資料

水滸傳(三)──替天行道／施耐庵原著；張鵬高編撰.
— 初版. —臺中市 ：好讀，2009.02
冊 ；　公分. —（圖說經典：15）

ISBN 978-986-178-110-5（平裝）

857.46　　　　97022707

好讀出版

圖說經典 15

水滸傳(三)

【替天行道】

原　　著／施耐庵
編　　撰／張鵬高
總 編 輯／鄧茵茵
責任編輯／林碧瑩
執行編輯／林碧瑩、莊銘桓
美術編輯／陳麗蕙
封面設計／山今伴頁工作室
行銷企劃／劉恩綺
發行所／好讀出版有限公司
台中市407西屯區何厝里19鄰大有街13號
TEL:04-23157795　FAX:04-23144188
http://howdo.morningstar.com.tw
（如對本書編輯或內容有意見，請來電或上網告訴我們）
法律顧問／陳思成律師

線上讀者回函
更多好讀資訊

戶名：知己圖書股份有限公司
劃撥專線：15062393
服務專線：04-23595819轉230
傳真專線：04-23597123
E-mail：service@morningstar.com.tw
如需詳細出版書目、訂書、歡迎洽詢
晨星網路書店 http://www.morningstar.com.tw

印刷／上好印刷股份有限公司 TEL:04-23150280
初版／西元2009年2月15日
初版三刷／西元2020年08月15日
定價：299元
如有破損或裝訂錯誤，請寄回台中市407 工業區30 路1 號更換（好讀倉儲部收）

Published by How Do Publishing Co., Ltd.
2020 Printed in Taiwan
ISBN 978-986-178-110-5

本書內頁部分圖片由廣州集成圖像有限公司「FOTOE」授權使用，
其他授權來源於參考書目之後詳列